Diogenes Taschenbuch 24346

detebe

Georges Simenon

Mit Maigret in die Bretagne

Maigret und der gelbe Hund

Maigret und der geheimnisvolle Kapitän

Zwei Romane in einem Band

Aus dem Französischen von Raymond Regh und Annerose Melter

Diogenes

Titel der Originalausgaben:
›Le chien jaune‹, ›Le port des brumes‹

Die deutschen Erstausgaben
erschienen 1958 und 1954 (unter dem
Titel ›Nebel über dem Hafen‹)
Die vorliegende Ausgabe folgt den für die Edition
Sämtliche Maigret-Romane in 75 Bänden
revidierten Übersetzungen
Umschlagfoto (Ausschnitt):

Veröffentlicht als Diogenes Taschenbuch, 2015

www.diogenes.ch
40/15/36/2
ISBN 978 3 257 24346 8

Inhalt

Maigret und der gelbe Hund

1

Der herrenlose Hund

Freitag, 7. November. Concarneau ist wie ausgestorben. Auf der beleuchteten Turmuhr der Altstadt, die über den Festungsmauern zu sehen ist, ist es fünf vor elf.

Die Flut hat ihren Höhepunkt erreicht, und ein Sturm aus Südwest lässt die Kähne im Hafen aneinanderstoßen. Der Wind fegt durch die Straßen, wo man zuweilen Papierfetzen über den Boden huschen sieht.

Kein einziges Licht auf dem Quai de l'Aiguillon. Alles ist geschlossen. Alles schläft. Nur aus den drei Fenstern des Hôtel de l'Amiral, an der Ecke, die der Platz mit dem Quai bildet, dringt noch Licht.

Obschon die Fensterläden nicht geschlossen sind, lassen sich hinter den grünlichen Scheiben Silhouetten nur gerade noch erahnen. Und der wachhabende Zöllner, der kaum hundert Meter weiter weg in seinem Schilderhäuschen hockt, beneidet die Leute, die noch zu so später Stunde im Café sitzen.

Ihm gegenüber im Hafenbecken liegt ein Küstenfahrer vor Anker, der am Nachmittag hier Zuflucht gesucht hat. Kein Mensch auf der Brücke. Die Taurollen knarren, und ein schlecht eingerefftes Klüversegel klatscht im Wind. Dann das ständige Tosen der Brandung, ein Klicken der Turmuhr, die elf schlagen wird.

Die Tür des Hôtel de l'Amiral öffnet sich. Es erscheint ein junger Mann, der noch eine Weile durch den Türspalt hindurch mit den Leuten im Innern redet. Der Sturm packt ihn, lässt die Schöße seines Mantels flattern, reißt ihm seine Melone vom Kopf, die er gerade noch zur rechten Zeit erhascht und beim Gehen auf dem Kopf festhält.

Selbst von weitem merkt man, dass er einen Schwips hat, unsicher auf den Beinen ist und vor sich hin trällert. Die Blicke des Zöllners folgen ihm, und er lächelt, als der Mann den Versuch unternimmt, sich eine Zigarre anzuzünden. Denn es beginnt ein komischer Kampf zwischen dem Betrunkenen, seinem Mantel, den ihm der Wind entreißen will, und seinem Hut, der den Bürgersteig entlang das Weite sucht. Zehn Streichhölzer gehen aus.

Da bemerkt der Mann mit der Melone einen Eingang mit zwei Stufen, sucht dort Schutz, beugt sich nach vorn. Ein Licht zuckt auf, nur kurz. Der Raucher taumelt, klammert sich am Türknauf fest.

Hat da der Zöllner nicht ein Geräusch gehört, das mit dem Sturm nichts zu tun hat? Er ist sich nicht ganz sicher. Zuerst lacht er, wie er sieht, dass der Nachtschwärmer das Gleichgewicht verliert und ein paar Schritte nach hinten macht, in einer derart gekrümmten Stellung, dass es geradezu unglaublich ist.

Er stürzt am Rand des Bürgersteigs zu Boden, den Kopf im Schlamm der Gosse. Der Zöllner schlägt die Arme um den Leib, um sich aufzuwärmen, und blickt verstimmt zum Klüversegel, dessen Klatschen ihm auf die Nerven geht.

Eine Minute, zwei Minuten verstreichen. Wieder ein Blick hinüber zu dem Betrunkenen, der sich nicht gerührt hat. Stattdessen ist nun aus dem Nichts ein Hund aufgetaucht, der ihn beschnuppert.

»Erst in diesem Augenblick habe ich das Gefühl gehabt, dass irgendetwas passiert ist!«, wird der Zöllner im Verlauf der Ermittlungen aussagen.

Das Hin und Her, das dieser Szene folgt, ist in strenger chronologischer Reihenfolge schon schwieriger zu schildern. Der Zöllner geht auf den daliegenden Mann zu, ein wenig beunruhigt durch die Anwesenheit des Hundes, eines kräftigen, gelben, bissigen Tieres. Eine Gaslaterne steht acht Meter weiter weg. Zunächst stellt der Beamte nichts Ungewöhnliches fest. Dann bemerkt er ein Loch im Mantel des Betrunkenen, und aus diesem Loch quillt eine dickliche Flüssigkeit.

Nun läuft er zum Hôtel de l'Amiral. Das Café ist so gut wie leer. Mit dem Ellbogen auf die Kasse gestützt, ein Serviermädchen. An einem Marmortisch rauchen zwei Männer ihre Zigarren zu Ende, nach hinten gelehnt, die Beine ausgestreckt.

»Schnell! ... Ein Verbrechen ... Ich weiß nicht ...«

Der Zöllner dreht sich um. Der gelbe Hund ist unmittelbar nach ihm hereingekommen und hat sich zu Füßen des Serviermädchens niedergelegt.

Unschlüssigkeit, eine unbestimmte Angst liegt in der Luft.

»Ihr Freund, der gerade gegangen ist ...«

Wenige Augenblicke später beugen sie sich zu dritt über den Körper, der sich nicht von der Stelle gerührt hat. Bis zum Rathaus, wo sich die Polizeiwache befindet, ist es nur ein Katzensprung. Der Zöllner bewegt sich lieber. Er eilt dorthin, außer Atem, danach läutet er bei einem Arzt Sturm.

Und ohne diesen Anblick verdrängen zu können, wiederholt er:

»Er ist nach hinten getaumelt wie ein Betrunkener, und er hat so mindestens drei Schritte getan…«

Fünf Männer… sechs… sieben… Und Fenster, die sich da und dort auftun, Geraune…

Der Arzt, im Schlamm kniend, verkündet:

»Eine Kugel aus nächster Nähe direkt in den Bauch… Man muss sofort operieren… Jemand soll das Krankenhaus anrufen…«

Alle haben den Verletzten erkannt, Monsieur Mostaguen, der größte Weinhändler von Concarneau, ein gemütlicher Dicker, der nur Freunde hat.

Die beiden Polizisten in Uniform – einer hat sein Käppi nicht auftreiben können – wissen nicht, wo sie mit ihren Ermittlungen beginnen sollen.

Jemand sagt etwas, Monsieur Le Pommeret, dem man wegen seines Benehmens und seines Tonfalls auf den ersten Blick ansieht, dass er zu den Notabeln gehört.

»Wir haben gemeinsam Karten gespielt, im Café des Hotels, mit Servières und Doktor Michoux… Der Doktor ist als Erster gegangen, vor einer halben Stunde… Mostaguen hat uns aus Angst vor seiner Frau um Punkt elf Uhr verlassen…«

Ein tragikomischer Zwischenfall. Alle hören Monsieur Le Pommeret zu. Man vergisst den Verletzten. Und da öffnet dieser die Augen, versucht aufzustehen, und mit Verwunderung in der Stimme, die so sanft und zart ist, dass das

Serviermädchen in ein nervöses Lachen ausbricht, murmelt er:

»Was ist denn?«

Doch ein Krampf schüttelt ihn. Seine Lippen beben. Die Gesichtsmuskeln ziehen sich zusammen, während der Arzt seine Spritze für eine Injektion vorbereitet.

Der gelbe Hund läuft den Leuten zwischen den Beinen herum. Jemand wundert sich.

»Kennen Sie dieses Tier?«

»Noch nie gesehen …«

»Bestimmt ein Hund von einem Schiff …«

In der dramatischen Atmosphäre hat dieser Hund etwas Beunruhigendes. Vielleicht wegen seiner Farbe? Ein schmutziges Gelb. Es ist ein mageres Tier mit hohen Läufen, und sein dicker Kopf erinnert gleichermaßen an einen Hofhund und an eine Dogge.

Fünf Meter von der Gruppe entfernt vernehmen die Polizisten den Zöllner, der einziger Zeuge des Vorfalls ist.

Man schaut auf den Eingang mit den zwei Stufen. Es handelt sich um den Eingang eines großen Bürgerhauses, dessen Fensterläden geschlossen sind. Rechts von der Tür kündigt eine notarielle Bekanntmachung die öffentliche Versteigerung des Gebäudes für den 18. November an:

Preisansatz 80 000 Franc

Ein Polizeisergeant müht sich eine Weile vergeblich damit ab, das Schloss zu sprengen, und schließlich gelingt es dem Chef der benachbarten Autowerkstatt, es mit Hilfe eines Schraubenziehers aufzubekommen.

Der Krankenwagen trifft ein. Monsieur Mostaguen wird auf eine Tragbahre gehievt. Den Schaulustigen bleibt nichts weiter mehr übrig, als sich das leerstehende Haus anzusehen.

Seit einem Jahr wird es nicht mehr bewohnt. Im Flur herrscht ein penetranter Geruch nach Staub und Tabak. Der Strahl einer Taschenlampe fällt auf Zigarettenasche und Spuren von Schlamm auf den Bodenfliesen, was beweist, dass jemand ziemlich lange hinter der Tür auf der Lauer gelegen hat.

Ein Mann, bloß mit einem Mantel über seinem Schlafanzug, sagt zu seiner Frau:

»Komm! Es gibt nichts mehr zu sehen … Den Rest erfahren wir morgen aus der Zeitung … Monsieur Servières ist da …«

Servières ist ein kleiner, rundlicher Herr in einem graubeigen Überzieher, der sich mit Monsieur Le Pommeret im Hôtel de l'Amiral befand. Er ist Redakteur beim *Phare de Brest,* wo er unter anderem jeden Sonntag eine humoristische Glosse veröffentlicht. Er macht sich Notizen, gibt den beiden Polizisten Hinweise, wenn nicht gar Befehle.

Die Türen, die zum Flur hinaus liegen, sind abgesperrt. Jene am Ende des Flurs, die zu einem Garten führt, ist offen. Der Garten ist von einer Mauer umschlossen, die nicht einmal einen Meter fünfzig hoch ist. Ein Gässchen auf der anderen Seite der Mauer mündet auf den Quai de l'Aiguillon.

»Der Mörder ist da hinüber!«, verkündet Servières.

Am anderen Morgen rekonstruierte Maigret den Gang der Ereignisse, so gut es ging.

Seit einem Monat war er zur mobilen Brigade von Rennes beordert, wo bestimmte Abteilungen neu zu organisieren waren. Er hatte einen Telefonanruf des beunruhigten Bürgermeisters von Concarneau erhalten.

Und in Begleitung von Leroy, einem Inspektor, mit dem er noch nie zusammengearbeitet hatte, war er in diese Stadt gekommen.

Der Sturm hatte sich nicht gelegt. Manche Böen ließen dicke Wolken über der Stadt zerplatzen und in eisigem Regen niedergehen. Kein einziges Schiff lief aus, und es wurde von einem Dampfer erzählt, der draußen bei den Glénan-Inseln in Seenot war.

Maigret stieg natürlich im Hôtel de l'Amiral ab, dem besten der Stadt. Es war fünf Uhr nachmittags, und die Nacht war schon hereingebrochen, als er das Café betrat, einen langgestreckten, ziemlich düsteren Raum mit grauem Fußboden, auf dem Sägemehl verstreut war, und mit Marmortischen, die durch die grünen Fensterscheiben noch trüber wirkten.

Mehrere Tische waren besetzt. Auf den ersten Blick jedoch erkannte man jenen der Stammkundschaft, seriöser Gäste, deren Gespräch die Übrigen mitzuhören versuchten.

Nun erhob sich jemand an diesem Tisch, ein Mann mit pausbäckigem Gesicht, Kulleraugen und einem Lächeln auf den Lippen.

»Kommissar Maigret? Der Bürgermeister, ein guter Freund von mir, hat mir Ihr Kommen angekündigt. Ich habe schon oft von Ihnen gehört... Erlauben Sie, dass ich mich vorstelle... Jean Servières... äh... Sie sind aus Paris, nicht wahr?... Ich auch! Ich war lange Zeit Direktor des

Cabarets Vache-Rousse auf dem Montmartre. Ich war Mitarbeiter beim *Petit Parisien*, beim *Excelsior* und bei *La Dépêche*. Einen Ihrer Vorgesetzten habe ich gut gekannt, den guten Bertrand, der letztes Jahr in Pension gegangen ist, um sich im Departement Nièvre aufs Land zurückzuziehen. Auch ich habe es so gemacht! Ich habe mich sozusagen aus dem öffentlichen Leben zurückgezogen. Aus reinem Vergnügen arbeite ich beim *Phare de Brest* mit …«

Er tänzelte und gestikulierte.

»Kommen Sie doch, damit ich Ihnen unsere Runde vorstellen kann … Das letzte Fleckchen für lustige Burschen aus Concarneau … Das ist Le Pommeret, der unverbesserliche Schürzenjäger, Rentner von Beruf und Vizekonsul von Dänemark …«

Der Mann, der aufstand und die Hand ausstreckte, war gekleidet wie ein Landjunker: karierte Reiterhosen, eng anliegende Gamaschen ohne auch nur einen Schlammspritzer, Vorhemd mit Krawatte aus weißem Pikee. Er hatte einen hübschen silbrigen Schnurrbart, sorgfältig geglättetes Haar, eine helle Gesichtsfarbe und vom Kupferausschlag rot gezeichnete Wangen.

»Sehr erfreut, Kommissar …«

Und Jean Servières fuhr fort:

»Doktor Michoux … Sohn des ehemaligen Abgeordneten … Arzt ist er übrigens nur auf dem Papier, denn er hat noch nie praktiziert. Sie werden sehen, er wird Ihnen zu guter Letzt noch Land verkaufen. Ihm gehören die schönsten Grundstücksparzellen von Concarneau und vielleicht sogar der Bretagne …«

Eine kalte Hand. Ein Gesicht, schmal wie ein Messer,

mit schiefer Nase. Rotes, schon spärliches Haar, obwohl der Doktor noch nicht fünfunddreißig war.

»Was trinken Sie?«

Währenddessen hatte sich Inspektor Leroy zum Rathaus und zur Gendarmerie begeben, um Erkundigungen einzuziehen.

Die Atmosphäre des Cafés hatte etwas Graues, Trübes, ohne dass es möglich gewesen wäre, genau zu bestimmen, was. Durch eine offene Tür hindurch war der Speisesaal zu sehen, wo Serviererinnen in bretonischer Tracht die Tische für das Abendessen deckten.

Maigrets Blick fiel auf einen gelben Hund, der am Fuß der Kasse lag. Er blickte auf und sah einen schwarzen Rock, eine weiße Schürze, ein Gesicht ohne jeden Liebreiz, das dennoch so anziehend war, dass er es während des Gesprächs, das nun folgte, fortwährend betrachtete.

Und jedes Mal, wenn er den Kopf abwandte, starrte ihn das Serviermädchen mit fieberndem Blick an.

»Wenn der arme Mostaguen, der, abgesehen davon, dass er eine Heidenangst vor seiner Frau hat, der beste Kerl auf der Welt ist, nicht um ein Haar hätte dran glauben müssen, so würde ich schwören, dass es sich um einen üblen Scherz handelt...«

Es war Servières, der sprach. Le Pommeret rief:

»Emma!«

Das Serviermädchen trat näher.

»Nun? Was nehmen Sie?«

Auf dem Tisch standen leere Biergläser.

»Es ist Zeit für einen Aperitif!«, bemerkte der Journalist.

»Anders gesagt, Zeit für einen Pernod … Pernod, Emma … Einverstanden, Kommissar?«

Mit versunkener Miene betrachtete Doktor Michoux seinen Manschettenknopf.

»Wer hätte voraussehen können, dass Mostaguen auf der Schwelle haltmachen würde, um sich eine Zigarre anzuzünden?«, fuhr Servières mit sonorer Stimme fort. »Niemand, oder? Und Le Pommeret und ich wohnen auf der anderen Seite der Stadt! An dem Haus kommen wir überhaupt nicht vorbei! Zu dieser Zeit gehen nur noch wir drei durch die Straßen … Mostaguen hat keine Feinde … Er ist eine gute Haut … Ein Bursche, dessen ganzer Ehrgeiz darauf gerichtet ist, eines Tages den Orden der Ehrenlegion zu bekommen …«

»Ist die Operation geglückt?«

»Er wird davonkommen. Das Kurioseste ist, dass seine Frau ihm im Krankenhaus eine Szene gemacht hat, da sie nämlich überzeugt ist, dass es sich um eine Liebesaffäre handelt! Können Sie sich das vorstellen? Der Ärmste hätte es nicht einmal gewagt, seine Sekretärin anzufassen, aus Furcht vor Komplikationen!«

»Einen Doppelten!«, sagte Le Pommeret zu dem Serviermädchen, das den dem Absinth nachgeahmten Pernod einschenkte. »Bring uns Eis, Emma.«

Gäste gingen hinaus, denn es war Zeit zum Abendessen. Ein Windstoß fuhr durch die offene Tür herein und hob die Tischtuchenden im Speisesaal.

»Sie müssen den Bericht lesen, den ich darüber geschrieben und in dem ich meiner Meinung nach alle Hypothesen geprüft habe. Eine einzige ist plausibel: nämlich, dass wir es mit einem Wahnsinnigen zu tun haben... Allerdings wüssten wir, die wir die ganze Stadt kennen, nicht, wer den Verstand verloren haben könnte... Wir sind jeden Abend hier. Hin und wieder spielt der Bürgermeister eine Partie mit uns. Oder auch Mostaguen. Oder wir holen auch mal den Uhrmacher, der ein paar Häuser weiter wohnt, zum Bridge ab.«

»Und der Hund?«

Der Journalist machte eine Geste der Unwissenheit.

»Kein Mensch weiß, wo der herkommt. Eine Weile haben wir geglaubt, dass er einem Küstenfahrer gehört, der gestern eingelaufen ist. Die ›Sainte-Marie‹. Anscheinend doch nicht. Zwar ist ein Hund an Bord, aber es handelt sich um einen Neufundländer, und ich wette, dass kein Mensch sagen könnte, zu welcher Rasse dieses entsetzliche Vieh gehört...«

Während er redete, griff er nach einer Karaffe mit Wasser und goss Maigret ein.

»Ist das Serviermädchen schon lange hier?«, fragte der Kommissar halblaut.

»Seit Jahren...«

»Ist sie gestern Abend hinausgegangen?«

»Sie hat sich nicht vom Fleck gerührt... Sie wartete darauf, dass wir aufbrechen würden, um schlafen zu gehen. Le Pommeret und ich frischten alte Erinnerungen auf, Erinnerungen aus der guten alten Zeit, als wir noch so gut aussahen, dass wir uns den Frauen ohne Geld anbieten konnten... Stimmt's, Le Pommeret?... Er sagt nichts! Wenn Sie ihn einmal besser kennen, werden Sie merken, dass er, sobald es um Frauen geht, Manns genug ist, die

Nacht durchzumachen ... Wissen Sie, wie wir das Haus vor der Fischhalle nennen, wo er wohnt? ... Das ›Haus der Schandtaten‹ ... äh ...«

»Auf Ihr Wohl, Kommissar«, sagte nicht gerade ungeniert jener, von dem die Rede war.

Im selben Augenblick fiel Maigret auf, dass Doktor Michoux, der kaum den Mund aufgetan hatte, sich nach vorn beugte, um sein Glas gegen das Licht zu betrachten. Seine Stirn lag in Falten. In seinem Gesicht, das von Natur aus blass war, lag ein auffallender Ausdruck von Beunruhigung.

»Einen Augenblick!«, warf er auf einmal ein, nachdem er lange gezögert hatte.

Er hielt sich das Glas unter die Nase, tauchte einen Finger hinein, den er mit der Zungenspitze leicht berührte. Servières brach in schallendes Gelächter aus.

»Du meine Güte! Lässt der sich von der Geschichte von Mostaguen doch tatsächlich verrückt machen ...«

»Was ist?«, fragte Maigret.

»Ich glaube, wir trinken besser nicht ... Emma! Geh mal zum Apotheker nebenan und sag ihm, er soll herkommen ... Auch wenn er schon bei Tisch ist ...«

Es war wie eine kalte Dusche. Der Schankraum wirkte leer, noch düsterer als zuvor. Le Pommeret zupfte nervös an seinem Schnurrbart herum. Der Journalist selbst wurde auf seinem Stuhl unruhig.

»Was meinst du?« Der Arzt machte ein finsteres Gesicht. Er starrte noch immer sein Glas ein. Er stand auf und nahm die Flasche Pernod aus dem Wandschrank, betrachtete sie im Licht von allen Seiten, und Maigret sah zwei oder drei kleine weiße Kristalle, die auf der Flüssigkeit schwammen.

Das Serviermädchen kam wieder, gefolgt vom Apotheker, der noch kaute.

»Hören Sie mal, Kerdivon... Sie müssen uns unverzüglich den Inhalt dieser Flasche und der Gläser analysieren...«

»Heute?«

»Jetzt gleich!«

»Welche Probe soll ich machen? Was meinen Sie?«

Noch nie zuvor hatte Maigret den bleichen Schatten der Angst so rasch anwachsen sehen. Einige Augenblicke hatten genügt. Alle Wärme war aus den Blicken verschwunden, und das Kupferrot auf den Wangen von Le Pommeret schien etwas Künstliches zu haben.

Das Serviermädchen hatte sich mit den Ellbogen auf die Kasse aufgestützt und feuchtete die Mine eines Bleistifts an, um Zahlen in ein Heft, das in schwarzes Wachstuch eingeschlagen war, einzutragen.

»Du spinnst ja!«, versuchte Servières einzuwerfen.

Es klang unecht. Der Apotheker hielt die Flasche in der einen Hand, ein Glas in der andern.

»Strychnin...«, flüsterte der Arzt. Und er schob den andern nach draußen, kam wieder herein, den Kopf gesenkt, gelb im Gesicht.

»Wie sind Sie darauf gekommen?«, begann Maigret.

»Keine Ahnung... Ein Zufall... Ich habe ein weißes Pulverkörnchen in meinem Glas bemerkt... Der Geruch kam mir so eigenartig vor.«

»Kollektive Autosuggestion!«, behauptete der Journalist. »Wenn ich das morgen in meinem Blatt erwähne, dann ist das der Bankrott von allen Bistros im Departement Finistère.«

»Trinken Sie immer Pernod?«

»Jeden Abend vor dem Essen … Emma ist so sehr daran gewöhnt, dass sie sofort welchen bringt, wenn sie feststellt, dass unsere Halben leer sind. Wir haben unsere lieben Gewohnheiten. Abends ist es dann Calvados.«

Maigret stellte sich vor den Schrank mit den Likören und erblickte eine Flasche Calvados.

»Nicht den da! Die dickbauchige Karaffe …«

Er nahm sie, betrachtete sie im Licht von allen Seiten und sah ein paar weiße Pulverkörnchen. Er sagte jedoch nichts. Es war nicht nötig. Die anderen hatten begriffen.

Inspektor Leroy trat ein, verkündete mit teilnahmsloser Stimme:

»Der Gendarmerie ist nichts Verdächtiges aufgefallen. Keine Herumtreiber in der Gegend … Man versteht nicht …«

Er wunderte sich über die Stille, die herrschte, über die greifbare, beklemmende Atmosphäre der Angst. Tabakqualm schwebte um die Glühlampen. Das grünliche Tuch des Billardtischs präsentierte sich wie ein kahler Rasen. Zigarettenstummel lagen auf dem Boden herum, auch Spucke hie und da im Sägemehl.

»… sieben, behalte eins …«, sagte Emma, wobei sie die Spitze ihres Bleistifts anfeuchtete.

Und aufblickend rief sie ins Hinterzimmer:

»Ich komme, Madame!«

Maigret stopfte seine Pfeife. Doktor Michoux starrte

unentwegt auf den Boden, und seine Nase wirkte so schief wie nie zuvor. Die Schuhe von Le Pommeret glänzten, so als wären sie nie zum Gehen benutzt worden. Jean Servières zuckte hin und wieder mit den Achseln und sprach mit sich selbst.

Alle Blicke richteten sich auf den Apotheker, als dieser mit der Flasche und einem leeren Glas wiederkam.

Er war gelaufen. Er war völlig außer Atem. In der Tür trat er mit dem Fuß ins Leere, um irgendetwas zu verscheuchen, und brummelte:

»Mistköter!«

Und, kaum im Café:

»Das ist doch wohl ein Jux, oder? Hat jemand davon getrunken?«

»Was ist?«

»Strychnin, ja! Man muss es vor höchstens einer halben Stunde in die Flasche getan haben.«

Mit Grausen betrachtete er die noch vollen Gläser, die fünf schweigenden Männer.

»Was soll das heißen? Das ist unerhört! Ich habe ein Recht darauf, es zu erfahren! Letzte Nacht wird neben meiner Haustür ein Mann umgebracht… Und heute…«

Maigret nahm ihm die Flasche aus der Hand. Emma kam wieder, teilnahmslos, und zeigte über der Kasse ihr längliches Gesicht mit den Ringen unter den Augen, den schmalen Lippen, ihr schlecht gekämmtes Haar, auf dem das bretonische Häubchen fortwährend nach links rutschte, obwohl sie es ständig zurechtschob.

Le Pommeret ging mit großen Schritten auf und ab, wobei er seine glänzenden Schuhe betrachtete. Jean Servières starrte regungslos die Gläser an, und seine Stimme erstickte in einem entsetzten Schluchzer, als es auf einmal aus ihm herausplatzte:

»Um Gottes willen!«

Der Arzt zog die Schultern ein.

2

Der Doktor in Hausschuhen

Inspektor Leroy, der fünfundzwanzig Jahre alt war, glich eher einem sogenannten wohlerzogenen jungen Mann als einem Polizeiinspektor. Er kam frisch von der Schule. Dies war sein erster Fall, und seit einer Weile beobachtete er Maigret mit betrübter Miene und versuchte, unauffällig dessen Aufmerksamkeit zu erregen.

Schließlich flüsterte er errötend: »Entschuldigen Sie, Kommissar… Aber… die Fingerabdrücke…«

Er musste wohl glauben, dass sein Chef einer von der alten Schule sei und nichts vom Wert wissenschaftlicher Untersuchungsmethoden wisse, denn Maigret tat einen Zug aus seiner Pfeife und meinte:

»Wenn Sie wollen…«

Schon war Inspektor Leroy verschwunden und trug die Flasche und die Gläser behutsam auf sein Zimmer, wo er dann den Abend damit verbrachte, eine mustergültige Verpackung anzufertigen, deren Schema er in der Tasche hatte und die dazu erdacht worden war, Gegenstände zu versenden, ohne die Fingerabdrücke zu verwischen.

Maigret hatte in einer Ecke des Cafés Platz genommen. Der Wirt in weißem Kittel und mit einer Kochmütze auf dem Kopf betrachtete sein Haus mit einem Blick, als sei es von einem Wirbelsturm verwüstet worden.

Der Apotheker hatte geredet. Draußen hörte man die Leute flüstern. Jean Servières setzte als Erster den Hut auf.

»Das hier ist nicht alles! Ich bin verheiratet, und Madame Servières wartet auf mich! Bis später, Kommissar ...«

Le Pommeret hielt in seinem Hinundhergehen inne.

»Warte auf mich! Ich gehe auch zum Abendessen ... Bleibst du, Michoux?«

Der Arzt antwortete bloß mit einem Achselzucken. Der Apotheker wollte sich unbedingt in den Vordergrund spielen. Maigret hörte, wie er zum Wirt sagte:

»... und dass es wohlgemerkt notwendig ist, den Inhalt aller Flaschen zu analysieren! Da schließlich jemand von der Polizei hier ist, braucht er mir nur den entsprechenden Auftrag zu erteilen ...«

Mehr als sechzig Flaschen mit verschiedenen Aperitifs und Likören standen im Wandschrank.

»Was halten Sie davon, Kommissar?«

»Das ist eine Idee ... Ja, das ist vielleicht gar nicht so dumm ...«

Der Apotheker war klein, hager und nervös. Er bewegte sich dreimal so viel hin und her, wie notwendig gewesen wäre. Man musste einen Flaschenkorb für ihn holen. Dann rief er ein Café in der Altstadt an, damit man seinem Gehilfen ausrichte, dass er ihn brauche.

Mit bloßem Kopf legte er geschäftig fünf- oder sechsmal den Weg vom Hôtel de l'Amiral zu seinem Labor zurück, wobei er jedoch die Zeit fand, den Neugierigen, die auf dem Bürgersteig versammelt waren, ein paar Worte zu sagen.

»Was soll ich bloß machen, wenn man mir alle Getränke fortschleppt?«, seufzte der Wirt. »Und kein Mensch kommt auf den Gedanken, etwas zu essen! Nehmen Sie kein Abendessen, Kommissar?... Und Sie, Doktor?... Gehen Sie nach Hause?«

»Nein... Meine Mutter ist in Paris... Das Dienstmädchen hat Urlaub...«

»Sie übernachten also hier?«

Es regnete. Die Straßen waren voll von schwarzem Morast. Der Wind rüttelte an den Fensterläden im ersten Stock. Maigret hatte im Speisesaal zu Abend gegessen, nicht weit von jenem Tisch, an welchem der Arzt mit finsterer Miene Platz genommen hatte.

Durch die kleinen, grünen Fensterscheiben hindurch erahnte man draußen die Köpfe der Neugierigen, die hin und wieder ihr Gesicht an die Scheiben drückten. Das Serviermädchen war für eine halbe Stunde fort gewesen, um selber zu Abend zu essen. Danach hatte sie ihren gewohnten Platz rechts von der Kasse wieder eingenommen, einen Ellbogen darauf gestützt, eine Serviette in der Hand.

»Bringen Sie mir eine Flasche Bier«, sagte Maigret.

Er spürte ganz deutlich, dass der Arzt ihn beim Trinken beobachtete und danach so, als warte er auf die Symptome einer Vergiftung.

Jean Servières kam nicht zurück, obwohl er es angekündigt hatte. Auch Le Pommeret nicht. Somit blieb das Café leer, denn keiner wollte so recht hereinkommen, geschweige denn etwas trinken. Draußen wurde behauptet, dass alle Flaschen vergiftet gewesen seien.

»Es hätte gereicht, um die ganze Stadt damit umzubringen!«

Von seiner Villa in Sables Blancs rief der Bürgermeister an, um zu erfahren, was denn los sei. Danach herrschte düstere Stille. Doktor Michoux in der Ecke blätterte Zeitungen durch, ohne sie zu lesen. Das Serviermädchen rührte sich nicht vom Fleck. Maigret rauchte, gelassen, und hin und wieder kam der Wirt und vergewisserte sich mit einem Blick, dass sich kein weiteres Unglück ereignet hatte.

Man hörte die Turmuhr der Altstadt die vollen und die halben Stunden schlagen. Das Getrappel und Getuschel auf dem Bürgersteig nahm ein Ende, und bald war nur noch das monotone Klagen des Windes, das Trommeln des Regens auf die Scheiben zu hören.

»Übernachten Sie hier?«, fragte Maigret den Arzt.

Es war so still, dass lautes Sprechen schon als Belästigung empfunden wurde.

»Ja… Das kommt ab und zu vor. Ich wohne mit meiner Mutter zusammen, drei Kilometer vor der Stadt… Eine riesige Villa… Meine Mutter ist für ein paar Tage nach Paris gefahren, und das Dienstmädchen hat mich um Urlaub gebeten, um zur Hochzeit ihres Bruders gehen zu können.«

Er stand auf, zögerte, sagte ziemlich unvermittelt:

»Gute Nacht.«

Und er verschwand im Treppenhaus. Man hörte, wie er im ersten Stock, unmittelbar über Maigrets Kopf, seine Schuhe auszog. Im Café blieben nur noch das Serviermädchen und der Kommissar.

»Komm her!«, sagte er und wandte sich auf seinem Stuhl zu ihr um.

Und da sie in steifer Haltung stehen blieb, fügte er hinzu:

»Setz dich. Wie alt bist du?«

»Vierundzwanzig…«

Sie war von übertriebener Unterwürfigkeit. Die dunklen Ringe unter ihren Augen, ihre Art und Weise, ohne irgendwo anzustoßen, lautlos vorüberzuhuschen, beim geringsten Wort ängstlich zu zittern, passten recht gut zu der Vorstellung von einer Spülmagd, die harte Worte gewohnt ist. Und doch spürte man, dass sich dahinter so etwas wie ein Anflug von Stolz verbarg, den sie bemüht war nicht nach außen dringen zu lassen.

Sie litt an Blutarmut. Ihre flache Brust war nicht dazu geschaffen, Sinnlichkeit zu erwecken. Dennoch übte sie durch das, was an Unruhe, Entmutigung und Kränklichkeit in ihr war, Anziehungskraft aus.

»Was hast du gemacht, bevor du hier angefangen hast zu arbeiten?«

»Ich bin Waise. Mein Vater und mein Bruder sind im Meer ertrunken, auf dem Zweimaster ›Trois-Mages‹ … Meine Mutter ist schon lange tot… Ich war zuerst Verkäuferin in der Schreibwarenhandlung an der Place de la Poste…«

Wonach suchte ihr unruhiger Blick?

»Hast du einen Liebhaber?«

Ohne ein Wort zu sagen, wandte sie den Kopf ab, und Maigret, die Augen auf ihr Gesicht geheftet, rauchte langsamer und trank einen Schluck Bier.

»Es gibt doch bestimmt Gäste, die dir den Hof machen! Die, die vorhin hier waren, sind Stammgäste… Sie kommen jeden Abend… Sie mögen hübsche Mädchen… Also! Wer von ihnen?«

Sie wurde noch bleicher, verzog überdrüssig den Mund und brachte hervor:

»Vor allem der Arzt...«

»Bist du seine Geliebte?«

Mit einer Anwandlung von Vertrauen sah sie ihn an.

»Er hat noch andere... Hin und wieder bin ich an der Reihe, wenn er Lust darauf hat... Er übernachtet hier... Und dann fordert er mich auf, zu ihm auf sein Zimmer zu kommen...«

Selten hatte Maigret ein derart plattes Geständnis gehört.

»Gibt er dir etwas dafür?«

»Ja... Nicht immer. Zwei- oder dreimal, als ich Ausgang hatte, hat er mich zu sich nach Hause kommen lassen. Erst vorgestern wieder... Er nutzt die Gelegenheit, dass seine Mutter verreist ist. Aber er hat noch andere Mädchen.«

»Und Monsieur Le Pommeret?«

»Genau das Gleiche. Nur, dass ich erst einmal zu ihm gegangen bin, und das ist schon lange her. Eine Arbeiterin aus der Sardinenfabrik war dort und... und ich wollte nicht! Jede Woche haben sie andere...«

»Auch Monsieur Servières?«

»Das ist etwas anderes. Er ist verheiratet. Er amüsiert sich anscheinend in Brest. Hier schäkert er bloß und kneift mich im Vorbeigehen...«

Es regnete noch immer. In der Ferne heulte das Nebelhorn eines Schiffes, das wohl die Einfahrt in den Hafen suchte.

»Und das geht das ganze Jahr über so?«

»Nicht das ganze Jahr. Im Winter sind sie alleine. Hin

und wieder trinken sie eine Flasche mit einem Vertreter. Aber im Sommer herrscht Hochbetrieb. Das Hotel ist voll. Abends trinken sie zu zehnt oder zu fünfzehnt Champagner oder halten in den Villen ihre Gelage ab ... Mit Autos, schönen Frauen ... Unsereins hat die Arbeit. Im Sommer bediene nicht ich, sondern richtige Kellner. Ich bin dann unten, beim Geschirrspülen ...«

Wonach suchte sie bloß ringsum? Sie saß schief auf dem Rand ihres Stuhles und schien drauf und dran, mit einem Ruck aufzustehen. Eine schrille Klingel schellte. Sie sah Maigret an, dann die Klingeltafel hinter der Kasse.

»Sie erlauben?«

Sie ging hinauf. Der Kommissar hörte Schritte, ein verworrenes Gemurmel im Zimmer des Arztes.

Der Apotheker kam herein, ein wenig angetrunken.

»Es ist geschafft, Kommissar! Achtundvierzig Flaschen analysiert! Und zwar richtig, das können Sie mir glauben! Nirgendwo sonst eine Spur von Gift als im Pernod und im Calvados. Der Wirt braucht bloß seine Sachen wieder abholen zu lassen ... Sagen Sie mal, unter uns, was meinen Sie? Anarchisten, oder nicht?«

Emma kam wieder, ging auf die Straße hinaus, um die Fensterläden zu schließen, und wartete darauf, die Tür absperren zu können.

»Na?«, fragte Maigret, als sie erneut alleine waren.

Sie wandte den Kopf ab, ohne eine Antwort zu geben, mit unerwarteter Scham, und dem Kommissar kam es so vor, als würde sie in Tränen ausbrechen, wenn er sie nur ein wenig anstoßen würde.

»Gute Nacht, mein Kleines!«, sagte er zu ihr.

Als der Kommissar nach unten ging, hielt er sich für den Ersten, der aufgestanden war, so sehr war der Himmel von Wolken verdunkelt. Vom Fenster aus hatte er den menschenleeren Hafen gesehen, wo ein einsamer Kran einen Sandfrachter entlud. Auf den Straßen huschten ein paar Leute mit Regenschirmen und Regenmänteln dicht an den Häuserwänden entlang.

In der Mitte der Treppe begegnete er einem Vertreter, der gerade eintraf und dessen Koffer von einem Dienstmann getragen wurde.

Emma kehrte den Saal im Erdgeschoss. Auf einem Marmortisch stand eine Tasse mit einem Rest Kaffee.

»Wo ist mein Inspektor?«, fragte Maigret.

»Er hat mich schon vor einiger Zeit nach dem Weg zum Bahnhof gefragt, um ein dickes Paket hinzubringen.«

»Und der Doktor?«

»Ich habe ihm sein Frühstück hinaufgebracht… Er ist krank… Er will nicht herauskommen.«

Und wieder kehrte der Besen den mit Sägemehl vermischten Staub auf.

»Was möchten Sie?«

»Schwarzen Kaffee.«

Sie musste ganz dicht an ihm vorbeigehen, um in die Küche zu gelangen. In diesem Augenblick packte er sie mit seinen großen Händen an den Schultern, blickte ihr in die Augen, barsch und herzlich zugleich.

»Raus mit der Sprache, Emma!«

Sie versuchte mit einer schüchternen Bewegung freizukommen, hielt still, bebend, und machte sich so klein wie möglich.

»Unter uns gesagt, was weißt du?… Sei still… Du lügst ja doch! Du bist ein armes, kleines Ding, und ich habe keine Lust, dich in Schwierigkeiten zu bringen. Sieh mich an! Die Flasche… Stimmt's? Rede schon, jetzt…«

»Ich schwöre Ihnen…«

»Du brauchst nicht zu schwören.«

»Ich war es nicht.«

»Das weiß ich auch, zum Donnerwetter, dass du es nicht warst! Aber wer war es?«

Mit einem Mal schwollen ihre Lider an. Tränen quollen hervor. Ihre Unterlippe bebte krampfhaft, und so bot das Serviermädchen einen derart ergreifenden Anblick, dass Maigret sie losließ.

»Der Doktor… letzte Nacht?«

»Nein! Nicht das, woran Sie denken…«

»Was wollte er?«

»Er hat mich dasselbe gefragt wie Sie… Er hat mir gedroht… Er wollte, dass ich ihm sage, wer die Flasche angerührt hat… Er hat mich beinahe geschlagen… Und ich habe doch keine Ahnung… Bei allem, was mir heilig ist, ich schwöre, dass…«

»Bring mir meinen Kaffee.«

Es war acht Uhr morgens. Maigret ging Tabak kaufen, machte einen Rundgang durch die Stadt. Als er gegen zehn wiederkam, saß der Arzt im Café, in Hausschuhen, einen Foulard anstelle des falschen Kragens um den Hals. Seine Züge waren abgespannt, sein rotes Haar schlecht gekämmt.

»Sie sehen nicht aus, als ob Sie sich wohl fühlten…«

»Ich bin krank… Ich hätte es kommen sehen müssen… Es sind die Nieren… Sobald mir das Geringste zustößt, eine Unannehmlichkeit, eine Aufregung, dann wirkt sich das so aus. Ich habe die Nacht kein Auge zugetan.«

Er blickte unverwandt zur Tür.

»Gehen Sie nicht nach Hause?«

»Es ist niemand dort. Hier werde ich besser gepflegt.«

Er hatte alle Morgenzeitungen holen lassen; sie lagen auf dem Tisch.

»Haben Sie meine Freunde gesehen? … Servières? … Le Pommeret? … Es ist seltsam, dass sie nicht gekommen sind, um Neues zu erfahren …«

»Ach was, sicher schlafen sie noch«, seufzte Maigret. »Übrigens, diesen fürchterlichen gelben Hund habe ich nicht gesehen … Emma! Haben Sie vielleicht den Hund wieder gesehen? … Nein? Da kommt Leroy, vielleicht ist er ihm auf der Straße begegnet. Was gibt's Neues, Leroy?«

»Die Flakons und die Gläser sind auf dem Weg zum Labor. Ich habe bei der Gendarmerie und beim Rathaus vorbeigeschaut. Sie haben von diesem Hund gesprochen, ja? Ein Bauer hat ihn anscheinend heute Morgen im Garten von Monsieur Michoux gesehen …«

»In meinem Garten?«

Der Arzt war aufgestanden. Seine weißen Hände zitterten.

»Was hat er in meinem Garten gemacht?«

»Nach dem, was mir erzählt wurde, lag er vor der Haustür, und als der Bauer näher gekommen ist, hat er so geknurrt, dass der Mann lieber das Weite gesucht hat …«

Maigret beobachtete die Gesichter aus dem Augenwinkel.

»Was meinen Sie, Doktor, sollen wir nicht gemeinsam zu Ihnen nach Hause gehen?«

Ein gezwungenes Lächeln:

»Bei diesem Regen? In meinem Zustand? Da würde ich mir mindestens acht Tage Bettruhe einhandeln ... Was hat dieser Hund schon zu bedeuten! Sicher ein ganz gewöhnlicher streunender Köter ...«

Maigret setzte seinen Hut auf und zog seinen Mantel über.

»Wohin gehen Sie?«

»Ich weiß nicht ... Frische Luft schnappen ... Kommen Sie mit, Leroy?«

Als sie draußen waren, konnten sie noch den länglichen Kopf des Arztes erkennen, den die Scheiben verzerrten, noch länger machten und grünlich einfärbten.

»Wohin gehen wir?«, fragte der Inspektor.

Maigret zuckte mit den Achseln, schlenderte eine Viertelstunde ziellos um das Hafenbecken herum, wie jemand, der sich für Schiffe interessiert. In der Nähe der Mole angelangt, schlug er einen Weg ein, den ein Schild als die Straße nach Sables Blancs auswies.

»Wenn man die Zigarettenasche analysiert hätte, die auf dem Flur des leerstehenden Hauses gefunden wurde ...«, begann Leroy nach einem Räuspern.

»Was halten Sie von Emma?«, unterbrach ihn Maigret.

»Ich ... Ich glaube ... Nach meiner Meinung besteht die Schwierigkeit, besonders in dieser Gegend, wo alle sich kennen, darin, sich so viel Strychnin zu beschaffen ...«

»Das will ich gar nicht von Ihnen wissen ... Wären Sie zum Beispiel gerne ihr Liebhaber?«

Dem armen Inspektor fiel nichts ein, was er hätte antworten können. Und Maigret hieß ihn haltmachen und seinen Mantel öffnen, um sich, vor dem Wind geschützt, eine Pfeife anstecken zu können.

Der Strand von Sables Blancs, gesäumt von einigen Villen, darunter ein prächtiger Wohnsitz, der die Bezeichnung Schloss verdiente und dem Bürgermeister gehörte, erstreckte sich zwischen zwei felsigen Landzungen, drei Kilometer von Concarneau entfernt.

Maigret und sein Begleiter wateten durch den mit Tang bedeckten Schlick und sahen kaum zu den leeren Häusern hin, deren Fensterläden geschlossen waren. Jenseits des Strandes stieg das Gelände an. Von Fichten gekrönte Felsen fielen steil zum Meer ab.

Ein großes Schild: »Baugrundstück Sables Blancs«. Ein Plan in verschiedenen Farben mit den Parzellen, die schon verkauft, und jenen, die noch zu vergeben waren. Eine Holzbude: »Verkauf der Grundstücke«.

Schließlich der Hinweis: »Falls nicht besetzt, bitte an den Verwalter, Monsieur Ernest Michoux, wenden.«

Im Sommer, wenn alles frisch gestrichen war, musste das etwas Heiteres haben. Im Regen und im Schlamm, im Tosen der Brandung hatte es eher etwas Unheilvolles.

In der Mitte eine große, neue Villa, aus grauem Stein, mit Terrasse, Teich und Beeten, die noch nicht in Blüte standen.

In einiger Entfernung die Rohbauten weiterer Villen: ein paar Mauern, die aus dem Boden ragten und schon die Räume andeuteten…

An der Holzbude fehlten ein paar Scheiben. Sandhaufen warteten darauf, auf die neue Straße verteilt zu werden, die von einer Presswalze zur Hälfte versperrt wurde. Oben auf der Klippe ein Hotel, oder vielmehr ein künftiges Hotel, ein Rohbau, mit Mauern von grellem Weiß und Fenstern, die mit Brettern und Pappe abgedeckt waren.

Maigret ging in aller Ruhe voran, stieß die Schranke zur Seite, die Zugang zur Villa von Doktor Michoux gewährte. Als er beim Eingang stand und nach dem Türknauf griff, murmelte Inspektor Leroy:

»Wir haben keinen Durchsuchungsbefehl! Meinen Sie nicht, dass …?«

Wieder einmal zuckte sein Chef mit den Achseln. Auf den Wegen waren die tiefen Spuren zu sehen, die die Pfoten des gelben Hundes hinterlassen hatten. Es gab noch weitere Spuren: von riesigen Füßen in Nagelschuhen. Mindestens Größe sechsundvierzig!

Der Türknauf drehte sich. Wie durch Zauberei öffnete sich die Tür, und auf dem Teppich waren die gleichen Schlammspuren festzustellen: die des Hundes und der besagten Schuhe.

Die kompliziert gebaute Villa war protzig eingerichtet. Überall Nischen, Divane, niedrige Bücherschränke, bretonische Schrankbetten, die zu Vitrinen umgebaut waren, kleine türkische oder chinesische Tische. Viele Teppiche und Behänge! Aus allem sprach sichtlich der Wille zur Gestaltung eines rustikal-modernen Ganzen.

Einige bretonische Landschaften. Signierte Akte mit Widmung: *Dem lieben Freund Michoux*, ja sogar: *Dem Freund der Künstler*.

Missmutig besah sich der Kommissar den Klimbim, während diese falsche Vornehmheit auf Inspektor Leroy nicht ohne Eindruck blieb.

Und Maigret öffnete die Türen, warf einen Blick in die Zimmer. Manche waren nicht möbliert. Der Gips auf den Wänden war kaum trocken.

Zu guter Letzt stieß er eine Tür mit dem Fuß auf, und ein zufriedenes Murmeln kam über seine Lippen, als er die Küche sah. Auf dem weißen Holztisch standen zwei leere Flaschen Bordeaux.

Etwa zehn Konservendosen waren ungeschickt geöffnet worden, mit irgendeinem Messer. Der Tisch war schmutzig, fettig. Man hatte direkt aus den Dosen gegessen – Heringe in Weißwein, kaltes Ragout, Steinpilze und Aprikosen.

Der Boden war bekleckert. Fleischreste lagen herum. Eine Flasche Weinbrand war zerbrochen, und der Geruch von Alkohol vermischte sich mit dem der Lebensmittel.

Maigret sah seinen Begleiter mit einem verschmitzten Lächeln an:

»Glauben Sie, Leroy, dass der Doktor diese Schweinerei angerichtet hat?«

Und da der andere in seiner Verblüffung keine Antwort gab:

»Seine Mama auch nicht, so hoffe ich! Und schon gar nicht das Dienstmädchen! Sehen Sie mal! Sie haben doch eine Vorliebe für Abdrücke... Das da sind aber wohl eher Schlammkrusten in Form einer Schuhsohle... Größe fünfundvierzig oder sechsundvierzig... Und die Spuren vom Hund!«

Er stopfte sich eine weitere Pfeife, nahm Schwefelhölzer von einem Regal.

»Halten Sie alles fest, was es hier drin festzuhalten gibt! An Arbeit fehlt es nicht... Bis gleich!«

Er ging fort, beide Hände in den Taschen, den Mantelkragen hochgeschlagen, den Strand von Sables Blancs entlang.

Als er das Hôtel de l'Amiral betrat, bemerkte er zuerst Doktor Michoux in seiner Ecke, noch immer in Hausschuhen, unrasiert, seinen Foulard um den Hals.

Le Pommeret, ebenso korrekt wie am Abend zuvor, saß neben ihm, und die beiden Männer ließen den Kommissar näher kommen, ohne ein Wort zu sagen.

Schließlich brachte der Doktor mit tonloser Stimme hervor:

»Wissen Sie, was ich gerade erfahre?... Servières ist verschwunden... Seine Frau ist halb am Durchdrehen... Seit er uns gestern Abend verlassen hat, ist er nicht wieder gesehen worden...«

Maigret fuhr zusammen, nicht dessentwegen, was er da erfuhr, sondern weil er gerade den gelben Hund zu Emmas Füßen erblickte.

3

Angst in Concarneau

Le Pommeret hatte das Bedürfnis, dies zu bestätigen, weil er sich gerne reden hörte.

»Gerade vorhin hat sie mich zu Hause aufgesucht und mich angefleht, Nachforschungen anzustellen. Servières, der mit richtigem Namen Goyard heißt, ist ein alter Kamerad…«

Maigrets Blick wanderte vom gelben Hund zur Tür, die sich öffnete, zu dem Zeitungsverkäufer, der wie ein Windstoß hereinkam, und fiel schließlich auf eine Schlagzeile in Fettdruck, die von weitem zu lesen war:

Angst in Concarneau

Im Untertitel hieß es dann:

Jeden Tag ein Verbrechen
Unser Mitarbeiter Jean Servières verschwunden
Blutspuren in seinem Wagen
Wer ist der Nächste?

Maigret hielt den Zeitungsjungen am Ärmel fest.

»Hast du schon viele verkauft?«

»Zehnmal so viele wie sonst. Wir kommen zu dritt vom Bahnhof her.«

Wieder losgelassen, setzte der Junge seinen Weg am Quai entlang fort und rief:

»*Le Phare de Brest*… Sondernummer…«

Der Kommissar hatte noch nicht einmal Zeit gehabt, den Artikel zu beginnen, als Emma verkündete:

»Sie werden am Telefon verlangt.«

Eine wütende Stimme, die des Bürgermeisters:

»Hallo, waren Sie es, Kommissar, der das Erscheinen dieses blöden Artikels veranlasst hat?… Und ich bin nicht einmal auf dem Laufenden! Ich erwarte, dass man mich als Ersten darüber in Kenntnis setzt, was in dieser Stadt vorgeht, deren Oberhaupt ich bin! Was ist mit diesem Wagen? Und mit diesem Mann mit den großen Füßen? In der letzten halben Stunde habe ich über zwanzig Anrufe von aufgeregten Bürgern bekommen, die mich fragten, ob diese Nachrichten stimmten… Ich sage Ihnen noch einmal, dass ich in Zukunft verlange, dass…«

Ohne mit der Wimper zu zucken, legte Maigret auf, ging ins Café zurück, setzte sich und begann zu lesen. Michoux und Le Pommeret überflogen die gleiche Zeitung, die auf dem Marmortisch lag.

Unser tüchtiger Mitarbeiter Jean Servières hat an dieser Stelle selbst über die Ereignisse berichtet, zu deren Schauplatz Concarneau vor kurzem geworden ist. Es geschah am Freitag. Ein ehrenwerter Kaufmann der Stadt, Monsieur Mostaguen, verließ das Hôtel de l'Amiral, machte in einem Hauseingang halt, um sich eine Zigarre anzuzünden, als ihn durch den Briefkasten des Hauses, eines unbewohnten Hauses, eine Kugel in den Bauch traf.

Am Samstag traf Kommissar Maigret, der erst kürzlich von Paris entsendet und mit der Leitung der mobilen Brigade von Rennes beauftragt wurde, am Tatort ein, was nicht verhinderte, dass sich ein weiteres Verbrechen ereignete.

Am Abend wurde uns nämlich telefonisch mitgeteilt, dass drei Notabeln der Stadt, die Herren Le Pommeret, Jean Servières und Doktor Michoux, zu denen sich die Untersuchungsbeamten gesellt hatten, beim Aperitif feststellten, dass der ihnen servierte Pernod eine starke Dosis Strychnin enthielt.

Und nun ist am heutigen Sonntagmorgen das Auto von Jean Servières in der Nähe des Flusses Saint-Jacques aufgefunden worden, verlassen von seinem Besitzer, der seit Samstagabend nicht mehr gesehen worden ist.

Der Vordersitz ist blutbefleckt. Eine Scheibe ist eingeschlagen, und alles deutet darauf hin, dass ein Kampf stattgefunden hat.

Drei Tage: drei Verbrechen! Man begreift, dass die Angst Concarneau zu beherrschen beginnt, dessen Bürger sich mit Beklemmung fragen, wer wohl das nächste Opfer sein wird.

Unruhe in der Bevölkerung stiftet besonders das geheimnisvolle Auftauchen eines gelben Hundes, den niemand kennt, der keinen Herrn zu haben scheint und der bei jedem neuen Unglücksfall angetroffen wird.

Hat dieser Hund die Polizei etwa schon auf eine heiße Spur geführt? Und wird nicht ein Individuum gesucht, das noch nicht identifiziert worden ist, an verschiedenen Stel-

len jedoch seltsame Spuren hinterlassen hat, nämlich Fußspuren überdurchschnittlicher Größe?

Ein Wahnsinniger? Ein Herumtreiber? Hat er all diese Untaten begangen? Auf wen hat er es heute Abend abgesehen?

Sicherlich wird er an den Rechten geraten, denn die aufgeschreckten Bürger werden sich vorsichtshalber bewaffnen und beim geringsten Alarm auf ihn schießen.

Einstweilen ist die Stadt am heutigen Sonntag wie tot, und die Stimmung erinnert an die Fliegeralarme während des Krieges in den Städten Nordfrankreichs.

Maigret sah durch die Scheiben hinaus. Es regnete nicht mehr, aber die Straßen waren voll von schwarzem Morast, und der Wind blies unvermindert heftig. Der Himmel war bleigrau.

Leute kamen aus der Messe. Nahezu alle hielten den *Phare de Brest* in der Hand. Und alle Gesichter wandten sich zum Hôtel de l'Amiral, während so mancher Vorübergehende seinen Schritt beschleunigte.

Gewiss hatte die Stadt etwas Totes an sich. Aber war dies nicht jeden Sonntagmorgen so? Wieder läutete das Telefon. Man hörte, wie Emma antwortete:

»Ich weiß nicht, Monsieur … Ich habe keine Ahnung … Möchten Sie, dass ich den Kommissar rufe? … Hallo! … Hallo! … Unterbrochen …«

»Was ist?«, brummte Maigret.

»Eine Zeitung aus Paris, glaube ich … Sie wollen wissen, ob es weitere Opfer gibt … Sie haben ein Zimmer bestellt …«

»Rufen Sie den *Phare de Brest* für mich an.«

Inzwischen ging er auf und ab, ohne den Arzt, der zusammengesunken auf seinem Stuhl hockte, eines Blickes zu würdigen noch Le Pommeret, der seine schwerberingten Finger betrachtete.

»Hallo … Der *Phare de Brest?* … Kommissar Maigret. Den Direktor bitte! … Hallo! … Sind Sie es? … Gut! Würden Sie mir bitte sagen, um welche Uhrzeit Ihr Machwerk heute Morgen aus der Presse ging? … Was? … Um halb zehn? … Und wer hat den Artikel über die Verbrechen in Concarneau verfasst? … Ach was, erzählen Sie keine Märchen! … Wie bitte? … Der Artikel ist Ihnen zugesandt worden? … Keine Unterschrift? … Sie veröffentlichen also jede anonyme Information, die Ihnen zugeht? … Es hat mich sehr gefreut!«

Er wollte durch die Tür hinausgehen, die unmittelbar zum Quai hinausführte, und fand sie verschlossen.

»Was hat das zu bedeuten?«, fragte er Emma und sah ihr dabei in die Augen.

»Der Doktor …«

Er sah Michoux an, dessen Kopf schiefer denn je aussah, zuckte mit den Achseln und ging durch eine andere Tür hinaus. Die Läden der meisten Geschäfte waren geschlossen. Die Leute im Sonntagsstaat hatten es eilig.

Jenseits des Hafenbeckens, wo die Schiffe vor Anker lagen, stieß Maigret auf die Mündung des Flusses Saint-Jacques, ganz am Ende der Stadt, dort, wo nur noch vereinzelt Häuser standen, weil die Werften sich immer weiter ausdehnten. Schiffsrohbauten lagen am Quai. Alte Kähne verrotteten im Schlick.

Dort, wo sich eine Steinbrücke über den Fluss schwang, der dann in den Hafen einmündete, stand eine Gruppe von Schaulustigen um einen kleinen Wagen herum. Um dorthin zu gelangen, war ein kleiner Umweg nötig, denn die Quais waren durch Baustellen versperrt. An den Blicken, die ihm zugeworfen wurden, merkte Maigret, dass jeder ihn schon kannte. Und an den Eingängen zu den geschlossenen Geschäften sah er Leute aufgeregt tuscheln.

Endlich gelangte er zu dem Wagen, der am Straßenrand abgestellt worden war, öffnete mit einem Ruck die Tür, so dass Glasscherben zu Boden fielen, und er brauchte nicht erst zu suchen, um die braunroten Flecken auf dem Stoff des Sitzes zu sehen.

Um ihn drängten sich vor allem kleine Buben und großsprecherische Jugendliche.

»Das Haus von Monsieur Servières?«

Zu zehnt führten sie ihn hin. Es lag dreihundert Meter weiter, etwas abseits, ein Bürgerhaus, umgeben von einem Garten. Die Eskorte blieb vor dem Gitter stehen, während Maigret läutete und von einem kleinen Dienstmädchen mit verstörtem Gesicht hineingeführt wurde.

»Ist Madame Servières da?«

Schon öffnete sich die Tür zum Esszimmer.

»Reden Sie schon, Kommissar! Glauben Sie, dass er ermordet worden ist? Ich bin völlig außer mir … Ich …«

Eine biedere Frau von etwa vierzig Jahren, die wie eine gute Hausfrau wirkte, wofür auch die Sauberkeit ihrer Wohnung sprach.

»Sie haben Ihren Mann nicht mehr gesehen, seit …?«

»Gestern Abend kam er zum Essen … Mir ist aufgefallen,

dass er besorgt war, aber er hat mir nichts sagen wollen… Seinen Wagen hatte er vor der Tür abgestellt, was bedeutete, dass er abends ausging, um seine Partie Karten im Café des Hôtel de l'Amiral zu spielen, das wusste ich. Ich habe ihn gefragt, ob er spät nach Hause käme. Um zehn bin ich zu Bett gegangen… Ich bin lange wach geblieben. Ich habe gehört, wie es elf schlug, dann halb zwölf… Aber es kam öfter vor, dass er spät nach Hause kam. Ich muss dann wohl eingeschlafen sein. Mitten in der Nacht bin ich aufgewacht. Ich habe mich gewundert, dass ich ihn nicht neben mir spürte. Da habe ich gedacht, dass ihn jemand nach Brest mitgenommen habe… Hier ist nicht viel los… Und so kommt es manchmal vor… Ich konnte nicht wieder einschlafen. Von fünf Uhr morgens an stand ich hinter dem Fenster auf der Lauer… Er mag es nicht, wenn es so aussieht, als warte ich auf ihn, und noch weniger, wenn ich mich nach ihm erkundige. Um neun bin ich zu Monsieur Le Pommeret gelaufen. Als ich auf einem anderen Weg nach Hause ging, habe ich Leute um den Wagen stehen sehen… Sagen Sie! Weshalb hätte man ihn umbringen sollen? Er ist der beste Mann auf der Welt. Ich bin sicher, dass er keine Feinde hat…«

Eine Gruppe von Leuten wartete vor dem Gitter.

»Anscheinend gibt es Blutspuren… Ich habe Leute gesehen, die eine Zeitung lasen, aber niemand hat sie mir zeigen wollen…«

»Hatte Ihr Mann viel Geld bei sich?«

»Ich glaube nicht… Wie immer! Drei- oder vierhundert Franc…«

Maigret versprach, sie auf dem Laufenden zu halten, bemühte sich sogar, sie mit belanglosen Sätzen zu beruhigen.

Aus der Küche duftete es nach Hammelkeule. Das Dienstmädchen mit der weißen Schürze begleitete ihn wieder bis zur Tür.

Der Kommisar hatte draußen noch keine hundert Meter zurückgelegt, als ein Passant rasch auf ihn zukam.

»Entschuldigen Sie, Kommissar ... Erlauben Sie, dass ich mich vorstelle ... Monsieur Dujardin, Lehrer ... Seit einer Stunde kommen Leute zu mir, besonders Eltern meiner Schüler, um mich zu fragen, ob an dem Zeitungsbericht etwas Wahres dran sei. Manche wollen wissen, ob sie das Recht haben zu schießen, falls sie den Mann mit den großen Füßen sehen sollten ...«

Maigret war kein Geduldsengel. Er steckte beide Hände in seine Taschen und brummelte dabei:

»Sie können mich mal!«

Und er machte sich auf den Weg zur Stadtmitte.

Es war zum Verrücktwerden! So etwas hatte er noch nie erlebt. Es erinnerte an die Gewitter, wie sie manchmal im Film zu sehen sind. Man zeigt eine Straße in strahlendem Sonnenschein, einen wolkenlosen Himmel. Auf einmal schiebt sich eine Wolke vor die Sonne. Ein heftiger Wind fegt durch die Straße. Graugrünes Licht. Klappernde Fensterläden. Wirbelnde Staubwolken. Dicke Tropfen.

Und dann die Straße im strömenden Regen, unter einem dramatischen Himmel!

Concarneau veränderte sich zusehends. Der Artikel im *Phare de Brest* war nur der Anfang. Lange schon übertrafen die mündlichen Kommentare die schriftliche Version bei weitem.

Und dazu war es noch Sonntag! Die Bewohner hatten

nichts zu tun! Man sah, wie sie zum Wagen von Jean Servières hinspazierten, in dessen Nähe man zwei Polizisten postieren musste. Die Schaulustigen blieben eine Stunde dort und hörten sich die Erklärungen an, die jene abgaben, die besser im Bilde waren.

Als Maigret zum Hôtel de l'Amiral zurückkam, hielt ihn der Wirt mit der weißen Mütze, der von einer ungewohnten Nervosität befallen war, am Ärmel fest.

»Ich muss mit Ihnen reden, Kommissar… Es wird allmählich untragbar…«

»Erst einmal werden Sie mir das Essen servieren.«

»Aber…«

Maigret ging in eine Ecke, setzte sich und bestellte wütend:

»Ein Halbes! Haben Sie zufällig meinen Inspektor gesehen?«

»Er ist fortgegangen… Ich glaube, er ist zum Bürgermeister gerufen worden. Es kam gerade wieder ein Anruf aus Paris. Eine Zeitung hat zwei Zimmer reservieren lassen, für einen Reporter und einen Fotografen.«

»Wo ist der Doktor?«

»Er ist oben… Er hat darum gebeten, niemand zu ihm zu lassen…«

»Und Monsieur Le Pommeret?«

»Er ist gerade gegangen.«

Der gelbe Hund war nicht mehr da. Junge Leute, eine Blume im Knopfloch, das Haar steif von Pomade, saßen am Tisch, tranken jedoch nicht von der Limonade, die sie bestellt hatten. Sie waren gekommen, um etwas zu sehen. Sie waren überstolz, dass sie sich das getraut hatten.

»Komm mal her, Emma.«

Es bestand eine Art spontaner Sympathie zwischen dem Serviermädchen und dem Kommissar. Ungezwungen kam sie zu ihm und ließ sich in eine Ecke ziehen.

»Bist du sicher, dass der Doktor letzte Nacht nicht ausgegangen ist?«

»Ich schwöre Ihnen, ich habe nicht in seinem Zimmer geschlafen.«

»Konnte er hinausgehen?«

»Ich glaube nicht… Er hat Angst… Heute Morgen hat er mich die Tür abschließen lassen, die zum Quai hinausführt.«

»Wieso kennt dich der gelbe Hund?«

»Keine Ahnung. Ich habe ihn noch nie gesehen. Er kommt und geht. Ich frage mich sogar, wer ihm zu fressen gibt.«

»Ist es lange her, seitdem er wieder weg ist?«

»Ich habe nicht aufgepasst.«

Inspektor Leroy kam zurück, nervös.

»Sie wissen, Kommissar, dass der Bürgermeister wütend ist… Und er hat eine hohe Position! Er hat mir gesagt, dass er der Cousin des Justizministers ist. Er behauptet, dass wir Däumchen drehen, dass wir nur dazu taugen, Panik in der Stadt zu verbreiten. Er will, dass wir jemanden verhaften, egal wen, um die Bevölkerung zu beruhigen… Ich habe ihm versprochen, mit Ihnen darüber zu reden… Er hat mir wiederholt gesagt, dass unsere Karriere noch nie so sehr auf dem Spiel gestanden hat…«

Maigret kratzte sich bedächtig den Kopf mit seiner Pfeife.

»Was werden Sie tun?«

»Gar nichts.«

»Aber…«

»Sie sind jung, Leroy! Haben Sie in der Villa des Doktors interessante Spuren gesichert?«

»Ich habe alles zum Labor geschickt, die Gläser, die Konservendosen, das Messer. Sogar einen Gipsabdruck der Spuren des Mannes und des Hundes habe ich angefertigt. Das ist schwierig gewesen, denn der hiesige Gips ist schlecht… Haben Sie eine Idee?«

Anstelle einer Antwort zog Maigret ein Notizbuch aus seiner Tasche, und mehr und mehr verwirrt, las der Inspektor:

»*Ernest Michoux* (›der Doktor‹ genannt). Sohn eines kleinen Unternehmers aus dem Departement Seine-et-Oise, der eine Legislaturperiode lang Abgeordneter gewesen ist und dann Bankrott gemacht hat.

Der Vater ist tot. Die Mutter ist eine Intrigantin. Hat gemeinsam mit ihrem Sohn versucht, in Juan-les-Pins Grundstücksgeschäfte zu betreiben. Völliger Fehlschlag. Hat in Concarneau von vorn angefangen. Aktiengesellschaft ins Leben gerufen, gestützt auf den Ruf des verstorbenen Gatten. Hat kein Kapital eingebracht. Versucht zurzeit dafür zu sorgen, dass die Kosten für die Erschließungsarbeiten von der Gemeinde und dem Departement übernommen werden.

Ernest Michoux ist verheiratet gewesen, jetzt geschieden. Seine ehemalige Frau hat einen Notar aus Lille geheiratet.

Dekadenter Typ. Zahlungsschwierigkeiten.«

Der Inspektor sah seinen Chef an, als wolle er sagen:

»Na und?«

Maigret zeigte ihm die folgenden Zeilen:

»*Yves Le Pommeret.* Familie Le Pommeret. Sein Bruder Arthur leitet die größte Konservenfabrik von Concarneau. Niederer Adel. Yves Le Pommeret ist das schwarze Schaf der Familie. Hat nie gearbeitet. Hat vor langer Zeit den größten Teil seines Erbteils in Paris verprasst. Hat sich in Concarneau niedergelassen, als er nur noch zwanzigtausend Franc Rente bezog. Trotz allem gelingt es ihm, zu den Honoratioren zu gehören; dabei muss er sich seine Schuhe selber putzen. Zahlreiche Affären mit jungen Arbeiterinnen. Einige Skandale haben vertuscht werden müssen. Geht auf allen Schlössern der Umgebung zur Jagd. Hochnäsig. Ist durch Beziehungen an den Titel eines Vizekonsuls von Dänemark gekommen. Bemüht sich um den Orden der Ehrenlegion. Pumpt manchmal seinen Bruder an, um seine Schulden zu bezahlen.«

»*Jean Servières* (Pseudonym von Jean Goyard). Geboren im Departement Morbihan. Lange Zeit Journalist in Paris, Generalsekretär bei kleinen Theatern usw. Hat eine bescheidene Erbschaft gemacht und sich in Concarneau niedergelassen. Hat eine ehemalige Arbeiterin geheiratet, die fünfzehn Jahre lang seine Geliebte war. Bürgerlicher Lebenswandel. Einige Eskapaden in Brest und Nantes. Lebt eher von kleinen Renten als von seinem Journalismus, auf den er sehr stolz ist. Akademische Auszeichnung.«

»Ich begreife nicht!«, stammelte der Inspektor.

»Allerdings! Geben Sie mir Ihre Notizen.«

»Aber ... Wer hat Ihnen gesagt, dass ich ...?«

»Her damit ...«

Das Notizbuch des Kommissars war ein Heft zu zehn Sous mit kariertem Papier und einem Umschlag aus Wachstuch. Das von Inspektor Leroy war eine Agenda mit herausnehmbaren Seiten. Maigret las vor:

»1. *Fall Mostaguen.* Die Kugel, die den Weinhändler getroffen hat, war sicher für einen andern bestimmt. Da man nicht voraussehen konnte, dass jemand am Eingang haltmachen würde, *hatte man sich wohl mit dem eigentlichen Opfer an dieser Stelle verabredet, das entweder gar nicht oder zu spät gekommen ist.*

Es sei denn, man hätte es darauf abgesehen, die Bevölkerung zu terrorisieren. *Der Mörder kennt Concarneau wie seine Westentasche.* (Zigarettenasche, die im Flur gefunden wurde, nicht analysiert.)

2. *Fall des vergifteten Pernod.* Im Winter ist das Café des Hôtel de l'Amiral fast den ganzen Tag über menschenleer. Ein Mann, der dies wusste, ist eingetreten und hat Gift in die Flaschen streuen können. In zwei Flaschen. Man hatte es also ausschließlich auf die Pernod- und Calvadostrinker abgesehen. (Erwähnenswert ist, dass der Doktor die weißen Pulverkörnchen, die auf der Flüssigkeit schwammen, rechtzeitig und ohne Mühe bemerkt hat.)

3. *Der gelbe Hund.* Das Tier kennt das Café des Hôtel de l'Amiral. Er hat einen Herrn. Aber wen? Scheint mindestens fünf Jahre alt zu sein.

4. *Fall Servières.* Durch Schriftenanalyse herausfinden, wer den Artikel an den *Phare de Brest* eingesandt hat.«

Maigret lächelte, gab seinem Kollegen das Notizbuch zurück und bemerkte:

»Sehr gut, Junge...«

Dann warf er einen mürrischen Blick hinüber zu den Silhouetten der Neugierigen, die immer wieder durch die grünen Scheiben hindurch zu sehen waren, und fügte hinzu:

»Gehen wir essen!«

Eine Weile später, als sie mit dem Vertreter, der am Morgen angekommen war, allein im Speisesaal saßen, kam Emma und sagte, Doktor Michoux, dessen Zustand sich verschlimmert habe, hätte darum gebeten, ihm eine leichte Mahlzeit auf seinem Zimmer zu servieren.

Am Nachmittag glich das Café des Hotels mit seinen kleinen, graugrünen Scheiben einem Glashaus im botanischen Garten, an dem die Schaulustigen im Sonntagsstaat vorbeidefilierten. Und anschließend sah man sie den Weg zum hinteren Teil des Hafens einschlagen, wo der Wagen von Servières eine zweite Attraktion bildete, die von zwei Polizisten bewacht wurde.

Dreimal rief der Bürgermeister aus seiner prächtigen Villa in Sables Blancs an.

»Haben Sie jemanden verhaftet?«

Maigret bemühte sich kaum um eine Antwort. Dann stürmten junge Leute zwischen achtzehn und fünfundzwanzig das Café. Lärmende Gruppen, die von einem Tisch

Besitz ergriffen, Getränke bestellten und sie dann nicht anrührten.

Sie waren noch keine fünf Minuten im Café, als die Wortwechsel immer seltener wurden, das Gelächter erstarb und der Bluff der Verlegenheit wich. Und einer nach dem anderen ging hinaus.

Der Unterschied war noch spürbarer, als man die Lampen einschalten musste. Es war vier Uhr. Sonst waren zu der Zeit noch eine Menge Leute auf der Straße.

An diesem Tag war alles menschenleer, und es herrschte Totenstille. Man hätte meinen können, dass sich alle Spaziergänger miteinander abgesprochen hätten. In weniger als einer Viertelstunde leerten sich die Straßen, und wenn Schritte widerhallten, so waren es die eiligen Schritte eines ängstlichen Passanten, der sich nach Hause in Sicherheit bringen wollte.

Emma hatte sich mit den Ellbogen auf die Kasse gestützt. Der Wirt ging von seiner Küche zum Café, wo Maigret seine Klagen hartnäckig überhörte.

Ernest Michoux kam gegen halb fünf herunter, noch immer in Hausschuhen. Er war unrasiert. Sein cremefarbener seidener Foulard war schweißdurchnässt.

»Sie hier, Kommissar?«

Das schien ihn zu beruhigen.

»Und Ihr Inspektor?«

»Ich habe ihn auf eine Runde in die Stadt geschickt.«

»Und der Hund?«

»Seit heute Morgen ist er nicht wieder gesehen worden.«

Der Fußboden war grau, der Marmor der Tische grellweiß, durchzogen von blauen Adern. Durch die Fensterscheiben hindurch erahnte man die beleuchtete Turmuhr der Altstadt, auf der es zehn vor fünf war.

»Weiß man immer noch nicht, wer diesen Artikel geschrieben hat?«

Die Zeitung lag auf dem Tisch. Man las schließlich nur noch vier Worte:

Wer ist der Nächste?

Das Telefon läutete, Emma antwortete:

»Nein … Nichts … Ich weiß von nichts …«

»Wer war es?«, erkundigte sich Maigret.

»Wieder eine Zeitung aus Paris … Anscheinend kommen die Journalisten mit dem Wagen …«

Mitten im Satz klingelte erneut das Telefon.

»Es ist für Sie, Kommissar.«

Der Arzt, ganz bleich, folgte Maigret mit den Blicken.

»Hallo! … Wer ist am Apparat? …«

»Leroy. Ich bin in der Altstadt, in der Nähe der Brücke … Man hat einen Schuss abgefeuert … Ein Schuster, der von seinem Fenster aus den gelben Hund bemerkt hat …«

»Tot?«

»Verletzt! Die Lenden zerschmettert … Das Tier kann sich kaum noch wegschleppen … Die Leute wagen sich nicht heran … Ich rufe Sie von einem Café aus an … Das Tier liegt mitten auf der Straße … Durch das Fenster kann ich es sehen … Es jault … Was soll ich tun?«

Und aus der Stimme des Inspektors, die ihm nicht mehr gehorchte, sprach Angst, so als sei der verletzte gelbe Hund ein übernatürliches Wesen.

»An allen Fenstern sind Menschen… Sagen Sie, Kommissar, soll man ihm den Gnadenschuss geben?«

Aschfahl im Gesicht, stand der Arzt hinter Maigret und fragte schüchtern:

»Was ist denn los? Was sagt er?«

Und der Kommissar sah zu Emma hin, die die Ellbogen auf den Schanktisch aufgestützt hatte und vage in die Luft blickte.

4

Wie auf einem Kompaniegefechtsstand

Maigret überquerte die Zugbrücke, ging durch die Stadtmauern und bog in eine verwinkelte und schlecht beleuchtete Straße ein. Das, was die Bürger von Concarneau als *ville close* bezeichneten, nämlich das alte, noch von seinen Festungswällen umschlossene Viertel, war einer der am dichtesten bevölkerten Teile der Stadt.

Und dennoch kam der Kommissar in eine Zone des Schweigens, das immer vieldeutiger wurde. Das Schweigen einer von einem Schauspiel gebannten Menge, die erschauert, sich fürchtet oder ungeduldig wird.

Ein paar vereinzelte Stimmen von Halbwüchsigen, die unbedingt prahlen wollten.

Noch eine Biegung, und der Kommissar stand vor der Szene: ein enges Gässchen mit Leuten an allen Fenstern; petroleumbeleuchtete Zimmer, da und dort Betten darin; eine Gruppe, die im Weg stand, und jenseits dieser Gruppe eine große Leere, aus der ein Röcheln stieg.

Maigret schob die Schaulustigen zur Seite, zumeist junge Leute, die von seinem Kommen überrascht wurden. Zwei von ihnen waren noch dabei, den gelben Hund mit Steinen zu bewerfen. Ihre Begleiter wollten sie noch an ihrem Tun hindern. Man hörte oder erriet vielmehr:

»Achtung!«

Und einer der Steinwerfer lief bis über beide Ohren rot an, als Maigret ihn nach links stieß und auf das verletzte Tier zuging. Schon war das Schweigen anders beschaffen. Offensichtlich waren die Schaulustigen noch einige Augenblicke zuvor von einem bösartigen Rausch befallen gewesen – mit Ausnahme einer Alten, die von ihrem Fenster aus rief:

»Das ist eine Schande! Sie müssten ein Protokoll machen, Kommissar! Alle zusammen machen sie sich über dieses arme Tier her. Und ich weiß schon, weshalb! Weil sie Angst vor ihm haben …«

Verlegen ging der Schuster, der geschossen hatte, wieder in sein Geschäft zurück. Maigret bückte sich, um den Hund am Kopf zu streicheln, der ihn erstaunt ansah, noch nicht dankbar. Inspektor Leroy kam aus dem Café, von wo aus er angerufen hatte. Widerwillig gingen die Leute fort.

»Bringt einen Schubkarren her.«

Die Fenster wurden eines nach dem anderen geschlossen, aber man ahnte neugierige Schatten hinter den Gardinen. Der Hund war schmutzig, sein dichtes Fell blutverschmiert. Sein Bauch war voller Schlamm, die Schnauze trocken und heiß. Allmählich wurde er zutraulich, versuchte nicht mehr, sich über den Boden zu schleppen, wo zwanzig dicke Steine ihn umrahmten.

»Wohin mit ihm, Kommissar?«

»Zum Hotel … Sachte … Legen Sie Stroh auf den Boden des Karrens.«

Dieses Geleit hätte etwas Lächerliches haben können. Durch die magische Beklemmung jedoch, die seit dem Morgen nicht aufgehört hatte, sich zu verdichten, bekam es etwas Beeindruckendes. Der Karren, der von einem Alten geschoben wurde, hüpfte über das Kopfsteinpflaster, entlang der Straße mit den zahlreichen Windungen, über die Zugbrücke, und niemand wagte es, sich ihm anzuschließen. Der gelbe Hund atmete schwer, zuckte krampfhaft mit allen vieren gleichzeitig.

Maigret bemerkte einen Wagen, den er noch nie vor dem Hôtel de l'Amiral gesehen hatte. Als er die Tür zum Café aufstieß, stellte er fest, dass sich die Atmosphäre verändert hatte.

Ein Mann rempelte ihn an, sah den Hund, der aufgehoben wurde, richtete seine Kamera auf ihn und ließ sein Blitzlicht aufleuchten. Ein anderer, in Golfhosen, rotem Pullover, ein Heft in der Hand, fuhr mit seiner Hand an die Mütze.

»Kommissar Maigret? … Vasco, von der Zeitung *Journal* … Ich bin gerade eingetroffen und habe schon das Glück gehabt, mit Monsieur …«

Er deutete auf Michoux, der in einer Ecke saß, angelehnt an die Bank aus Kunstleder.

»Der Wagen der Zeitung *Petit Parisien* blieb hinter uns … Sie hatten eine Panne zehn Kilometer von hier …«

Emma fragte den Kommissar:

»Wo sollen wir ihn hinlegen?«

»Ist im Haus kein Platz für ihn?«

»Doch … beim Hof … Ein Verschlag, wo die leeren Flaschen gestapelt werden.«

»Leroy! Rufen Sie einen Tierarzt.«

Noch vor einer Stunde hatte eine Leere, eine Stille voller Zurückhaltung geherrscht. Und nun brachte der Fotograf in seinem fast weißen Trenchcoat Tische und Stühle durcheinander und rief:

»Einen Moment … Nicht bewegen, bitte … Drehen Sie den Kopf des Hundes nach hier …«

Und es blitzte.

»Wo ist Le Pommeret?«, fragte Maigret und wandte sich dabei an den Arzt.

»Er ist kurz nach Ihnen gegangen … Der Bürgermeister hat wieder angerufen … Ich denke, er wird herkommen …«

Um neun Uhr abends ging es zu wie in einem Hauptquartier. Zwei weitere Reporter waren eingetroffen. Der eine verfasste seinen Artikel an einem Tisch im Hintergrund. Hin und wieder kam ein Fotograf aus seinem Zimmer herunter.

»Haben Sie vielleicht neunzigprozentigen Alkohol? Ich brauche unbedingt welchen, um meine Filme zu trocknen … Der Hund ist klasse! … Sagten Sie, nebenan sei eine Apotheke? … Geschlossen? … Nun …«

Im Flur, wo sich das Telefon befand, diktierte ein Journalist seinen Text mit gleichgültiger Stimme:

»Maigret, ja … M wie Maurice … A wie Arthur … Ja … I wie Isidore … Schreiben Sie gleich alle Namen auf … Michoux … M … I … choux, wie *chou* … Wie *chou de Bruxelles* … Aber nein, nicht wie pou. Moment … Ich gebe Ihnen die Überschriften … Kommt das auf die Titelseite? … Doch! … Sagen Sie dem Chef, dass das unbedingt auf die erste Seite muss …«

Verwirrt suchte Inspektor Leroy Maigret fortwährend mit seinen Blicken, wie wenn er sich an ihn klammern wollte. In einer Ecke bereitete der einzige Vertreter seine morgendlichen Geschäftsbesuche mit Hilfe des lokalen Firmenverzeichnisses vor. Ab und zu rief er Emma.

»Chauffier… Ist das eine große Eisenwarenhandlung? Danke…«

Der Tierarzt hatte die Kugel entfernt und die Hinterhand des Hundes mit einem Stützverband umwickelt.

»So ein Vieh, das hat ein unheimlich zähes Leben!«

In dem Abstellraum, dessen Boden mit grauen Granitplatten ausgelegt war und der sich zum Hof wie zur Kellertreppe öffnete, hatte man auf Stroh eine alte Decke ausgebreitet. Dort lag der Hund, ganz allein, zehn Zentimeter von einem Bissen Fleisch entfernt, den er nicht anrührte.

Der Bürgermeister war gekommen, mit dem Wagen. Ein alter Mann mit weißem Kinnbart, sehr gepflegt, mit schroffen Gesten. Er hatte die Stirn gerunzelt, als er in diese Wachstubenatmosphäre eindrang oder vielmehr in diese Atmosphäre eines Kompaniegefechtsstandes.

»Wer sind diese Herren?«

»Journalisten aus Paris.«

Der Bürgermeister war auf hundert.

»Prächtig! Dann wird also morgen in ganz Frankreich von dieser blöden Geschichte geredet! Sie haben noch immer nichts herausgefunden?«

»Die Ermittlungen gehen weiter!«, brummte Maigret in einem Ton, als hätte er erklärt: »Das geht Sie nichts an!«

Denn es lag Gereiztheit in der Luft. Jeder hatte die Nerven bloßliegen.

»Und Sie, Michoux, gehen Sie nicht nach Hause?«

Der Blick des Bürgermeisters war voller Verachtung und bezichtigte den Arzt der Feigheit.

»Wenn das so weitergeht, dann herrscht in vierundzwanzig Stunden allgemeine Panik … Es muss jemand verhaftet werden, ich hab es schon einmal gesagt, egal wer …«

Und er unterstrich diese letzten Worte mit einem auf Emma gerichteten Blick.

»Ich weiß, dass ich Ihnen keine Befehle zu erteilen habe. Der hiesigen Polizei haben Sie ja bloß eine bedeutungslose Rolle überlassen. Aber ich sage Ihnen: Noch ein Verbrechen, ein einziges, dann ist der Teufel los … Die Leute machen sich auf etwas gefasst. Die Geschäfte, die sonst am Sonntag bis neun Uhr geöffnet bleiben, haben zu … Dieser blöde Artikel im *Phare de Brest* hat die Bevölkerung in Angst und Schrecken versetzt.«

Der Bürgermeister hatte seine Melone nicht abgenommen, und beim Fortgehen zog er sie noch weiter in die Stirn, nachdem er gemahnt hatte:

»Ich wäre Ihnen dankbar, wenn Sie mich auf dem Laufenden hielten, Kommissar … Und ich mache Sie nochmals darauf aufmerksam, dass Sie für alles, was zurzeit geschieht, die Verantwortung tragen …«

»Ein Halbes, Emma!«, bestellte Maigret.

Man konnte die Journalisten weder daran hindern, im Hôtel de l'Amiral abzusteigen, noch daran, es sich im Café bequem zu machen, zu telefonieren, das Haus mit ihrem lärmenden Hin und Her zu erfüllen. Sie verlangten Tinte und Papier. Sie fragten Emma aus, die jämmerlich und verwirrt dreinschaute.

Draußen schwarze Nacht. Ab und zu schwacher Mondschein, der die Düsternis des mit schweren Wolken verhangenen Himmels noch betonte, anstatt sie zu erhellen. Und dieser Schlamm, der an allen Schuhen kleben blieb, denn Concarneau kannte noch keine gepflasterten Straßen!

»Hat Ihnen Le Pommeret gesagt, ob er wiederkäme?«, fragte Maigret Michoux.

»Ja… Er ist nach Hause essen gegangen…«

»Welche Adresse?«, fragte ein Journalist, der nichts weiter zu tun hatte.

Der Arzt gab sie ihm, während der Kommissar mit den Achseln zuckte und Leroy in eine Ecke holte.

»Haben Sie das Original des Artikels, der heute Morgen erschienen ist?«

»Ich habe es gerade bekommen. Es liegt auf meinem Zimmer. Der Text ist mit der linken Hand geschrieben worden, also von jemandem, der befürchtete, dass seine Handschrift erkannt werden könnte…«

»Kein Poststempel?«

»Nein! Der Brief wurde in den Briefkasten der Zeitung geworfen. Auf dem Umschlag steht: ›Äußerst dringend‹.«

»So dass also spätestens um acht Uhr morgens jemand über das Verschwinden von Jean Servières im Bilde war und wusste, dass der Wagen am Fluss Saint-Jacques abgestellt war, oder abgestellt werden würde, und dass man Blutspuren auf dem Sitz feststellen würde… Und dieser Jemand wusste außerdem sehr wohl, dass man irgendwo die großen Fußstapfen eines Unbekannten entdecken würde…«

»Das ist unglaublich!«, seufzte der Inspektor. »Was diese Fußstapfen betrifft, so habe ich davon ein Funkbild zum Quai des Orfèvres geschickt. Sie haben schon in den Registern nachgeforscht. Ich habe die Antwort: Sie passen zu keiner Karteikarte eines Verbrechers…«

Es stand außer Zweifel: Leroy ließ sich von der Angst ringsum anstecken. Am stärksten von diesem Virus befallen, um es einmal so zu sagen, war Ernest Michoux, dessen Gestalt im Kontrast zum sportlichen Äußeren, zu den ungezwungenen Gesten und dem Selbstvertrauen der Journalisten erst recht kümmerlich wirkte.

Er wusste nicht, wohin. Maigret fragte ihn:

»Gehen Sie nicht zu Bett?«

»Noch nicht. Ich schlafe nie vor ein Uhr morgens ein.«

Er bemühte sich zu lächeln, was missriet und zwei Goldzähne sichtbar werden ließ.

»Ganz offen, was denken Sie?«

Die beleuchtete Turmuhr der Altstadt schlug zehn. Der Kommissar wurde ans Telefon gerufen. Es war der Bürgermeister.

»Noch nichts?«

Ob auch er sich auf ein Verbrechen gefasst machte?

Aber machte sich Maigret im Grunde genommen nicht selbst auch darauf gefasst? Eigensinnig stattete er dem gelben Hund einen Besuch ab, der eingeschlummert war, furchtlos ein Auge aufschlug und ihn näher kommen sah. Der Kommissar kraulte ihn am Kopf und schob ihm etwas Stroh unter die Pfoten.

Er bemerkte den Wirt hinter sich.

»Glauben Sie, dass diese Herren von der Presse lange bleiben?... Denn dann muss ich an die Vorräte denken... Morgen um sechs ist Markt...«

Wenn man Maigret nicht kannte, so hatte es in solchen Fällen etwas Verwirrendes zu sehen, wie seine großen Augen einen anstarrten, als sähe er einen nicht, und ihn etwas

Unverständliches brummeln zu hören, während er sich entfernte, so als hielte er einen für nebensächlich.

Der Reporter des *Petit Parisien* kam zurück, schüttelte die Regentropfen von seinem Mantel ab.

»Sieh mal an! Regnet's?... Was gibt's Neues, Groslin?«

Ein Licht zuckte in den Augen des jungen Mannes, der zu dem Fotografen, der ihn begleitete, leise ein paar Worte sagte und dann den Telefonhörer abnahm.

»Den *Petit Parisien*, Mademoiselle... Pressedienst... Bitte vorziehen!... Was?... Sie haben eine direkte Verbindung mit Paris?... Dann schnell her damit... Hallo!... Hallo!... Der *Petit Parisien*?... Mademoiselle Germaine?... Holen Sie mir die diensthabende Stenotypistin an den Apparat... Hier Groslin!«

Seine Stimme hatte etwas Ungeduldiges. Und sein Blick schien die Kollegen, die ihm zuhörten, herauszufordern. Maigret, der hinter ihm vorbeiging, blieb stehen, um ihm zuzuhören.

»Hallo!... Sind Sie es, Mademoiselle Jeanne? Schnell, ja!... Es ist noch Zeit für einige Provinzausgaben. Die anderen bekommen es erst in der Ausgabe von Paris. Sagen Sie dem Chef vom Dienst, er soll den Text abfassen. Ich habe nicht die Zeit dazu...

Fall Concarneau... Unsere Mutmaßungen waren zutreffend... Ein weiteres Verbrechen... Hallo! Ja, *Verbrechen!*... Ein Mann ermordet, wenn Ihnen das besser gefällt...«

Jeder war verstummt. Der Arzt näherte sich wie gebannt dem Journalisten, der fieberhaft, triumphierend, mit den Füßen aufstampfend, fortfuhr:

»Nach Monsieur Mostaguen und dem Journalisten Jean Servières nun Monsieur Le Pommeret! ... Ja ... Ich habe Ihnen den Namen vorhin buchstabiert. Er wurde soeben tot in seinem Zimmer aufgefunden ... Zu Hause! Keine Verletzung. Die Muskeln sind steif, und alles deutet auf eine Vergiftung hin ... Moment noch ... Schließen Sie mit: ›Angst in ...‹ ... Ja! Laufen Sie schnell zum Chef vom Dienst. Ich werde Ihnen gleich einen Text für die Pariser Ausgabe diktieren, aber die Nachricht muss unbedingt in die Provinzausgaben.«

Er legte auf, wischte sich den Schweiß ab, warf einen triumphierenden Blick in die Runde.

Schon ging das Telefon.

»Hallo! ... Herr Kommissar? ... Wir versuchen schon seit einer Viertelstunde, Sie zu erreichen ... Hier bei Monsieur Le Pommeret ... Schnell! ... Er ist tot! ...«

Und jammernd wiederholte die Stimme: »Tot ...«

Maigret sah rings um sich. Auf fast allen Tischen standen leere Gläser. Kreideweiß folgte Emma dem Polizeibeamten mit ihren Blicken.

»Weder ein Glas noch eine Flasche anrühren!«, ordnete er an. »Verstanden, Leroy? Rühren Sie sich nicht vom Fleck.«

Der Arzt, von dessen Stirn der Schweiß tropfte, hatte sein Halstuch abgenommen, und man sah seinen dürren Hals und sein Hemd, das mit einem Knopf für den falschen Kragen zugeknöpft war.

Als Maigret in der Wohnung von Le Pommeret eintraf, hatte schon ein Arzt, der im Nachbarhaus wohnte, die erste Untersuchung gemacht.

Eine Frau von etwa fünfzig Jahren war zugegen, die Eigentümerin des Mietshauses, die auch angerufen hatte.

Ein hübsches Haus aus grauem Stein mit Blick aufs Meer. Und alle zwanzig Sekunden wurden die Fenster vom Lichtbündel des Leuchtturms angestrahlt.

Ein Balkon. Eine Fahnenstange und ein Schild mit dem Wappen Dänemarks.

Die Leiche lag auf dem Teppich des Studios, das mit wertlosen Nippes vollgepfropft war. Draußen hatten fünf Leute den Kommissar kommen sehen und kein Wort gesagt.

An den Wänden Fotos von Schauspielerinnen, Zeichnungen, die aus Groschenromanen ausgeschnitten und unter Glas gerahmt worden waren, ein paar Widmungen von Frauen.

Das Hemd von Le Pommeret war herausgerissen. Die Schuhe waren noch schwer vom Schlamm.

»Strychnin!«, sagte der Arzt. »Wenigstens nehme ich es an. Sehen Sie sich seine Augen an. Und beachten Sie vor allem den steifen Körper. Die Agonie hat bestimmt eine halbe Stunde gedauert. Vielleicht noch länger …«

»Wo waren Sie?«, fragte Maigret die Vermieterin.

»Unten … Ich vermietete Monsieur Le Pommeret die ganze erste Etage, und er nahm seine Mahlzeiten bei mir ein. Gegen acht Uhr ist er zum Essen heimgekommen. Er hat fast nichts gegessen. Ich erinnere mich, dass er behauptet hat, mit dem Strom sei etwas nicht in Ordnung, obwohl die Lampen normal leuchteten …

Er hat mir gesagt, dass er wieder fortgehe, zuvor aber wolle er eine Aspirintablette nehmen, denn er habe Kopfweh.«

Der Kommissar sah den Arzt fragend an.

»Stimmt genau! Die ersten Symptome.«

»Die wie lange nach der Einnahme des Giftes auftreten?«

»Das hängt von der Dosis ab und von der Konstitution des Einzelnen. Manchmal nach einer halben Stunde, ein andermal nach zwei Stunden.«

»Und der Tod?«

»... tritt erst nach der totalen Lähmung ein. Zuvor kommt es aber zu Teillähmungen. Daher ist es möglich, dass er versucht hat zu rufen. Er hat auf diesem Diwan gelegen ...«

Derselbe Diwan, der dem Quartier von Le Pommeret den Namen »Haus der Schandtaten« eingebracht hatte! Um dieses Möbel herum hingen ganz besonders viele von den aufreizenden Bildchen. Eine Nachttischlampe verbreitete rosa Licht.

»Er hat sich heftig bewegt, wie in einem Anfall *Delirium tremens.* Er starb auf dem Boden ...«

Maigret ging auf die Tür zu, durch die ein Fotograf eintreten wollte, und schloss sie vor seiner Nase.

Er rechnete halblaut:

»Kurz nach sieben Uhr hat Le Pommeret das Café des Hôtel de l'Amiral verlassen ... Er hatte einen Weinbrand mit Soda getrunken ... Hier hat er eine Viertelstunde später gesessen und getrunken ... Nach allem, was Sie mir von der Wirkung des Strychnins gesagt haben, hat er das Gift ebenso gut dort wie hier schlucken können ...«

Ganz plötzlich begab er sich ins Erdgeschoss, wo die Vermieterin weinte, umringt von drei Nachbarinnen.

»Wo sind die Teller, die Gläser vom Abendessen?«

Es dauerte eine Weile, bis sie begriff. Und als sie antworten wollte, hatte er schon in der Küche ein Becken mit noch heißem Wasser entdeckt, saubere Teller auf der Linken, schmutzige auf der Rechten und Gläser.

»Ich war dabei, das Geschirr zu spülen, als ...«

Ein Polizeisergeant traf ein.

»Bewachen Sie das Haus. Bringen Sie alle Leute hinaus, außer der Eigentümerin ... Und kein Journalist, kein Fotograf! Kein Glas, keinen Teller anrühren ...«

Bis zum Hotel hatte Maigret eine Strecke von fünfhundert Metern bei stürmischem Wind zurückzulegen. Die Stadt lag im Dunkel. Kaum zwei oder drei Fenster waren noch hell, weit voneinander entfernt.

Auf dem Platz jedoch, an der Ecke gegen den Quai, drang aus den drei grünlichen Fensteröffnungen des Hôtel de l'Amiral noch Licht, aber wegen der Scheiben wirkte das Ganze eher wie ein monströses Aquarium.

Beim Näherkommen vernahm man den Lärm von Stimmen, das Läuten des Telefons, das Brummen eines Wagens, der in Gang gesetzt wurde.

»Wo wollen Sie hin?«, fragte Maigret.

Er wandte sich an einen Journalisten.

»Die Leitung ist besetzt! Ich gehe anderswohin telefonieren ... In zehn Minuten ist es für meine Pariser Ausgabe schon zu spät ...«

Inspektor Leroy stand im Café und wirkte wie ein Schulaufseher bei der Beaufsichtigung der Hausaufgaben. Jemand schrieb unentwegt. Staunend, aber voller Begeisterung stand der Vertreter da in dieser für ihn neuen Atmosphäre.

Alle Gläser waren auf den Tischen geblieben. Es gab Gläser mit Fuß, in denen Aperitifs serviert worden waren, Halbe, die noch reichlich Schaum enthielten, kleine Likörgläser.

»Um wie viel Uhr sind die Tische abgeräumt worden?«

Emma grübelte nach.

»Ich könnte es nicht sagen. Einige Gläser habe ich nach und nach weggenommen… Andere stehen seit dem Nachmittag da…«

»Und das Glas von Monsieur Le Pommeret?«

»Was hat er getrunken, Monsieur Michoux?«

Maigret war es, der antwortete:

»Einen Weinbrand mit Soda.«

Sie sah sich einen Bierdeckel nach dem andern an.

»Sechs Francs… Aber einem dieser Herren habe ich einen Whisky serviert, und der kostet genauso viel… Vielleicht ist es dieses Glas hier… Vielleicht auch nicht…«

Der Fotograf, der nicht die Fassung verlor, machte von der gesamten graugrünen Glasware, die auf den Marmortischen ausgestellt war, Aufnahmen.

»Holen Sie mir den Apotheker!«, befahl der Kommissar Leroy.

Und es wurde die Nacht der Gläser und Teller. Man brachte Gläser und Teller aus dem Haus des Vizekonsuls von Dänemark. Die Reporter drangen in das Labor des Apothekers ein, als seien sie dort zu Hause, und einer von ihnen, ein ehemaliger Medizinstudent, wirkte sogar bei den Analysen mit.

Der Bürgermeister hatte am Telefon bloß in scharfem Ton bemerkt:

»… auf Ihre Verantwortung …«

Man fand nichts. Dafür erschien plötzlich der Wirt und fragte:

»Was ist denn aus dem Hund geworden?«

Der Abstellraum, wo man ihn auf Stroh gebettet hatte, war leer. Obwohl er wegen des Verbands, der seine Hinterhand einschnürte, nicht laufen oder sich auch nur fortschleppen konnte, war der gelbe Hund verschwunden.

Die Gläser brachten nichts an den Tag.

»Das von Monsieur Le Pommeret ist vielleicht gespült worden … Ich weiß nicht mehr … Bei diesem Durcheinander!«, sagte Emma.

Auch bei der Vermieterin war die Hälfte des Geschirrs schon gespült worden.

Ernest Michoux, aschfahl im Gesicht, machte sich vor allem wegen des verschwundenen Hundes Sorgen.

»Vom Hof her hat man ihn geholt! Vom Quai aus gibt es einen Zugang … Eine Art Sackgasse … Man sollte besser die Tür verrammeln, Kommissar … Andernfalls … Denken Sie nur, man hat hier hereinkommen können, ohne dass es jemand bemerkt hat! Und mit diesem Tier auf dem Arm davon!«

Man hätte meinen können, er wage es nicht, den Hintergrund des Schankraums zu verlassen, und halte sich so weit wie möglich von den Türen fern.

5

Der Mann von der Pointe du Cabélou

Es war acht Uhr morgens. Maigret, der nicht schlafen gegangen war, hatte gerade ein Bad genommen und war im Begriff, sich vor dem am Fensterriegel aufgehängten Spiegel fertig zu rasieren.

Es war kälter als an den vergangenen Tagen. Der trübe Regen sah aus wie geschmolzener Schnee. Unten lauerte ein Reporter auf das Eintreffen der Zeitungen aus Paris. Man hatte das Pfeifen des Halb-acht-Uhr-Zuges gehört. In einigen Augenblicken würden die Austräger der Sondernummern auftauchen.

Der Platz, auf den der Kommissar hinabsah, war vom Wochenmarkt völlig verstellt. Man spürte jedoch, dass auf diesem Markt nicht der gleiche Betrieb herrschte wie sonst. Die Leute redeten leise. Die Bauern schienen von den Neuigkeiten, die sie erfuhren, beunruhigt zu sein.

Auf dem Platz waren etwa fünfzig Stände aufgestellt, an denen Butterballen, Eier, Gemüse, Hosenträger und Seidenstrümpfe feilgeboten wurden. Auf der rechten Seite parkten Karren aller Art, und das Ganze war überragt vom beschwingten Gleiten der weißen Trachtenhauben mit den breiten Klöppelspitzen.

Dass etwas geschah, bemerkte Maigret erst, als er sah, wie sich die Gesichter veränderten, wie die Leute auf dem

Markt sich zusammenscharten und alle in dieselbe Richtung blickten. Das Fenster war geschlossen. Er hörte den Lärm nicht, oder vielmehr war es bloß ein wirres Raunen, das er vernahm.

Er suchte weiter weg. Im Hafen luden einige Fischer leere Körbe und Netze in die Kutter. Auf einmal hielten sie inne, stellten sich rechts und links der Straße hin, auf der zwei Beamte der Stadtpolizei einen Festgenommenen in Richtung Rathaus führten.

Einer der Polizisten war sehr jung und bartlos. Die Arglosigkeit stand ihm im Gesicht geschrieben. Der andere trug einen kräftigen, rotbraunen Schnurrbart, und seine dichten Augenbrauen verliehen ihm ein fast schon furchterregendes Aussehen.

Die Gespräche auf dem Markt waren verstummt. Man betrachtete die drei Männer, die näher kamen. Man zeigte sich gegenseitig die Handschellen, mit denen die Handgelenke des Übeltäters gefesselt waren.

Ein Hüne! Er ging vornübergebeugt, wodurch seine Schultern doppelt so breit erschienen. Seine Füße schleiften im Schlamm, und er schien es zu sein, der die beiden Schutzmänner im Schlepptau hatte.

Er trug irgendeine alte Jacke. Auf seinem bloßen Kopf wucherte sehr dichtes, dunkelbraunes Haar.

Der Journalist lief ins Treppenhaus, stieß eine Tür auf und schrie seinem noch schlafenden Fotografen zu:

»Benoît! Benoît! Schnell! Aufstehen… Ein umwerfendes Bild!«

Er wusste nicht, wie recht er damit haben sollte. Denn während Maigret sich die letzten Seifenreste von den Wangen wischte und seine Jacke suchte, ohne dabei den Platz aus den Augen zu lassen, trug sich ein wirklich außergewöhnlicher Zwischenfall zu.

Im Handumdrehen hatte sich die Menge um die Polizisten und den Festgenommenen gedrängt. Plötzlich hob dieser, der schon lange auf die Gelegenheit gelauert haben musste, mit einem heftigen Ruck die Fäuste.

Von weitem sah der Kommissar die jämmerlichen Kettenenden, die von den Händen der Polizisten hinunterhingen. Und der Mann stürzte sich auf die Schaulustigen. Eine Frau purzelte zu Boden. Leute rannten davon. Noch hatte sich niemand von der Verblüffung erholt, als der Festgenommene schon in eine Sackgasse gelaufen war, zwanzig Meter vom Hôtel de l'Amiral entfernt, unmittelbar neben dem leerstehenden Haus, aus dessen Briefkasten heraus am vergangenen Freitag eine Revolverkugel gefeuert worden war.

Einer der Polizisten – der jüngere – hätte beinahe geschossen, zögerte, rannte los, wobei er seine Waffe so hielt, dass Maigret sich auf einen Unfall gefasst machte. Ein Vordach aus weißem Holz gab unter dem Gedränge der Davoneilenden nach, und sein Leinenüberzug fiel auf die Butterballen hinunter.

Der junge Polizist war so mutig, sich ganz allein in die Sackgasse zu stürzen. Maigret, der die Örtlichkeiten kannte, kleidete sich ohne Hast vollends an.

Denn nunmehr konnte nur noch ein Wunder helfen, den Rohling wieder aufzugreifen. Das Gässchen, zwei Meter breit, verlief um zwei stumpfe Ecken im rechten Winkel. Zwanzig Häuser, die zum Quai oder zum Platz hinaus lagen, hatten einen Ausgang zu der Sackgasse. Zudem gab es Schuppen, die Lager eines Händlers, der Taue und anderes Schiffszubehör verkaufte, ein Depot für Konservendosen, kurz, ein Wirrwarr von Bauten, Winkeln, Ecken und leicht zugänglichen Dächern, die eine Verfolgung fast unmöglich machten.

Nun hielt sich die Menge in einiger Entfernung. Die Frau, die umgestoßen worden war, drohte rot vor Entrüstung mit der Faust in alle Himmelsrichtungen, während die Tränen an ihrem Kinn zitterten.

Der Fotograf verließ das Hotel, einen Trenchcoat über seinem Pyjama, barfuß.

Eine halbe Stunde später traf der Bürgermeister ein, kurz nach dem Inspektor der Gendarmerie, dessen Männer mit der Durchsuchung der Nachbarhäuser anfingen.

Als er Maigret in Begleitung des jungen Polizisten im Café zu Tisch antraf, damit beschäftigt, Toast zu verspeisen, durchfuhr den ersten Magistraten der Stadt ein Beben der Entrüstung.

»Ich habe Sie gewarnt, Kommissar, dass ich Sie zur Verantwortung ziehen werde für… für… Aber das scheint Sie nicht zu berühren! Ich werde sogleich ein Telegramm an das Innenministerium schicken, um es davon in Kenntnis zu setzen, dass… dass…, und um darum zu ersuchen… Haben Sie eigentlich gesehen, was da draußen los ist?… Die Leute trauen sich nicht in ihre Häuser… Ein gelähmter Greis jammert vor Entsetzen, weil er in einem zweistöckigen Haus festsitzt… Man vermutet den Verbrecher überall…«

Maigret drehte sich um und bemerkte Ernest Michoux, der sich wie ein ängstliches Kind möglichst in seiner Nähe hielt, ohne einen stärkeren Luftzug zu verursachen als ein Gespenst.

»Sie werden feststellen, dass es die hiesige Polizei war, also einfache Polizisten, die ihn festgenommen haben, während …«

»Legen Sie noch immer Wert darauf, dass ich jemanden verhafte?«

»Was wollen Sie damit sagen? … Geben Sie etwa vor, den Ausreißer dingfest zu machen?«

»Sie haben gestern von mir eine Verhaftung verlangt, irgendeine …«

Die Journalisten waren draußen, halfen den Gendarmen bei ihrer Fahndung. Das Café war nahezu leer, unaufgeräumt, denn man hatte noch nicht die Zeit gehabt, sauberzumachen. Ein beißender Geruch von kaltem Tabak legte sich einem auf die Brust. Man trat auf Zigarettenstummeln, Speichelresten, Sägemehl und zerschlagenen Gläsern herum.

Unterdessen zog der Kommissar aus seiner Brieftasche einen noch nicht ausgefüllten Haftbefehl hervor.

»Sagen Sie bloß ein Wort, Herr Bürgermeister, und ich …«

»Ich möchte zu gern wissen, wen Sie verhaften würden!«

»Emma! Eine Feder und Tinte, bitte.«

Er rauchte in kurzen Zügen. Er hörte, wie der Bürgermeister brummelte, in der Hoffnung, verstanden zu werden:

»Alles Bluff …«

Aber er ließ sich nicht aus der Fassung bringen, schrieb mit großen, dicken Grundstrichen, wie es seine Gewohnheit war:

»... den besagten Ernest Michoux, Geschäftsführer der Immobiliengesellschaft von Sables Blancs ...«

Es war eher komisch als tragisch. Der Bürgermeister las es verkehrt herum. Maigret sagte:

»Bitte schön! Da Sie darauf bestehen, verhafte ich den Doktor ...«

Dieser sah sie beide an, rang sich ein gezwungenes Lächeln ab, wie ein Mann, der nicht weiß, was er auf einen Scherz antworten soll. Der Kommissar aber beobachtete Emma, die zur Kasse ging und sich plötzlich umdrehte, weniger bleich als sonst, und die ein Zittern der Freude nicht unterdrücken konnte.

»Ich nehme an, Kommissar, Sie sind sich im Klaren über die Tragweite dieses ...«

»Das ist mein Beruf, Herr Bürgermeister.«

»Und nach allem, was gerade vorgefallen ist, kommt Ihnen nichts weiter in den Sinn, als einen meiner Freunde zu verhaften ... oder vielmehr, einen meiner Kameraden ... jedenfalls einen der Notabeln von Concarneau, einen Mann, der ...«

»Haben Sie ein komfortables Gefängnis?«

Michoux schien sich währenddessen einzig zu bemühen, seinen Speichel hinunterzuschlucken.

»Außer dem Polizeirevier im Rathaus gibt es nur die Gendarmerie in der Altstadt ...«

Inspektor Leroy war gerade hereingekommen. Es verschlug ihm den Atem, als Maigret mit der natürlichsten Stimme der Welt zu ihm sagte: »Na, mein Lieber! Wären Sie so freundlich, den Doktor zur Gendarmerie zu geleiten? Unauffällig! Überflüssig, ihm Handschellen anzulegen. Sie werden ihn einsperren und dafür Sorge tragen, dass es ihm an nichts fehlt.«

»Das ist der reine Irrsinn!«, stammelte der Arzt. »Ich begreife nichts... Ich... Das ist unerhört! Das ist eine Schande!«

»Allerdings«, brummte Maigret.

Und, an den Bürgermeister gewandt:

»Ich habe nichts dagegen, dass die Suche nach dem Vagabunden fortgesetzt wird. Das zerstreut die Bevölkerung. Vielleicht ist es sogar von Nutzen. Aber messen Sie seiner Festnahme keine allzu große Bedeutung zu. Beruhigen Sie die Leute wieder.«

»Wissen Sie, dass er im Besitz eines feststehenden Messers war, als man ihn heute Morgen festgenommen hat?«

»Das ist gut möglich.«

Maigret wurde allmählich ungeduldig. Im Stehen zog er seinen schweren Mantel mit dem Velourskragen über und bürstete seine Melone mit dem Ärmel ab.

»Bis nachher, Herr Bürgermeister. Ich werde Sie auf dem Laufenden halten. Noch einen Rat: Den Journalisten nicht zu viele Geschichten erzählen... Im Grunde genommen ist von all dem kaum etwas der Rede wert. Kommen Sie?«

Diese letzten Worte galten dem jungen Sergeanten, der den Bürgermeister ansah, als wolle er sagen:

»Entschuldigen Sie mich... Aber es ist meine Pflicht, ihm zu folgen.«

Inspektor Leroy ging um den Arzt herum, wie ein Mensch, der mit einer sperrigen Last nicht zurechtkommt.

Man sah, wie Maigret im Vorbeigehen Emma die Wange tätschelte, dann den Platz überquerte, ohne wegen der Neugier der Leute nervös zu werden.

»Geht's hier lang?«

»Ja… Man muss um das Hafenbecken herumgehen… Wir brauchen dazu eine halbe Stunde.«

Die Fischer waren durch den Zwischenfall, der sich beim Café des Hôtel de l'Amiral abgespielt hatte, weniger aus der Fassung gebracht als die Bevölkerung, und ungefähr zehn Schiffe nutzten die verhältnismäßig ruhige See und fuhren gegen den Hafenausgang, wo sie der Wind erfasste.

Der Polizist warf Maigret aufmerksame Blicke zu, wie ein Schüler, der seinem Lehrer gefallen will.

»Wissen Sie… Der Herr Bürgermeister und der Doktor spielten mindestens zweimal in der Woche gemeinsam Karten… Das muss ihm einen Schlag versetzt haben…«

»Was erzählen die Einheimischen?«

»Es kommt darauf an, wer. Die kleinen Leute, die Arbeiter, die Fischer regt das nicht sehr auf. Ja, sie freuen sich fast schon über das, was passiert. Denn der Doktor, Monsieur Le Pommeret und Monsieur Servières hatten keinen sehr guten Ruf. Es waren feine Herren, gewiss… Man wagte nicht, etwas gegen sie zu sagen… Aber sie trieben es doch ein bisschen zu weit, wenn sie alle jungen Mädchen aus den Fabriken verführten. Im Sommer, mit ihren Freunden aus Paris, war es noch schlimmer. Ständig waren sie am Trinken und randalierten in den Straßen bis zwei Uhr morgens, so als würde die Stadt ihnen gehören. Oft haben wir

Beschwerden bekommen… Besonders wegen Monsieur Le Pommeret, der keinen Rock sehen konnte, ohne dass es mit ihm durchging. Das ist ein trauriges Kapitel, aber die Fabriken sind kaum in Betrieb. Es herrscht Arbeitslosigkeit. Daher… mit Geld… alle diese Mädchen…«

»Wen also regt es dann auf?«

»Die andern! Die Bürger! Und die Geschäftsleute, die sich mit der Gruppe im Café einließen. Es war so etwas wie der Mittelpunkt der Stadt, nicht wahr? Selbst der Bürgermeister, der herkam…«

Dem Polizisten schmeichelte die Aufmerksamkeit, die Maigret ihm schenkte.

»Wo sind wir?«

»Wir haben gerade die Stadtgrenze hinter uns. Von hier ab ist die Küste fast menschenleer. Es gibt nur Felsen, Fichtenwälder und ein paar Villen, die im Sommer von Leuten aus Paris bewohnt werden… Das ist die Gegend, die wir die ›Pointe du Cabélou‹ nennen.«

»Weshalb sind Sie auf den Gedanken gekommen, hier herumzustöbern?«

»Als Sie uns, meinen Kollegen und mich, damit beauftragt haben, einen Landstreicher zu suchen, der eventuell der Besitzer des gelben Hundes sein könnte, da haben wir zunächst einmal in den alten Schiffen des Innenhafens herumgesucht. Im vergangenen Jahr ist ein Kutter abgebrannt, weil ein Tippelbruder vergessen hatte, das Feuer zu löschen, das er angezündet hatte, um sich zu wärmen.«

»Nichts gefunden?«

»Nichts… Es war mein Kollege, der sich dann an die alte Wache auf der ›Pointe du Cabélou‹ erinnerte… Wir sind gleich da... Sehen Sie dieses viereckige Gebäude aus Quadersteinen auf dem letzten Felsvorsprung? Es stammt aus derselben Epoche wie die Befestigungswälle der Altstadt... Kommen Sie hier herüber. Passen Sie auf die Abfälle auf... Vor langer Zeit lebte ein Wachtposten hier, so eine Art Leuchtturmwärter, dessen Aufgabe darin bestand, vorüberfahrende Schiffe anzuzeigen. Man sieht sehr weit und überblickt die Fahrrinne vor den Glénan-Inseln, die einzige Zufahrt zum Hafen. Aber seit etwa fünfzig Jahren ist der Posten nicht mehr besetzt.«

Maigret ging durch einen Eingang hinein, dessen Tür verschwunden war, und betrat einen Raum mit Fußboden aus gestampfter Erde. Enge Schießscharten gewährten einen Blick hinaus aufs offene Meer. Auf der anderen Seite war nur ein einziges Fenster ohne Rahmen und ohne Scheiben. Und auf den Steinwänden Inschriften, hineingeritzt mit einer Messerspitze. Auf der Erde verdrecktes Papier, zahllose Abfälle.

»Hier also hat fast fünfzehn Jahre lang ein Mann gelebt, ganz allein. Ein Schwachkopf. Eine Art Wilder. Er schlief in dieser Ecke, unempfindlich gegen die Kälte, die Feuchtigkeit und die Stürme, die Gischt durch die Schießscharten hereinschleuderten. Er war eine Attraktion. Die Pariser kamen ihn im Sommer besuchen, gaben ihm Geldstücke. Ein Postkartenverkäufer ist auf die Idee gekommen, ihn zu fotografieren und diese Porträts am Eingang zu verkaufen. Schließlich ist der Mann gestorben, während des Krieges. Niemand fiel es ein, den Ort zu säubern. Gestern kam ich auf den Gedanken, dass sich vielleicht hier jemand versteckt hält, wenn überhaupt in dieser Gegend...«

Maigret stieg eine schmale Steintreppe hinauf, die direkt in die dicke Mauer hineingebaut war, gelangte in ein Schilderhaus oder vielmehr in einen Granitturm, der nach allen vier Seiten hin offen war und von wo aus man die gesamte Region bewundern konnte.

»Das war der Wachtposten. Vor der Erfindung der Leuchttürme wurde ein Feuer auf der Terrasse entfacht... Wir sind also heute Morgen hergekommen, mein Kollege und ich. Auf Zehenspitzen haben wir uns genähert. Unten, genau dort, wo früher der Verrückte schlief, haben wir einen Mann gesehen, der schnarchte. Ein Hüne. Man hörte aus fünfzehn Meter Entfernung, wie er atmete. Uns ist es gelungen, ihm die Handschellen anzulegen, bevor er wach wurde.«

Sie waren wieder in das viereckige Zimmer hinuntergestiegen, in dem wegen der Zugluft eine eisige Kälte herrschte.

»Hat er sich gewehrt?«

»Noch nicht einmal! Mein Kollege hat seine Papiere verlangt, und er hat keine Anwort gegeben. Sie haben ihn nicht sehen können. Er ist stärker als wir beide zusammen. Deshalb habe ich meinen Revolvergriff nicht losgelassen. Und Hände!... Ihre sind schon groß, nicht wahr?... Nun, versuchen Sie mal, sich Hände vorzustellen, die doppelt so groß sind, mit Tätowierungen drauf...«

»Haben Sie erkannt, was sie darstellten?«

»Ich habe bloß einen Anker gesehen, auf der linken Hand, und die Buchstaben ›S. S.‹ zu beiden Seiten. Aber es hatte komplizierte Zeichnungen... Vielleicht eine Schlange? Was am Boden lag, haben wir nicht angerührt. Sehen Sie bloß!«

Von allem etwas: Flaschen von gutem Wein und teuren Spirituosen, leere Konservendosen und ungefähr zwanzig Dosen, die noch nicht angebrochen waren.

Und es gab noch Besseres: die Asche eines Feuers, das mitten im Raum gebrannt hatte, und dicht daneben der abgenagte Knochen einer Hammelkeule. Brotkanten. Einige Fischgräten. Eine Kammmuschel und Hummerzangen.

»Ein richtiges Festessen, was!«, rief der junge Polizist begeistert, der wohl noch nie einen solchen Schmaus mitgemacht hatte. »Das hat uns die Beschwerden, die wir in letzter Zeit erhalten haben, erklärt. Wir haben nicht weiter darauf geachtet, da es sich nicht um schwerwiegende Angelegenheiten handelte ... Ein Sechspfünder, der einem Bäcker gestohlen wurde. Ein Korb Wittlinge, der von einem Fischkutter verschwand ... Der Lagerverwalter von Prunier behauptete, dass ihm nachts Hummer geklaut würden.«

Maigret stellte eine sonderbare Kopfrechnung an, denn er versuchte herauszubekommen, in wie vielen Tagen ein Mann mit gutem Appetit all das hatte verschlingen können, was hier verzehrt worden war.

»Eine Woche«, murmelte er. »Ja ... Die Hammelkeule mitgerechnet ...«

Plötzlich fragte er:

»Und der Hund?«

»Eben! Wir haben ihn nicht wiedergesehen. Zwar gibt es Spuren von Pfoten auf dem Boden, aber das Tier haben wir nicht zu Gesicht bekommen ... Wissen Sie, der Bürgermeister muss ganz außer sich sein, wegen des Doktors ... Es würde mich wundern, wenn er nicht nach Paris telegrafiert, wie er angekündigt hat ...«

»War Ihr Mann bewaffnet?«

»Nein! Ich habe ihm höchstpersönlich die Taschen durchsucht, während mein Kollege Piedbœuf, der die Handschellen hielt, mit der anderen Hand auf ihn zielte. In einer Hosentasche steckten geröstete Kastanien … Vier oder fünf. Die stammen wohl von dem Karren, der Samstag und Sonntag abends vor dem Kino steht. Dann noch ein paar Geldstücke. Keine zehn Franc. Ein Messer, aber kein gefährliches. So eins, wie es die Fischer zum Brotschneiden verwenden.«

»Er hat kein Wort gesagt?«

»Kein einziges. Deshalb haben wir gedacht, mein Kollege und ich, dass es ein Schwachkopf sei, wie der ehemalige Bewohner. Er betrachtete uns wie ein Gorilla. Sein Bart war eine Woche alt, und im Mund hatte er zwei abgebrochene Zähne.«

»Seine Kleidung?«

»Ich könnte es Ihnen nicht sagen. Ein alter Anzug … Ich weiß nicht einmal mehr, ob er darunter ein Hemd oder einen Pullover trug. Er ist uns brav gefolgt. Wir waren stolz auf unseren Fang. Zehnmal hätte er davonlaufen können, bevor wir in der Stadt eintrafen. Und so waren wir völlig arglos, als er mit einem Ruck die Ketten der Handschellen sprengte. Ich habe geglaubt, meine rechte Hand sei abgerissen! Man sieht den Abdruck der Handschellen immer noch. Was Doktor Michoux anbelangt …«

»Ja?«

»Sie wissen, dass seine Mutter heute oder morgen zurückkommen soll. Sie ist die Witwe eines Abgeordneten. Es heißt, dass sie einen langen Arm hat. Und sie ist mit der Frau des Bürgermeisters befreundet …«

Maigret sah durch die Schießscharten hindurch auf den grauen Atlantik hinaus. Kleine Segelboote schifften zwischen der Pointe du Cabélou und einem Riff hindurch, das man wegen der Brandung erahnte, wendeten dann und begannen ihre Netze in einer Entfernung von weniger als einer Meile auszuwerfen.

»Glauben Sie tatsächlich, dass der Doktor selbst …?«

»Gehen wir!«, sagte der Kommissar.

Die Flut stieg. Als sie hinausgingen, begann das Wasser schon an der Plattform zu lecken. Hundert Meter vor ihnen hüpfte ein Junge von Fels zu Fels, auf der Suche nach den Reusen, die er in den Vertiefungen aufgestellt hatte. Der junge Polizist konnte nicht den Mund halten.

»Das Seltsamste ist, dass man Monsieur Mostaguen angegriffen hat, den besten Menschen von Concarneau. Er sollte sogar Departementsrat werden. Allem Anschein nach ist er gerettet, aber die Kugel hat nicht entfernt werden können. So wird er zeit seines Lebens ein Stück Blei im Bauch mit sich herumtragen! Wenn man überlegt, dass ohne diesen Einfall, sich eine Zigarre anzuzünden …«

Sie gingen nicht um das Hafenbecken herum, sondern überquerten einen Teil des Hafens mit der Fähre, die im Pendelverkehr zwischen der Hafeneinfahrt und der Altstadt hin- und herschipperte.

Unweit der Stelle, wo sich am Abend zuvor junge Kerle mit Steinen über den gelben Hund hergemacht hatten, erblickte Maigret eine Mauer, einen monumentalen Eingang, darüber eine Fahne und die Worte: »Gendarmerie Nationale«.

Er überquerte den Hof eines Gebäudes, das aus der Zeit

von Colbert stammte. In einem Büro diskutierte Inspektor Leroy mit einem Wachtmeister der Gendarmerie.

»Der Doktor?«, fragte Maigret.

»Eben! Der Wachtmeister wollte das Essen auf keinen Fall von außerhalb kommen lassen …«

»Wenn, dann nur auf Ihre Verantwortung!«, sagte der Wachtmeister zu Maigret. »Und ich werde eine Bescheinigung von Ihnen verlangen, um mich abzusichern.«

Im Hof war es still wie in einem Kloster. Ein Brunnen plätscherte mit einem herrlichen Gluckern.

»Wo ist er?«

»Dort unten, rechts. Sie müssen die Tür aufstoßen, dann ist es die zweite Tür auf dem Flur. Soll ich Ihnen öffnen? Der Bürgermeister hat angerufen und geraten, den Häftling so rücksichtsvoll wie möglich zu behandeln …«

Maigret kratzte sich am Kinn. Inspektor Leroy und der Polizist, die beinahe gleich alt waren, betrachteten ihn mit derselben verstohlenen Neugier.

Einige Augenblicke später betrat der Kommissar allein eine Zelle mit weißgekalkten Wänden, die nicht trostloser war als eine Kasernenstube.

Michoux, vor einem kleinen Tisch aus weißem Holz sitzend, erhob sich bei seinem Eintreten, zögerte einen Moment, schaute weg und begann:

»Ich nehme an, Kommissar, dass Sie diese Komödie nur deshalb inszeniert haben, um ein weiteres Drama zu verhüten und mich in Sicherheit vor … den Attentaten des …«

Maigret stellte fest, dass man ihm weder seine Hosenträger noch sein Halstuch noch seine Schnürsenkel weggenommen hatte, wie es Vorschrift war. Mit der Fußspitze zog er sich einen Stuhl heran, nahm Platz, stopfte sich eine Pfeife und murmelte gutmütig:

»Allerdings... Aber nehmen Sie ruhig Platz, Doktor!«

6

Ein Feigling

Sind Sie abergläubisch, Kommissar?«

Maigret, rittlings auf seinem Stuhl, die Ellbogen auf der Lehne, verzog das Gesicht, was alles nur Erdenkliche bedeuten konnte. Der Arzt hatte nicht Platz genommen.

»Ich glaube, dass wir es eigentlich alle irgendwann einmal sind, oder wenn Ihnen das lieber ist, wir werden es genau dann, wenn man es auf uns abgesehen hat…«

Er hustete in sein Taschentuch, das er mit Sorge betrachtete, und fuhr fort:

»Vor einer Woche noch hätte ich Ihnen gesagt, dass ich nicht an Wahrsagerei glaube… Und dennoch! Es ist vielleicht fünf Jahre her… Gemeinsam mit einigen Freunden aß ich bei einer Schauspielerin aus Paris zu Abend. Beim Kaffee schlug irgendjemand vor, Karten zu legen. Nun, wissen Sie, was mir prophezeit wurde? Glauben Sie mir, ich habe gelacht! Ich habe erst recht gelacht, weil es sich vom üblichen Klischee abhob: blonde Dame, älterer Herr, der es gut mit Ihnen meint, Brief, der von weit her kommt usw.

Mir dagegen wurde gesagt: ›Sie werden eines grässlichen Todes sterben, eines gewaltsamen Todes… Hüten Sie sich vor gelben Hunden.‹«

Ernest Michoux hatte den Kommissar noch immer nicht angeschaut und heftete nun für einen Moment seinen Blick auf ihn. Maigret war gelassen. Er wirkte riesig auf seinem Stühlchen und war geradezu ein Denkmal der Gelassenheit.

»Erstaunt Sie das gar nicht? Jahrelang habe ich nie wieder von einem gelben Hund reden hören... Am Freitag geschieht ein Verbrechen. Einer meiner Freunde fällt ihm zum Opfer. Ich hätte ebenso wie er in diesem Eingang Schutz suchen und von der Kugel getroffen werden können... Und da taucht auf einmal ein gelber Hund auf!

Ein weiterer Freund verschwindet unter unerhörten Umständen. Und der gelbe Hund streift weiter umher!

Gestern war Le Pommeret an der Reihe. Wieder der gelbe Hund! Und da verlangen Sie, dass mich das nicht mitnimmt?«

Er hatte noch nie so viel in einem Atemzug gesagt, und wie er so redete, gewann er wieder Haltung. Die ganze Aufmunterung des Kommissars bestand aus einem:

»Sicher... Sicher...«

»Ist das nicht beunruhigend? Mir wird klar, dass ich Ihnen wie ein Feigling vorgekommen sein muss. Nun ja! Ich habe Angst gehabt. Eine unbestimmte Angst, die mir vom ersten Verbrechen an die Kehle zugeschnürt hat, besonders als von einem gelben Hund die Rede war.«

Er durchmaß die Zelle mit kleinen Schritten und schaute dabei zu Boden. Sein Gesicht belebte sich.

»Um ein Haar hätte ich Sie um Ihren Schutz gebeten, aber ich habe befürchtet, dass Sie lächeln würden... Noch mehr habe ich Ihre Verachtung gefürchtet. Denn starke Männer verachten Feiglinge.«

Seine Stimme bekam etwas Spitzes.

»Und ich gebe es ja zu, Kommissar, ich bin ein Feigling! Schon seit vier Tagen habe ich Angst, seit vier Tagen werde ich von Angst gequält. Das ist doch nicht meine Schuld! Ich habe lange genug Medizin studiert, um mir über meinen Fall völlig klar zu sein.

Als ich geboren wurde, musste ich in einen Brutkasten gelegt werden. In meiner Kindheit habe ich keine Kinderkrankheit ausgelassen.

Und als der Krieg ausgebrochen ist, haben mich Ärzte, die fünfhundert Mann täglich untersuchten, für tauglich erklärt und an die Front geschickt. Dabei hatte ich nicht nur eine schwache Lunge mit Vernarbungen von früheren Erkrankungen her, sondern mir war außerdem zwei Jahre zuvor eine Niere entfernt worden.

Ich habe Angst gehabt! Angst zum Verrücktwerden! Sanitäter haben mich hervorgeholt, als ich bei der Explosion einer Granate in einem Bombentrichter begraben wurde. Und da hat man endlich festgestellt, dass ich für den Militärdienst untauglich war.

Was ich Ihnen erzähle, ist nicht unbedingt amüsant. Aber ich habe Sie beobachtet. Ich habe den Eindruck, dass Sie in der Lage sind, zu verstehen.

Diese Verachtung der Starken für die Feiglinge, das ist einfach… Über die tieferen Ursachen der Feigheit sollte man sich jedoch Gedanken machen.

Sehen Sie mal! Ich habe begriffen, dass Sie für unsere Runde im Café des Hôtel de l'Amiral keine Sympathie hegten. Man hat Ihnen erzählt, dass ich mich mit dem Verkauf von Grundstücken beschäftige – als Sohn eines ehemaligen Abgeordneten, als Doktor der Medizin… Und diese Abende um einen Tisch eines Cafés herum, zusammen mit anderen Versagern.

Aber was hätte ich machen können? Meine Eltern gaben viel Geld aus, obwohl sie nicht reich waren. Das ist in Paris keine Seltenheit. Ich bin im Luxus aufgewachsen, in den großen Thermalbädern… Dann stirbt mein Vater, und meine Mutter beginnt an der Börse zu spekulieren, zu intrigieren, noch immer die Dame von Welt wie zuvor, noch immer genauso stolz, jedoch bedrängt von Gläubigern.

Ich habe ihr geholfen! Das war alles, wozu ich in der Lage war! Diese Baugrundstücke, nichts Großartiges. Und dieses Leben hier… Die Notabeln! Aber mit etwas Unsolidem…

Seit drei Tagen beobachten Sie mich, und ich möchte gern ein offenes Wort mit Ihnen reden… Ich bin verheiratet gewesen. Meine Frau hat die Scheidung eingereicht, weil sie einen Mann wollte, der höher hinauswollte als ich.

Eine Niere weniger… Drei oder vier Tage in der Woche schleppe ich mich krank und schlapp von meinem Bett zu einem Sessel.«

Erschöpft setzte er sich.

»Emma wird Ihnen erzählt haben, dass ich ihr Geliebter war… Blöd, nicht wahr? Doch hin und wieder braucht man eine Frau. So etwas erklärt man nicht jedem…

Im Café des Hotels wäre ich zu guter Letzt vielleicht noch übergeschnappt – der gelbe Hund, Servières verschwunden, die Blutflecken in seinem Wagen… Und vor allem dieser hässliche Tod von Le Pommeret.

Weswegen er? Weswegen nicht ich? Zwei Stunden zuvor

saßen wir zusammen am selben Tisch, vor denselben Gläsern. Und ich hatte das dunkle Gefühl, dass ich an der Reihe wäre, wenn ich das Haus verließe. Dann habe ich gespürt, wie der Kreis enger wurde, dass ich selbst im Hotel, selbst eingeschlossen in meinem Zimmer, der Gefahr ausgesetzt war.

Freude durchfuhr mich, als ich sah, wie Sie meinen Haftbefehl unterschrieben haben… Und doch…«

Er blickte auf die Wände rings um ihn, auf das Fenster mit den drei Gitterstäben, das zum Hof hinaus lag.

»Ich muss meine Pritsche in diese Ecke rücken… Wieso, ja, wieso hat man mir vor fünf Jahren etwas von einem gelben Hund erzählen können, wo doch dieser Hund da bestimmt noch nicht geboren war? Ich habe Angst, Kommissar! Ich sage es Ihnen ins Gesicht, dass ich Angst habe! Es ist mir gleich, was die Leute denken werden, wenn sie erfahren, dass ich im Gefängnis sitze. Sterben, das will ich nicht! Und irgendjemand lauert mir auf, irgendjemand, den ich nicht kenne, der Le Pommeret umgebracht hat, der mit Sicherheit Goyard umgebracht hat, der auf Mostaguen geschossen hat… Weswegen? Sagen Sie es mir! Weswegen? Womöglich ein Wahnsinniger… Und man hat ihn noch nicht zur Strecke bringen können! Er ist auf freiem Fuß! Er schleicht vielleicht um uns herum. Er weiß, dass ich hier bin. Er wird herkommen mit seinem entsetzlichen Hund, der den Blick eines Menschen hat…«

Maigret erhob sich langsam, klopfte seine Pfeife gegen seinen Absatz. Und der Doktor wiederholte mit jämmerlicher Stimme:

»Ich weiß, dass ich Ihnen wie ein Feigling vorkomme…

Aber glauben Sie mir! Ich bin sicher, dass ich heute Nacht wegen meiner Niere Höllenqualen ausstehen werde.«

Maigret stand da wie das Gegenstück des Häftlings, der Erregung, des Fiebers, der Krankheit, wie das Gegenstück dieser krankhaften und widerwärtigen Angst.

»Soll ich Ihnen einen Arzt kommen lassen?«

»Nein! Wenn ich wüsste, dass jemand käme, so hätte ich noch größere Angst. Ich würde mich darauf gefasst machen, dass *er* käme, der Mann mit dem Hund, der Wahnsinnige, der Mörder.«

Es hätte nicht viel gefehlt, und er hätte mit den Zähnen geklappert.

»Meinen Sie, dass Sie ihn festnehmen oder wie ein tollwütiges Tier zur Strecke bringen werden? Denn er ist tollwütig! Man tötet nicht einfach so, ohne Grund ...«

Noch ein paar Minuten, und der Nervenzusammenbruch wäre da. Maigret zog es vor zu gehen, während der Häftling ihm mit den Blicken folgte, den Kopf zwischen den Schultern eingezogen, die Lider gerötet.

»Haben Sie mich verstanden, Wachtmeister? Niemand außer Ihnen betritt seine Zelle, und Sie bringen ihm höchstpersönlich das Essen und alles, was er möchte. Aber nichts herumliegen lassen, was er als Waffe verwenden könnte, um Selbstmord zu begehen. Nehmen Sie ihm seine Schnürsenkel ab, seine Krawatte. Der Hof soll Tag und Nacht bewacht werden. Nehmen Sie Rücksicht, sehr viel Rücksicht.«

»So ein feiner Herr!«, seufzte der Wachtmeister. »Glauben Sie, dass er ...?«

»Das nächste Opfer ist, ja! Sie bürgen mir für sein Leben!«

Und Maigret ging davon, die enge Straße entlang, durch die Wasserpfützen watend. Die ganze Stadt kannte ihn schon. Die Gardinen bewegten sich, wenn er vorüberging. Die Jungen hörten auf zu spielen, um ihn mit ängstlichem Respekt anzusehen.

Auf der Zugbrücke, die die Altstadt mit der Neustadt verband, traf er Inspektor Leroy, der ihn suchte.

»Was Neues? Man hat doch nicht etwa meinen Gorilla dingfest gemacht?«

»Welchen Gorilla?«

»Den Mann mit den großen Füßen.«

»Nein! Der Bürgermeister hat mir Befehl erteilt, die Fahndung einzustellen, weil sie die Bevölkerung aufregen würde. An den strategisch wichtigen Stellen hat er ein paar Gendarmen auf Posten gelassen…

Aber ich will Sie nicht deswegen sprechen, sondern wegen des Journalisten, Goyard, genannt Jean Servières. Ein Vertreter, der ihn kennt und der gerade hier angekommen ist, behauptet, ihn gestern in Brest gesehen zu haben. Goyard habe so getan, als ob er ihn nicht kenne, und den Kopf abgewandt.«

Der Inspektor wunderte sich über die Gelassenheit, mit der Maigret diese Neuigkeit aufnahm.

»Der Bürgermeister ist davon überzeugt, dass der Vertreter sich getäuscht hat. Kleine dicke Männer gibt es in jeder Stadt… Und wissen Sie, was ich ihn zu seinem Stellvertreter habe sagen hören, halblaut, vielleicht in der Hoffnung, dass ich es höre?

Wörtlich:

›Sie werden sehen, wie sich der Kommissar auf diese falsche Spur stürzen, nach Brest fahren und es uns überlassen wird, mit dem richtigen Mörder fertig zu werden!‹«

Maigret ging schweigend etwa zwanzig Schritte weiter. Auf dem Platz wurden die Marktbuden abgebaut.

»Beinahe hätte ich ihm geantwortet, dass …«

»Dass was?«

Leroy wurde rot, wandte den Kopf ab.

»Eben! Ich weiß nicht … Auch ich habe den Eindruck gehabt, dass Sie der Festnahme des Vagabunden keine große Bedeutung beimessen …«

»Wie geht es Mostaguen?«

»Besser. Er kann sich den Angriff, dessen Opfer er war, nicht erklären. Er hat seine Frau um Verzeihung gebeten. Um Verzeihung, dass er so lange im Café geblieben ist! Um Verzeihung, dass er sich halb betrunken hat! Unter Tränen hat er geschworen, nie mehr einen Tropfen Alkohol anzurühren.«

Maigret war gegenüber dem Hafen stehen geblieben, fünfzig Meter vom Hôtel de l'Amiral entfernt. Boote kehrten heim, ließen beim Umschiffen der Mole ihr braunes Segel fallen, wurden langsam mit dem Wrickruder vorangetrieben.

Die Ebbe legte am Fuß der Mauern der Altstadt Schlickbänke frei, auf denen alte Töpfe und Unrat lagen.

Hinter dem einförmigen Wolkengewölbe ahnte man die Sonne.

»Ihr Eindruck, Leroy?«

Der Inspektor geriet noch mehr in Verwirrung.

»Ich weiß nicht… Ich meine, wenn wir den Mann hätten… Denken Sie doch nur daran, dass der gelbe Hund erneut verschwunden ist. Was hat er in der Villa des Doktors zu suchen gehabt? Es musste dort Gifte geben. Daraus folgere ich…«

»Ja, natürlich! Ich allerdings, ich folgere nie…«

»Dennoch würde ich den Vagabunden gern aus der Nähe sehen. Die Fußstapfen beweisen, dass er ein Hüne ist…«

»Genau!«

»Was wollen Sie damit sagen?«

»Nichts.«

Maigret rührte sich nicht; er schien fasziniert vom Anblick des kleinen Hafens, der ›Pointe du Cabélou‹ links, mit dem Fichtenwäldchen und den Felsvorsprüngen, der rot-schwarz gestreiften Bake, den scharlachroten Bojen, welche die Fahrrinne zu den Glénan-Inseln anzeigten, die durch das Grau-in-Grau nicht zu erkennen waren.

Der Inspektor hatte noch etliches zu erzählen.

»Ich habe mit Paris telefoniert, um über Goyard Auskunft zu erhalten, der lange Zeit dort gelebt hat.«

Maigret betrachtete ihn mit wohlwollender Ironie, und Leroy, empfindlich getroffen, sagte sehr schnell herunter:

»Die Auskünfte sind sehr gut oder auch sehr schlecht… Ich habe einen ehemaligen Wachtmeister vom Rauschgiftdezernat an der Strippe gehabt, der ihn persönlich gekannt hat. Allem Anschein nach hat er sich lange Zeit am Rande des Journalismus bewegt. Zuerst als Lokalberichterstatter, dann als Generalsekretär eines kleinen Theaters, dann als Direktor eines Cabarets auf dem Montmartre… Zwei Pleiten. Zwei Jahre als Chefredakteur eines Provinzblattes in

Nevers, glaube ich. Dann schließlich übernahm er die Leitung eines Nachtlokals.

›Einer, der schwimmen kann.‹ Das sind die Worte des Wachtmeisters. Allerdings hat er hinzugefügt: ›Ein guter Kerl; als ihm klargeworden ist, dass er letzten Endes entweder sein bisschen Vermögen durchbringen oder Ärger bekommen würde, hat er es vorgezogen, wieder in die Provinz einzutauchen.‹«

»Na und?«

»Ich frage mich, weswegen er diesen Anschlag fingiert hat. Ich habe mir nämlich den Wagen noch einmal angesehen. Es gibt Blutspuren, echte. Aber wenn er angegriffen worden ist, weshalb gibt er kein Lebenszeichen, wo er doch nun in Brest herumläuft?«

»Sehr gut!«

Der Inspektor sah Maigret scharf an, um herauszufinden, ob dieser sich nicht lustig mache. Aber keineswegs! Der Kommissar war ernst, den Blick auf einen Fleck Sonne geheftet, der sich weit draußen auf dem Meer abzeichnete.

»Was Le Pommeret anbelangt…«

»Haben Sie Hinweise?«

»Sein Bruder ist zum Hotel gekommen, um Sie zu sprechen. Er hatte keine Zeit zu warten. Er hat kein gutes Haar an dem Ermordeten gelassen. Seiner Meinung nach war er sehr schlimm: ein Faulenzer… Zwei Leidenschaften: die Frauen und die Jagd… Dann noch die üble Angewohnheit, Schulden zu machen und den großen Herrn hervorzukehren. Eine Einzelheit von Hunderten. Der Bruder, der wohl der größte Unternehmer am Platze ist, hat mir erklärt:

›Ich gebe mich damit zufrieden, meine Kleidung in Brest

einzukaufen. Sie ist dort zwar nicht sehr fein, aber solide und bequem. Yves ließ seine Kleider in Paris in Auftrag geben. Und er brauchte Schuhe, die das Zeichen eines großen Schuhfabrikanten trugen! Nicht einmal meine Frau trägt maßgearbeitetes Schuhwerk.‹«

»Zum Piepen!«, sagte Maigret zur großen Bestürzung, wenn nicht gar zur Entrüstung seines Kollegen.

»Wieso?«

»Köstlich, wenn Ihnen das lieber ist! Wir tauchen ja, wie Sie vorhin gesagt haben, mit einem Hechtsprung ins Provinzleben ein! Es ist zu schön! Ob Le Pommeret Konfektionsschuhe oder Schuhe nach Maß trug – das hört sich unwesentlich an. Aber, ob Sie mir glauben oder nicht, genau das ist der Kern des Dramas. Gehen wir einen Aperitif trinken, Leroy! So wie diese Leute… im Hôtel de l'Amiral!«

Noch einmal musterte der Inspektor seinen Chef und fragte sich, ob er ihn nicht doch auf die Schippe nahm. Dabei hatte er sich ein großes Lob erhofft für seinen Fleiß und seinen Einsatz an diesem Vormittag.

Und Maigret schien das alles nicht ernst zu nehmen! Es spielte sich die gleiche Szene ab, wie wenn ein Lehrer den Klassenraum betritt, wo die Schüler am Schwatzen sind. Die Gespräche verstummten. Die Journalisten stürzten dem Kommissar entgegen.

»Kann die Verhaftung des Doktors bekanntgemacht werden? Hat er ein Geständnis abgelegt?«

»Von wegen!«

Maigret trieb sie mit einer Geste auseinander und sagte zu Emma: »Zwei Pernod, mein Kleines.«

»Aber schließlich haben Sie doch Monsieur Michoux festgenommen…«

»Wollen Sie die Wahrheit wissen?«

Schon hatten sie ihre Notizblöcke zur Hand. Sie warteten, mit gezücktem Federhalter.

»Nun denn, es gibt noch keine Wahrheit. Vielleicht wird es eines Tages eine geben. Vielleicht auch nicht.«

»Es wird behauptet, dass Jean Goyard…«

»Am Leben ist! Umso besser für ihn!«

»Aber es gibt doch einen Mann, der sich versteckt, nach dem man vergebens fahndet…«

»Was die Unterlegenheit des Jägers gegenüber dem Wild beweist!«

Und leise sagte Maigret, wobei er Emma am Ärmel festhielt:

»Serviere mir mein Abendessen auf meinem Zimmer.«

In einem Zug trank er seinen Aperitif und stand auf.

»Einen guten Rat, Messieurs: Keine voreiligen Schlüsse! Und vor allem keine Rückschlüsse.«

»Und der Schuldige?«

Er zuckte mit seinen breiten Schultern und hauchte:

»Wer weiß?«

Er war schon am Fuß der Treppe. Inspektor Leroy warf ihm einen fragenden Blick zu.

»Nein, mein Lieber. Essen Sie am Gästetisch. Ich muss mich ausruhen.«

Man hörte ihn schleppenden Schrittes die Treppenstufen hinaufsteigen. Zehn Minuten später ging auch Emma mit einer Platte hinauf, auf welcher eine Vorspeise angerichtet war.

Sodann sah man, wie sie eine Kammmuschel, Kalbsbraten und Spinat hinaufbrachte.

Das Gespräch im Speisesaal schlief ein. Einer der Journalisten wurde ans Telefon gerufen und erklärte:

»Gegen vier Uhr, ja! Ich hoffe, Ihnen einen Sensationsbericht übermitteln zu können ... Jetzt noch nicht! ... Man muss abwarten ...«

Ganz allein am Tisch aß Leroy mit den Manieren eines wohlerzogenen Jungen, wischte sich fortwährend mit der Ecke seiner Serviette die Lippen ab.

Die Leute vom Markt beobachteten die Fassade des Cafés in der dunklen Hoffnung, dass dort etwas geschehe.

Ein Gendarm stand angelehnt an der Ecke des Gässchens, durch welches der Vagabund verschwunden war.

»Der Herr Bürgermeister verlangt Kommissar Maigret am Telefon!«

Leroy wurde unruhig und beauftragte Emma:

»Gehen Sie nach oben, um ihn zu benachrichtigen.«

Aber das Serviermädchen kam wieder und verkündete:

»Er ist weg!«

Der Inspektor rannte die Treppe hinauf, wobei er drei Stufen auf einmal nahm, kam kreidebleich zurück und griff nach dem Hörer: »Hallo! ... Ja, Herr Bürgermeister! ... Ich weiß nicht ... Ich bin sehr beunruhigt ... Der Kommissar ist nicht mehr da ... Hallo! ... Nein! Ich kann Ihnen nichts weiter sagen ... Er hat auf seinem Zimmer zu Abend gegessen ... Ich habe ihn nicht herunterkommen sehen ... Ich ... ich werde Sie gleich wieder anrufen ...«

Und Leroy, der seine Serviette nicht losgelassen hatte, benutzte sie, um sich damit die Stirn abzuwischen.

7

Das Pärchen im Kerzenschein

Erst eine halbe Stunde später ging der Inspektor in sein eigenes Zimmer hinauf. Auf dem Tisch fand er einen Zettel, auf welchem in Morseschrift geschrieben stand:

Steigen Sie heute Abend um elf Uhr unbemerkt aufs Dach. Ich werde Sie dort erwarten. Keinen Mucks. Kommen Sie bewaffnet. Sagen Sie, ich sei nach Brest abgereist und hätte Sie von dort aus angerufen. Verlassen Sie das Hotel nicht.
Maigret

Kurz vor elf zog Leroy seine Schuhe aus, legte Filzpantoffeln an, die er eigens für dieses Unternehmen, das ihn nicht unbeeindruckt ließ, am Nachmittag gekauft hatte.

Vom zweiten Stock aus gab es keine Treppe mehr, aber eine feststehende Leiter, die an einer Klappe in der Decke endete und auf einen Dachboden führte, wo es wegen der Zugluft eisig kalt war und wo der Inspektor es wagte, ein Streichholz zu entfachen.

Wenige Augenblicke später durchstieg er die Dachluke, traute sich jedoch nicht gleich, auf das Sims hinauszuklettern. Alles war kalt. Seine Finger, die die Zinkplatten berührten, wurden steif. Und Leroy hatte sich nicht mit einem Mantel belasten wollen.

Als seine Augen sich an die Finsternis gewöhnt hatten, glaubte er eine dunkle, gedrungene Masse zu erkennen, wie ein riesiges Tier auf der Lauer. Seine Nase nahm einen vertrauten Pfeifengeruch wahr. Er pfiff leise.

Einen Augenblick später kauerte er neben Maigret auf dem Sims. Weder das Meer noch die Stadt waren zu erkennen. Man befand sich auf der vom Quai abgewandten Seite des Dachs, am Rande eines schwarzen Grabens, der nichts weiter war als die berüchtigte Gasse, durch welche der Vagabund mit den großen Füßen entkommen war.

Die Dächer ringsherum waren unterschiedlich hoch. Es gab sehr tief liegende Dächer und auch solche, die sich in Höhe der beiden Männer befanden. Da und dort drang Licht aus den Fenstern. Bei manchen waren die Vorhänge zugezogen, auf denen regelrechte chinesische Schattenspiele aufgeführt wurden. In einem ziemlich weit entfernten Zimmer wusch eine Frau einen Säugling in einem Emailbecken.

Die Masse des Kommissars setzte sich in Bewegung, begann vielmehr zu kriechen, bis Maigret den Mund am Ohr seines Begleiters hatte.

»Vorsicht! Keine hastigen Bewegungen. Das Sims ist nicht stabil, und unter uns verläuft eine Regenrinne, die nur darauf wartet, mit Gepolter hinabzustürzen… Was machen die Journalisten?«

»Sie sind unten, außer einem, der Sie in Brest sucht, davon überzeugt, dass Sie Goyard auf der Spur sind.«

»Emma?«

»Keine Ahnung. Ich habe nicht auf sie geachtet. Sie hat mir nach dem Abendessen den Kaffee serviert.«

Es war verwirrend, auf diese Weise, ohne dass irgendjemand davon wusste, auf einem Haus voller Leben zu sitzen, voller Leute, die in beheizten und beleuchteten Räumen umhergingen, ohne flüstern zu müssen.

»Gut. Drehen Sie sich sachte zu diesem Haus um, das zu verkaufen ist. Langsam!«

Es war das zweite Haus rechts, eines der wenigen, die gleich hoch wie das Hotel waren. Es lag in völliger Dunkelheit da, und dennoch kam es dem Inspektor so vor, als spiegle sich ein Lichtschimmer in einer Fensterscheibe im zweiten Stock, hinter der keine Gardinen hingen.

Nach und nach stellte er fest, dass es sich nicht um einen Widerschein handelte, der von draußen kam, sondern um ein schwaches Licht im Innern. Je länger er denselben Punkt im Raum anstarrte, desto deutlicher nahmen dort Dinge Gestalt an.

Ein gebohnerter Fußboden… Eine halb niedergebrannte Kerze, umgeben von einem Lichthof.

»Er ist da«, sagte er auf einmal, und seine Stimme wurde unwillkürlich lauter.

»Pst! Ja…«

Jemand lag auf dem bloßen Fußboden, zur Hälfte in dem von der Kerze beleuchteten Bereich, zur anderen Hälfte im Halbdunkel. Ein riesiger Schuh war zu sehen, ein breiter Oberkörper in einem Seemannspullover.

Leroy wusste, dass sich ein Gendarm am Ende der Gasse befand, ein weiterer auf dem Platz, und noch einer ging auf dem Quai auf und ab.

»Wollen Sie ihn festnehmen?«

»Ich weiß nicht. Er schläft schon seit drei Stunden.«

»Ist er bewaffnet?«

»Heute Morgen war er es nicht…«

Die Silben, die gesprochen wurden, waren kaum zu erraten. Es war ein undeutliches Geraune, das im Hauch der Atemstöße unterging.

»Worauf warten wir?«

»Ich weiß nicht… Ich möchte wissen, weshalb er eine Kerze angezündet hat, wo man ihm doch nachstellt und er schläft… Achtung!«

Ein gelbes Viereck war soeben auf einer Mauer erschienen.

»Jemand hat gerade in Emmas Zimmer Licht gemacht, unter uns. Es ist der Widerschein.«

»Haben Sie nicht zu Abend gegessen, Kommissar?«

»Ich hatte mir Brot und Wurst mitgenommen. Ist Ihnen nicht kalt?«

Sie froren alle beide. In regelmäßigen Abständen sahen sie den Lichtstrahl des Leuchtturms über den Himmel streichen.

»Sie hat es ausgemacht.«

»Ja. Pst!«

Fünf Minuten Stille, eintöniges Warten. Dann suchte die Hand von Leroy diejenige Maigrets, drückte sie vielsagend.

»Unten…«

»Ich hab's gesehen…«

Ein Schatten auf der mit Kalk verputzten Mauer, die den Garten des unbewohnten Hauses von der Gasse trennte.

»Sie geht zu ihm«, flüsterte Leroy, der nicht den Mund halten konnte.

Der Mann oben schlief immer noch bei seiner Kerze. Im Garten raschelte ein Johannisbeerstrauch. Eine Katze suchte auf einer Dachrinne das Weite.

»Haben Sie vielleicht ein Luntenfeuerzeug?«

Maigret wagte es nicht, seine Pfeife wieder anzuzünden. Er zögerte lange. Schließlich ließ er sich mit der Jacke seines Begleiters abschirmen und entfachte rasch ein Streichholz, während der Inspektor erneut den warmen Tabakgeruch einsog.

»Sehen Sie mal!«

Sie sagten nichts mehr. Der Mann erhob sich mit einer so plötzlichen Bewegung, dass er um ein Haar die Kerze umgestoßen hätte. Er wich in den Schatten zurück, während sich die Tür öffnete und Emma im Licht auftauchte, zögernd, so jämmerlich, dass sie wie eine Schuldige wirkte.

Sie hielt etwas unter dem Arm: eine Flasche und ein Bündel, das sie auf den Boden abstellte. Das Papier ging teilweise auf, ließ ein gebratenes Hähnchen sichtbar werden.

Sie redete. Ihre Lippen bewegten sich. Sie sprach nur wenige Worte, bescheiden, traurig. Ihr Gesprächspartner aber war für die Polizisten nicht zu sehen.

Weinte sie nicht? Sie trug ihr schwarzes Servierkleid, ihre bretonische Trachtenhaube. Nur ihre weiße Schürze hatte sie abgelegt, wodurch ihre Haltung noch gekrümmter schien als gewöhnlich.

Ja! Sie musste wohl weinen beim Reden… Stockend sagte sie ein paar Worte. Und der Beweis war, dass sie sich plötzlich gegen die Türverkleidung lehnte und ihr Gesicht im angewinkelten Arm verbarg. Ihr Rücken hob sich in unregelmäßigem Rhythmus.

Als der Mann wieder auftauchte, verdunkelte er fast das gesamte Rechteck des Fensters, gab dann die Sicht frei, indem er in den Hintergrund des Raumes ging. Seine große Hand fiel auf die Schulter des Mädchens nieder und versetzte ihr einen solchen Stoß, dass sie eine ganze Kehrtwendung machte, beinahe hingefallen wäre und ihr jämmerlich bleiches Gesicht mit Lippen, die vom Schluchzen geschwollen waren, sichtbar wurde.

All das war jedoch so undeutlich, so verschwommen wie ein Film im Kino, wenn die Lampen im Saal wieder eingeschaltet werden. Und noch etwas fehlte: die Geräusche, die Stimmen…

Genau wie ein Film: ein Film ohne Ton.

Obwohl es der Mann war, der redete. Und er redete wohl laut. Er war wie ein Gorilla. Den Kopf dicht auf den Schultern, den Oberkörper in einem engen Pullover, der seine Brustmuskeln hervortreten ließ, das Haar kurzgeschoren, wie bei einem Sträfling, die Fäuste in die Hüften gestemmt, schleuderte er ihr Vorwürfe, Schimpfwörter oder Drohungen ins Gesicht.

Er war wohl drauf und dran, handgreiflich zu werden. So, dass Leroy versuchte, Maigret noch fester zu packen, als wolle er sich selbst beruhigen.

Emma weinte noch immer. Ihre Haube saß mittlerweile schief. Ihr Knoten würde sich gleich lösen. Irgendwo wurde ein Fenster geschlossen, was eine Sekunde lang ablenkte.

»Kommissar… ob wir…«

Der Tabakgeruch umhüllte die beiden Männer und gaukelte ihnen Wärme vor.

Weshalb faltete Emma die Hände? Wieder redete sie…

In ihrem verzerrten Gesicht lag gleichzeitig Entsetzen, Flehen und Schmerz, und Inspektor Leroy hörte, wie Maigret seinen Revolver entsicherte.

Nur fünfzehn bis zwanzig Meter lagen zwischen den beiden Gruppen. Ein sprödes Klicken, eine Fensterscheibe, die in Scherben zerspringen würde, und der Hüne wäre außerstande, Schaden anzurichten.

Mittlerweile ging er auf und ab, die Hände auf dem Rücken, und er wirkte kleiner, breiter. Mit dem Fuß stieß er an das Hähnchen. Um ein Haar wäre er ausgerutscht, und aus lauter Wut gab er ihm einen Tritt, dass es in den Schatten flog.

Emma schaute dorthin.

Was sie wohl sagen mochten? Was war das Leitmotiv dieses dramatischen Dialogs?

Denn der Mann schien die gleichen Worte zu wiederholen. Aber wiederholte er sie nicht sanfter?

Sie fiel auf die Knie, warf sich ihm vielmehr in die Quere und streckte die Arme nach ihm aus. Er tat so, als sähe er sie nicht, wich ihr aus, und schon war sie nicht mehr auf den Knien, sondern lag fast am Boden, mit flehender Geste.

Bald war der Mann zu sehen, bald verschluckte ihn der Schatten. Als er wiederkam, stellte er sich vor das klagende Mädchen, das er von oben bis unten musterte.

Wieder fing er an zu gehen, kam näher, entfernte sich erneut, und nun ging ihr die Kraft oder der Mut aus, ihre Arme nach ihm auszustrecken, ihn anzuflehen. Sie ließ sich der Länge nach auf die Dielen fallen. Die Weinflasche stand kaum zwanzig Zentimeter von ihrer Hand weg.

Es kam unerwartet. Der Vagabund beugte sich nieder

oder streckte vielmehr seine schweren Pranken aus, packte Emma an den Schultern, an der Kleidung, und mit einem einzigen Ruck stellte er sie auf die Beine. Und zwar so brutal, dass sie taumelte, als sie nicht mehr gehalten wurde.

Aber verriet ihr verzerrtes Gesicht nicht dennoch eine Hoffnung? Ihr Haarknoten hatte sich gelöst. Die weiße Haube lag auf dem Fußboden.

Der Mann ging auf und ab. Zweimal wich er seiner fassungslosen Partnerin aus.

Beim dritten Mal nahm er sie in die Arme, presste sie an sich, zog ihr den Kopf nach hinten. Und gierig presste er seine Lippen auf die ihren.

Nur noch sein Rücken war zu sehen, ein unmenschlicher Rücken, an dessen Schulter sich eine kleine Frauenhand geklammert hatte.

Der Rohling hatte das Bedürfnis, mit seinen groben Fingern das herabhängende Haar zu liebkosen, ohne die Lippen von den ihren zu lösen, es zu streicheln, als wolle er seine Begleiterin vertilgen, zerdrücken, besser: sich einverleiben.

»Hat man Worte!«, sagte der Inspektor, und seine Stimme überschlug sich.

Und Maigret war so ergriffen, dass er deswegen um ein Haar in Lachen ausgebrochen wäre.

War Emma seit einer Viertelstunde dort drüben? Der Mann hatte von ihr abgelassen. Die Kerze reichte bloß noch für fünf Minuten. Und die Entspannung, die sich eingestellt hatte, war beinahe greifbar.

Lachte das Serviermädchen nicht? Irgendwo musste sie

ein Stück von einem Spiegel aufgetrieben haben. Mitten im Licht sah man, wie sie ihr langes Haar einrollte, es mit einer Nadel feststeckte, am Boden eine weitere Nadel suchte, die sie verloren hatte, und sie zwischen den Zähnen hielt, während sie ihre Haube aufsetzte.

Sie war beinahe hübsch. Sie war hübsch! Alles an ihr war rührend, sogar ihre flachen Hüften, ihr schwarzes Kleid, ihre geröteten Lider. Der Mann hatte das Hähnchen aufgehoben. Und ohne sie dabei aus den Augen zu lassen, biss er mit Appetit hinein, ließ die Knochen krachen, riss Fleischfetzen heraus.

Er suchte in seiner Tasche nach einem Messer, fand keines und zerbrach den Flaschenhals, indem er ihn auf den Absatz schlug. Er trank. Er forderte Emma zum Trinken auf, die sich lachend sträubte. Ob ihr etwa das zerschlagene Glas Angst machte? Er brachte sie aber dazu, den Mund zu öffnen, und flößte ihr langsam von dem Getränk ein.

Sie verschluckte sich, hustete. Da packte er sie bei den Schultern, küsste sie erneut, aber nicht mehr auf die Lippen. Er küsste sie ausgelassen ab, auf die Wangen, auf die Augen, auf die Stirn und sogar auf ihr Spitzenhäubchen.

Sie war bereit. Er kam zum Fenster und drückte das Gesicht dagegen, und wieder einmal füllte er nahezu das gesamte helle Rechteck aus. Als er sich wieder umdrehte, löschte er die Kerze aus.

Inspektor Leroy war aufgeregt.

»Sie gehen zusammen fort.«

»Ja.«

»Sie werden geschnappt werden.«

Der Johannisbeerstrauch im Garten raschelte. Dann

wurde eine Gestalt auf den Mauerabsatz emporgehoben. Und schon befand sich Emma in der Sackgasse und wartete auf ihren Geliebten.

»Du wirst ihnen von weitem folgen. Sie dürfen dich auf keinen Fall bemerken. Gib mir Bescheid, sobald du kannst.«

So wie es der Vagabund mit seiner Begleiterin getan hatte, half Maigret dem Inspektor, sich an den Schieferziegeln bis zur Dachluke hochzuziehen. Dann beugte er sich nach vorn, um einen Blick in die Sackgasse zu werfen, wo man von den beiden nur die Köpfe sah.

Sie zögerten. Sie flüsterten. Dann zog Emma den Mann in einen Schuppen, in dem sie verschwanden, denn die Tür war nur mit einem Riegel verschlossen.

Es handelte sich um den Schuppen des Tauhändlers. Er hatte eine Verbindungstür zum Laden, in welchem sich zu dieser Uhrzeit niemand befand. Bloß ein Schloss war aufzubrechen, und das Pärchen würde zum Quai gelangen.

Leroy aber würde vor den beiden dort sein.

Sobald er auf der Leiter vom Dachstock hinabgestiegen war, begriff der Kommissar, dass etwas Außergewöhnliches vor sich ging. Er vernahm ein Geraune im Hotel. Unten läutete das Telefon mitten im Gewirr der Stimmen.

Auch die Stimme von Leroy war darunter, der wohl telefonieren musste, denn er sprach besonders laut.

Maigret stürzte die Treppe hinunter, gelangte ins Erdgeschoss, stieß auf einen Journalisten.

»Was ist los?«

»Wieder ein Mordanschlag. Vor einer Viertelstunde. In

der Stadt. Der Verletzte ist zur Apotheke transportiert worden.«

Zuerst eilte der Kommissar auf den Quai hinaus und gewahrte einen laufenden Gendarmen, der mit seinem Revolver herumfuchtelte. Selten war der Himmel derart schwarz gewesen. Maigret holte den Mann ein.

»Was ist los?«

»Ein Pärchen ist gerade aus dem Laden gekommen. Ich bin gegenüber auf und ab gegangen. Der Mann ist mir fast in die Arme gelaufen. Es hat keinen Zweck mehr, hinterherzurennen. Sie sind wohl schon über alle Berge!«

»Erzählen Sie mal!«

»Ich habe ein Geräusch im Laden gehört und mich auf die Lauer gelegt, die Waffe in der Hand. Die Tür ist aufgegangen, ein Kerl ist herausgekommen. Aber ich habe keine Zeit gehabt, auf ihn zu zielen. Er hat mir einen solchen Schlag ins Gesicht versetzt, dass ich zu Boden ging und mir der Revolver aus der Hand fiel. Meine größte Angst war, dass er ihn ergreifen würde… Aber nein! Er holte eine Frau, die im Eingang wartete. Er hat sie in die Arme genommen. Bis ich aufgestanden war, Kommissar… Solch ein Faustschlag! Sehen Sie! Ich blute. Die beiden sind am Quai entlang geflüchtet. Sie mussten um das Hafenbecken herum. Dort gibt es eine Unmenge von kleinen Straßen, dahinter das offene Land.«

Mit seinem Taschentuch tupfte er sich die Nase ab.

»Er hätte mich umbringen können! Seine Faust ist ein Hammer.«

Noch immer vernahm man ein Stimmengewirr vom Hotel her, aus dessen Fenstern Licht fiel.

Maigret ließ den Gendarmen allein, ging um die Ecke, sah die Apotheke, deren Läden geschlossen waren, deren Tür aber offenstand und eine Flut von Licht herausströmen ließ.

Ein Knäuel von etwa zwanzig Leuten drängte sich vor dieser Tür. Der Kommissar stieß sie mit den Ellbogen auseinander.

Im Labor lag ein Mann auf dem bloßen Fußboden ausgestreckt und stieß in gleichmäßigen Abständen stöhnende Laute aus, wobei er an die Decke starrte.

Die Frau des Apothekers war im Nachthemd und machte allein mehr Lärm als alle anderen Leute zusammen.

Und der Apotheker selbst, der über seinen Schlafanzug eine Jacke angezogen hatte, war völlig außer sich, hantierte mit Fläschchen herum, zupfte dicke Wattebäusche auseinander.

»Wer ist das?«, fragte Maigret.

Er wartete nicht auf die Antwort, denn er hatte die Uniform des Zöllners erkannt, dem man ein Hosenbein aufgerissen hatte. Und nun erkannte er auch das Gesicht wieder.

Es handelte sich um jenen Zöllner, der am Freitag zuvor im Hafen Wache gestanden und von weitem das Verbrechen miterlebt hatte, dessen Opfer Mostaguen gewesen war.

Ein Arzt traf ein, geschäftig, schaute auf den Verletzten, dann zu Maigret und rief aus:

»Was gibt es denn noch?«

Ein wenig Blut rann auf den Boden. Der Apotheker hatte das Bein des Zöllners mit Wasserstoffsuperoxyd gewaschen, das Streifen rötlichen Schaums bildete.

Draußen erzählte ein Mann vielleicht zum zehnten Mal, aber dennoch außer Atem:

»Meine Frau und ich lagen im Bett, als ich ein Geräusch hörte, das wie ein Schuss klang, darauf einen Schrei. Dann nichts mehr, vielleicht fünf Minuten lang! Ich wagte nicht, wieder einzuschlafen... Meine Frau wollte, dass ich nachsehen gehe... Dann waren stöhnende Laute zu hören, die anscheinend vom Bürgersteig herkamen, unmittelbar bei unserer Tür... Ich habe sie geöffnet... Ich war bewaffnet... Ich habe eine dunkle Masse gesehen... Ich habe die Uniform erkannt... Ich habe angefangen zu rufen, um die Nachbarn aufzuwecken, und der Obsthändler, der einen Wagen hat, hat mir geholfen, den Verletzten hierherzubringen...«

»Um welche Zeit wurde der Schuss abgegeben?«

»Vor knapp einer halben Stunde.«

Also genau im ergreifendsten Moment der Szene zwischen Emma und dem Mann mit den sagenhaften Fußabdrücken!

»Wo wohnen Sie?«

»Ich bin der Segelmacher. Sie sind schon zehnmal bei mir vorbeigegangen... Rechts vom Hafen, ein Stück neben der Fischhalle. Mein Haus steht an einer Ecke, die der Quai mit einer kleinen Straße bildet. Danach gibt es nur noch vereinzelte Gebäude und fast nur noch Villen.«

Vier Männer trugen den Verletzten in ein Hinterzimmer, wo sie ihn auf ein Sofa betteten. Der Arzt erteilte Anweisungen. Draußen hörte man die Stimme des Bürgermeisters fragen:

»Ist der Kommissar hier?«

Maigret ging ihm entgegen, beide Hände in den Taschen.

»Sie werden zugeben, Kommissar…«

Der Blick seines Gesprächspartners war jedoch so kalt, dass der Bürgermeister für einen Augenblick die Fassung verlor.

»Es war unser Mann, der den Anschlag verübt hat, stimmt's?«

»Nein!«

»Woher wollen Sie das wissen?«

»Ich weiß es, weil ich ihn zu der Zeit, als das Verbrechen verübt worden ist, fast ebenso gut vor mir sah, wie ich jetzt Sie vor mir sehe.«

»Und Sie haben ihn nicht verhaftet?«

»Nein!«

»Man hat mir auch von einem überfallenen Gendarmen erzählt.«

»Das ist richtig.«

»Ist Ihnen eigentlich klar, welche Folgen diese Verbrechen haben können? Seit Sie hier sind, geschieht schließlich…«

Maigret nahm den Telefonhörer ab.

»Geben Sie mir die Gendarmerie, Mademoiselle… Ja… Danke… Hallo!… Die Gendarmerie?… Der Wachtmeister selbst?… Hallo! Hier Kommissar Maigret… Doktor Michoux ist doch sicher noch dort, ja?… Wie bitte?… Ja, vergewissern Sie sich trotzdem… Wie?… Es steht ein Wachposten im Hof?… Sehr gut… Ich warte…«

»Glauben Sie, dass etwa der Doktor…?«

»Gar nichts! Ich glaube nie etwas, Herr Bürgermeister!… Hallo!… Ja!… Er hat sich nicht vom Fleck gerührt?... Danke... Sie sagen, er schläft?... Sehr gut... Hallo! Nein! Nichts Besonderes...«

Stöhnende Laute drangen aus dem Zimmer im Hintergrund, wo eine Stimme unverzüglich rief:

»Kommissar.«

Es war der Arzt, der seine noch seifigen Hände an einem Handtuch abwischte.

»Sie können ihn vernehmen. Die Kugel hat bloß die Wade gestreift. Mehr Angst als Schaden. Aber man muss auch sagen, dass die Blutung ziemlich stark war.«

Dem Zöllner standen die Tränen in den Augen. Er wurde rot, als der Arzt fortfuhr:

»Seine ganze Angst kommt daher, dass er glaubte, man würde ihm das Bein amputieren. Aber in einer Woche sieht alles wieder ganz anders aus!«

Der Bürgermeister stand im Türrahmen.

»Erzählen Sie mir, wie das passiert ist!«, sagte Maigret sanft, wobei er sich auf die Kante des Sofas setzte. »Keine Angst. Sie haben gehört, was der Doktor gesagt hat.«

»Ich weiß nicht...«

»Was denn?«

»Heute ging mein Dienst um zehn Uhr zu Ende... Ich wohne ein Stück weiter weg von der Stelle, wo ich angeschossen worden bin.«

»Sie sind also nicht gleich nach Hause gegangen?«

»Nein! Ich habe gesehen, dass im Café des Hotels noch Licht war. Ich habe wissen wollen, wie es denn so steht. Ich schwöre Ihnen, mein Bein verbrennt mir!«

»Ach was! Ach was!«, sagte der Arzt.

»Aber wenn ich es Ihnen doch sage... Na dann, wenn es

nichts ist… Ich habe im Café ein Halbes getrunken. Es waren nur Journalisten da, und ich habe nicht einmal gewagt, sie zu fragen…«

»Wer hat Sie bedient?«

»Ein Zimmermädchen, glaube ich… Emma habe ich nicht gesehen.«

»Und dann?«

»Ich wollte nach Hause. Ich bin am Wachlokal vorbeigegangen, wo ich mir eine Zigarette an der Pfeife meines Kollegen angezündet habe. Ich ging an den Quais entlang. Ich bin nach rechts abgebogen. Es war niemand da. Das Meer war nur schwach bewegt… Auf einmal, als ich gerade an einer Straßenecke vorüberging, spürte ich einen Schmerz im Bein, noch bevor ich den Knall eines Schusses hörte. Es war ein Stoß, wie wenn man mir einen Pflasterstein mitten an die Wade geschleudert hätte. Ich bin hingefallen… Ich habe wieder aufstehen wollen… Jemand lief davon… Meine Hand berührte eine warme Flüssigkeit, und ich weiß nicht, wie es passiert ist, aber ich bin ohnmächtig geworden. Ich habe geglaubt, ich sei tot.

Als ich wieder zu mir kam, öffnete der Obsthändler an der Ecke gerade seine Tür und traute sich nicht heran.

Das ist alles, was ich weiß.«

»Die Person, die geschossen hat, haben Sie nicht gesehen?«

»Ich habe gar nichts gesehen. Das geht nicht so, wie man sich das vorstellt. Es ging so schnell… Und vor allem, als ich meine Hand voller Blut spürte…«

»Sie haben keine Feinde?«

»Eben nicht! Ich bin erst seit zwei Jahren hier. Ich

komme aus dem Landesinnern. Und ich hatte noch nie Gelegenheit, Schmuggler zu Gesicht zu bekommen.«

»Gehen Sie jeden Abend auf diesem Weg nach Hause?«

»Nein! Es ist ein Umweg. Aber ich hatte keine Streichhölzer, und so bin ich absichtlich zum Wachlokal gegangen, um mir eine Zigarette anzuzünden. Daher bin ich nicht durch die Stadt, sondern an den Quais entlanggegangen.«

»Durch die Stadt ist es näher?«

»Ein wenig.«

»So dass also jemand, der gesehen hätte, wie Sie das Café verließen und in Richtung Quai gingen, Zeit gehabt hätte, Ihnen aufzulauern?«

»Bestimmt. Aber weswegen? Ich habe nie Geld bei mir. Man hat nicht versucht, mich auszurauben.«

»Sind Sie auch sicher, Kommissar, dass Sie *Ihren* Vagabunden den ganzen Abend nicht aus den Augen gelassen haben?«

Es lag etwas Spitzes in der Stimme des Bürgermeisters. Leroy trat ein, einen Zettel in der Hand.

»Ein Telegramm, das die Post gerade per Telefon zum Hotel durchgegeben hat. Aus Paris.«

Und Maigret las:

Sûreté Générale an Kommissar Maigret, Concarneau

Jean Goyard, genannt Servières, dessen Personenbeschreibung Sie übermittelt haben, am heutigen Montag Abend acht Uhr Hôtel Bellevue, Rue Lepic, Paris, verhaftet, als er in Zimmer 15 abstieg. Hat gestanden, von Brest mit Sechsuhrzug angekommen zu sein. Beteuert Unschuld und verlangt Vernehmung zur Sache im Beisein von Anwalt. Erwarten Weisungen.

8

Ein Unbekannter!

»Sie werden vielleicht zugeben, Kommissar, dass es an der Zeit ist, dass wir uns mal ernsthaft unterhalten …«

Der Bürgermeister hatte diese Worte mit einer eisigen Ehrerbietung ausgesprochen, und Inspektor Leroy kannte Maigret noch nicht gut genug, um dessen Gemütsbewegung danach einzuschätzen, wie er den Rauch aus seiner Pfeife wieder ausblies. Ein dünner, grauer Rauchfaden strömte langsam zwischen den halb geöffneten Lippen des Kommissars hervor, während er zwei- oder dreimal blinzelte. Dann zog Maigret sein Notizbuch aus seiner Tasche und sah nacheinander den Apotheker, den Arzt und die Neugierigen an.

»Zu Befehl, Herr Bürgermeister. Hier …«

»Wenn Sie doch bitte auf eine Tasse Tee zu mir nach Hause kommen möchten«, fiel ihm der Bürgermeister ins Wort. »Mein Wagen steht vor der Tür. Ich werde so lange warten, bis Sie die nötigen Befehle erteilt haben.«

»Welche Befehle?«

»Aber … der Mörder … der Vagabund … dieses Mädchen …«

»Ach ja! Nun denn, wenn die Gendarmerie nichts Besseres zu tun hat, dann soll sie die Bahnhöfe in der Umgebung überwachen.«

Er hatte seine einfältigste Miene aufgesetzt.

»Und Sie, Leroy, Sie telegrafieren nach Paris, dass man uns Goyard herbringen soll, und dann gehen Sie zu Bett.«

Er nahm im Wagen des Bürgermeisters Platz, am Steuer saß ein Chauffeur in schwarzer Livree. Kurz vor Sables Blancs erblickte man die Villa des Bürgermeisters, die dicht an die Klippe gebaut war, was ihr ein wenig den Anstrich eines feudalen Schlosses verlieh. Aus den Fenstern drang Licht. Während der Fahrt hatten die beiden Männer keine zwei Sätze gewechselt.

»Erlauben Sie, dass ich Ihnen den Weg weise.«

Der Bürgermeister übergab seinen pelzgefütterten Mantel einem Diener.

»Ist Madame schon zu Bett gegangen?«

»Sie erwartet Herrn Bürgermeister in der Bibliothek.«

Sie war tatsächlich dort. Obgleich sie etwa vierzig Jahre alt war, wirkte sie an der Seite ihres Gatten, der fünfundsechzig war, sehr jung. Sie nickte dem Kommissar zu.

»Nun?«

Als Mann von Welt küsste ihr der Bürgermeister die Hand, die er festhielt, während er sagte:

»Beruhigen Sie sich! Ein Zöllner wurde leicht verletzt. Und ich hoffe, dass nach der Unterredung, die Kommissar Maigret und ich nun haben werden, dieser unerträgliche Alptraum ein Ende finden wird.«

Unter einem Knistern von Seide ging sie hinaus. Ein blauer, samtener Türvorhang fiel. Die Bibliothek war sehr geräumig, die Wände mit edlem Holz getäfelt, die Decke von hervortretenden Balken durchzogen, wie auf englischen Herrensitzen.

Wertvolle Bände waren zu sehen, die kostbarsten jedoch mochten sich wohl in einem geschlossenen Bücherschrank befinden, der eine ganze Wandfläche einnahm.

Das Ganze war wirklich luxuriös, ohne geschmackliche Mängel, der vollkommene Komfort. Obwohl eine Zentralheizung vorhanden war, brannten Holzscheite in einem riesigen Kamin.

Kein Vergleich mit dem falschen Pomp in der Villa des Arztes. Der Bürgermeister suchte unter den Zigarrenkistchen eines heraus und reichte es Maigret.

»Danke! Wenn Sie erlauben, rauche ich meine Pfeife.«

»Nehmen Sie doch bitte Platz. Möchten Sie einen Whisky?«

Er drückte auf einen Knopf und zündete sich eine Zigarre an. Der Diener kam, um ihre Wünsche entgegenzunehmen. Und Maigret wirkte, vielleicht mit Absicht, unbeholfen, wie ein Kleinbürger, der in einem hochherrschaftlichen Anwesen empfangen wird. Seine Züge wirkten plumper, sein Blick unsicher.

Sein Gastgeber wartete, bis der Diener hinausgegangen war.

»Sie müssen begreifen, Kommissar, dass diese Serie von Verbrechen unmöglich weitergehen kann. Sie sind nun… na, Sie sind nun fünf Tage hier… Und seit fünf Tagen…«

Maigret zog sein unscheinbares Notizbuch, das in Wachstuch eingebunden war, aus der Tasche hervor.

»Erlauben Sie?«, fiel er dem Bürgermeister ins Wort. »Sie reden von einer Serie von Verbrechen. Nun, ich muss feststellen, dass alle Opfer am Leben sind, außer einem. Ein einziger Todesfall: nämlich der von Monsieur Le Pommeret. Was den Zöllner betrifft, so werden Sie zugeben, dass jemand, der ihm hätte das Leben nehmen wollen, nicht auf das Bein gezielt hätte. Sie kennen den Ort, wo der Schuss abgegeben wurde. Der Angreifer war unsichtbar. Er hat sich viel Zeit nehmen können. Es sei denn, er hätte noch nie einen Revolver in der Hand gehalten ...«

Der Bürgermeister sah ihn erstaunt an, griff nach seinem Glas und sagte:

»Sie wollen also behaupten ...?«

»Dass man ihn am Bein treffen wollte. Zumindest so lange, wie nicht das Gegenteil bewiesen ist.«

»Sollte etwa auch Mostaguen nur am Bein getroffen werden?«

Die Ironie war beißend. Die Nasenflügel des alten Mannes bebten. Er wollte höflich sein, die Ruhe bewahren, weil er bei sich zu Hause war. Aber ein unangenehmes Zischen lag in seiner Stimme.

Mit der Miene eines gewissenhaften Beamten, der einem Vorgesetzten Rechenschaft ablegt, fuhr Maigret fort:

»Wenn Sie einverstanden sind, so werden wir meine Notizen der Reihe nach durchgehen ... Ich lese unter dem Datum vom Freitag, dem 7. November: *Eine Kugel wird durch den Briefkasten eines unbewohnten Hauses auf Monsieur Mostaguen abgefeuert.* Sie werden zunächst feststellen, dass niemand wissen konnte, dass Monsieur Mostaguen zu einem gegebenen Zeitpunkt auf den Gedanken kommen würde, bei einem Hauseingang Zuflucht zu suchen, um sich eine Zigarre anzuzünden, nicht einmal das Opfer selbst. Etwas weniger Wind, und das Verbrechen hätte nicht stattgefunden. Nun stand aber trotzdem ein Mann hinter der Tür, mit einem Revolver bewaffnet. Entweder war es ein Wahnsinniger, oder aber er erwartete *jemanden, der kommen musste.* Und jetzt bedenken Sie mal, wie spät es war! … Elf Uhr nachts … Die ganze Stadt schläft, abgesehen von der kleinen Gruppe im Café des Hôtel de l'Amiral …

Ich bin noch nicht fertig. Werfen wir einen Blick auf die möglichen Schuldigen. Die Herren Le Pommeret und Jean Servières sowie Emma kommen nicht in Frage, denn sie befanden sich im Café.

Es bleiben Doktor Michoux, der eine Viertelstunde zuvor gegangen war, und der Vagabund mit den riesigen Füßen. Dazu ein Unbekannter, den wir X nennen werden. Einverstanden?

Nebenbei bemerkt ist Monsieur Mostaguen nicht tot und wird in vierzehn Tagen wieder auf den Beinen sein.

Gehen wir zum zweiten Verbrechen über. *Am Samstag sitze ich mit Inspektor Leroy im Café. Wir wollten gerade mit den Herren Michoux, Le Pommeret und Jean Servières den Aperitif trinken, als der Doktor beim Betrachten seines Glases einen Verdacht schöpft. Die Analyse beweist, dass die Flasche Pernod vergiftet ist.*

Als Schuldige kommen in Frage: die Herren Michoux, Le Pommeret, Servières, das Serviermädchen Emma, der Vagabund – der im Laufe des Tages das Café unbemerkt hätte betreten können – und zu guter Letzt unser Unbekannter, den wir X genannt haben.

Weiter. *Am Sonntagmorgen ist Jean Servières verschwunden. Sein Wagen wird wieder gefunden, blutbefleckt, unweit von seinem Zuhause. Noch vor dieser Entdeckung ist dem* Phare de Brest *eine Zusammenfassung der*

Ereignisse zugegangen, die wie geschaffen dazu war, Panik in Concarneau zu verbreiten.

Nun, Servières wird zuerst in Brest gesehen, dann in Paris, wo er sich anscheinend versteckt und wo er sich offensichtlich aus freiem Willen befindet.

Ein Einziger kommt als Schuldiger in Frage: Servières selbst.

Am selben Sonntag sitzt Monsieur Le Pommeret zusammen mit dem Doktor beim Aperitif, geht nach Hause, isst dort zu Abend und stirbt an den Folgen einer Strychninvergiftung.

Als Schuldige kommen in Frage, falls er im Café vergiftet worden ist: der Doktor, Emma und schließlich unser nie fehlender X.

Hier muss nämlich der Vagabund ausgeklammert werden, denn der Raum war keinen einzigen Augenblick leer gewesen, und es wurde nicht die Flasche vergiftet, sondern nur ein einziges Glas.

Falls das Verbrechen im Hause von Le Pommeret verübt worden ist, kommen als Schuldige in Frage: seine Wirtin, der Vagabund und wieder unser Monsieur X.

Nicht ungeduldig werden. Wir kommen zum Ende. *Heute Abend trifft eine Kugel das Bein eines Zöllners, der auf einer menschenleeren Straße nach Hause geht. Der Doktor hat das Gefängnis nicht verlassen, in dem er scharf bewacht wird. Le Pommeret ist tot. Servières ist in Paris in Händen der Sûreté Générale. Zur selben Zeit sind Emma und der Vagabund vor meinen Augen damit beschäftigt, sich zu umarmen und danach ein Hähnchen zu verzehren.*

Also kommt nur ein einziger Schuldiger in Frage: X …

Das heißt, ein Jemand, dem wir bisher im Verlauf der Ereignisse noch nicht begegnet sind. Ein Jemand, der alle oder auch bloß dieses letzte Verbrechen verübt haben kann.

Wir kennen ihn nicht. Wir haben keine Personenbeschreibung von ihm, nur einen einzigen Hinweis: Es lag ihm etwas daran, heute Nacht einen Zwischenfall zu verursachen. Es lag ihm sehr viel daran… Denn dieser Schuss ist nicht von einem Landstreicher abgefeuert worden.

Jetzt verlangen Sie nicht von mir, ihn zu verhaften. Denn Sie werden zugeben, Herr Bürgermeister, dass jeder in der Stadt, dass vor allem all jene, die mit den in diese Angelegenheit verwickelten Personen bekannt sind und insbesondere mit denjenigen, die im Café des Hôtel de l'Amiral verkehren, dieser X sein könnten…

Auch Sie selber…«

Diese letzten Worte wurden leicht dahingesagt, wobei sich Maigret in seinem Sessel zurücklehnte und die Füße zu den Holzscheiten hinstreckte.

Der Bürgermeister war bloß kurz zusammengezuckt.

»Ich hoffe, dass dies nicht mehr als eine kleine Rache ist…«

Da erhob sich Maigret plötzlich, klopfte seine Pfeife in den Kamin aus, durchmaß mit großen Schritten die Bibliothek und fuhr fort:

»Nicht einmal! Wollen Sie Schlussfolgerungen? Nun denn… Mir war nur daran gelegen, Ihnen zu zeigen, dass ein Fall wie dieser nicht eine einfache Polizeiaktion ist, die man von seinem Sessel aus durch Telefonanrufe leitet. Und bei allem Respekt, den ich Ihnen entgegenbringe, möchte ich hinzufügen, Herr Bürgermeister, dass, wenn ich die

Verantwortung für eine Ermittlung übernommen habe, mir vor allem viel daran liegt, dass man seine Nase nicht ständig reinsteckt!«

Es war ihm unwillkürlich herausgerutscht. Schon seit Tagen gärte es in ihm. Vielleicht um sich zu beruhigen, trank Maigret einen Schluck Whisky, schaute zur Tür wie ein Mensch, der gesagt hat, was er zu sagen hatte, und der nur noch auf die Erlaubnis wartet, gehen zu dürfen.

Sein Gesprächspartner verharrte geraume Zeit in Schweigen und betrachtete dabei die weiße Asche seiner Zigarre. Schließlich ließ er sie in eine Schale aus blauem Porzellan fallen und erhob sich dann gemächlich, wobei seine Augen den Blick Maigrets suchten.

»Hören Sie, Kommissar…«

Er mochte wohl seine Worte abwägen, denn es lagen Pausen dazwischen.

»Ich habe im Laufe unserer kurzen Beziehung möglicherweise zu Unrecht etwas Ungeduld an den Tag gelegt…«

Es war ziemlich unerwartet. Erst recht in diesem Rahmen, wo der alte Mann mit seinem weißen Haar, seiner seidenbestickten Jacke, seiner grauen Hose mit der steifen Bügelfalte vornehmer denn je wirkte.

»Allmählich fange ich an, Ihren wahren Wert zu schätzen… Innerhalb von wenigen Minuten haben Sie für mich mit Hilfe einer bloßen Aufzählung von Tatsachen das beängstigende Geheimnis greifbar werden lassen, das diesem Fall zugrunde liegt und von dessen Vielschichtigkeit ich nichts geahnt habe… Ich gebe zu, dass Ihre Unentschlossenheit im Hinblick auf den Vagabunden mich ziemlich ungehalten über Sie gemacht hat…«

Er war auf den Kommissar zugegangen und berührte ihn an der Schulter.

»Ich bitte Sie, mir das nicht zu verübeln. Auch ich trage schwere Verantwortung.«

Es wäre unmöglich gewesen, die Gefühle Maigrets zu erraten, der damit beschäftigt war, sich mit seinen dicken Fingern eine Pfeife zu stopfen. Sein Tabaksbeutel war abgenutzt. Durch eine Fensteröffnung hindurch irrte sein Blick über den weiten Horizont der See.

»Was ist das für ein Licht?«, fragte er auf einmal.

»Das ist der Leuchtturm.«

»Nein! Ich meine dieses kleine Licht rechts.«

»Das Haus von Doktor Michoux.«

»Das Dienstmädchen ist also zurück?«

»Nein! Es ist Madame Michoux, die Mutter des Doktors, die heute Nachmittag zurückgekehrt ist.«

»Haben Sie sie gesehen?«

Maigret glaubte ein gewisses Unbehagen bei seinem Gastgeber zu verspüren.

»Sie hat sich wohl gewundert, dass sie ihren Sohn nicht antraf … Sie ist hergekommen, um sich zu erkundigen. Ich habe sie über die Verhaftung informiert und ihr erklärt, dass es sich eher um eine Schutzmaßnahme handle. Denn das ist es doch, nicht wahr? … Sie hat mich um Erlaubnis gebeten, ihn im Gefängnis zu besuchen. Im Hotel wusste man nicht, wo Sie geblieben waren. Ich habe es auf mich genommen, diesen Besuch zu genehmigen. Madame Michoux ist kurz vor dem Abendessen wiedergekommen, um die letzten Neuigkeiten zu erfahren. Meine Frau hat sie empfangen und sie zum Abendessen eingeladen …«

»Sind die beiden befreundet?«

»Wenn Sie so wollen! Eher gutnachbarschaftliche Beziehungen. Im Winter gibt es sehr wenig Leute in Concarneau.«

Maigret nahm seine Wanderung durch die Bibliothek wieder auf.

»Sie haben also zu dritt zu Abend gegessen?«

»Ja. Das ist ziemlich häufig vorgekommen. Ich habe Madame Michoux beruhigt, so gut ich konnte, denn dieser Gang zur Gendarmerie hat sie sehr mitgenommen. Sie hat sehr viel Mühe gehabt, ihren Sohn aufzuziehen, dessen Gesundheit nicht die beste ist.«

»Von Le Pommeret und Jean Servières war nicht die Rede?«

»Sie hat Le Pommeret nie gemocht. Sie warf ihm vor, ihren Sohn zum Trinken zu verleiten. Tatsache ist, dass ...«

»Und Servières?«

»Sie kannte ihn weniger. Er gehörte nicht zu ihrer Welt. Ein kleiner Journalist, eine Bekanntschaft aus einem Café, wenn Sie so wollen, ein amüsanter Kerl. Aber seine Frau dagegen kann man nicht empfangen, denn ihre Vergangenheit ist nicht einwandfrei. So ist das nun mal in einer Kleinstadt, Kommissar! Sie müssen sich mit diesem Dünkel abfinden. Er erklärt Ihnen zum Teil meine Launen. Sie wissen nicht, was es heißt, ein Gemeinwesen von Fischern zu verwalten und dabei gleichzeitig auf die Reizbarkeit der Schiffseigentümer und nicht zuletzt eines gewissen Bürgertums Rücksicht zu nehmen, das ...«

»Um welche Zeit ist Madame Michoux von hier fortgegangen?«

»Gegen zehn Uhr. Meine Frau hat sie mit dem Wagen nach Hause gefahren.«

»Dieses Licht beweist uns, dass Madame Michoux noch nicht zu Bett gegangen ist.«

»Das ist ihre Gewohnheit. Auch meine! In einem gewissen Alter braucht man nicht mehr viel Schlaf. Sehr spät in der Nacht sitze ich noch hier und lese oder blättere Akten durch.«

»Gehen die Geschäfte der Familie Michoux gut?«

Erneutes Unbehagen, kaum wahrzunehmen.

»Noch nicht ... Man muss abwarten, bis die Grundstücke von Sables Blancs erschlossen worden sind ... Angesichts der Beziehungen von Madame Michoux in Paris wird das nicht lange auf sich warten lassen. Zahlreiche Parzellen sind verkauft. Im Frühjahr wird man mit den Bauarbeiten beginnen. Während der Reise, die sie gerade unternommen hat, hat sie einen Bankier, dessen Namen ich Ihnen nicht sagen kann, so gut wie endgültig dazu überredet, eine herrliche Villa auf dem höchsten Punkt der Küste zu errichten.«

»Noch eine Frage, Herr Bürgermeister ... Wem gehörte zuvor das Land, das nun parzelliert wird?«

Sein Gesprächspartner zögerte nicht.

»Mir! Es handelt sich um einen Familienbesitz, genau wie diese Villa. Es wuchs dort nur Heidekraut und Ginster, als die Familie Michoux auf den Gedanken kam ...«

In diesem Augenblick verlöschte das Licht in der Ferne.

»Noch ein Glas Whisky, Kommissar? Selbstverständlich lasse ich Sie von meinem Fahrer zurückbringen.«

»Sie sind zu liebenswürdig. Ich gehe sehr gerne zu Fuß, vor allem wenn ich nachdenken muss.«

»Was halten Sie von dieser Geschichte mit dem gelben Hund? Ich gestehe, dass mich das vielleicht am meisten verunsichert… Das und der vergiftete Pernod!… Denn schließlich…«

Maigret aber suchte ringsum nach seinem Hut und seinem Mantel. Dem Bügermeister blieb nichts anderes übrig, als auf den Klingelknopf zu drücken.

»Die Sachen vom Herrn Kommissar, Delphin!«

Die Stille war so vollkommen, dass man das dumpfe, rhythmische Rauschen der Brandung an den Klippen hörte, auf denen die Villa stand.

»Möchten Sie meinen Wagen wirklich nicht nehmen?«

»Wirklich nicht…«

Spuren der Verlegenheit blieben im Raum zurück, jenen Rauchspuren ähnlich, die sich unter den Lampen verzogen.

»Ich frage mich, wie wohl morgen die Stimmung der Leute sein wird… Wenn die See nur schwach bewegt ist, dann haben wir wenigstens die Fischer von den Straßen, denn sie werden dies nutzen, um ihre Reusen auszulegen…«

Maigret nahm seinen Mantel aus den Händen des Dieners und streckte seine große Hand aus. Der Bürgermeister hatte noch weitere Fragen, aber er zögerte wegen der Anwesenheit des Hausangestellten.

»Wie lange, glauben Sie, wird es noch dauern, bis…«

Die Uhr schlug eins.

»Heute Abend, so hoffe ich, wird alles vorbei sein.«

»So rasch? Trotz allem, was Sie mir gerade erst gesagt haben? In diesem Fall tippen Sie also auf Goyard? Es sei denn…«

Es war zu spät. Maigret betrat das Treppenhaus. Der

Bürgermeister suchte nach einem letzten Satz. Er fand nichts, was seine Empfindung ausdrückte.

»Es ist mir peinlich, Sie zu Fuß zurückgehen zu lassen... Über diese Wege...«

Die Tür wurde wieder geschlossen. Maigret war auf der Landstraße, über dem Kopf einen herrlichen Himmel, an dem schwere Wolken um die Wette am Mond vorüberzogen.

Es ging eine frische Brise. Der Wind kam von der offenen See, roch nach Tang, den man in dicken Knäueln auf dem Sand des Strandes ahnte.

Der Kommissar ging langsamen Schrittes, die Hände in den Taschen, die Pfeife zwischen den Zähnen. Als er sich umwandte, sah er von weitem, wie die Lichter in der Bibliothek verlöschten, und dann, wie andere im zweiten Stock aufleuchteten, wo sie von Vorhängen gedämpft wurden.

Er nahm nicht den Weg durch die Stadt, sondern ging den Strand entlang, so wie es der Zöllner getan hatte, blieb einen Augenblick an der Ecke stehen, wo der Mann verletzt worden war. Alles war ruhig. Hie und da eine Laterne. Concarneau schlief.

Als er auf dem Platz anlangte, sah er die Fensteröffnungen des Cafés, aus denen noch Licht fiel und die den Frieden der Nacht mit ihrem giftgrünen Schein störten.

Er stieß die Tür auf. Ein Journalist diktierte am Telefon:

»... Man weiß nicht mehr, wen man verdächtigen soll. Auf den Straßen betrachten sich die Leute voller Angst. Ob etwa der da der Mörder ist? Oder jener da? Nie zuvor war die geheimnis- und angstdurchdrungene Atmosphäre so erdrückend...«

Der Wirt, finster, stand höchstpersönlich an der Kasse. Als er den Kommissar bemerkte, wollte er reden. Seine Vorwürfe waren schon im Voraus zu erraten.

Das Café war in Unordnung. Auf allen Tischen lagen Zeitungen, standen leere Gläser, und ein Fotograf war damit beschäftigt, Abzüge auf den Heizkörpern trocknen zu lassen.

Inspektor Leroy kam auf seinen Chef zu.

»Das ist Madame Goyard«, sagte er halblaut und deutete dabei auf eine pummelige Frau, die kraftlos auf der Bank hockte.

Sie erhob sich. Sie wischte sich die Augen.

»Sagen Sie, Kommissar! Stimmt das? ... Ich weiß nicht mehr, wem ich glauben soll. Jean scheint am Leben zu sein? Aber das ist doch nicht möglich, oder? Dass er diese Komödie gespielt haben soll! Er hätte mir das nicht angetan! Er hätte mich nicht in einer solchen Ungewissheit gelassen! Ich glaube, ich verliere noch den Verstand! Weshalb sollte er denn nach Paris gegangen sein? Sagen Sie doch, und ohne mich!«

Sie weinte. Sie weinte so, wie manche Frauen zu weinen verstehen, mit vielen Tränen, die die Wangen hinunterrollten bis zum Kinn, während sie die Hand auf ihren üppigen Busen drückte.

Und sie zog die Nase hoch. Sie suchte nach ihrem Taschentuch. Dabei wollte sie auch noch reden.

»Ich schwöre Ihnen, dass das unmöglich ist! Ich weiß wohl, dass er ein wenig ein Schürzenjäger war. Aber das hätte er nicht gemacht! Immer wenn er zurückkam, bat er mich um Verzeihung. Verstehen Sie? ... Sie sagen ...«

Sie deutete auf die Journalisten.

»Sie sagen, er habe die Blutspuren höchstpersönlich in seinem Wagen angebracht, um ein Verbrechen vorzutäuschen. Aber dann hätte er ja gar nicht mehr zurückkommen wollen! Ich aber weiß, verstehen Sie, ich bin sicher, dass er zurückgekommen wäre! Er hätte nie ein lockeres Leben geführt, wenn ihn nicht die andern dazu angestiftet hätten… Monsieur Le Pommeret, der Doktor… und der Bürgermeister! Und alle andern, die mich auf der Straße nicht einmal grüßten, weil ich ihnen nicht gut genug war!

Man hat mir gesagt, dass er verhaftet worden sei. Ich will es einfach nicht glauben. Was soll er denn Böses getan haben? Er verdiente genug für das Leben, das wir führten. Wir waren glücklich, auch wenn er es sich von Zeit zu Zeit mal leistete, auf die Pauke zu hauen.«

Maigret sah sie an, seufzte, nahm ein Glas, das auf dem Tisch stand, kippte den Inhalt in einem Zug hinunter und murmelte:

»Sie werden mich entschuldigen, Madame… Ich muss schlafen gehen.«

»Glauben Sie denn auch, dass er an etwas schuld ist?«

»Ich glaube nie etwas. Machen Sie es wie ich… Morgen ist auch noch ein Tag.«

Und er stieg schleppenden Schrittes die Treppe hinauf, wobei der Journalist, der nicht vom Telefon gewichen war, diesen letzten Satz aufgriff:

»Nach neuesten Informationen rechnet Kommissar Maigret damit, morgen das Rätsel endgültig zu lösen…«

In anderem Tonfall fügte er hinzu:

»Das ist alles, Mademoiselle. Richten Sie dem Chef unbedingt aus, er soll keine Zeile von meinem Text ändern. Er kann nicht verstehen… Man muss einfach an Ort und Stelle sein…«

Nachdem er aufgelegt hatte, steckte er seinen Notizblock in seine Tasche und bestellte:

»Einen Grog, Chef! Mit viel Rum und ganz klein wenig heißem Wasser.«

Unterdessen nahm Madame Goyard das Angebot eines Journalisten an, sie nach Hause zu fahren. Und sie fuhr mit ihren Vertraulichkeiten fort:

»Abgesehen davon, dass er ein wenig ein Schürzenjäger war… Aber Sie verstehen, Monsieur! So sind die Männer doch alle!«

9

Das Muschelkästchen

Maigret war am Morgen darauf so guter Laune, dass Inspektor Leroy ihm plaudernd zu folgen und ihm sogar Fragen zu stellen wagte.

Die Entspannung war übrigens allgemein, ohne dass man hätte sagen können, wieso. Vielleicht lag es am Wetter, das auf einmal schön geworden war. Der Himmel sah aus wie frisch gewaschen. Er war blau, von einem leicht blassen, aber vibrierenden Blau, in dem zarte Wolken schimmerten. Jedenfalls war der Horizont weiter, so als habe man das Himmelsgewölbe ausgehöhlt. Die spiegelglatte See funkelte und war mit kleinen Segeln gespickt, die wie Fähnchen auf einer Generalstabskarte wirkten.

Ein Sonnenstrahl genügte nämlich schon, um Concarneau zu verwandeln, denn dann erstrahlten die Festungsmauern der Altstadt, die im Regen trostlos aussahen, in fröhlichem, leuchtendem Weiß.

Die Journalisten im Erdgeschoss, ermüdet vom Hin und Her der letzten drei Tage, erzählten sich beim Kaffee Geschichten, und einer von ihnen war im Morgenrock heruntergekommen, die bloßen Füße in Hausschuhen.

Maigret selbst war in Emmas Zimmer eingedrungen, das eher eine Mansarde war, mit schräger Decke, so dass man nur in der Hälfte des Raumes aufrecht stehen konnte.

Das Fenster stand offen. Die Luft war frisch, aber man spürte doch die wohltuende Sonne. Auf der anderen Seite des Gässchens hatte eine Frau dies genutzt, um an ihrem Fenster Wäsche zum Trocknen aufzuhängen. Auf dem Hof einer Schule irgendwo schallte Pausenlärm.

Und Leroy, der am Rande der kleinen, eisernen Bettstatt saß, bemerkte:

»Ich verstehe Ihre Methoden immer noch nicht ganz, Kommissar, aber ich glaube, dass ich so allmählich dahinterkomme…«

Maigret sah ihn mit seinen lachenden Augen an und blies eine dicke Wolke Tabakqualm in die Sonne.

»Sie haben Glück, mein Lieber! Vor allem, was diesen Fall betrifft, wo meine Methode darin bestand, keine zu haben… Wenn Sie einen guten Rat möchten, wenn Sie Wert auf Ihr Fortkommen legen, so nehmen Sie sich bloß an mir kein Beispiel, und versuchen Sie auch nicht, von dem, was Sie mich tun sehen, Theorien abzuleiten…«

»Trotzdem… ich stelle fest, dass Sie sich mittlerweile den materiellen Indizien zuwenden, nachdem…«

»Eben, nachdem! Nach allem! Anders gesagt, ich bin die Ermittlungen von der verkehrten Seite angegangen, was mich jedoch vielleicht nicht daran hindern wird, die nächsten von der richtigen Seite anzugehen… Eine Frage der Atmosphäre. Eine Frage der Gesichter. Als ich hierhergekommen bin, bin ich auf ein Gesicht gestoßen, das mich in seinen Bann gezogen hat, und ich habe nicht mehr von ihm abgelassen.«

Aber er sagte nicht, wessen Gesicht es war. Er hob ein altes Bettlaken an, das eine Kleiderablage verbarg. Sie enthielt eine betronische Tracht aus schwarzem Samt, die Emma wohl für Festtage aufheben mochte.

Auf dem Waschtisch lagen ein Kamm mit vielen abgebrochenen Zähnen, Haarnadeln und eine Dose Gesichtspuder von zu kräftigem Rosa. Das, was er zu suchen schien, fand er in einer Schublade: ein Kästchen, das mit schillernden Muscheln verziert war, wie sie auf allen Märkten der Küste verkauft werden. Es war vielleicht zehn Jahre alt, hatte Gott weiß welche Wege genommen und trug die Aufschrift: »Souvenir d'Ostende«.

Ein Geruch nach altem Karton, Staub, Parfum und vergilbtem Papier entstieg ihm. Maigret, der sich neben seinen Begleiter auf den Rand des Bettes gesetzt hatte, machte mit seinen groben Fingern die Bestandsaufnahme der bescheidenen Dinge.

Ein Rosenkranz aus geschliffenen, schillernden, blauen Glaskugeln lag darin, an einem dünnen, silbernen Kettchen ein Medaillon von der Erstkommunion, ein leeres Parfumfläschchen, das Emma wohl wegen seiner reizvollen Form aufbewahrt und das sie vielleicht im Zimmer eines weiblichen Gastes gefunden hatte.

Eine Papierblume, Erinnerung an einen Ball oder an ein Fest, fügte einen lebhaften roten Farbklecks hinzu.

Daneben ein kleines Kreuz aus Gold, der einzige Gegenstand von gewissem Wert.

Ein ganzer Stapel Postkarten. Auf einer davon war ein großes Hotel in Cannes abgebildet. Auf der Rückseite die Handschrift einer Frau:

Du kähmst besser her aus deinem Drekloch wos doch nur regnet. Und man verdiehnt gutt. Ma kann sofiehl essen wie man will. Es küst dich

Louise

Maigret reichte die Karte dem Inspektor und betrachtete dann aufmerksam eines dieser Fotos, die man auf dem Jahrmarkt bekam, wenn man beim Schießen ins Zentrum einer Zielscheibe traf.

Der Mann war kaum zu erkennen, da er ein Gewehr angelegt hatte und ein Auge zukniff. Er hatte enorme Schultern und trug eine Seemannsmütze auf dem Kopf. Und Emma, die in die Kamera hineinlächelte, hielt ihn demonstrativ am Arm. Unten an der Karte stand: »Quimper«.

Dann ein Brief, dessen Papier derart zerknittert war, dass er viele Male gelesen worden sein musste:

Lieber Schatz,

es ist abgemacht, es ist unterschrieben: Ich hab mein Boot. Es soll ›La Belle-Emma‹ heißen. Der Pfarrer von Quimper hat mir versprochen, dass es nächste Woche getauft wird, mit Weihwasser, Korn, Salz und so, und es gibt richtigen Champagner, weil ich will, dass es ein Fest wird, von dem man hierzulande noch lang erzählt.

Am Anfang wird es mit dem Bezahlen noch ziemlich hart, weil ich der Bank zehntausend Franc im Jahr überweisen muss. Aber denk nur, es wird hundert Quadratfaden Segel tragen und seine zehn Knoten machen. Mit dem Transport von Zwiebeln nach England ist ein gutes Geschäft zu machen. Das heißt, mit dem Heiraten dauert es nicht mehr lang. Für die erste Fahrt habe ich schon Fracht gefunden, aber die versuchen, mich übers Ohr zu hauen, weil ich neu bin.

Deine Chefin könnte dir ruhig zwei Tage frei geben für die Taufe, weil nämlich alle besoffen sein werden und Du nicht nach Concarneau zurück kannst. In den Cafés habe ich schon Runden ausgeben müssen wegen des Boots, das schon im Hafen liegt und eine nagelneue Flagge hat.

Ich lasse mich drauf fotografieren und schicke Dir das Foto. Ich liebe Dich und küsse Dich und hoffe, dass Du bald meine liebe Frau bist, Dein

Léon

Maigret schob den Brief in seine Tasche und betrachtete verträumt die Wäsche, die auf der anderen Seite der Sackgasse trocknete. In dem Muschelkästchen lag nichts weiter außer einem Federhalter aus zugeschnittenem Bein, in dem man unter einer Glaslinse die Krypta von Notre-Dame de Lourdes erkennen konnte.

»Ist jemand in dem Zimmer, das gewöhnlich der Doktor bewohnt?«, fragte er.

»Ich denke, nein. Die Journalisten sind im zweiten Stock untergebracht.«

Der Kommissar durchstöberte den Raum für alle Fälle noch einmal, fand aber nichts Interessantes. Wenig später war er im ersten Stockwerk, stieß die Tür von Zimmer Nr. 3 auf, von dessen Balkon man Hafen und Reede überblickte.

Das Bett war gemacht, der Fußboden war gebohnert. Über dem Krug lagen frische Handtücher.

Die Blicke des Inspektors folgten seinem Chef voller Neugier, gemischt mit Skepsis. Maigret selbst pfiff vor sich hin und schaute sich um, bemerkte einen kleinen Eichentisch, der vor dem Fenster stand und auf welchem sich eine Reklame-Schreibunterlage sowie ein Aschenbecher befanden.

In der Schreibunterlage lag weißes Papier mit dem Aufdruck der Hotelanschrift und ein blauer Umschlag mit den gleichen Angaben. Aber auch zwei große Löschblätter lagen darin, wovon das eine nahezu schwarz vor Tinte war, während das andere nur wenige, unvollständige Abdrücke von Buchstaben zeigte.

»Holen Sie mir einen Spiegel, mein Lieber!«

»Einen großen?«

»Egal! Irgendeinen Spiegel, den ich auf den Tisch stellen kann.«

Als der Inspektor wiederkam, traf er Maigret auf dem Balkon stehend an, die Daumen in die Ärmelausschnitte der Weste geschoben, seine Pfeife mit offensichtlicher Genugtuung rauchend.

»Ist der recht?«

Die Balkontür wurde wieder geschlossen. Maigret stellte den Spiegel auf den Tisch, und davor stellte er mit Hilfe von zwei Leuchtern, die er vom Kamin nahm, das Löschblatt auf.

Die Schrift, die im Spiegel wiedergegeben wurde, war keineswegs einfach zu lesen. Ganze Buchstaben und Wörter fehlten. Andere, die allzu entstellt waren, mussten erraten werden.

»Jetzt habe ich begriffen!«, sagte Leroy verschmitzt.

»Gut! Dann gehen Sie zum Wirt und bitten ihn um ein Buchführungsheft von Emma oder um irgendetwas anderes, was sie geschrieben hat.«

Maigret begann, die Wörter mit Bleistift auf ein Blatt Papier zu schreiben:

»... Dich sehen... Uhr... unbewohnten... unbedingt...«

Als der Inspektor wiederkam, füllte der Kommissar annähernd die Lücken und rekonstruierte das Schreiben folgendermaßen:

Ich muss Dich sehen. Komm morgen um elf Uhr zu dem unbewohnten Haus, das am Platz steht, etwas weiter als das Hotel. Du musst unbedingt kommen. Du brauchst bloß zu klopfen, und ich mache Dir die Tür auf.

»Hier ist ein Heft von der Wäscherei, über die Emma Buch führte!«, verkündete Leroy.

»Ich brauche es nicht mehr. Der Brief ist unterschrieben. Sehen Sie, hier... ›mma‹. Also: Emma. Und der Brief wurde in diesem Zimmer geschrieben!«

»In dem sich das Serviermädchen mit dem Doktor traf?«, sagte der Inspektor fassungslos.

Maigret verstand seine Abneigung dagegen, diese Vermutung gelten zu lassen, erst recht nach der Szene, die sie nachts zuvor, auf dem Sims hockend, beobachtet hatten.

»In diesem Falle wäre sie es dann, die...?«

»Sachte! Sachte, mein Junge! Keine übereilten Schlüsse! Und vor allem keine Rückschlüsse... Um welche Uhrzeit kommt der Zug an, der uns Jean Goyard herbringt?«

»Um elf Uhr zweiunddreißig.«

»Sie machen nun Folgendes, mein Lieber! Zunächst werden Sie den beiden Kollegen, die ihn begleiten, ausrichten, dass sie mir den Guten zur Gendarmerie bringen sollen. Er wird also gegen Mittag dort eintreffen. Dann werden Sie den Bürgermeister anrufen und ihm sagen, dass ich mich freuen würde, ihn zur selben Zeit am selben Ort anzutreffen… Warten Sie! Die gleiche Nachricht an Madame Michoux, die Sie telefonisch in ihrer Villa erreichen werden. Und schließlich ist es wahrscheinlich, dass man Emma und ihren Geliebten noch herbringt. An denselben Ort zur selben Zeit!… Habe ich auch niemanden vergessen?… Gut! Einen Rat! Emma soll nicht in meiner Abwesenheit vernommen werden. Verhindern Sie sogar, dass Sie redet.«

»Was ist mit dem Zöllner?«

»Den brauche ich nicht.«

»Monsieur Mostaguen…«

»Hm!… Nein!… Das ist alles.«

Im Café bestellte Maigret einen Branntwein aus der Region, den er mit sichtlichem Wohlgefallen kostete, wobei er zu den Journalisten die Bemerkung machte:

»Es geht zu Ende, Messieurs! Heute Abend können Sie wieder nach Paris fahren.«

Der Spaziergang durch die verwinkelten Straßen der Altstadt ließ seine gute Laune steigen. Und als er vor dem Portal der Gendarmerie eintraf, über dem die leuchtende französische Flagge hing, stellte er fest, dass durch den Zauber des Sonnenlichts, der drei Farben und der lichtüberfluteten Mauer die Atmosphäre von einer Heiterkeit durchdrungen war wie am Nationalfeiertag.

Ein alter Gendarm, der auf der anderen Seite des Toreingangs auf einem Stuhl saß, las eine Illustrierte. Der Hof mit all seinen kleinen Pflastersteinen, die durch grüne Moosstreifen voneinander getrennt waren, strahlte die Ruhe eines Klosterhofes aus.

»Wo ist der Inspektor?«

»Sie sind alle unterwegs, der Inspektor, der Wachtmeister und fast das ganze Personal, auf der Suche nach dem Vagabunden, wissen Sie…«

»Der Doktor hat sich nicht vom Fleck gerührt?«

Der Mann lächelte und warf dabei einen Blick zum vergitterten Fenster des Gefängnisses auf der rechten Seite.

»Keine Gefahr!«

»Öffnen Sie mir die Tür, ja?«

Und sobald die Riegel zurückgezogen waren, rief er in fröhlichem, freundschaftlichem Ton aus:

»Guten Tag, Doktor! Haben Sie wenigstens gut geschlafen?«

Aber er gewahrte bloß ein fahles Gesicht, so schmal wie eine Messerklinge, das auf einem Feldbett unter einer grauen Decke hervorlugte. Die Augen waren fiebrig und lagen tief in ihren Höhlen.

»Nanu? Geht es Ihnen nicht gut?«

»Sehr schlecht«, brachte Michoux hervor, wobei er sich mit einem Seufzer auf seiner Pritsche aufrichtete. »Meine Niere…«

»Man gibt Ihnen doch hoffentlich alles, was Sie brauchen?«

»Ja… Sie sind sehr liebenswürdig…«

Er hatte sich vollständig bekleidet hingelegt. Er zog die

Beine unter der Decke hervor, setzte sich hin, fuhr sich mit der Hand über die Stirn. Und Maigret setzte sich im selben Augenblick rittlings auf einen Stuhl, stützte sich mit den Ellbogen auf die Lehne, strotzend vor Gesundheit und Schwung.

»Na, was ist! Ich sehe, dass Sie Burgunder bestellt haben!«

»Meine Mutter hat ihn mir gestern mitgebracht... Ich hätte zu gerne diesen Besuch verhindert... Sie musste in Paris Wind davon bekommen haben... Sie ist zurückgekommen.«

Die Ringe unter den Augen hatten sich weit in seine unrasierten Wangen hineingefressen, die eingefallener wirkten. Und die fehlende Krawatte sowie der zerknitterte Anzug steigerten das Bild des Jammers, das der Mann bot.

Er hielt mit dem Reden inne, um zu husten. Er spuckte sogar demonstrativ in sein Taschentuch, das er betrachtete wie jemand, der sich vor der Tuberkulose fürchtet und sich voll Angst beobachtet.

»Haben Sie Neuigkeiten?«, fragte er müde.

»Die Gendarmen haben Ihnen wohl von dem Zwischenfall der vergangenen Nacht erzählt?«

»Nein... Was ist?... Wer wurde...?«

Er hatte sich an die Wand gedrückt, so als fürchte er, angegriffen zu werden.

»Bah! Ein Fußgänger hat eine Kugel ins Bein bekommen.«

»Und hat man ihn, den... den Mörder? Ich kann nicht mehr, Kommissar! Sie müssen zugeben, dass es zum Verrücktwerden ist. Wieder ein Gast aus dem Café des Hôtel de l’Amiral, stimmt’s?… Auf uns hat man es abgesehen! Und ich grüble vergebens darüber nach, weswegen. Ja, weswegen?… Mostaguen! Le Pommeret! Goyard! Und das Gift, das für uns alle bestimmt war. Sie werden sehen, sie kriegen mich schließlich trotz allem, sogar hier! Aber weswegen, sagen Sie es mir?«

Er war nicht mehr fahl. Er war leichenblass. Und sein Anblick schmerzte, so sehr verkörperte er die Vorstellung von Panik, wie sie bemitleidenswerter, entsetzlicher nicht sein kann.

»Ich wage nicht zu schlafen… Dieses Fenster da, sehen Sie! Es ist vergittert… Aber man kann hindurchschießen… nachts! So ein Gendarm, der kann einschlafen oder mit seinen Gedanken woanders sein. Für so ein Leben bin ich nicht geschaffen, nein! Gestern habe ich die ganze Flasche da getrunken, in der Hoffnung einzuschlafen. Und ich habe kein Auge zugetan! Mir war übel! Wenn man diesen Vagabunden doch nur schon zur Strecke gebracht hätte, mit seinem gelben Hund… Ist er wieder gesehen worden, der Hund? Streunt er noch immer um das Café herum? Ich begreife nicht, dass man ihm noch keine Kugel verpasst hat, ihm und seinem Herrn!«

»Sein Herr hat Concarneau letzte Nacht verlassen.«

»Ach!«

Der Doktor schien Mühe zu haben, das zu glauben.

»Unmittelbar nach… nach seinem neuen Verbrechen?«

»Davor!«

»Ja, wie? Das ist doch nicht möglich! Es ist anzunehmen, dass…«

»Genau! Das habe ich schon dem Bürgermeister letzte

Nacht gesagt. Ein komischer Kauz, unter uns gesagt, dieser Bürgermeister. Was meinen Sie denn?«

»Ich?… Ich weiß nicht… Ich…«

»Nun, er hat Ihnen das parzellierte Gelände verkauft. Sie stehen mit ihm in Beziehung. Sie sind sozusagen miteinander befreundet.«

»Wir unterhielten vornehmlich geschäftliche und gutnachbarschaftliche Beziehungen… Auf dem Land…«

Maigret fiel auf, dass die Stimme wieder fester wurde, dass der Blick des Arztes nicht mehr so unsicher war.

»Was haben Sie ihm gesagt?«

Maigret zog sein Notizbuch aus der Tasche.

»Ich habe ihm gesagt, dass die Serie der Verbrechen oder, wenn Sie dies vorziehen, der Mordversuche von keiner der uns zurzeit bekannten Personen verübt worden sein kann. Ich möchte die Fälle nicht einen nach dem andern durchgehen. Ich fasse zusammen. Ich rede objektiv, als Mann vom Fach, ja? Nun, es ist sicher, dass Sie selber letzte Nacht nicht auf den Zöllner haben schießen können, was ausreichen könnte, um Sie aus dem Spiel zu lassen. Auch Le Pommeret hat nicht schießen können, denn er wird morgen früh beerdigt. Erst recht nicht Goyard, den man gerade in Paris wiedergefunden hat! Und sie konnten sich auch alle beide am vergangenen Freitagabend nicht hinter dem Briefkasten des unbewohnten Hauses befunden haben. Auch Emma nicht.«

»Aber der Vagabund mit dem gelben Hund?«

»Ich habe darüber nachgedacht! Weder hat er Le Pommeret vergiftet, noch war er letzte Nacht in der Nähe des Schauplatzes, als sich das Verbrechen gerade ereignet hat…

Deswegen habe ich dem Bürgermeister von einer unbekannten Person erzählt, einem rätselhaften X, der alle diese Verbrechen verübt haben könnte. Es sei denn …«

»Es sei denn?«

»Es sei denn, es handelt sich gar nicht um eine Serie! Stellen Sie sich statt einer Art einseitigem Angriff einen regelrechten Kampf zwischen zwei Gruppen oder zwei Individuen vor.«

»Aber Kommissar, was soll dann aus mir werden? Wenn unbekannte Gegner umherschleichen, dann bin ich …«

Und sein Gesichtsausdruck wurde wieder unsicher. Er fasste sich mit beiden Händen an den Kopf.

»Wenn ich daran denke, dass ich krank bin, dass die Ärzte mir strengste Ruhe empfehlen! … Ach! Eine Kugel oder Gift wird gar nicht nötig sein, um mich zu kriegen. Sie werden noch sehen, dass meine Niere schon das Nötige tun wird.«

»Was halten Sie vom Bürgermeister?«

»Ich weiß nicht! Ich weiß nichts! Er entstammt einer sehr reichen Familie. Als junger Mann hat er in Paris ein aufwendiges Leben geführt. Er hat seinen eigenen Reitstall gehabt. Dann ist er solide geworden. Einen Teil seines Vermögens hat er gerettet und ist hergekommen, um sich hier niederzulassen, im Hause seines Großvaters, der auch Bürgermeister von Concarneau war. Er hat mir das Gelände verkauft, mit dem er nichts anfangen konnte. Ich glaube, er würde gerne zum Departementsrat ernannt werden, um in den Senat zu kommen …«

Der Arzt war aufgestanden, und man hätte schwören mögen, dass er innerhalb weniger Tage zehn Kilo abgenommen hatte. Und wenn er vor lauter Aufregung in Tränen ausgebrochen wäre, so hätte man sich darüber nicht gewundert.

»Was wollen Sie daraus entnehmen?... Und dieser Goyard, der sich in Paris befindet, wenn man glauben soll, was... Was soll er denn dort wohl machen? Und weswegen?«

»Wir werden es bald erfahren, denn er kommt nach Concarneau. Er ist sogar schon hier eingetroffen.«

»Ist er verhaftet worden?«

»Er ist gebeten worden, zwei Herren bis hierher zu folgen. Das ist nicht dasselbe.«

»Was hat er gesagt?«

»Nichts! Man hat ihn nämlich nichts gefragt!«

Da sah der Arzt dem Kommissar auf einmal ins Gesicht. Schlagartig schoss ihm das Blut in die Wangen.

»Was soll das heißen? Ich habe den Eindruck, dass irgendjemand den Verstand verliert! Sie kommen und erzählen mir vom Bürgermeister, von Goyard... Und ich ahne, verstehen Sie, ich ahne, dass ich von einem Augenblick zum anderen umgebracht werde... Trotz diesen Gittern, die nichts verhindern werden! Trotz dieses dicken Dummkopfs von Gendarm, der auf dem Hof Wache hält! Aber ich will nicht sterben! Ich will nicht! Man soll mir doch nur einen Revolver geben, damit ich mich verteidigen kann! Oder man soll die einsperren, die mir nach dem Leben trachten, die Le Pommeret umgebracht haben, die die Flasche vergiftet haben...«

Er bebte von Kopf bis Fuß.

»Ich bin kein Held, nein! Es ist nicht meine Sache, dem

Tod zu trotzen! Ich bin ein Mensch! Ich bin krank! Und ich bin genug damit geschlagen, gegen die Krankheit zu kämpfen, um zu leben. Sie reden und reden! Aber was tun Sie?«

Wütend stieß er mit der Stirn gegen die Mauer.

»All das sieht aus wie eine Verschwörung... Man will mich zumindest um den Verstand bringen... Ja! Man will mich ins Irrenhaus bringen! Wer weiß? Ob meine Mutter es etwa satthat? Weil ich stets eifersüchtig den Teil vom Erbe meines Vaters, der mir zusteht, für mich behalten habe! Aber ich werde mich nicht unterkriegen lassen.«

Maigret hatte sich nicht gerührt. Er saß noch immer in der Mitte der weißen Zelle, deren eine Wand vom Sonnenlicht überflutet war, die Ellbogen auf die Lehne seines Stuhls gestützt, die Pfeife zwischen den Zähnen.

Der Arzt ging auf und ab, Opfer einer Aufregung, die an Raserei grenzte.

Da hörte man auf einmal im Raum eine fröhliche, kaum ironische Stimme, die nach Kinderart rief: »Kuckuck!«

Ernest Michoux fuhr zusammen, schaute in alle vier Ecken der Zelle, bevor er Maigret ansah. Dann bemerkte er die Miene des Kommissars, der seine Pfeife aus dem Mund genommen hatte und ihm schmunzelnd einen Blick zuwarf.

Es wirkte wie ein Knopfdruck. Michoux erstarrte, völlig ermattet, völlig erschlafft, und sah aus, als schmelze er zu einer unwirklichen Silhouette der Haltlosigkeit zusammen.

»Haben Sie...«

Man hätte meinen können, die Stimme komme von woanders her, wie bei einem Bauchredner, der die Worte aus der Zimmerdecke oder aus einer Porzellanvase hervorlockt.

Maigrets Augen lachten noch immer, als er aufstand, und mit aufmunterndem Ernst, der zu seinem Gesichtsausdruck im Widerspruch stand, sagte er:

»Nehmen Sie sich zusammen, Doktor! Ich höre Schritte im Hof! In wenigen Augenblicken befindet sich der Mörder gewiss in diesen vier Wänden…«

Es war der Bürgermeister, der als Erster vom Gendarmen hereingeführt wurde. Aber es waren noch weitere Schritte im Hof zu hören.

10

›La Belle-Emma‹

»Sie haben mich gebeten herzukommen, Kommissar?«

Maigret hatte nicht einmal die Zeit gehabt zu antworten, als man auch schon zwei Inspektoren den Hof betreten sah, die Jean Goyard flankierten, während man auf der Straße zu beiden Seiten des Toreingangs eine aufgeregte Menge ahnte.

Zwischen seinen Bewachern wirkte der Journalist kleiner, rundlicher. Er hatte die Krempe seines Schlapphuts über die Augen heruntergezogen und hielt sich, bestimmt aus Angst vor den Fotografen, ein Taschentuch vor die untere Gesichtshälfte.

»Hierher!«, sagte Maigret zu den Inspektoren. »Sie könnten uns vielleicht Stühle holen, denn ich höre die Stimme einer Frau…«

Eine schrille Stimme, die sagte:

»Wo ist er? Ich will ihn sofort sehen! Und ich lasse Sie degradieren, Inspektor. Verstehen Sie? Ich lasse Sie degradieren!«

Es war Madame Michoux, in malvenfarbenem Kleid, mit ihrem ganzen Geschmeide, Puder und Rouge, die vor lauter Empörung nach Luft schnappte.

»Ah! Sie sind hier, lieber Freund…«, sagte sie affektiert zum Bürgermeister. »Hat man so etwas je gehört? Dieser kleine Herr kommt zu mir, wie ich noch nicht einmal angekleidet bin. Mein Dienstmädchen hat Urlaub. Ich sage ihm durch die Tür, dass ich ihn nicht empfangen könne, und er besteht darauf, er insistiert, er wartet, während ich bei meiner Toilette bin, und er behauptet, er habe den Befehl, mich hierherzubringen. Das ist doch einfach die Höhe! Wenn ich daran denke, dass mein Mann Abgeordneter war, dass er beinahe Ratspräsident geworden wäre und dass dieser… dieser Taugenichts… ja, Taugenichts!«

Sie war zu sehr empört, um sich die Situation klarzumachen. Aber auf einmal bemerkte sie Goyard, der den Kopf abwandte, ihren Sohn, der auf dem Rand der Pritsche saß, den Kopf zwischen den Händen. Ein Wagen fuhr auf den sonnigen Hof ein. Gendarmenuniformen schillerten. Und nun fing die Menge zu lärmen an.

Die Toreinfahrt musste geschlossen werden, um zu verhindern, dass die Schaulustigen gewaltsam in den Hof eindrangen. Denn der Erste, den man buchstäblich aus dem Wagen zerrte, war niemand anders als der Vagabund. Er hatte nicht bloß Handschellen an, sondern man hatte ihm auch noch die Fußgelenke mit Hilfe einer kräftigen Schnur gefesselt, so dass er wie ein Paket transportiert werden musste.

Hinter ihm stieg Emma, die sich ungehindert bewegen konnte, verstört wie in einem Traum aus.

»Binden Sie ihm die Füße los!«

Die Gendarmen waren stolz auf ihren Fang und noch ganz aufgeregt. Nach den unordentlichen Uniformen und vor allem nach dem Gesicht des Festgenommenen zu urteilen, das völlig mit Blut verschmiert war, welches noch immer aus seiner aufgesprungenen Lippe quoll, musste es nicht einfach gewesen sein.

Madame Michoux stieß einen Schrei des Entsetzens aus, wich an die Wand zurück, wie beim Anblick von etwas Ekelerregendem, während der Mann sich ohne ein Wort losbinden ließ, den Kopf hob und langsam in die Runde schaute.

»Ruhig bleiben, ja, Léon!«, murmelte Maigret.

Der andere erbebte, versuchte herauszufinden, wer gesprochen hatte.

»Bringt ihm einen Stuhl und ein Taschentuch.«

Er bemerkte, dass Goyard sich in den Hintergund der Zelle verzogen hatte, hinter Madame Michoux, und dass der Doktor schlotterte und niemanden ansah. Der Inspektor der Gendarmerie, den diese ungewöhnliche Versammlung verlegen machte, fragte sich, welche Rolle er zu spielen hatte.

»Schließt die Tür! Nehmen Sie bitte alle Platz... Ist Ihr Wachtmeister in der Lage, uns als Schriftführer zu dienen, Inspektor? ... Sehr gut! Er soll sich an diesen Tisch setzen. Ich bitte auch Sie, sich zu setzen, Herr Bürgermeister.«

Die Menge draußen war nun ruhig, und dennoch spürte man, dass sie da war, erriet man ein kompaktes Leben auf der Straße, ein gespanntes Warten.

Maigret stopfte seine Pfeife, ging dabei auf und ab und wandte sich an Inspektor Leroy.

»Sie müssten noch beim Seemannsamt in Quimper anrufen, um nachzufragen, was vor vier oder fünf Jahren, vielleicht auch sechs, mit einem Boot namens ›La Belle-Emma‹ geschehen ist.«

Da der Inspektor sich zur Tür wandte, räusperte sich der Bürgermeister, gab zu verstehen, dass er etwas sagen wollte.

»Ich kann es Ihnen sagen, Kommissar... Das ist eine Geschichte, die hierzulande jeder kennt...«

»Reden Sie.«

Der Vagabund wurde in seiner Ecke unruhig wie ein bissiger Hund. Emma ließ ihn nicht aus den Augen und saß auf der Stuhlkante. Durch einen Zufall war sie neben Madame Michoux geraten, deren Parfum die ganze Atmosphäre einzuhüllen begann, ein süßlicher Geruch nach Veilchen.

»Ich habe das Boot nie gesehen«, sagte der Bürgermeister ungezwungen, vielleicht aber ein ganz klein wenig affektiert. »Es gehörte einem gewissen Le Glen oder Le Glérec, der als ausgezeichneter Matrose galt, aber als Hitzkopf... Wie alle Küstenfahrer hierzulande transportierte die ›Belle-Emma‹ vor allem Frühobst und Frühgemüse nach England. Eines schönen Tages war von einer längeren Fahrt die Rede. Zwei Monate lang hat man nichts mehr gehört. Bis man dann erfahren hat, dass die ›Belle-Emma‹ beim Einlaufen in einen kleinen Hafen unweit von New York überprüft worden, die Besatzung ins Gefängnis gebracht und die Ladung Kokain beschlagnahmt worden war. Selbstverständlich auch das Boot. Dies war zu der Zeit, als sich die meisten Handelsschiffe, besonders jene, die Salz nach Neufundland brachten, auf Schmuggel mit Alkohol einließen.«

»Ich danke Ihnen. Bleiben Sie, wo Sie sind, Léon. Antworten Sie mir von Ihrem Platz aus. Und antworten Sie mir vor allem genau auf meine Fragen, und *sonst nichts!* Verstehen Sie? Zunächst, wo hat man Sie vorhin verhaftet?«

Der Vagabund wischte sich sein blutverschmiertes Kinn ab und sagte mit heiserer Stimme:

»In Rosporden … in einem Eisenbahnlager, wo wir die Nacht abwarteten, um uns unbemerkt in irgendeinen Zug zu schleichen.«

»Wie viel Geld hatten Sie in der Tasche?«

Es war der Inspektor, der antwortete:

»Elf Franc und Kleingeld.«

Maigret sah Emma an, der die Tränen die Wangen hinunterrollten, dann den Klotz von einem Menschen, der in sich gekehrt war. Er spürte, dass der Arzt trotz seiner Reglosigkeit von einer starken Erregung ergriffen war, und er gab einem der Polizisten zu verstehen, sich neben ihn zu setzen, um allen Möglichkeiten vorzubeugen.

Der Wachtmeister schrieb. Mit metallischem Geräusch kratzte die Feder über das Papier.

»Erzählen Sie uns genau, unter welchen Umständen die Verschiffung des Kokains vor sich gegangen ist, Le Glérec.«

Der Mann sah auf. Sein Blick, der auf den Arzt gerichtet war, verhärtete sich. Und die großen Fäuste geballt, murmelte er grimmig:

»Die Bank hatte mir Geld geliehen, damit ich mir ein Boot bauen lassen konnte.«

»Ich weiß! Und dann?«

»Es kam ein schlechtes Jahr … Der Franc stieg wieder … England kaufte weniger Obst … Ich fragte mich, wie ich die Zinsen bezahlen sollte. Ich wollte abwarten, bis ich das meiste zurückgezahlt hätte, um dann Emma zu heiraten. Da kam ein Journalist zu mir, den ich kannte, weil er öfters im Hafen herumschnüffelte.«

Zur allgemeinen Verblüffung nahm Ernest Michoux die Hände vom Gesicht, das bleich, jedoch unendlich viel ruhiger war, als man erwartet hätte. Und er zog ein Heft und einen Bleistift aus seiner Tasche, notierte ein paar Worte.

»War es Jean Servières, der Ihnen eine Kokainladung angeboten hat?«

»Nicht sofort! Von einem Geschäft hat er mir erzählt. Er hat sich mit mir in einem Café in Brest verabredet, wo er sich mit zwei anderen befand.«

»Doktor Michoux und Monsieur Le Pommeret?«

»Ganz genau!«

Michoux machte sich weitere Notizen, und in seinem Gesicht lag ein Ausdruck von Verachtung. Einmal brachte er es sogar fertig, ein ironisches Lächeln anzudeuten.

»Wer von den dreien hat Ihnen das Geschäft übertragen?«

Der Arzt wartete mit angehobenem Bleistift.

»Niemand von den dreien … Oder vielmehr, sie haben mir bloß von der Stange Geld erzählt, die in ein oder zwei Monaten zu verdienen wäre. Eine Stunde danach ist ein Amerikaner gekommen. Ich habe nie erfahren, wie er hieß. Ich habe ihn bloß zweimal gesehen. Auf jeden Fall ein Mann, der die See kannte, denn er hat mich nach den Merkmalen meines Schiffs gefragt, nach der Zahl der Leute, die ich an Bord haben müsse, und wie lange es dauern würde, einen Hilfsmotor anzubauen. Ich glaubte, es ginge um Alkoholschmuggel. Jeder machte das, sogar Offiziere von

Passagierdampfern. Die Woche darauf kamen Arbeiter und installierten einen Zweitaktmotor auf der ›Belle-Emma‹.«

Er sprach schleppend, mit starrem Blick, und es war beeindruckend, wie seine dicken Finger sich langsam, krampfartig bewegten und viel beredter waren als sein Gesicht.

»Man hat mir eine englische Karte mitgegeben, auf der alle Winde des Atlantiks und die Route der Segelschiffe eingetragen waren, denn ich hatte die Überfahrt noch nie gemacht. Vorsichtshalber habe ich nur zwei Mann mitgenommen, und ich habe niemandem etwas von dem Geschäft erzählt, außer Emma, die in der Nacht des Auslaufens auf der Mole stand. Auch die drei Männer standen da, bei einem Wagen, dessen Scheinwerfer ausgeschaltet waren. Die Verladung hatte am Nachmittag stattgefunden. Und in diesem Moment habe ich Schiss bekommen. Nicht so sehr wegen des Schmuggels! Aber ich bin so gut wie nicht zur Schule gegangen. Solange ich den Kompass und das Lot verwenden kann, geht es. Ich fürchte mich vor niemandem. Aber da draußen auf hoher See… Ein alter Kapitän hatte versucht, mir beizubringen, wie man mit dem Sextanten umgeht, um den Standort zu ermitteln. Ich hatte mir eine Logarithmentafel gekauft und alles, was dazugehört. Aber ich war sicher, dass ich mich in den Berechnungen verheddern würde. Wenn ich aber Erfolg hätte, dann wäre das Schiff bezahlt, und es würden mir noch runde zwanzigtausend Franc in der Tasche bleiben… Es war fürchterlich windig in jener Nacht. Der Wagen und die drei Männer gerieten außer Sicht. Dann auch Emma, deren Silhouette sich schwarz vom Ende der Mole abhob. Zwei Monate auf See…«

Michoux machte noch immer Notizen, vermied aber, den Mann anzusehen, der erzählte.

»Für das Löschen hatte ich Anweisungen. Endlich kamen wir, Gott weiß wie, in dem kleinen Hafen an, der uns angegeben war. Wir hatten noch nicht einmal die Taue an Land geworfen, als uns auch schon drei Polizeiboote mit Maschinengewehren umzingelten und Männer, mit Gewehren bewaffnet, auf die Brücke sprangen, auf uns anlegten, wobei sie uns etwas auf Englisch zuriefen und uns Kolbenstöße versetzten, bis wir die Hände hochhielten.

Wir haben uns keinen Reim drauf machen können, so schnell war es passiert… Ich weiß nicht, wer mein Schiff zum Quai gesteuert hat, noch, wie man uns in einen Polizeiwagen gesteckt hat. Eine Stunde danach war jeder von uns in einem Eisenkäfig eingesperrt, im Gefängnis Sing-Sing.

Wir waren krank davon. Niemand sprach Französisch. Die Häftlinge verspotteten oder beschimpften uns.

Da unten geht so etwas sehr schnell… Am Morgen darauf wurden wir vor eine Art Gericht gestellt, und der Rechtsanwalt, der uns anscheinend verteidigte, hat noch nicht einmal das Wort an uns gerichtet!

Erst danach hat er mir erklärt, dass ich zu zwei Jahren Zwangsarbeit und zu hunderttausend Dollar Geldstrafe verurteilt sei, dass mein Boot beschlagnahmt sei und so. Ich begriff nicht. Hunderttausend Dollar! Ich schwor, dass ich kein Geld besaß. In diesem Fall wurden es ich weiß nicht wie viele Jahre Gefängnis mehr.

Ich bin in Sing-Sing geblieben. Meine Matrosen mussten wohl in ein anderes Gefängnis gebracht worden sein, denn ich habe sie nie wiedergesehen. Man hat mich kahlgeschoren. Man hat mich auf die Straße zum Steineklopfen mitgenommen. Ein Kaplan wollte mir Bibelunterricht geben.

Sie wissen nicht, was es heißt… Es gab reiche Häftlinge, die fast jeden Abend in die Stadt bummeln gingen. Und die anderen waren ihre Knechte!

Was soll's. Erst ein Jahr später ist mir eines Tages der Amerikaner aus Brest wieder begegnet, der einen Häftling besuchen kam. Ich habe ihn wiedererkannt. Ich habe ihn gerufen. Er hat eine Weile gebraucht, um sich zu erinnern, dann ist er in Lachen ausgebrochen und hat mich ins Sprechzimmer führen lassen.

Er war sehr herzlich. Er behandelte mich wie einen alten Kumpel. Er hat mir erzählt, dass er schon immer Spitzel der Prohibition gewesen sei. Er arbeite vor allem im Ausland, in England, Frankreich, Deutschland, von wo aus er der amerikanischen Polizei Informationen über abgehende Transporte zuspiele. Gleichzeitig aber treibe er hin und wieder Schwarzhandel auf eigene Rechnung. So auch bei diesem Geschäft mit Kokain, das Millionen einbringen sollte, denn zehn Tonnen waren davon an Bord, zu ich weiß nicht wie viel Francs das Gramm. Also habe er sich mit Franzosen in Verbindung gesetzt, die das Boot und einen Teil des Kapitals stellen sollten. Das waren meine drei Männer. Und der Gewinn sollte natürlich unter den vieren geteilt werden.

Aber warten Sie! Denn das Schönste kommt ja noch… Am selben Tag, als in Quimper die Verladung stattfand, erhielt der Amerikaner von zu Hause eine Warnung: Ein neuer Mann befasse sich mit der Prohibition. Die Überwachung werde verschärft. Die Käufer in den USA zögerten, und aus diesem Grund laufe die Ware Gefahr, keine Abnehmer zu finden.

Dagegen verspreche ein neuer Erlass jedem, der Schmuggelware hochgehen lasse, eine Prämie, die sich auf ein Drittel des Wertes dieser Ware belaufe.

Und das erzählte man mir in meinem Gefängnis! Ich erfuhr, dass meine drei Männer sogar auf dem Quai mit dem Amerikaner diskutiert hatten, während ich beklommen meine Taue schießenließ und mich fragte, ob wir überhaupt lebend am anderen Ufer des Atlantiks ankämen.

Alles auf eine Karte setzen?... Der Doktor war es, ich weiß, der auf der Denunziation bestanden hat... Zumindest würde auf diese Weise ein Drittel des Kapitals mit Sicherheit zurückgewonnen, ohne Komplikationen zu riskieren...

Außerdem sprach sich der Amerikaner mit einem Kollegen darüber ab, einen Teil des beschlagnahmten Kokains auf die Seite zu schaffen. Unglaubliche Tricks, ich weiß!

Die ›Belle-Emma‹ glitt über das schwarze Wasser des Hafens. Ich sah ein letztes Mal meine Braut, in der Gewissheit, sie ein paar Monate danach zu heiraten...

Und sie wussten, sie, die uns auslaufen sahen, dass man uns bei unserer Ankunft schnappen würde! Sie rechneten sogar damit, dass wir uns wehren würden, dass wir wahrscheinlich im Feuergefecht umkommen würden, wie es damals in amerikanischen Gewässern alle Tage vorkam.

Sie wussten, dass mein Boot beschlagnahmt werden würde, dass es noch nicht einmal ganz bezahlt war, dass ich nichts anderes auf der Welt besaß!

Sie wussten, dass ich von nichts anderem träumte, als zu heiraten... Und sie sahen zu, wie wir ausliefen!

Das war es, was man mir in Sing-Sing gestand, wo ich zu einem Rohling unter anderen Rohlingen geworden war... Man brachte mir Beweise... Mein Gesprächspartner lachte, klatschte sich auf die Schenkel und rief aus:

›Richtige Lumpen, die drei!‹«

Auf einmal herrschte völliges Schweigen. Und in diesem Schweigen hörte man betroffen, wie der Bleistift von Michoux über ein weißes Blatt huschte, das er gerade gewendet hatte.

Maigret warf einen Blick auf die Initialen s. s., die auf die Hand des Hünen tätowiert waren, und begriff: »Sing-Sing«!

»Ich glaube, dass ich noch gut zehn Jahre vor mir hatte. In diesem Land, da weiß man nie. Beim geringsten Verstoß gegen die Vorschriften wird die Strafe verlängert, und gleichzeitig hagelt es Knüppelschläge. Hunderte habe ich eingesteckt. Und die Schläge von meinen Mithäftlingen... Und da hat mein Amerikaner zu meinen Gunsten Schritte in die Wege geleitet. Ich glaube, es ekelte ihn vor der Feigheit jener, die er meine Freunde nannte. Mein einziger Gefährte war ein Hund. Ein Tier, das ich an Bord großgezogen habe, das mich vor dem Ertrinken gerettet hat und das man dort unten trotz der ganzen Disziplin bei mir im Gefängnis hat leben lassen. Denn sie denken nicht so wie wir über solche Dinge. Eine Hölle! Sie mögen dir zwar sonntags Musik vorspielen, aber hinterher wirst du trotzdem verprügelt bis aufs Blut. Zu guter Letzt wusste ich nicht einmal mehr, ob ich noch ein Mann war… Ich habe hundertmal, tausendmal geweint…

Und als man mir eines Morgens die Tür geöffnet und mir einen Kolbenschlag in die Nieren versetzt hat, um mich ins normale Leben zurückzuschicken, da bin ich auf dem Bürgersteig einfach besinnungslos zusammengebrochen… Ich wusste nicht mehr, wie das Leben ist… Ich hatte gar nichts mehr…

Doch! Etwas schon…«

Seine aufgesprungene Lippe blutete. Er vergaß, das Blut abzuwischen. Madame Michoux verbarg ihr Gesicht hinter ihrem Spitzentüchlein, dessen Geruch einem den Magen umdrehte. Und Maigret rauchte in aller Ruhe, ohne den Doktor, der noch immer am Schreiben war, aus den Augen zu lassen.

»Den Willen, all denen, die an diesem Elend schuld waren, das gleiche Schicksal zuzufügen… Nicht, sie umzubringen! Nein! Sterben ist gar nichts. In Sing-Sing habe ich es zwanzigmal versucht, ohne dass es mir gelang. Ich habe mich geweigert zu essen, und ich wurde künstlich ernährt. *Aber ihnen zu zeigen, was Gefängnis bedeutet!* Am liebsten in Amerika. Aber das war unmöglich.

Ich habe mich in Brooklyn herumgetrieben, wo ich alle Jobs durchgemacht und darauf gewartet habe, meine Überfahrt an Bord eines Schiffs bezahlen zu können. Sogar für meinen Hund habe ich bezahlt.

Von Emma habe ich nie etwas gehört. Nach Quimper habe ich keinen Schritt getan, denn man hätte mich trotz meiner abstoßenden Visage erkennen können.

Hier habe ich dann erfahren, dass sie Serviermädchen

und gelegentlich die Mätresse von Michoux sei... Vielleicht auch der Übrigen?... Ein Serviermädchen, nicht wahr?

Es war nicht leicht, diese drei Drecksäcke ins Kittchen zu bringen. Aber ich hatte es drauf angelegt. Ich hatte bloß noch diesen einen Wunsch! Mit meinem Hund habe ich an Bord eines gestrandeten Bootes gehaust, dann in dem ehemaligen Wachlokal auf der ›Pointe du Cabélou‹.

Michoux habe ich mich zuerst gezeigt. Bloß mich gezeigt! Mein gemeines Gesicht, meine grobe Gestalt! Verstehen Sie? Ich wollte ihm Angst einjagen. Ich wollte ihm eine Heidenangst einjagen, die ihn veranlassen würde, auf mich zu schießen! Dabei wäre ich vielleicht draufgegangen. Aber dann? Das Zuchthaus für ihn! Fußtritte! Kolbenschläge! Widerliche Mithäftlinge, stärker als man selbst, die einen zwingen, ihnen zu Diensten zu sein... Ich streifte um seine Villa herum. Ich lief ihm über den Weg. Drei Tage! Vier Tage! Er hatte mich wiedererkannt. Er ging seltener aus. Doch das Leben hier hatte sich während dieser ganzen Zeit nicht verändert. Sie saßen beim Aperitif, alle drei! Die Leute grüßten sie! Was ich zum Essen brauchte, stahl ich mir von den Ständen. Ich wollte, dass es schnell ginge...«

Eine deutliche Stimme wurde laut:

»Pardon, Kommissar! Ist diese Vernehmung ohne das Beisein seines Anwalts rechtlich gültig?«

Das war Michoux!... Michoux, weiß wie eine Wand, mit eingefallenen Zügen, zusammengekniffenen Nasenflügeln und blutleeren Lippen. Aber ein Michoux, der mit fast schon drohender Deutlichkeit sprach!

Ein Blick von Maigret befahl einem Polizisten, sich zwischen den Doktor und den Vagabunden zu setzen. Es war höchste Zeit! Léon Le Glérec erhob sich langsam, von dieser Stimme angezogen, mit geballten Fäusten, schwer wie Keulen.

»Hinsetzen! Setzen Sie sich hin, Léon!«

Und während der Koloss mit heiserem Atem gehorchte, sagte der Kommissar, wobei er die Asche aus seiner Pfeife klopfte:

»Jetzt bin ich an der Reihe mit Reden!«

II

Die Angst

Seine leise Stimme, der schnelle Fluss seiner Rede kontrastierten mit dem leidenschaftlichen Bericht des Matrosen, der ihn von der Seite ansah.

»Zuerst ein Wort über Emma, Messieurs … Sie erfährt, dass ihr Verlobter verhaftet worden ist. Sie hört nichts mehr von ihm. Eines Tages verliert sie aus einem nichtigen Grund ihre Stelle und wird Serviermädchen im Hôtel de l'Amiral. Sie ist ein armes Ding, ohne irgendwelche Beziehungen. Männer machen ihr den Hof, wie eben reiche Gäste einem Dienstmädchen den Hof machen. Zwei Jahre, drei Jahre verstreichen. Sie weiß nicht, dass Michoux der Schuldige ist. Sie geht eines Abends auf sein Zimmer. Und die Zeit verstreicht weiter, das Leben geht seinen Gang. Michoux hat noch andere Mätressen. Hin und wieder bekommt er Lust, im Hotel zu übernachten. Oder aber er lässt Emma zu sich nach Hause kommen, wenn seine Mutter nicht da ist. Eine fade Liebelei, ohne Liebe. Emmas Leben ist auch fade. Sie ist keine Heldin. In einem Muschelkästchen bewahrt sie einen Brief auf, ein Foto, aber es ist nur noch ein alter Traum, der jeden Tag mehr und mehr verblasst.

Sie weiß nicht, dass Léon gerade wieder zurückgekehrt ist. Den gelben Hund, der um sie herumstreift und der vier

Monate alt war, als das Schiff ausgelaufen ist, hat sie nicht wiedererkannt.

Eines Nachts diktiert ihr Michoux einen Brief, ohne ihr zu sagen, an wen er gerichtet ist. Es geht darum, sich mit jemandem um elf Uhr abends in einem unbewohnten Haus zu verabreden.

Sie schreibt ... Ein Serviermädchen! Verstehen Sie? Léon Le Glérec hat sich nicht getäuscht. Michoux hat Angst! Er wähnt sein Leben in Gefahr. Er will den umherstreifenden Gegner aus dem Weg räumen.

Aber er ist ein Feigling! Er selbst hat es mir gegenüber immer wieder betont. Er bindet den Brief mit einer Schnur dem Hund um den Hals, um ihn so seinem Opfer zukommen zu lassen, dem er im Flur des Hauses hinter der Eingangstür auflauern will.

Ob Léon misstrauisch werden wird? Aber ob er nicht trotz allem seine ehemalige Braut wiedersehen will? In dem Augenblick, da er an die Tür klopfen würde, könnte Michoux durch den Briefkasten schießen und über die Gasse davonlaufen. Und das Verbrechen würde umso mehr ein Rätsel bleiben, als niemand das Opfer wiedererkennen würde ...

Aber Léon ist misstrauisch. Vielleicht streift er schon über den Platz? Ob er sich dazu entschließt, zu der Verabredung zu kommen? Der Zufall will, dass Monsieur Mostaguen in diesem Moment leicht angetrunken das Café verlässt und am Hauseingang stehen bleibt, um sich eine Zigarre anzuzünden. Er schwankt. Er stößt an die Tür. Das ist das Zeichen. Eine Kugel trifft ihn mitten in den Bauch ...

Das ist der erste Fall. Der Anschlag von Michoux ist

gescheitert. Er ist nach Hause gegangen. Goyard und Le Pommeret, die Bescheid wissen und die am Verschwinden desjenigen, der sie alle drei bedroht, das gleiche Interesse haben, sind entsetzt.

Emma hat begriffen, welches Spiel man mit ihr getrieben hat. Ob sie Léon gesehen hat? Ob sie nachgegrübelt und den gelben Hund endlich erkannt hat?

Tags darauf bin ich an Ort und Stelle. Ich sehe die drei Männer. Ich fühle ihr Entsetzen. *Sie sind auf ein Verbrechen gefasst!* Und ich will herausfinden, von welcher Seite sie den Anschlag erwarten. Ich will unbedingt sicher sein, dass ich mich nicht täusche.

Ich selbst vergifte also eine Flasche Aperitif, wie ein Stümper … Ich bin bereit einzugreifen, falls jemand trinken sollte. Aber nein! Michoux ist auf der Hut! Michoux misstraut allem, den vorbeigehenden Leuten, dem, was er isst und trinkt. Er traut sich nicht einmal, das Hotel zu verlassen.«

Emma war in eine solche Starre gefallen, dass man sich ein ergreifenderes Bild der Verblüffung schwer vorstellen konnte. Und Michoux hatte für einen Moment den Kopf gehoben, um Maigret in die Augen zu sehen. Jetzt schrieb er fieberhaft mit.

»Das war das zweite Verbrechen, Herr Bürgermeister! Und unser Trio ist noch immer am Leben, hat noch immer Angst. Goyard ist der Sensibelste von den dreien, bestimmt ist er auch der kleinste Schuft. Die Sache mit dem Giftanschlag hat ihn außer sich gebracht. Er spürt, dass er eines schönen Tages dran glauben wird. Er ahnt, dass ich ihm auf der Spur bin. Und er beschließt, sich aus dem Staub zu machen. Sich aus dem Staub zu machen, ohne eine Spur zu hinterlassen. Er wird ein Verbrechen fingieren, wird vortäuschen, dass er tot sei und dass man seine Leiche ins Wasser des Hafens geworfen habe.

Zuvor treibt ihn die Neugier dazu, bei Michoux herumzustöbern, vielleicht auf der Suche nach Léon, um ihm eine Aussöhnung anzubieten. Dort stößt er auf Spuren, die der Rohling auf seinem Weg hinterlassen hat. Er begreift, dass es nicht lange dauern wird, bis auch ich diese Spuren entdecke.

Schließlich ist er Journalist! Er weiß außerdem, wie leicht beeindruckbar die Massen sind. Er weiß, dass er, solange Léon am Leben ist, nirgends in Sicherheit sein kann. Und er kommt auf etwas wirklich Geniales: auf den Artikel, geschrieben mit der linken Hand, eingesandt an den *Phare de Brest*…

Darin ist von dem gelben Hund, von dem Vagabunden die Rede. Jeder Satz zielt darauf ab, Angst und Schrecken in Concarneau zu verbreiten. Und somit bestehen Aussichten, dass der Mann mit den großen Füßen eine Ladung Blei in den Leib bekommt, wenn ihn die Leute erblicken.

Um ein Haar wäre es geschehen! Zuerst hat man auf den Hund geschossen. Genauso hätte man auf den Mann geschossen! Eine aufgebrachte Bevölkerung ist zu allem fähig.

Am Sonntag beherrscht nämlich tatsächlich der Schrecken die Stadt. Michoux verlässt das Hotel nicht. Er ist krank vor Angst. Aber er bleibt fest entschlossen, sich bis zum Schluss zur Wehr zu setzen, *mit allen Mitteln.*

Ich lasse ihn mit Le Pommeret allein. Ich weiß nicht, was dann zwischen ihnen vorfällt. Goyard hat sich aus dem

Staub gemacht. Le Pommeret selbst, der einer ehrbaren einheimischen Familie angehört, muss wohl versucht sein, die Polizei einzuschalten – eher alles auffliegen lassen als weiterhin diesen Alptraum durchmachen. Was riskiert er schon? Eine Geldstrafe! Ein bisschen Gefängnis! Höchstens! Das Hauptverbrechen ist in Amerika verübt worden.

Und Michoux, der ihn schwach werden fühlt, der den Mordanschlag auf Mostaguen auf dem Gewissen hat, der aus eigener Kraft da herauswill, koste es, was es wolle, zögert nicht, ihn zu vergiften.

Emma ist da. Wird der Verdacht nicht auf sie fallen?

Ich möchte Ihnen noch mehr von der Angst erzählen, weil sie es nämlich ist, die dem ganzen Verbrechen zugrunde liegt. Michoux hat Angst. Noch mehr als seinen Gegner will Michoux seine Angst überwinden.

Er kennt Léon Le Glérec. Er weiß, dass dieser sich nicht widerstandslos festnehmen lassen wird. Und er rechnet mit einer Kugel, abgefeuert von den Gendarmen oder von einem aufgeschreckten Bürger, um ihm den Garaus zu machen.

Er rührt sich nicht vom Fleck. Ich bringe den verletzten Hund her, der im Sterben liegt. Ich will wissen, ob der Vagabund ihn holen kommen wird, und er kommt.

Seitdem ist das Tier nicht mehr gesehen worden, was mir beweist, dass es tot ist.«

Ein Laut drang aus Léons Kehle.

»Ja...«

»Haben Sie ihn begraben?«

»Auf der ›Pointe du Cabélou‹. Ein kleines Kreuz steht da, aus zwei Fichtenästen...«

»Die Polizei findet Léon Le Glérec. Er entflieht, denn er hat nur eines im Sinn, Michoux zu veranlassen, ihn anzugreifen. Er hat es gesagt: *Ich will ihn im Gefängnis sitzen sehen.* Meine Pflicht ist es, ein weiteres Verbrechen zu verhindern, und deshalb verhafte ich Michoux, wobei ich ihm versichere, dass es geschieht, um ihn in Sicherheit zu bringen. Es ist keine Lüge. Aber gleichzeitig hindere ich Michoux daran, weitere Verbrechen zu verüben. Er ist am Ende. Er ist zu allem fähig. Er sieht sich von allen Seiten verfolgt.

Trotzdem ist er noch in der Lage, Komödie zu spielen, mir von seiner Konstitutionsschwäche zu erzählen, seine Heidenangst mit Aberglauben und einer alten Wahrsagung zu begründen, die erstunken und erlogen ist.

Er muss erreichen, dass die Bevölkerung beschließt, seinen Gegner zur Strecke zu bringen.

Er weiß, dass man ihn logischerweise verdächtigen kann, an allem schuld zu sein, was bisher geschehen ist. Allein, in dieser Zelle, grübelt er nach.

Ob es etwa kein Mittel gibt, den Verdacht endgültig abzulenken? Wenn ein weiteres Verbrechen geschehen würde, jetzt, wo er hinter Schloss und Riegel sitzt, hätte er da nicht das stichhaltigste Alibi, das man sich vorstellen kann?

Seine Mutter kommt ihn besuchen. Sie weiß alles. Sie darf weder verdächtigt noch von Verfolgern eingeholt werden. Sie muss ihn retten!

Sie isst beim Bürgermeister zu Abend. Sie lässt sich zu ihrer Villa zurückfahren, wo sie das Licht den ganzen Abend brennen lässt. Sie geht zu Fuß zur Stadt zurück. Ob alles schläft? Nur im Café noch nicht! Es genügt, darauf zu warten, dass jemand herauskommt, ihm an einer Straßenecke aufzulauern…

Und um diese Person am Laufen zu hindern, zielt sie auf die Beine. Dieses Verbrechen in seiner ganzen Sinnlosigkeit wäre die schwerste Belastung von Michoux, hätten wir nicht schon weitere. Am Morgen, als ich hierherkomme, hat er Fieber. Er weiß nicht, dass Goyard in Paris verhaftet worden ist. Vor allem weiß er nicht, dass ich zu dem Zeitpunkt, als der Schuss auf den Zöllner abgegeben worden ist, den Vagabunden vor meinen Augen hatte.

Denn Léon, verfolgt von der Polizei und der Gendarmerie, ist in der Häuserzeile geblieben. Er will es schnell zu Ende bringen. Er will Michoux nicht aus den Augen lassen.

Er übernachtet in einem Zimmer des leerstehenden Hauses. Von ihrem Zimmer aus bemerkt ihn Emma. Und da sucht sie ihn auf. Sie beteuert flehentlich ihre Unschuld! Sie wirft sich ihm zu Füßen, hängt sich an ihn.

Zum ersten Mal steht sie wieder vor ihm, vernimmt er wieder ihre Stimme… Sie hat einem anderen gehört, anderen…

Aber was hat er nicht alles durchgemacht? Sein Herz wird weich. Er packt sie mit brutaler Hand, so als wolle er sie zermalmen, aber es sind ihre Lippen, die er unter den seinen zerdrückt.

Er ist nicht mehr der Mann für sich, der Mann mit einem Ziel, einer Idee. Unter Tränen spricht sie von einem möglichen Glück mit ihm, von einem neuen Leben.

Und sie brechen miteinander auf, ohne einen Heller, mitten in der Nacht. Ganz gleich, wohin! Sie überlassen Michoux seinem Schrecken.

Irgendwo wollen sie versuchen, glücklich zu werden.«

Maigret stopfte gemächlich seine Pfeife und betrachtete die anwesenden Personen eine nach der anderen.

»Sie werden entschuldigen, Herr Bürgermeister, dass ich Sie bei meinen Ermittlungen nicht auf dem Laufenden gehalten habe. Aber als ich hier eintraf, wurde mir klar, dass das Drama erst am Anfang stand. Um seine Fäden zu entwirren, musste man ihm erst ermöglichen, sich zu entwickeln, und man musste dabei Schäden möglichst zu vermeiden suchen. Le Pommeret ist tot, ermordet von seinem Komplizen. Aber so wie ich ihn erlebt habe, bin ich überzeugt, dass er sich am Tag seiner Verhaftung selbst umgebracht hätte. Ein Zöllner hat eine Kugel ins Bein erhalten. In einer Woche ist nichts mehr davon zu merken. Dafür kann ich nun einen Haftbefehl auf Doktor Ernest Michoux ausstellen wegen versuchten Mordes und Körperverletzung an Monsieur Mostaguen sowie wegen vorsätzlicher Vergiftung seines Freundes Le Pommeret. Dazu einen weiteren Haftbefehl auf Madame Michoux wegen nächtlichen Überfalls. Was Jean Goyard, genannt Servières, angeht, so glaube ich, dass er höchstens wegen Irreführung der Behörden belangt werden kann, weil er diese Komödie gespielt hat.«

Da ereignete sich ein komischer Zwischenfall. Ein Seufzer! Ein glücklich beschwingter Seufzer aus dem Munde des rundlichen Journalisten. Und dreist stammelte er:

»Ich nehme an, dass ich in diesem Falle gegen Kaution auf freien Fuß gesetzt werden kann? Ich bin bereit, fünfzigtausend Franc zu zahlen.«

»Darüber wird das Gericht entscheiden, Monsieur Goyard.«

Madame Michoux war auf ihrem Stuhl zusammengesunken, ihr Sohn aber besaß mehr Energie als sie.

»Haben Sie nichts hinzuzufügen?«, fragte ihn Maigret.

»Pardon! Ich werde im Beisein meines Anwalts antworten. Inzwischen mache ich alle Vorbehalte gegen die Rechtmäßigkeit dieser Konfrontation geltend.«

Und wie ein junger Gockel reckte er seinen dürren Hals, aus welchem ein gelblicher Adamsapfel hervorragte. Seine Nase wirkte schiefer denn je. Das Heft, in das er sich Notizen gemacht hatte, hatte er nicht losgelassen.

»Und die beiden da?«, murmelte der Bürgermeister beim Aufstehen.

»Ich habe nicht das Geringste gegen sie vorzubringen. Léon Le Glérec hat zugegeben, dass er Michoux veranlassen wollte, auf ihn zu schießen. Dazu hat er nichts weiter getan, als sich zu zeigen. Es gibt keinen Paragraphen, der …«

»Höchstens wegen Landstreicherei«, fiel ihm der Inspektor der Gendarmerie ins Wort.

Aber der Kommissar zuckte auf eine Weise mit den Schultern, dass der Inspektor vor Verlegenheit rot wurde.

Obwohl es schon längst Zeit zum Mittagessen war, stand draußen eine große Menschenmenge, und der Bürgermeister hatte eingewilligt, seinen Wagen zur Verfügung zu stellen, dessen Vorhänge nahezu hermetisch schlossen.

Emma stieg als Erste ein, dann Léon Le Glérec und schließlich Maigret, der mit der jungen Frau im Fond Platz nahm, während sich der Seemann linkisch auf einem Klappsitz niederließ.

Schnell fuhr man durch die Menge hindurch. Wenige Minuten später war man auf dem Weg nach Quimper, und Léon, verlegen, mit unsicherem Blick, fragte:

»Warum haben Sie das gesagt?«

»Was?«

»Dass Sie die Flasche vergiftet hätten?«

Emma war leichenblass. Sie traute sich nicht, sich an die Polster zu lehnen, und es war bestimmt das erste Mal in ihrem Leben, dass sie in einer Limousine fuhr.

»So eine Idee!«, murmelte Maigret, wobei er den Stiel seiner Pfeife mit den Zähnen festhielt.

Und da begann das junge Mädchen verzweifelt loszujammern:

»Ich schwöre Ihnen, Kommissar, ich wusste nicht mehr, was ich tat! Michoux hatte mich den Brief schreiben lassen. Zu guter Letzt hatte ich den Hund erkannt. Am Sonntagmorgen habe ich Léon umherstreifen sehen. Da habe ich begriffen. Ich habe versucht, mit Léon zu reden, aber er ist fortgegangen, ohne mich auch nur anzusehen, und hat auf den Boden gespuckt. Ich wollte ihn rächen. Ich wollte ... Was weiß ich! ... Ich war wie verrückt. Ich wusste, dass sie ihn umbringen wollten. Ich liebte ihn noch immer. Den ganzen Tag habe ich mir alles Mögliche durch den Kopf gehen lassen. Am Mittag bin ich während des Essens zur Villa Michoux gelaufen, um das Gift zu holen. Ich wusste nicht, welches ich aussuchen sollte. Er hatte mir schon einmal die Fläschchen gezeigt und mir gesagt, dass man ganz Concarneau damit umbringen könnte.

Aber ich schwöre Ihnen, Sie hätte ich nicht trinken lassen. Zumindest glaube ich es nicht.«

Sie schluchzte. Léon tätschelte ihr unbeholfen das Knie, um sie zu beruhigen.

»Ich werde es Ihnen nie genug danken können, Kommissar«, rief sie unter Schluchzen aus. »Was Sie getan haben, das ist … das ist … Mir fehlen die Worte … das ist so wunderbar!«

Maigret schaute die beiden an – ihn mit seiner aufgesprungenen Lippe, seinem kurzgeschorenen Haar und seiner Verbrechervisage, die begann, wieder menschliche Züge anzunehmen, sie mit ihrem armseligen Gesicht, das in diesem Aquarium von Café verblasst war.

»Was haben Sie vor?«

»Keine Ahnung … Weg aus dieser Gegend … Vielleicht nach Le Havre? Immerhin habe ich auch im Hafen von New York schon Mittel und Wege gefunden, meinen Lebensunterhalt zu verdienen.«

»Hat man Ihnen Ihre zwölf Franc zurückgegeben?«

Léon wurde rot und antwortete nicht.

»Was kostet der Zug von hier nach Le Havre?«

»Nein! Tun Sie das nicht, Kommissar … Denn dann … wüssten wir nicht … Verstehen Sie?«

Maigret klopfte mit dem Finger gegen die Trennscheibe des Wagens, denn man fuhr gerade an einem kleinen Bahnhof vorbei. Er zog zwei Scheine zu hundert Franc aus seiner Tasche: »Nehmen Sie sie. Ich werde sie auf meine Spesenrechnung setzen.«

Und er schob sie schon fast hinaus und schlug die Tür wieder zu, während sie noch versuchten, sich zu bedanken.

»Nach Concarneau! Aber schnell!«

Ganz allein im Wagen, zuckte er mindestens dreimal mit

den Achseln, wie ein Mann, der sich unbedingt über sich selber lustig machen will.

Der Prozess dauerte ein Jahr. Ein Jahr lang erschien Doktor Michoux bis zu fünfmal wöchentlich beim Untersuchungsrichter, mit einer Saffianaktentasche, vollgestopft mit Unterlagen.

Und jede Vernehmung erbrachte weiteren Stoff für Rechtsverdrehungen.

Jedes Dokument der Akten führte zu Kontroversen, Beweisaufnahmen und Gegenbeweisaufnahmen.

Michoux wurde immer magerer, immer gelber, immer kränklicher, aber die Waffen streckte er nicht.

»Gestatten Sie einem Mann, der höchstens noch drei Monate zu leben hat …«, lautete sein Lieblingssatz. Er verteidigte sich Schritt für Schritt, mit hinterhältigen Tricks, unerwarteten Gegenstößen. Und er hatte einen Anwalt gefunden, der noch galliger war als er selber, mit dem er sich ablöste.

Verurteilt zu zwanzig Jahren Zwangsarbeit durch das Schwurgericht des Departements Finistère, wartete er volle sechs Monate darauf, dass sein Fall in die Revision ginge.

Aber auf einem Foto, das höchstens einen Monat alt war und in allen Zeitungen erschien, konnte man ihn dann sehen, noch immer mager und gelb, mit schiefer Nase, den Sack auf dem Buckel, die Kappe auf dem Kopf, wie er auf der Ile de Ré an Bord der ›Martinière‹ ging, die hundertachtzig Zwangsarbeiter nach Cayenne brachte.

Madame Michoux, die eine dreimonatige Gefängnisstrafe

verbüßt hatte, intrigierte in Paris in politischen Kreisen. Sie strebte die Revision des Prozesses an.

Zwei Zeitungen hatte sie schon auf ihrer Seite.

Léon Le Glérec war auf Heringsfang in der Nordsee an Bord der ›Francette‹, und seine Frau erwartete ein Kind.

La Ferté-Alais, März 1931

Maigret und der geheimnisvolle Kapitän

I

Die Katze im Haus

Als sie gegen drei Uhr aus Paris herausfuhren, war in der kühlen Herbstsonne noch eine Vielzahl von Menschen unterwegs. Dann, kurz vor Mantes, gingen die Lampen im Abteil an. Ab Evreux herrschte draußen völlige Finsternis, und jetzt erkannte man hinter den beschlagenen und tropfennassen Fenstern dichten Nebel, der die Lichter der Bahnstrecke in gedämpften Schein tauchte.

Behaglich in seiner Ecke sitzend, den Nacken an die Kopfleiste gelehnt, die Lider halb geschlossen, musterte Maigret unablässig, wie unter Zwang, die beiden Personen, die ihm gegenübersaßen und so ungleich waren.

Kapitän Joris schlief. Die Perücke, die auf seinem berühmten Schädel saß, war verrutscht, sein Anzug zerknittert.

Julie, deren beide Hände auf ihrer Handtasche aus imitiertem Krokodilleder ruhten, starrte ins Leere und versuchte, trotz ihrer Müdigkeit ein nachdenkliches Gesicht zu machen.

Joris! Julie!

Kommissar Maigret von der Kriminalpolizei war es gewohnt, dass Leute wie ein Windstoß in sein Leben traten, ihn für Tage, Wochen oder Monate mit Beschlag belegten und dann wieder in der anonymen Masse untergingen.

Das Rattern des Zuges skandierte seine Gedanken, dieselben zu Beginn jeder Untersuchung. Würde sie aufregend, banal, widerwärtig oder tragisch werden?

Maigret blickte auf Joris, und ein vages Lächeln huschte über seine Lippen. Seltsamer Mann! »Der Mann«, so hatte man ihn am Quai des Orfèvres fünf Tage lang genannt, denn man war außerstande gewesen, ihm einen Namen zu geben.

Ein Mann, den man auf den Grands Boulevards aufgegriffen hatte, weil er wie ein Irrer zwischen Bussen und Autos herumlief. Man verhört ihn in französischer Sprache. Keine Antwort. Man versucht es mit sieben oder acht anderen Sprachen. Nichts. Auch die Taubstummensprache ruft keine Reaktion bei ihm hervor.

Ein Verrückter? In Maigrets Büro wird er durchsucht. Sein Anzug ist neu, seine Wäsche neu, seine Schuhe neu. Sämtliche Herstelleretiketten sind herausgerissen. Keine Papiere. Keine Brieftasche. Fünf neue Tausendfrancscheine lose in einer der Taschen.

Eine denkbar verzwickte Untersuchung! Nachforschungen in den Strafregistern, in den Einwohnermeldekarteien. Telegramme innerhalb Frankreichs und ins Ausland. Und »der Mann« lächelt liebenswürdig von morgens bis abends, trotz anstrengender Verhöre!

Ein Mann in den Fünfzigern, kleingewachsen, breitschultrig, der sich nicht wehrt, sich nicht rührt, lächelt. Manchmal unternimmt er eine Anstrengung, versucht sich zu erinnern, gibt es jedoch schnell wieder auf.

Amnesie? Eine Perücke rutscht von seinem Kopf, und man stellt fest, dass sein Schädel vor höchstens zwei Monaten von einer Kugel durchbohrt worden war. Die Ärzte staunen: Selten hat man eine so gelungene Operation gesehen!

Weitere Telegramme in die Hospitäler und Kliniken in Frankreich, in Belgien, in Deutschland, in Holland.

Fünf ganze Tage voller penibler Nachforschungen. Analysen von Flecken auf den Kleidungsstücken, von Staubteilchen in den Taschen ergeben lächerliche Resultate.

Man hat Reste von Kabeljaurogen gefunden, d.h. Reste von jenen getrockneten und pulverisierten Fischeiern, die im Norden Norwegens präpariert und als Köder beim Sardinenfang benutzt werden.

Kommt »der Mann« von dort? Ist er Skandinavier? Indizien beweisen, dass er eine lange Bahnreise hinter sich hat. Aber wie hat er allein reisen können, ohne zu sprechen, mit dieser verstörten Miene, durch die er sofort auffällt?

Sein Foto erscheint in den Zeitungen. Ein Telegramm aus Ouistreham geht ein: *Unbekannter identifiziert!*

Dem Telegramm folgt eine Frau, oder eher ein Mädchen, und sie erscheint in Maigrets Büro mit einem schlechtgeschminkten, müden Gesicht. Julie Legrand, die Haushälterin »des Mannes«.

Doch der ist jetzt nicht mehr »der Mann«! Er hat einen Namen, einen Zivilstand! Er ist Yves Joris, ehemaliger Kapitän der Handelsmarine, Hafenmeister von Ouistreham.

Julie weint! Julie versteht nicht! Julie fleht ihn an zu sprechen! Er blickt sie sanft, freundlich an, so wie er jeden anblickt.

Kapitän Joris war am 16. September aus Ouistreham,

einem kleinen Hafenort zwischen Trouville und Cherbourg, verschwunden. Nun ist es Ende Oktober.

Was ist während dieser sechs Wochen Abwesenheit mit ihm geschehen?

»Er ist zu seiner Arbeit in der Schleuse gegangen, wie gewöhnlich, wenn die Flut kommt. Es war abends. Ich bin schlafen gegangen. Am nächsten Morgen war er nicht in seinem Zimmer.«

Zunächst vermutete man, Joris wäre, weil er im Nebel nicht sah, wohin er trat, ins Wasser gestürzt. Man hat mit Stangen nach ihm gesucht. Dann hat man angenommen, dass er einfach abgehauen sei.

»Lisieux! Drei Minuten Aufenthalt!«

Maigret ging sich die Beine auf dem Bahnsteig vertreten, stopfte eine frische Pfeife. Seit Paris hatte er so viel geraucht, dass das Abteil völlig verqualmt war.

»Einsteigen!«

Julie hatte den Aufenthalt genutzt, um sich mit ihrer Puderquaste die Nasenspitze zu betupfen. Ihre Augen waren vom Weinen immer noch ein wenig gerötet.

Es war seltsam! Es gab Augenblicke, in denen sie hübsch aussah, in denen sie fast vornehm schien. Dann wieder spürte man, ohne recht zu wissen, warum, das einfältige kleine Bauernmädchen in ihr.

Sie rückte die Perücke auf dem Kopf des Kapitäns zurecht, *ihres Herrn,* wie sie sagte, und sie sah mit einer Miene zu Maigret, die ihm andeuten sollte: Ist es nicht mein Recht, ihn zu umsorgen?

Denn Joris hatte keine Angehörigen. Seit Jahren lebte er allein mit Julie, die er seine Gouvernante nannte.

»Er hat mich wie seine Tochter behandelt...«

Und er hatte keine Feinde! Keine Abenteuer! Keine Liebschaften!

Ein Mann, der, nachdem er dreißig Jahre lang auf allen Meeren herumgefahren war, sich nicht mit der Untätigkeit hatte abfinden können. Also hatte er, obwohl pensioniert, um den Posten des Hafenmeisters in Ouistreham gebeten. Er hatte sich ein kleines Haus bauen lassen.

Und eines schönen Abends, am 16. September, ist er von der Bildfläche verschwunden, um sechs Wochen später in diesem Zustand in Paris wieder aufzutauchen!

Zu Julies Verwunderung trug er jetzt einen grauen Konfektionsanzug. Nie hatte sie ihn anders als in den Offizierskleidern der Marine gesehen!

Sie war nervös, fühlte sich unbehaglich. Jedesmal, wenn sie den Kapitän anblickte, erschien auf ihrem Gesicht ein Ausdruck von Rührung und vager Furcht zugleich, ein Ausdruck von unüberwindbarer Angst. Er war es ganz eindeutig! Er war *ihr Herr*! Und dennoch war er nicht mehr ganz derselbe.

»Er wird wieder gesund werden, nicht wahr? Ich werde ihn pflegen.«

Kreuz und quer rannen dicke Tropfen an den beschlagenen Fenstern herab. Durch das Rucken des Zuges wiegte Maigrets breites Gesicht sanft hin und her. Gemütlich saß er da und beobachtete unablässig die beiden Personen: Julie, die ihn darauf aufmerksam gemacht hatte, dass man ebenso gut dritter Klasse hätte reisen können, wie sie es gewöhnlich tat, und Joris, der erwachte, aber nur blinzelnd um sich blickte.

Nur noch ein Aufenthalt in Caen. Danach kam Ouistreham.

»Ein Dorf mit etwa tausend Einwohnern«, hatte ein Kollege, der in der Gegend geboren war, zu Maigret gesagt. »Der Hafen ist klein, aber bedeutsam wegen des Kanals, der die Stadt Caen mit dem Meer verbindet und den Schiffe von fünftausend Tonnen und mehr passieren.«

Maigret versuchte nicht, sich ein Bild von dem Ort zu machen. Er wusste, dass man sich dabei stets täuschte. Er wartete ab, und sein Blick richtete sich wieder und wieder auf die Perücke, die die noch rosige Narbe verbarg.

Bevor Kapitän Joris verschwunden war, hatte er kräftiges, tiefbraunes Haar gehabt, das nur an den Schläfen leicht ergraut war. Ein weiterer Grund zur Verzweiflung für Julie! Sie wollte diesen kahlen Schädel nicht sehen. Und jedes Mal, wenn die Perücke verrutschte, schob sie sie hastig wieder zurecht.

»Nun, man hatte ihn töten wollen …«

Man hatte auf ihn geschossen, das stand fest! Aber man hatte ihn auch in bemerkenswerter Art und Weise kuriert!

Er war ohne Geld weggegangen, und man hatte ihn mit fünftausend Franc in der Tasche wiedergefunden.

Das wurde ja immer schöner! Julie öffnete plötzlich ihre Handtasche.

»Ich habe ganz vergessen, dass ich die Post von Monsieur mitgebracht habe.«

Kaum der Rede wert. Prospekte für Schiffszubehör. Eine Beitragsquittung der Kapitänsgewerkschaft der Handelsmarine. Ansichtskarten von Freunden, die noch Dienst taten, darunter eine aus Punta Arenas.

Ein Brief der Banque de Normandie in Caen. Ein maschinell ausgefüllter Vordruck.

»*…freut uns, Ihnen bestätigen zu können, dass wir Ihrem Konto Nr. 14173 den Betrag von dreihunderttausend Franc gutgeschrieben haben, den Sie von der Niederländischen Bank in Hamburg haben überweisen lassen.*«

Und dabei hatte Julie schon zehnmal wiederholt, dass der Kapitän nicht reich sei! Maigrets Blick wanderte vom einen der beiden ihm gegenübersitzenden Wesen zum andern.

Der Kabeljaurogen… Hamburg… Die in Deutschland hergestellten Schuhe…

Und Joris, der Einzige, der Licht in all das bringen könnte. Joris, der den Mund zu einem offenen, freundlichen Lächeln verzog, als er merkte, dass Maigret ihn beobachtete.

»Caen! Fahrgäste nach Cherbourg bitte sitzen bleiben! … Reisende nach Ouistreham, Lion-sur-Mer, Luc…«

Es war sieben Uhr. Der Nebel war so dicht, dass der Schein der Lampen auf dem Bahnsteig kaum durch den milchigen Schleier drang.

»Mit welchem Transportmittel kommen wir jetzt weiter?«, fragte Maigret Julie mitten im Gedränge.

»Es gibt keines mehr. Im Winter fährt die Kleinbahn die Strecke nur zweimal am Tag.«

Vor dem Bahnhof standen Taxis. Maigret war hungrig. Er wusste nicht, was man ihm später anbieten würde, und so zog er es vor, im Bahnhofsrestaurant zu Abend zu essen.

Kapitän Joris war von stetiger Fügsamkeit. Er aß, was man ihm hinstellte, war wie ein Kind, das jenen, die es führen, vertraut. Ein Bahnbeamter strich ein paarmal um den Tisch herum, musterte ihn, trat zu Maigret.

»Ist das nicht der Hafenmeister von Ouistreham?«

Und er tippte sich mit dem Zeigefinger an die Stirn. Als ihm die Frage bejaht worden war, ging er betroffen davon. Julie hingegen klammerte sich an Alltäglichkeiten.

»Zwölf Franc für so ein Abendessen, das nicht einmal mit Butter zubereitet ist! Als ob wir mit dem Essen nicht hätten warten können, bis wir zu Hause sind!«

Maigret überlegte im gleichen Augenblick:

»Eine Kugel in den Kopf... Dreihunderttausend Franc...«

Und sein scharfer Blick forschte in Joris' unschuldigen Augen, während sich seine Lippen drohend zusammenzogen.

Das Taxi, das vorfuhr, war eine ehemalige Herrschaftslimousine mit durchgesessenen Polstern und knarrenden Achsen. Die drei Fahrgäste zwängten sich auf die Hinterbank, denn die Klappsitze waren ausgehängt. Julie war zwischen den beiden Männern eingekeilt, die sie fast erdrückten.

Je näher sie dem Ziel kamen, desto mehr wurde Julie von ihren Haushaltssorgen ergriffen.

»Ich überlege gerade, ob ich das Gartentor abgeschlossen habe«, murmelte sie.

Als sie aus der Stadt herausfuhren, gruben sie sich buchstäblich in eine Nebelwand. Kaum zwei Meter vor ihnen tauchten plötzlich ein Pferd und eine Karre auf. Ein Geisterpferd! Eine Geisterkarre! Und es waren Geisterbäume und Geisterhäuser, die zu beiden Seiten der Straße vorüberhuschten.

Der Fahrer drosselte das Tempo. Sie fuhren mit höchstens zehn Stundenkilometern, und dennoch schoss plötzlich ein Radfahrer aus dem Nebel und streifte einen der Kotflügel. Sie hielten an. Er war nicht verletzt.

Sie durchfuhren das Dorf Ouistreham. Julie drehte die Trennscheibe herunter.

»Fahren Sie bis zum Hafen und dann über die Drehbrücke. Halten Sie vor dem Haus gleich neben dem Leuchtturm.«

Die Straße zwischen Dorf und Hafen, deren Verlauf die bleichen Lichtpunkte der Gaslaternen anzeigten, zog sich auf etwa einem Kilometer Länge durch die Einsamkeit dahin. An der Ecke vor der Brücke ein hell erleuchtetes Fenster, Lärm.

»Die Seemannskneipe«, sagte Julie. »Dort halten sich die vom Hafen die meiste Zeit auf.«

Jenseits der Brücke konnte man kaum noch von einer Straße sprechen. Der Weg verlor sich in den Sümpfen der Orne-Mündung.

Es gab nur den Leuchtturm und ein von einem Garten umgebenes zweistöckiges Haus. Das Auto hielt an. Maigret beobachtete seinen Begleiter, der wie selbstverständlich ausstieg und auf das Gartentor zuging.

»Haben Sie gesehen, Herr Kommissar?«, rief Julie freudestrahlend aus. »Er hat das Haus wiedererkannt! Ich bin sicher, dass er schließlich wieder ganz er selbst wird!«

Und sie steckte den Schlüssel ins Schloss, stieß das quietschende Tor auf, folgte dem kiesbestreuten Weg. Maigret bezahlte den Taxifahrer und ging ihr dann schnell nach. Als das Auto abgefahren war, war es stockfinster.

»Würden Sie bitte ein Streichholz anzünden? Ich finde das Schloss nicht.«

Eine kleine Flamme. Die Tür wurde aufgestoßen. Ein dunkles Etwas huschte vorbei, streifte Maigrets Beine. Julie, die schon im Flur stand, knipste das Licht an, blickte verwundert zu Boden, murmelte:

»Das war doch die Katze, die da eben raus ist, nicht wahr?«

Und während sie das sagte, entledigte sie sich mit gewohnten Griffen ihres Hutes und ihres Mantels, hängte alles an den Kleiderhaken, öffnete die Tür zur Küche, machte dort Licht und wies damit unbewusst darauf hin, dass sich die Gäste des Hauses für gewöhnlich in diesem Raum aufhielten.

Eine helle Küche mit gekachelten Wänden, ein großer abgeschmirgelter Holztisch, blinkendes Kupfer. Der Kapitän begab sich automatisch zu seinem Korbsessel neben dem Ofen und ließ sich darin nieder.

»Dabei bin ich ganz sicher, dass ich die Katze wie immer hinausgesperrt habe, als ich ging.«

Sie sprach mit sich selbst, war beunruhigt.

»Ja, ganz bestimmt. Alle Türen waren gut verschlossen. Bitte, Herr Kommissar, würden Sie mit mir durchs Haus gehen? Ich habe Angst.«

Ihre Angst war so groß, dass sie sich kaum traute, vorauszugehen. Sie öffnete die Tür ins Esszimmer, wo die tadellose Ordnung, das allzu glänzende Parkett und die polierten Möbel darauf hinwiesen, dass es nie benutzt wurde.

»Sehen Sie hinter den Vorhängen nach, bitte?«

Ein Klavier, Kunstgegenstände aus Chinalack und Porzellanfigürchen, die der Kapitän aus dem Fernen Osten mitgebracht haben musste.

Dann das Wohnzimmer, ebenso ordentlich, das Mobiliar im selben Zustand wie im Schaufenster des Geschäfts, in dem es gekauft worden war. Der Kapitän folgte ihr mit zufriedenem, fast albernem Gesichtsausdruck. Sie stiegen die Treppe hinauf, deren Stufen mit einem roten Läufer ausgelegt waren. Oben gab es drei Zimmer, von denen eines unbewohnt war.

Und überall diese Sauberkeit, diese penible Ordnung, ein milder Geruch von Ländlichkeit und Küche.

Niemand hielt sich versteckt. Die Fenster waren fest verschlossen. Die Tür zum Garten war ebenfalls abgeschlossen, aber der Schlüssel steckte draußen.

»Die Katze wird durch ein Kellerfenster hereingeschlüpft sein«, meinte Maigret.

»Es gibt keines.«

Sie kehrten in die Küche zurück. Julie öffnete einen Wandschrank.

»Darf ich Ihnen ein Gläschen zu trinken anbieten?«

Und in diesem Augenblick, mitten in ihrem gewohnten Hin und Her, während sie winzig kleine, blumenbemalte Gläser füllte, brach die tiefe Verzweiflung aus ihr heraus, und sie zerfloss in Tränen.

Sie sah sich verstohlen nach dem Kapitän um, der in seinem Sessel saß. Dieser Anblick schmerzte sie so sehr, dass sie den Kopf abwandte. Um auf andere Gedanken zu kommen, stammelte sie:

»Ich werde Ihnen das Gästezimmer herrichten.«

Sie sagte es unter Schluchzen. Sie nahm eine weiße Schürze von einem Haken an der Wand, um sich damit die Augen zu wischen.

»Ich nehme mir lieber ein Hotelzimmer. Es gibt hier doch ein Hotel, vermute ich.«

Sie blickte auf eine kleine Porzellanuhr von der Art, wie man sie auf Jahrmärkten gewinnt und deren Ticken Bestandteil der häuslichen Geräuschkulisse war.

»Ja. Um diese Zeit ist dort bestimmt noch jemand auf. Es steht auf der anderen Seite der Schleuse, gleich hinter der Kneipe, die Sie gesehen haben.«

Dennoch war sie nahe daran, ihn zurückzuhalten. Sie schien sich davor zu fürchten, mit dem Kapitän allein zu bleiben, den sie nicht mehr anzusehen wagte.

»Glauben Sie bestimmt, dass niemand im Haus ist?«

»Sie haben sich selbst davon überzeugen können.«

»Kommen Sie morgen früh wieder?«

Sie brachte ihn bis zur Tür, die sie schnell hinter ihm schloss. Und Maigret versank in einem so dichten Nebel, dass er nicht sah, wohin er die Füße setzte. Trotzdem fand er das Gartentor. Er spürte erst Gras unter den Füßen, dann den Kiesweg. Gleichzeitig vernahm er ein weitentferntes Heulen, dessen Bedeutung er eine ganze Weile nicht erriet.

Es klang wie das Brüllen eines Rindes, nur viel verzweifelter, tragischer.

»Dummkopf!«, schalt er sich selbst. »Das ist nichts weiter als das Nebelhorn.«

Es kostete ihn Mühe, sich zurechtzufinden. Direkt unter seinen Füßen sah er das Wasser, das zu dampfen schien. Er stand auf der Schleusenmauer. Irgendwo hörte er Kurbeln quietschen. Er erinnerte sich nicht mehr an die Stelle, wo er mit dem Auto das Wasser überquert hatte. Und als er einen Steg erblickte, ging er darauf zu.

»Vorsicht!«

Es war unheimlich! Denn die Stimme war ganz nah. Obwohl er das Gefühl vollkommener Einsamkeit hatte, war da knapp drei Meter entfernt ein Mann, von dem er kaum, selbst wenn er sich anstrengte, die Umrisse sah.

Die Warnung aber verstand er sofort. Der Steg, den er hatte betreten wollen, bewegte sich. Es war das Schleusentor, das geöffnet wurde, und was jetzt folgte, war die reinste Halluzination: Was da ganz nah, wenige Meter entfernt, vor ihm auftauchte, das war kein Mensch, sondern eine wahrhaftige Mauer, hoch wie ein Haus. Und oben auf dieser Mauer waren vom Nebel gedämpfte Lichter zu sehen.

Ein Schiff, das in Reichweite an Maigret vorüberglitt. Eine Trosse fiel neben ihm zu Boden, jemand raffte sie zusammen, brachte sie zu einem Poller und machte sie fest.

»Zurück! Vorsicht!«, schrie eine Stimme oben auf der Kommandobrücke des Dampfers.

Noch wenige Sekunden zuvor hatte alles tot und verlassen gewirkt. Doch nun wurde Maigret, während er an der Schleuse entlangging, der vielen menschlichen Gestalten gewahr, die der Nebel barg. Jemand betätigte eine Kurbel. Ein anderer eilte mit einer zweiten Trosse vorüber. Zollbeamte warteten darauf, dass das Fallreep heruntergelassen würde, damit sie an Bord konnten.

All das, ohne etwas zu sehen, in dieser feuchten Wolke, die nasse Perlen auf den Barthaaren der Männer hinterließ.

»Wollen Sie hinüber?«, wurde Maigret aus nächster Nähe gefragt.

Wieder ein Schleusentor.

»Beeilen Sie sich, sonst müssen Sie die nächste Viertelstunde abwarten.«

Sich am Geländer festhaltend, überquerte er die Schleuse, hörte unter seinen Füßen das Wasser brodeln und das immer noch ferne Heulen der Sirene. Je weiter er vordrang, desto mehr füllte sich dieses neblige Universum mit einem wimmelnden, mysteriösen Leben. Ein Lichtpunkt lockte ihn an. Er ging auf ihn zu und erkannte schließlich einen Fischer in einem am Kai festgemachten Boot, der ein großes, an Stangen befestigtes Netz ins Wasser tauchte und wieder herauszog.

Der Fischer sah uninteressiert zu ihm herauf und begann mit dem Verlesen kleiner Fische, die er in einen Korb warf.

Rings um das Schiff war der Nebel heller, so dass man sehen konnte, was dort vor sich ging. Auf Deck sprach man Englisch. Ein Mann mit Offiziersmütze stand am Rande des Kais und kontrollierte Papiere.

Der Hafenmeister! Derjenige, der jetzt Kapitän Joris vertrat!

Er war auch klein, aber dünner und behender, und er scherzte mit den Schiffsoffizieren.

Kurzum, die Welt war zusammengeschrumpft zu einem ein paar Quadratmeter großen, relativ hellen Fleck in einem riesigen schwarzen Loch, in dem man festes Land und das Wasser erahnte. Da vorne links lag das Meer, das leise rauschte.

War es nicht ein ähnlicher Abend gewesen, als Joris plötzlich wie vom Erdboden verschwunden war? Er kontrollierte Papiere wie sein Kollege. Wahrscheinlich machte er seine Witzchen. Er überwachte das Schleusenwasser, die

Arbeiten in der Schleuse. Er konnte das tun, ohne etwas zu sehen. Einige vertraute Geräusche genügten ihm. So wie auch jeder hier seinen Weg wusste, ohne ihn zu sehen.

Maigret, der sich eine Pfeife angezündet hatte, haderte mit sich, weil es ihm nicht passte, sich so hilflos vorzukommen. Er ärgerte sich über seine Schwerfälligkeit, die ihm als Landratte anhing und die in ihm bei allem, was mit dem Meer zu tun hatte, Furcht oder Erstaunen auslöste.

Die Schleusentore öffneten sich. Das Schiff fuhr in den Kanal ein, der etwas schmaler war als die Seine in Paris.

»Verzeihung! Sind Sie der Hafenmeister? … Kommissar Maigret von der Kriminalpolizei. Ich habe Ihren Kollegen zurückgebracht.«

»Joris ist da? Er ist es also tatsächlich? Man hat es mir heute Morgen schon gesagt … Aber stimmt es, dass er …«

Er tippte sich kurz an die Stirn.

»Im Augenblick, ja. Bleiben Sie die ganze Nacht im Hafen?«

»Nie länger als fünf Stunden hintereinander. Eine Flut lang, sozusagen. Während der fünf Stunden Flut haben die Schiffe genügend Wasser, um in den Kanal einzufahren oder aufs Meer hinaus. Die Uhrzeit ist jeden Tag eine andere. Heute haben wir gerade erst begonnen, und wir werden bis drei Uhr früh zu tun haben.«

Er war ein sehr unkomplizierter Mensch. Er behandelte Maigret als Kollegen, schließlich war dieser wie er selbst Beamter!

»Entschuldigen Sie …«

Er blickte aufs Meer hinaus, wo es nichts zu sehen gab. Dennoch sagte er:

»Ein Segelschiff aus Boulogne hat an der Mole festgemacht und wartet nun auf das Öffnen der Schleuse.«

»Werden Ihnen die Schiffe angemeldet?«

»Meistens. Vor allem die Dampfer. Sie fahren fast alle ihre reguläre Route, bringen Kohle aus England und verlassen Caen mit Erzen.«

»Kommen Sie mit was trinken?«, schlug Maigret vor.

»Nicht vor Ende der Flut… Ich muss hierbleiben.«

Und er rief unsichtbaren Männern, deren Standorte er genau kannte, Befehle zu.

»Sind Sie mit einer Untersuchung beauftragt?«

Vom Dorf her klangen Schritte. Ein Mann kam über das Schleusentor herüber, und als ihn der Lichtschein einer der Lampen traf, wurde ein Gewehrlauf sichtbar.

»Wer ist das?«

»Der Bürgermeister. Er geht auf Entenjagd; an der Orne hat er eine kleine Hütte. Sein Gehilfe wird wohl schon dort sein und alles für die Nacht vorbereiten.«

»Was meinen Sie, hat das Hotel noch auf?«

»Das Univers? Ja. Aber beeilen Sie sich. Denn sobald der Wirt mit seinem Kartenspiel fertig ist, legt er sich schlafen. Und dann steht er um keinen Preis der Welt wieder auf!«

»Bis morgen!«, sagte Maigret.

»Ja. Ich bin ab zehn Uhr, bei der nächsten Flut, wieder am Hafen.«

Sie drückten sich die Hand, ohne dass sie sich näher kannten. Und das Leben in diesem Nebel, in dem man plötzlich jemanden anstieß, den man nicht gesehen hatte, ging weiter.

Es war eigentlich nicht gerade unheimlich, es war etwas anderes, eine vage Unruhe, ein bedrückendes Angstgefühl; man nahm eine unbekannte Welt wahr, in der man fremd war und die um einen herum ihr eigenes Leben lebte.

Diese mit unsichtbaren Menschen bevölkerte Finsternis! Dieser Segler zum Beispiel, der ganz in der Nähe darauf wartete, an die Reihe zu kommen, und den man nicht einmal erahnte!

Maigret kam wieder an dem Fischer vorbei, der reglos unter seiner Laterne hockte. Er wollte irgendwas zu ihm sagen.

»Na, beißen sie an?«

Als Antwort spuckte der andere nur ins Wasser, und Maigret ging weiter und ärgerte sich über seine dumme Bemerkung.

Das Letzte, was er hörte, bevor er das Hotel betrat, war das Klappern der Fensterläden im ersten Stock von Kapitän Joris' Haus.

Julie, die Angst hatte! Die Katze, die in dem Augenblick aus dem Haus geschlichen war, als sie es betraten!

»Wird das Nebelhorn die ganze Nacht heulen?«, meckerte Maigret nervös, als er den Wirt des Hotels sah.

»Solange der Nebel anhält … Man gewöhnt sich daran.«

Er hatte einen unruhigen Schlaf, als läge ihm etwas schwer im Magen oder wie als Kind, wenn er in Erwartung eines großen Ereignisses einschlief. Zweimal stand er auf, lehnte das Gesicht an die kalten Fensterscheiben und erblickte nichts als die verlassene Straße und das rotierende Scheinwerferlicht des Leuchtturms, das eine Wolke durchdringen zu wollen schien. Immer noch der Ruf des Nebelhorns, lauter jetzt und aggressiver.

Als er das letzte Mal aufgestanden war, hatte er auf seine Uhr geschaut. Es war vier Uhr gewesen, und die Fischer hatten sich mit ihren Körben auf den Schultern und unter dem rhythmischen Klappern ihrer Holzschuhe zum Hafen begeben.

Jetzt, fast unmittelbar darauf, hörte er ein stürmisches Pochen an seiner Tür, die, noch ehe er geantwortet hatte, aufgestoßen wurde. Er sah in das bestürzte Gesicht des Wirts.

Es war Morgen. Die Sonne schien auf die Fenster. Aber immer noch mahnte das Nebelhorn.

»Schnell! Der Kapitän liegt im Sterben!«

»Welcher Kapitän?«

»Kapitän Joris! Julie kam gerade eben in den Hafen gerannt, um Sie und einen Arzt zu holen.«

Maigret stieg schon in seine Hose, schlüpfte in die Schuhe, ohne sie zuzuschnüren, und warf seine Jacke über die Schultern. Er vergaß, sich zu kämmen und seinen Kragen anzuknöpfen.

»Wollen Sie nichts zu sich nehmen, bevor Sie gehen? Eine Tasse Kaffee? Ein Gläschen Rum?«

Aber nein! Dafür hatte er keine Zeit! Trotz der Sonne war es draußen recht frisch, und die Straße war noch feucht vom Tau.

Beim Überqueren der Schleuse konnte der Kommissar das Meer sehen, das sehr glatt und von einem blassen Blau war. Aber es war nur ein ganz schmaler Streifen zu sehen, weil etwas weiter draußen dicke Nebelschwaden den Horizont verhüllten.

Auf der Brücke rief ihm jemand zu:

»Sind Sie der Kommissar aus Paris? ... Ich bin der Dorfpolizist. Ich freue mich... Haben Sie schon gehört...?«

»Was?«

»Es muss schrecklich sein! Ach, da kommt schon der Wagen des Arztes!«

Die Fischerboote im Außenhafen schaukelten sanft, warfen rote und grüne Schimmer auf das sich kräuselnde Wasser. Die Segel mit ihren schwarz aufgemalten Nummern waren – sicher zum Trocknen – gehisst.

Zwei oder drei Frauen vor dem Häuschen des Kapitäns, dort neben dem Leuchtturm. Die Haustür stand offen. Das Auto des Arztes fuhr an Maigret vorbei. Der Dorfpolizist heftete sich an Maigrets Fersen.

»Man spricht von Vergiftung... Er soll ganz grün aussehen!«

Maigret betrat das Haus und sah Julie langsam die Treppe herunterkommen. Sie weinte, ihre Lider waren geschwollen, ihre Wangen gerötet. Man hatte sie aus dem Zimmer des Sterbenden geschickt, den der Arzt gerade untersuchte.

Unter ihrem hastig übergestreiften Mantel trug sie noch ein langes weißes Nachthemd, und ihre nackten Füße steckten in Pantoffeln.

»Es ist entsetzlich, Herr Kommissar! Man kann sich so etwas gar nicht vorstellen! Gehen Sie schnell hinauf! Vielleicht...«

Maigret trat in das Zimmer, als sich der Arzt gerade vom Bett aufrichtete. Sein Gesicht sagte deutlich, dass hier nichts mehr zu machen war.

»Polizei …«

»Oh! Gut! … Es geht zu Ende. Vielleicht noch zwei oder drei Minuten. Wenn ich mich nicht sehr täusche, ist es Strychnin.«

Er ging das Fenster öffnen, weil der Sterbende, der mit offenem Mund dalag, keine Luft zu bekommen schien. Wieder sah man – wie ein unwirkliches Bild – die Sonne, den Hafen, Boote mit schlaffen Segeln und die Fischer, die Körbe voll schimmernder Fische in Kisten abfüllten.

Im Kontrast dazu sah Joris' Gesicht noch gelber oder grüner aus. Eine undefinierbare, neutrale Farbe, die gar nichts mehr mit dem zu tun hatte, was man sich unter Hautfarbe vorstellt.

Seine Glieder krümmten sich unter wiederholten Zuckungen, und doch blieb sein Gesicht ruhig, nichts regte sich darin, und sein Blick war auf die Wand direkt vor ihm geheftet.

Das eine Handgelenk ruhte in der Hand des Arztes, der das Schwächerwerden des Pulses verfolgte. Schließlich erkannte Maigret an dessen Gesichtsausdruck:

»Aufpassen … Es geht zu Ende …«

Und da geschah etwas Unerwartetes und Rührendes. Man konnte nicht erkennen, ob der Unglückliche seinen Verstand wiedererlangt hatte. Man sah nur ein starres Gesicht.

Und plötzlich belebte es sich. Die Züge spannten sich wie im Gesicht eines Kindes, das gleich weinen will. Der schmerzliche Ausdruck eines sehr unglücklichen Menschen, der nicht mehr kann.

Und zwei dicke Tränen kullerten ihren Weg suchend über seine Wangen.

Fast im selben Augenblick ertönte die leise Stimme des Arztes:

»Es ist aus.«

War das zu fassen? Das Ende trat genau in dem Moment ein, als Joris die zwei Tränen vergoss!

Und während diese Tränen noch lebten, zu den Ohren hin rollten, die sie aufnahmen, war er, der Kapitän, bereits tot.

Auf der Treppe wurden Schritte laut. Unten stand die schluchzende Julie, umringt von Frauen. Maigret ging bis zum Treppenabsatz und sagte langsam und deutlich:

»Niemand betritt das Zimmer!«

»Ist er …?«

»Ja!«, sagte er schlicht.

Er ging zurück in den sonnendurchfluteten Raum, wo der Arzt pro forma eine Spritze fürs Herz aufzog.

Auf der Gartenmauer ruhte eine weiße Katze.

2

Der Nachlass

Von unten, wahrscheinlich aus der Küche, drangen Julies spitze Schreie herauf. Sie war umgeben von ihren Nachbarinnen und schlug um sich.

Durch das immer noch weit geöffnete Fenster sah Maigret Leute, teils gehend, teils laufend, aus dem Dorf herbeiströmen. Kinder auf Fahrrädern, Frauen mit ihrem Baby auf dem Arm, Männer in Holzpantinen. Es war ein ungeordneter, gestikulierender kleiner Zug, der die Brücke erreichte, sie überquerte und sich auf das Haus des Kapitäns zu bewegte – angezogen wie von einem durch die Stadt ziehenden Wanderzirkus oder einem Autounfall.

Bald wurde das Stimmengemurmel da draußen so laut, dass Maigret das Fenster schloss, dessen Musselinvorhänge das Sonnenlicht dämpften und den Raum in eine friedliche und diskrete Stimmung versetzten. Die Tapete war rosa, die hellen Möbel waren blankpoliert. Eine Vase voller Blumen thronte auf dem Kamin.

Der Kommissar betrachtete den Arzt, der ein Glas und eine Karaffe, die auf dem Nachttisch abgestellt waren, eingehend untersuchte. Er stippte seinen Finger in den Wasserrest und benetzte seine Zungenspitze.

»Ist es das?«

»Ja. Der Kapitän muss die Gewohnheit gehabt haben,

nachts zu trinken. Soweit ich das beurteilen kann, hat er es diesmal gegen drei Uhr früh getan, aber ich verstehe nicht, warum er nicht gerufen hat.«

»Aus dem einfachen Grund, weil er weder sprechen noch den geringsten Laut von sich geben konnte«, brummte Maigret.

Er rief den Dorfpolizisten und beauftragte ihn, den Bürgermeister und die Staatsanwaltschaft in Caen zu benachrichtigen. Immer noch war unten ein Kommen und Gehen zu hören. Draußen, auf der sich im Nichts verlierenden Straße, standen Leute aus der Gegend grüppchenweise herum und warteten. Einige hatten es sich bequem gemacht und sich ins Gras gesetzt.

Die Flut stieg, überspülte bereits die Sandbänke, die sich vor der Hafeneinfahrt erstreckten. Am Horizont die Rauchfahne eines Schiffes, das darauf wartete, in die Schleuse einfahren zu können.

»Können Sie sich denken, wer ...«, begann der Arzt, verstummte aber, als er sah, dass Maigret beschäftigt war.

Zwischen den beiden Fenstern stand ein Sekretär aus Mahagoni, den der Kommissar geöffnet hatte. Und mit der eigensinnigen Miene, die er bei solchen Gelegenheiten gewöhnlich aufsetzte, machte er Bestandsaufnahme vom Inhalt der Schubladen. Wenn man ihn so sah, glaubte man ein Ungeheuer vor sich zu haben. Er hatte seine dicke Pfeife angezündet, die er in langen Zügen rauchte. Und seine kräftigen Finger wühlten ohne jeden erkennbaren Respekt in den Dingen, die sie fanden.

Zum Beispiel Fotos, von denen es Dutzende gab. Viele waren von Freunden, die fast alle Marineuniform trugen und etwa im selben Alter wie Joris waren. Man wusste nun, dass dieser mit seinen Schulkameraden aus Brest in Kontakt geblieben war, die ihm von allen Enden der Welt schrieben. Es waren harmlose Aufnahmen in Postkartenformat und meistens recht kitschig, ob sie nun aus Saigon oder aus Santiago kamen.

Viele Grüße von Henry

oder:

Endlich! Der dritte Streifen! Gruß, Eugène.

Ein Großteil dieser Karten war an »Kapitän Joris an Bord der Diana, Compagnie Anglo-Normande, Caen« adressiert.

»Kannten Sie den Kapitän schon lange?«, fragte Maigret den Arzt.

»Einige Monate. Seit er im Hafen war. Vorher fuhr er auf einem der Schiffe des Bürgermeisters, auf dem er achtundzwanzig Jahre lang das Kommando hatte.«

»Ein Schiff des Bürgermeisters?«

»Ja, Ernest Grandmaison! Direktor der Compagnie Anglo-Normande, sozusagen der alleinige Besitzer der elf Dampfschiffe der Gesellschaft.«

Noch ein Foto: diesmal Joris selbst im Alter von fünfundzwanzig Jahren, schon damals von gedrungener Gestalt und mit einem breiten, lächelnden, wenn auch ein wenig verschlossenen Gesicht. Ein echter Bretone!

Und schließlich in einer Segeltuchtasche Diplome, vom Hochschulzeugnis bis zum Kapitänspatent der Handelsmarine, amtliche Papiere, ein Auszug aus der Geburtsurkunde, Militärbuch, Reisepass …

Ein Umschlag fiel zu Boden, und Maigret nahm ihn auf. Das Papier war schon vergilbt.

»Ein Testament?«, fragte der Arzt, der bis zum Eintreffen der Vertreter der Staatsanwaltschaft nichts weiter tun konnte.

Im Hause von Kapitän Joris musste Vertrauen geherrscht haben, denn der Umschlag war nicht einmal zugeklebt. Er enthielt einen Briefbogen, der mit einer so schönen Handschrift wie aus einer Schreibstube beschrieben war:

Ich, der Unterzeichnete, Yves-Antoine Joris, geboren in Paimpol, Seemann von Beruf, hinterlasse mein bewegliches und unbewegliches Vermögen Julie Legrand, meiner Haushälterin, als Dank für jahrelange Ergebenheit.
Sie hat dafür folgende Vermächtnisse auszusetzen:
Mein Boot an Kapitän Delcourt; das chinesische Porzellanservice an dessen Frau; den geschnitzten Elfenbeinstock an…

Kaum einer von den Leuten, die zu der kleinen Welt des Hafens gehörten, deren reges Hin und Her Maigret im nächtlichen Nebel erlebt hatte, war vergessen worden. Selbst der Schleusenwart erhielt ein Fischernetz, *das dreimaschige Netz, das unter dem Schuppen liegt,* wie das Testament besagte.

In diesem Augenblick entstand ein ungewöhnlicher Lärm. Julie hatte einen Moment der Unachtsamkeit der Frauen, die ihr zur Stärkung einen Grog bereiteten, ausgenutzt und kam die Treppe heraufgestürzt. Sie öffnete die Zimmertür und blickte wild um sich, eilte auf das Bett zu, hielt dann in letzter Sekunde – vom Tod beeindruckt – bestürzt inne.

»Ist er …?«

Sie brach zusammen, sank auf den kleinen Teppich und schrie kaum verständliche Dinge, von denen man erriet:

»… nicht möglich … *Mein* armer Monsieur: *mein … mein …*«

Maigret, der müde und sehr ernst war, half ihr, sich aufzurichten, und zog sie mit Mühe ins Nachbarzimmer, welches ihr Schlafzimmer war. Quer über dem Bett lagen Kleidungsstücke, und in der Waschschüssel stand Seifenwasser.

»Wer hat den Krug gefüllt, der auf dem Nachttisch steht?«

»Ich war das … Gestern Morgen … Als ich dem Kapitän auch die Blumen hingestellt habe.«

»Waren Sie allein im Haus?«

Die schwer atmende Julie gewann nur langsam ihre Fassung wieder, zugleich aber war sie über Maigrets Fragen erstaunt.

»Was glauben Sie eigentlich?«, schrie sie ihn plötzlich an.

»Ich glaube nichts. Beruhigen Sie sich. Ich habe soeben Joris' Testament gelesen.«

»Und?«

»Sie erben sein ganzes Vermögen. Sie sind reich.«

Die einzige Reaktion auf diese Worte war ein erneuter Tränenausbruch.

»Der Kapitän ist mit dem Wasser aus der Karaffe vergiftet worden.«

Ihre Augen blitzten vor Verachtung, als sie ihn ansah, und sie brüllte:

»Was wollen Sie damit sagen? Wie? Was wollen Sie damit sagen?«

Und sie geriet so außer sich, dass sie ihn am Unterarm packte und ihn wie wild schüttelte. Es fehlte nicht viel und sie hätte ihn gekratzt und geschlagen.

»Langsam… Beruhigen Sie sich. Die Untersuchung hat gerade erst begonnen. Ich unterstelle Ihnen nichts. Ich informiere mich lediglich.«

An der Tür klopfte es. Es war der Dorfpolizist.

»Die Vertreter der Staatsanwaltschaft werden nicht vor dem frühen Nachmittag hier sein können. Der Herr Bürgermeister lag noch im Bett, er ist erst heute früh von der Jagd zurückgekommen. Er kommt, sobald er fertig ist.«

Auf allen lastete ein Druck. Im ganzen Haus herrschte eine erregte Atmosphäre. Und diese wartende Menge draußen, die gar nicht wusste, worauf sie eigentlich wartete, verstärkte noch das Gefühl der Nervosität und des Durcheinanders.

»Beabsichtigen Sie hierzubleiben?«, fragte Maigret das Mädchen.

»Warum nicht? Wohin sollte ich gehen?«

Maigret bat den Arzt, das Zimmer des Toten zu verlassen, und schloss es ab. Er ließ Julie in der Obhut von zwei Personen zurück, der Frau des Leuchtturmwärters und der eines Schleusenarbeiters.

»Sie sorgen dafür, dass niemand das Haus betritt«, sagte er zum Dorfpolizisten. »Lassen Sie sich notfalls etwas einfallen, um die Schaulustigen zu vertreiben.«

Er verließ das Haus, ging durch die Menge auf die Brücke zu. In der Ferne heulte immer noch das Nebelhorn, aber man hörte es kaum, weil der Wind vom Land kam. Die

Luft war sehr mild. Von Stunde zu Stunde gewann die Sonne an Kraft. Das Meer stieg.

Zwei Schleusenarbeiter hatten das Dorf schon verlassen und ihre Arbeit aufgenommen. Auf der Brücke begegnete Maigret Kapitän Delcourt, mit dem er am Vorabend gesprochen hatte und der jetzt zu ihm trat.

»Nun, ist es wahr?«

»Joris ist vergiftet worden, ja.«

»Von wem?«

Die Menge entfernte sich allmählich vom Haus des Kapitäns. Freilich, da war ja auch der Dorfpolizist, der gestikulierend von Gruppe zu Gruppe schritt und ihnen Gott weiß was erzählte. Dafür sahen nun alle dem Kommissar nach. Ihr ganzes Interesse richtete sich jetzt auf ihn.

»Ist es schon so weit mit der Flut?«

»Noch nicht. Das Wasser muss noch drei Fuß steigen. Sehen Sie den Dampfer, der draußen auf Reede liegt? Der wartet seit sechs Uhr heute früh.«

Andere Leute, die Zöllner, der Schleusenwart, der Fischerei-Aufseher und der Chef der Küstenwache, trafen ein, aber sie zögerten, sich den beiden Männern zu nähern. Die einfachen Hilfsarbeiter dagegen bereiteten sich auf ihr Tagwerk vor.

Alles in allem hatte sich um Maigret nun die ganze Bevölkerung versammelt, die er im Nebel nur hatte erahnen können und die er jetzt im hellen Tageslicht sah.

Die Seemannskneipe war nur einen Steinwurf entfernt. Von ihr aus konnte man durch die Fenster und die Glastür auf die Schleuse, die Brücke, die Molen, den Leuchtturm und Joris' Haus blicken.

»Kommen Sie mit auf ein Glas?«, schlug der Kommissar vor.

Er nahm an, dass sich diese kleine Gemeinschaft vor jeder Flut in der Kneipe zusammenfand. Der Kapitän vergewisserte sich zuerst noch einmal über den Wasserstand.

»Ich habe noch eine halbe Stunde«, sagte er.

Sie traten beide in die aus Brettern gezimmerte Kneipe, dann folgten die anderen, unentschlossen, einer nach dem anderen, und Maigret forderte sie mit einem Handzeichen auf, sich an seinen Tisch zu setzen.

Es galt das Eis zu brechen, sich allen vorzustellen, Vertrauen zu erwecken, ja, sich gewissermaßen in die Gruppe zu integrieren.

»Was trinken Sie?«

Sie schauten sich an.

»Gewöhnlich trinken wir um diese Zeit Kaffee mit Schuss.«

Eine Frau bediente sie. Die Leute kamen über die Brücke zurück, versuchten in die Kneipe zu spähen, zögerten, ins Dorf zurückzukehren, und zerstreuten sich schließlich im Hafen, um die weiteren Geschehnisse abzuwarten.

Maigret stopfte seine Pfeife und ließ dann seinen Tabaksbeutel durch die Runde gehen. Kapitän Delcourt rauchte lieber eine Zigarette. Aber der Schleusenwart nahm eine Prise und steckte sie errötend in den Mund, wobei er stammelte:

»Sie erlauben?«

»Eine eigenartige Tragödie, nicht wahr?«, wagte Maigret schließlich zu äußern.

Alle wussten, dass er mit diesen Worten recht hatte, dennoch herrschte verbissenes Schweigen.

»Kapitän Joris schien ein recht anständiger Mann gewesen zu sein.«

Und er wartete, beobachtete heimlich die Gesichter.

»Zu anständig«, erwiderte Delcourt, der ein bisschen älter war als sein Kollege, aber von weniger gepflegtem Äußeren, und den Alkohol schien er auch nicht zu verachten.

Indessen vergaß er nicht, während er sprach, durch die Gardinen hindurch sowohl den Wasserstand als auch das Schiff zu beobachten, das seinen Anker einholte.

»Sie haben es ein bisschen eilig! Die Strömung der Orne wird ihr Schiff nachher auf die Sandbänke treiben …«

»Auf Ihr Wohl! Machen wir's kurz: Niemand weiß, was in der Nacht des 16. September passierte?«

»Niemand. Es war eine Nebelnacht, ähnlich wie die gestrige. Ich selbst hatte keinen Dienst. Trotzdem bin ich bis neun Uhr hiergeblieben und habe mit Joris und den Freunden, die Sie hier sehen, Karten gespielt.«

»Trafen Sie sich jeden Abend?«

»Fast jeden. In Ouistreham kann man sonst kaum etwas unternehmen. An jenem Abend ließ Joris sich drei- oder viermal beim Spiel vertreten, um die Durchfahrt eines Schiffes zu überwachen. Um halb zehn war die Flut vorüber. Er hat sich im Nebel auf den Weg gemacht, als ginge er nach Hause.«

»Wann hat man sein Verschwinden bemerkt?«

»Am nächsten Tag. Julie kam her, um sich nach ihm zu erkundigen. Sie war schon vor der Rückkehr des Kapitäns eingeschlafen gewesen und wunderte sich am nächsten Morgen, ihn nicht in seinem Zimmer zu finden.«

»Hat Joris viel getrunken?«

»Nie mehr als ein Glas!«, versicherte der Zöllner, der Lust bekam, sich an der Unterhaltung zu beteiligen. »Und keinen Tabak!«

»Sagen Sie mal... Er und Julie...?«

Die anderen sahen sich an, zögerten, grinsten.

»Man weiß es nicht. Joris schwor, es sei nichts... Allerdings...«

Wieder war es der Zöllner, der einwandte:

»Es ist nicht schlecht über ihn geredet, wenn man behauptet, dass er nicht ganz so war wie wir. Er war nicht hochmütig, nein, das ist nicht das richtige Wort. Aber er hielt auf sich, verstehen Sie? Nie wäre er in seinen Holzpantinen zur Arbeit gekommen, was bei Delcourt schon mal vorkommt. Er spielte Karten, aber nur abends, und er kam nie tagsüber hierher. Er duzte die Schleusenarbeiter nicht. Ich weiß nicht, ob Sie verstehen, was ich sagen will.«

Maigret verstand es sehr gut. Er hatte ein paar Stunden in Joris' Haus verbracht, einem schmucken, bürgerlichen, sehr ordentlichen Häuschen. Und nun sah er die Leute von der Kneipe vor sich, einfachere, schlampigere Leute. Bestimmt wurde hier ein Schnaps um den anderen getrunken. Die Stimmen würden laut, die Luft stickig werden. Etwas Pöbelhaftes lag in all dem.

Joris kam lediglich her, um Karten zu spielen, über persönliche Dinge sprach er nicht, und er ging nach einem einzigen Glas.

»Sie ist seit ungefähr acht Jahren bei ihm. Sie war sechzehn, damals. Ein Mädchen vom Lande, unscheinbar und recht bieder.«

»Und jetzt?«

Die Bedienung kam unaufgefordert mit einer Flasche Schnaps und goss allen einen kräftigen Schluck in die Gläser, in denen sich nur noch ein Rest Kaffee befand. Auch das musste so ein Brauch sein!

»Jetzt ist sie, wie sie eben ist... Nun, auf dem Ball, zum Beispiel, da tanzt sie nicht mit jedem x-Beliebigen... Und wenn man in den Kaufläden vertraulich mit ihr tut, so als wäre sie ein Dienstmädchen, dann wird sie ärgerlich... Schwer zu sagen. Trotzdem ist ihr Bruder...«

»Ihr Bruder?«

Der Schleusenwart blickte dem Zollbeamten fest in die Augen, und Maigret erhaschte den Blick.

»Der Kommissar wird es ja doch erfahren!«, sagte der Mann, der ganz gewiss nicht mehr bei seinem ersten Kaffee mit Schuss saß. »Ihr Bruder saß acht Jahre im Knast. Eines Abends in Honfleur, da war er betrunken. Sie waren mehrere, lärmten in den Straßen... Die Polizei griff ein, und der Bursche versetzte einem der Beamten einen so üblen Schlag, dass dieser einen Monat später starb.«

»Ist er Seemann?«

»Er ist weite Hochseerouten gefahren, bevor er nach Frankreich zurückkehrte. Jetzt arbeitet er auf einem Schoner aus Paimpol, der ›Saint-Michel‹.«

Kapitän Delcourt wurde zusehends nervös.

»Auf geht's«, sagte er und erhob sich. »Es ist Zeit!«

»Lass erst mal den Dampfer in der Schleusenkammer sein«, seufzte der Zöllner, der es weniger eilig hatte.

Nun waren sie nur noch zu dritt. Maigret winkte der Bedienung, und sie kam mit ihrer Flasche zu ihnen.

»Kommt die ›Saint-Michel‹ gelegentlich hier vorbei?«

»Ja, gelegentlich.«

»Ist sie am 16. September hier gewesen?«

Der Zöllner besprach sich mit seinem Sitznachbarn:

»Er würde es doch erfahren, wenn er in die Schleusenbücher schaut ... Ja, sie war hier. Sie haben sogar wegen des Nebels im Außenhafen übernachtet und sind erst in der Morgendämmerung weitergefahren.«

»In welche Richtung?«

»Southampton. Ich selbst habe die Papiere geprüft. Sie hatten in Caen Mühlsandstein geladen.«

»Und seither hat man Julies Bruder nicht mehr gesehen?«

Diesmal zögerte der Zollbeamte, er rümpfte die Nase, trank erst mal sein Glas aus.

»Das müssen Sie die fragen, die behaupten, ihn gestern gesehen zu haben ... Ich jedenfalls habe nichts gesehen.«

»Gestern?«

Schulterzucken. Man sah einen riesigen Dampfer zwischen den Steinmauern der Schleuse dahingleiten, eine die Umgebung überragende schwarze Masse mit einem Kamin, der höher war als die den Kanal säumenden Bäume.

»Ich muss jetzt gehen.«

»Ich auch.«

»Wie viel macht das, Mademoiselle?«, fragte Maigret.

»Sie werden doch sicher wiederkommen. Die Wirtin ist gerade nicht hier ...«

Für die Leute, die immer noch darauf warteten, dass sich

rund um das Haus des Kapitäns etwas tat, war der Anblick des die Schleuse durchfahrenden englischen Dampfers eine willkommene Ablenkung. Maigret verließ die Kneipe. Im gleichen Augenblick traf ein Mann im Dorf ein. Der Kommissar ahnte, dass es sich um den Bürgermeister handelte, den er bisher nur einmal bei Dunkelheit gesehen hatte.

Der Mann, der zwischen fünfundvierzig und fünfzig Jahre alt war, war sehr groß und kräftig und hatte ein rotes Gesicht. Er trug einen grauen Jagdanzug, und seine Beine steckten in Fliegergamaschen. Maigret ging auf ihn zu.

»Monsieur Grandmaison? ... Kommissar Maigret von der Kripo ...«

»Sehr erfreut«, sagte der andere mechanisch.

Und er betrachtete die Kneipe, dann Maigret, dann nochmals die Kneipe, als wollte er sagen: Ein fragwürdiges Lokal für einen hohen Beamten!

Er setzte seinen Weg zur Schleuse fort, die man, um zum Haus zu gelangen, überqueren musste.

»Joris ist anscheinend gestorben?«

»Anscheinend«, erwiderte Maigret, dem dieses Gebaren nicht behagte.

Ein Benehmen, wie es traditioneller nicht hätte sein können: das eines hochgestellten Menschen in einem kleinen Nest, der sich für den Mittelpunkt der Welt hält, sich wie ein Landedelmann kleidet und sich für die Demokratie aufopfert, indem er zerstreut Hände drückt, den Menschen aus der Gegend vage Grüße zuwinkt und sie gelegentlich nach dem Ergehen ihrer Kinder fragt.

»Haben Sie den Mörder? Schließlich haben ja Sie Joris hergebracht und Sie ... Gestatten Sie?«

Er trat zu dem Fischerei-Aufseher, der ihm bei der Entenjagd offenbar als Gehilfe diente, denn er sagte zu ihm:

»Das Schilf am linken Ufer muss wieder aufgerichtet werden… einer der Lockvögel taugt überhaupt nichts! Er war schon halb hinüber heute Morgen…«

»Sehr wohl, Herr Bürgermeister.«

Er kam zurück zu Maigret, jedoch nicht ohne zuvor noch die Hand des Hafenmeisters zu drücken und zu murmeln:

»Wie geht's?«

»Danke, Herr Bürgermeister.«

»Worüber sprachen wir, Kommissar?… Was ist überhaupt Wahres dran an diesen ganzen Geschichten von einem gespaltenen Schädel, der operiert wurde, von Verrücktheit und was weiß ich noch alles…«

»Haben Sie Kapitän Joris sehr geschätzt?«

»Er stand achtundzwanzig Jahre in meinen Diensten; er war ein anständiger Mensch und sehr gewissenhaft in seinem Beruf.«

»Ehrlich?«

»Das sind sie fast alle.«

»Wie viel verdiente er?«

»Das war unterschiedlich, wegen des Krieges, der ja alles durcheinandergebracht hat… Immerhin genug, um sich sein Häuschen leisten zu können. Und ich wette, dass er mindestens zwanzigtausend Franc auf der Bank hatte.«

»Mehr nicht?«

»Vielleicht noch fünftausend dazu, mehr, glaube ich nicht.«

Die stromaufwärts gelegenen Schleusentore wurden geöffnet, und das Schiff fuhr in den Kanal ein, während ein anderes, aus Caen kommendes seinen Platz einnahm, um später Kurs auf das offene Meer zu nehmen.

Es herrschte immer noch völlige Windstille. Die Leute sahen den beiden Männern nach. Gleichmütig betrachteten, während sie das Manöver überwachten, die englischen Seeleute von ihrem Schiff herab die Menschenmenge.

»Herr Bürgermeister, was halten Sie von Julie Legrand?«

Monsieur Grandmaison brummte zögernd:

»Eine dumme Göre, der es zu Kopfe gestiegen ist, dass Joris sie so rücksichtsvoll behandelt hat... Sie glaubt, sie... Ach, ich weiß nicht! Auf jeden Fall glaubt sie, sie wäre was Besseres.«

»Und ihr Bruder?«

»Den habe ich noch nie gesehen. Man hat mir allerdings gesagt, dass er ein Lump ist.«

Sie ließen die Schleuse hinter sich, erreichten das Gartentor, vor dem immer noch ein paar Kinder spielten, die auf ein interessantes Schauspiel warteten.

»Woran ist er gestorben?«

»Strychnin!«

Maigret gab sich von seiner stursten Seite. Beide Hände in den Taschen, die Pfeife zwischen den Zähnen, stapfte er mit wuchtigen Schritten weiter. Und die Pfeife, die er rauchte, entsprach seinem breiten Gesicht: Sie war mit fast einem Viertel Päckchen Tabak gefüllt.

Die weiße Katze, die auf der sonnenwarmen Mauer ausgestreckt lag, verschwand mit einem Satz, als sich die beiden Männer näherten.

»Gehen Sie nicht hinein?«, fragte der Bürgermeister erstaunt, als Maigret ohne Grund stehen blieb.

»Augenblick noch! Was meinen Sie, war Julie die Geliebte des Kapitäns?«

»Davon weiß ich nichts«, brummte Monsieur Grandmaison ungeduldig.

»Kamen Sie oft in das Haus?«

»Nie. Joris war einer meiner Angestellten. Und in diesem Fall…«

Sein Lächeln sollte ein Sultanslächeln sein.

»Wenn es Ihnen nichts ausmacht, wollen wir die Sache so schnell wie möglich hinter uns bringen. Ich erwarte Gäste zum Mittagessen.«

»Sie sind verheiratet?«

Maigret, die Hand auf der Klinke des Gartentors, verfolgte mit starrköpfiger Miene eine bestimmte Idee.

Monsieur Grandmaison musterte ihn von oben bis unten, die ganzen einhundertfünfundachtzig Zentimeter, die er maß. Und der Kommissar stellte fest, dass der Bürgermeister zwar nicht direkt schielte, aber doch einen leichten Silberblick hatte.

»Ich möchte Sie darauf hinweisen, dass Sie es bereuen könnten, wenn Sie weiter in diesem Ton mit mir sprechen… Zeigen Sie mir, was Sie mir zu zeigen haben…«

Und damit stieß er nun selbst das Gartentor auf und ging zum Eingang. Der Dorfpolizist, der dort Wache stand, trat eilig zur Seite.

In die Küche führte eine Glastür. Gleich auf den ersten Blick stellte Maigret fest, dass etwas nicht stimmte: Wohl sah er die beiden Frauen, nicht aber Julie. Er ging hinein und fragte:

»Wo ist sie?«

»Sie ist in ihr Zimmer hinauf … Sie hat sich eingeschlossen … Sie wollte nicht wieder runterkommen.«

»Einfach so? Ganz plötzlich?«

Die Frau des Leuchtturmwärters erklärte:

»Es ging ihr besser. Sie weinte zwar noch, aber nur leise, und sie erzählte … Ich bat sie, etwas zu essen, und sie ging an den Wandschrank und öffnete ihn.«

»Und?«

»Ich weiß es nicht … Sie schien entsetzt … Sie rannte zur Treppe, und man hörte, wie sie ihre Zimmertür von innen abschloss.«

In dem Schrank befanden sich Geschirr, ein Korb mit ein paar Äpfeln, eine Schüssel mit eingelegten Heringen und zwei schmutzige Platten mit Fettspuren, die wahrscheinlich von Fleischresten stammten.

»Wann passt es Ihnen endlich? Ich warte immer noch!«, drängte der Bürgermeister, der im Flur geblieben war, voller Ungeduld. »Es ist halb zwölf … Ich denke, das Tun und Treiben dieses Mädchens …«

Maigret schloss den Wandschrank ab, steckte den Schlüssel in seine Tasche und ging mit wuchtigen Schritten zur Treppe.

3

Der Vorratsschrank

Machen Sie auf, Julie!«

Keine Antwort, nur das Geräusch eines sich auf dem Bett wälzenden Körpers.

»Machen Sie auf!«

Nichts. Nun stieß Maigret mit der Schulter gegen die Türfüllung, und die Schrauben, die das Schloss hielten, sprangen heraus.

»Warum haben Sie nicht geöffnet?«

Sie weinte nicht. Sie war nicht erregt. Im Gegenteil, sie saß mit angezogenen Beinen auf dem Bett und starrte vor sich hin. Doch als der Kommissar näher an das Bett herantrat, sprang sie auf und lief zur Tür.

»Lassen Sie mich!«, schrie sie.

»Dann geben Sie mir den Zettel, Julie!«

»Welchen Zettel?«

Sie war aggressiv, glaubte, dadurch besser verbergen zu können, dass sie log.

»Erlaubte der Kapitän, dass Ihr Bruder Sie besuchen kam?«

Keine Antwort.

»Das heißt also, dass er es nicht erlaubte. Ihr Bruder kam trotzdem. Es sieht so aus, als sei er in der Nacht, in der Joris verschwand, hier gewesen.«

Ein eisiger, fast gehässiger Blick.

»Die ›Saint-Michel‹ war im Hafen. Also war es ganz normal, dass er Sie besuchte. Eine Frage: Wenn er kommt, dann isst er gewöhnlich etwas, nicht wahr?«

»Sie Bestie!«, brummte sie zwischen den Zähnen hervor, während er fortfuhr:

»Er ist hier eingedrungen, während Sie in Paris waren. Er hat Sie nicht angetroffen und Ihnen deshalb eine Nachricht hinterlassen. Um sicherzugehen, dass Sie sie finden und nicht jemand anderes, hat er den Zettel in den Vorratsschrank gelegt … Geben Sie ihn mir.«

»Ich habe ihn nicht mehr.«

Maigret sah auf den leeren Kamin, auf das geschlossene Fenster.

»Geben Sie ihn mir!«

Sie war dickköpfig, benahm sich wie ein jähzorniges Kind, nicht wie eine intelligente Frau. Das ging so weit, dass der Kommissar, als er einen ihrer Blicke auffing, fast liebevoll brummte:

»Dummes Ding!«

Der Zettel lag ganz einfach unter dem Kopfkissen, dort, wo Julie eben noch gesessen hatte. Aber anstatt nun aufzugeben, griff das eigensinnige Dienstmädchen von neuem an, versuchte, dem Kommissar, den ihr Zorn amüsierte, das Papier zu entreißen.

»Genug jetzt?«, sagte er drohend und packte sie an den Händen.

Und er las die paar Zeilen, die in unmöglicher Schrift dahingekritzelt und voller Fehler waren.

Wenn du mit deinem Herrn zurückkommst, dann pass gut auf ihn auf, denn es gibt schlechte Leute, die ihm Böses wollen. Ich komme in zwei oder drei Tagen mit dem Schiff zurück. Die Koteletts brauchst du nicht zu suchen, ich habe sie gegessen… dein treuer Bruder.

Maigret senkte den Kopf. Er war so verwirrt, dass er gar nicht mehr auf das Mädchen achtete. Eine Viertelstunde später berichtete ihm der Hafenmeister, dass die ›Saint-Michel‹ in Fécamp sein und in der nächsten Nacht eintreffen müsste, wenn der Wind weiter aus Nordwest wehte.

»Kennen Sie die Position aller Schiffe?«

Und Maigret, immer noch verwirrt, blickte auf das funkelnde Meer hinaus, auf dem man weit draußen eine einzige Rauchfahne aufsteigen sah.

»Die Häfen halten Verbindung untereinander. Sehen Sie, hier ist die Liste der Schiffe, die heute erwartet werden.«

Er zeigte dem Kommissar eine schwarze Tafel, die an der Mauer des Hafenbüros angebracht war und auf der mit Kreide Namen geschrieben waren.

»Haben Sie etwas herausgefunden? Geben Sie nicht zu viel auf das, was man erzählt! Selbst angesehene Leute… Wenn Sie wüssten, wie viele kleine Eifersüchteleien es hier gibt!«

Monsieur Delcourt winkte dem Kapitän eines ausfahrenden Frachters zu und seufzte mit einem Blick zur Kneipe hin:

»Sie werden sehen!«

Um drei Uhr beendigten die Vertreter der Staatsanwaltschaft ihre Tatortbesichtigung, und die etwa zehn Männer verließen Joris' Haus, stießen das kleine grüne Gartentor auf und begaben sich zu den vier wartenden Autos, die von Neugierigen umringt waren.

»Hier muss es ja Unmengen von Enten geben«, sagte der Assessor zu Monsieur Grandmaison, während er seine Augen durch das Gelände schweifen ließ.

»Es ist ein schlechtes Jahr. Aber letztes Jahr …«

Er eilte zu dem ersten gerade startenden Wagen.

»Sie kommen auf einen Augenblick bei mir vorbei, nicht wahr? Meine Frau erwartet uns.«

Maigret kam als Letzter heran, und der Bürgermeister bat ihn in gerade so verbindlichem Ton, dass es höflich klang:

»Steigen Sie ein. Sie müssen natürlich auch dabei sein.«

In dem kleinen Haus des Kapitäns blieben nur Julie und zwei Frauen und der Dorfpolizist, der vor der Tür auf den Leichenwagen wartete, der den Toten nach Caen bringen würde.

Schon in den Autos verhielt man sich wie bei manchen Rückfahrten von einer Beerdigung, die für lebenslustige Menschen oft sehr heiter enden. Während Maigret unbequem auf dem Klappsitz saß, erklärte der Bürgermeister dem Assessor:

»Wenn es nur nach mir ginge, würde ich das ganze Jahr über hier leben. Aber meine Frau mag das Leben auf dem Lande nicht, weshalb wir die meiste Zeit in unserem Haus in Caen sind. Meine Frau ist gerade erst aus Juan-les-Pins zurückgekommen, wo sie mit den Kindern einen Monat verbracht hat …«

»Wie alt ist der Älteste jetzt?«

»Fünfzehn.«

Die Leute von der Schleuse sahen den vorbeifahrenden Autos nach. Und sie waren kaum auf der Straße nach Lion-sur-Mer, da tauchte auch schon die Villa des Bürgermeisters auf, ein stattliches normannisches Gebäude mit weiß umzäunten Rasenflächen, auf denen hier und da Porzellantiere standen.

In der Diele empfing Madame Grandmaison im dunklen Seidenkleid ihre Gäste mit einem sehr reservierten Lächeln, sehr Dame von Welt. Die Tür zum Salon stand offen. Auf dem Rauchtisch waren Zigarren und Liköre bereitgestellt.

Alle kannten sich. Es war ein kleiner Kreis aus Caen, der hier zusammentraf. Ein Mädchen in weißer Schürze kümmerte sich um Mäntel und Hüte.

»Sie sind tatsächlich noch nie in Ouistreham gewesen, Herr Richter, und dabei wohnen Sie schon seit wie vielen Jahren in Caen?«

»Seit zwölf Jahren, gnädige Frau ... Ach! Da ist ja Mademoiselle Gisèle ...«

Ein vierzehnjähriges Mädchen, schon sehr – vor allem in ihrem Auftreten – auf die junge Dame, auf die bessere Bürgerstochter bedacht, ganz die Mama, verneigte sich leicht vor den Gästen. Indessen vergaß man, Maigret der Hausherrin vorzustellen.

»Ich nehme an, dass Sie nach dem, was Sie gesehen haben, einen Likör einer Tasse Tee vorziehen. Ein kleiner Weinbrand, Herr Assessor? Die Gattin ist immer noch in Fontainebleau?«

Alle redeten durcheinander. Hin und wieder fing Maigret Gesprächsfetzen auf.

»Nein! Zehn Enten in einer Nacht, das ist das Maximum… Ich schwöre Ihnen, es ist überhaupt nicht kalt… Die Hütte ist geheizt.«

Und anderswo:

»… leiden Sie sehr unter der Frachtkostenkrise?«

»Das kommt ganz auf die Schifffahrtsgesellschaft an. Wir hier merken nicht viel davon. Kein einziges Schiff ist abgerüstet worden. Aber die kleinen Reedereien, vor allem jene, die nur kleine Küstenschiffe besitzen, bekommen es allmählich zu spüren. Man kann sagen, dass im Prinzip sämtliche Schoner zum Verkauf stehen, weil sie nicht mehr kostendeckend fahren.«

»Nein, Madame«, murmelte anderswo der Assessor, »kein Grund zur Aufregung. Das Rätsel um diesen Tod, wenn es dabei überhaupt eines gibt, wird bald gelöst sein. Nicht wahr, Kommissar?… Aber… Hat man Sie denn vorgestellt? … Das ist Kommissar Maigret, einer der vortrefflichsten Chefs von der Kriminalpolizei.«

Maigret gab sich sehr steif, seine Miene war so abweisend wie nur möglich. Die junge Gisèle, die ihm lächelnd einen Teller mit Gebäck anbot, musterte er mit einem merkwürdigen Blick.

»Danke.«

»Wirklich? Mögen Sie nichts Süßes?«

»Auf Ihr Wohl!«

»Auf das Wohl unserer reizenden Gastgeberin!«

Der Untersuchungsrichter, ein großer Dürrer in den Fünfzigern, der trotz dicker Brillengläser kaum etwas sah, nahm Maigret beiseite.

»Sie haben selbstverständlich freie Hand. Aber rufen Sie

mich jeden Abend an, um mich auf dem Laufenden zu halten. Wie ist Ihre Meinung? Ein schändliches Verbrechen, nicht wahr?«

Und da Monsieur Grandmaison sich gerade näherte, hob er die Stimme.

»Sie haben übrigens Glück, auf einen Bürgermeister wie den von Ouistreham zu treffen, der Ihnen Ihre Aufgabe erleichtern wird ... Nicht wahr, mein lieber Freund? Ich sagte dem Kommissar ...«

»Wenn er will, kann er dieses Haus als das seine betrachten. Ich nehme an, Sie wohnen im Hotel?«

»Ja. Ich danke für Ihre Einladung, aber dort bin ich näher am Hafen.«

»Und Sie glauben, dass Sie ausgerechnet in der Kneipe etwas entdecken werden? Vorsicht, Kommissar! Sie kennen Ouistreham nicht! Denken Sie daran, wie weit Leute, die ihr Leben in einer Kneipe verbringen, in ihrer Phantasie gehen können! Sie würden Vater und Mutter beschuldigen, nur um eine gute Geschichte erzählen zu können!«

»Wollen wir dieses Thema nicht lassen?«, schlug Madame Grandmaison mit einem verbindlichen Lächeln vor. »Ein Stück Kuchen, Kommissar? ... Wirklich? ... Mögen Sie nichts Süßes?«

Zweimal! Das war zu viel! Maigret hätte aus Protest beinahe seine dicke Pfeife herausgeholt.

»Erlauben Sie ... Ich muss mich jetzt um gewisse Dinge kümmern.«

Man versuchte nicht, ihn zurückzuhalten. Im Grunde legte man auf seine Anwesenheit ebenso wenig Wert, wie er Wert darauf legte, hier zu sein. Draußen stopfte er seine

Pfeife, ging langsam in Richtung Hafen. Man kannte ihn nun schon. Man wusste, dass er mit dem Trupp von der Kneipe einen gehoben hatte, und man grüßte ihn mit einer gewissen Vertraulichkeit.

Als der Kai in Sicht kam, fuhr der Wagen mit dem Leichnam gerade in Richtung Caen davon. Hinter einem Fenster im Erdgeschoss sah man das Gesicht von Julie und zwei Frauen, die sie in die Küche zu ziehen versuchten.

Leute standen um ein Fischerboot herum, das soeben zurückgekehrt war und in dem zwei Männer den Fisch sortierten. Die Zollbeamten lehnten am Brückengeländer und ließen die müßigen Stunden der Woche vergehen.

»Ich habe gerade die Bestätigung über die Ankunft der ›Saint-Michel‹ für morgen bekommen!«, sagte der auf Maigret zukommende Hafenmeister. »Sie ist drei Tage in Fécamp geblieben, um den Bugspriet reparieren zu lassen.«

»Sagen Sie mal, transportiert sie gelegentlich Kabeljaurogen?«

»Rogen? Nein. Der norwegische Rogen wird von skandinavischen Schonern oder kleinen Dampfern gebracht. Aber sie laufen Caen nicht an. Sie entladen direkt in den Sardinenhäfen wie Concarneau, Les Sables-d'Olonne, Saint-Jean-de-Luz …«

»Und Fischtran?«

Diesmal riss der Kapitän die Augen auf.

»Wozu?«

»Ich weiß nicht …«

»Nein! Die Küstenschiffe haben fast immer dasselbe geladen: Gemüse, hauptsächlich Zwiebeln für England, Kohle für die bretonischen Häfen, Schotter, Zement,

Schiefer. Übrigens habe ich mich bei den Schleusenarbeitern erkundigt, wann die ›Saint-Michel‹ das letzte Mal durchgefahren ist. Sie ist am 16. September aus Caen kommend bei Flutende eingelaufen. Es war kurz vor Dienstschluss. Joris hat darauf aufmerksam gemacht, dass die Fahrrinne nicht genug Wasser führte, um ins offene Meer zu gelangen, zumal bei Nebel. Der Besitzer hat darauf bestanden, trotzdem durchgeschleust zu werden, um am nächsten Tag in aller Frühe weiterfahren zu können. Sie haben dort im Vorhafen am Pfahlwerk festgemacht und übernachtet. Bei Ebbe saßen sie auf dem Trockenen. Sie konnten erst gegen neun Uhr morgens ausfahren.«

»Und Julies Bruder war an Bord?«

»Zweifellos! Sie sind nur zu dritt: der Kapitän, der gleichzeitig auch Besitzer des Schoners ist, und zwei Männer. Grand-Louis …«

»Ist das der Name des ehemaligen Häftlings?«

»Ja. Man nennt ihn Grand-Louis, weil er größer ist als Sie und imstande, Sie mit einer Hand zu erwürgen.«

»Ein übler Bursche?«

»Wenn Sie den Bürgermeister fragen oder jemanden aus seinem Kreis, wird er Ihnen mit Ja antworten. Ich selbst habe ihn, ehe er ins Gefängnis kam, nicht gekannt. Er ist nicht oft hier. Alles, was ich weiß, ist, dass er in Ouistreham noch nie Dummheiten gemacht hat. Natürlich trinkt er, oder vielmehr … schwer zu sagen … er ist eigentlich immer angesäuselt. Er kommt und geht. Er zieht ein Bein nach, und sein Kopf sitzt etwas schief zwischen den Schultern, was ihn nicht gerade ehrlich aussehen lässt. Trotzdem ist der Kapitän der ›Saint-Michel‹ mit ihm zufrieden.«

»Er ist gestern hier gewesen, als seine Schwester fort war.«

Kapitän Delcourt wandte den Kopf ab, er wagte nicht, es zu bestreiten. Und Maigret begriff in diesem Augenblick, dass man ihm nie alles sagen würde, dass diese Männer des Meeres wie Pech und Schwefel zusammenhielten.

»Nicht nur er …«

»Was wollen Sie sagen?«

»Nichts … Ich habe von einem Fremden gehört, der hier herumstreifen soll. Aber ob das stimmt …«

»Wer hat ihn gesehen?«

»Ich weiß es nicht. Es wird so geredet. Trinken Sie nichts?«

Zum zweiten Mal ließ sich Maigret in der Kneipe nieder, wo sich ihm Hände entgegenstreckten.

»Erstaunlich, wie schnell die Herren von der Staatsanwaltschaft ihre Arbeit erledigt haben!«

»Was trinken Sie?«

»Bier.«

Den ganzen Tag hatte die Sonne geschienen. Aber jetzt zogen Nebelschwaden zwischen den Bäumen dahin, und das Wasser im Kanal begann zu dampfen.

»Wieder eine Nacht in der Milchsuppe!«, seufzte der Hafenmeister.

Und im selben Moment heulte die Sirene auf.

»Dort am Anfang der Fahrrinne kann man die Leuchtboje sehen.«

»Fuhr Kapitän Joris oft nach Norwegen?«, fragte Maigret unvermittelt.

»Als er für die Anglo-Normande fuhr, ja. Vor allem

gleich nach dem Krieg, als bei uns das Holz so knapp war. Eine scheußliche Ladung, weil sie einem keinen Raum fürs Manövrieren lässt.«

»Waren Sie für dieselbe Gesellschaft tätig?«

»Nicht lange. Ich fuhr hauptsächlich für Worms in Bordeaux. Ich machte sozusagen die ›Tram‹, das heißt, ich fuhr immer dieselbe Route: Bordeaux–Nantes und Nantes–Bordeaux. Achtzehn Jahre lang.«

»Woher stammt Julie?«

»Aus einer Fischerfamilie in Port-en-Bessin. Wenn man sie überhaupt als Fischer bezeichnen kann! Der Mann hat es nie zu etwas gebracht. Er ist im Krieg gefallen. Die Mutter wird wohl immer noch Fisch auf den Straßen verkaufen und vor allem in den Bistros ihrem Rotwein huldigen.«

Zum zweiten Mal musste Maigret seltsam lächeln, als er an Julie dachte. Er sah sie wieder vor sich, wie sie in Paris in seinem Büro erschienen war, sehr adrett in ihrem blauen Kostüm, ein bisschen eigenwillig in ihrer Art.

Dann der heutige Vormittag, als sie so ungeschickt wie ein kleines Mädchen darum kämpfte, ihm bloss nicht den Zettel ihres Bruders aushändigen zu müssen.

Joris' Haus verschwamm bereits im Nebel. Im ersten Stock, wo der Leichnam gelegen hatte, war es dunkel, ebenso im Esszimmer. Nur im Korridor brannte Licht und wahrscheinlich auch hinten in der Küche, wo die beiden Nachbarinnen dem Mädchen Gesellschaft leisteten.

Jetzt kamen auch die Schleusenarbeiter in die Kneipe, aber sie setzten sich taktvoll an einen Tisch im Hintergrund, wo sie ihr Dominospiel begannen. Der Leuchtturm wurde eingeschaltet.

»Bringen Sie uns dasselbe noch mal«, sagte der Hafenmeister, auf die Gläser deutend. »Die Runde geht auf mich.«

Maigrets Stimme klang seltsam gedämpft, als er fragte:

»Wenn Joris noch lebte, wo wäre er jetzt? Hier?«

»Nein! Zu Hause! Mit Pantoffeln an den Füßen!«

»Im Esszimmer? In seinem Schlafzimmer?«

»In der Küche! Um die Zeitung und danach ein Gartenbuch zu lesen. Er hatte plötzlich eine Leidenschaft für Blumen! Sie haben ja gesehen, wie trotz der Jahreszeit in seinem Garten immer noch alles blüht!«

Die anderen lachten, aber sie waren auch ein wenig beschämt, weil nicht die Blumen ihre Leidenschaft waren, sondern diese Kneipe, in der sie Abend für Abend hockten.

»Ging er auf die Jagd?«

»Selten. Ab und zu, wenn er eingeladen wurde.«

»Mit dem Bürgermeister?«

»Das ist vorgekommen. Wenn es Enten gab, gingen sie zusammen in die Jagdhütte.«

Die Kneipe war so trüb beleuchtet und so verqualmt, dass man die Dominospieler kaum sehen konnte. Ein großer Ofen verbreitete stickige Wärme. Und draußen war fast totale Finsternis, eine Finsternis, die im Nebel undurchdringlich, wie drohend schien. Maigrets Pfeife knisterte.

Und er lehnte sich in seinem Stuhl zurück, schloss halb die Augen und bemühte sich, den Wirrwarr von Einzelheiten, die als zusammenhanglose Masse in seinem Kopf herumschwirrten, zu ordnen.

»Joris ist sechs Wochen lang verschwunden gewesen und mit einem aufgeschlitzten und genähten Schädel zurückgekehrt«, sagte er, ohne zu merken, dass er laut dachte. »Am Tag seiner Heimkehr erwartete ihn das Gift.«

Und erst am darauffolgenden Tag hatte Julie die Warnung ihres Bruders im Wandschrank gefunden!

Maigret stieß einen tiefen Seufzer aus und murmelte, als käme er zu einem Schluss:

»Kurz und gut, man hat versucht, ihn zu töten. Dann hat man ihn geheilt. Dann hat man ihn endgültig umgebracht. Es sei denn …«

Denn diese drei Annahmen passten nicht zusammen. Und plötzlich kam ihm ein seltsamer Gedanke, so seltsam, dass er erschreckend war.

»Es sei denn, man habe ihn das erste Mal gar nicht töten wollen, habe ihn lediglich um den Verstand bringen wollen!«

Hatten die Ärzte in Paris nicht versichert, dass nur ein großer Chirurg diese Operation durchgeführt haben konnte?

Aber schlägt man einem Menschen den Schädel ein, wenn man ihn um seinen Verstand bringen will?

Und dann! Was bewies, dass Joris tatsächlich den Verstand verloren hatte?

Maigret wurde unter respektvollem Schweigen beobachtet. Der Zöllner forderte die Kellnerin mit einer Geste auf, dasselbe noch mal zu bringen.

Und da saßen sie nun, im Warmen, jeder in sich versunken, vagen Träumereien nachhängend, die der Alkohol verzerrte.

Man hörte drei Autos vorbeifahren: Die Vertreter der Staatsanwaltschaft kehrten nach dem Empfang bei Monsieur und Madame Grandmaison nach Caen zurück. Zu dieser Stunde lag die Leiche von Kapitän Joris bereits in einem Kühlfach im Gerichtsmedizinischen Institut.

Es wurde nichts mehr gesprochen. Die Schleusenarbeiter schoben die Dominosteine auf der abgewetzten Tischplatte hin und her. Man spürte, dass das Problem nach und nach alle bedrückte, dass es da war, fast greifbar in der Luft hing. Die Gesichter verfinsterten sich. Der jüngste Zöllner stand mit nachdenklicher Miene auf und stammelte:

»Zeit, dass ich heimgehe zu meiner Frau.«

Maigret reichte seinen Tabaksbeutel an seinen Nachbarn, der sich eine Pfeife stopfte und den Tabak an den Nächsten weitergab. Plötzlich sagte Delcourt laut:

»Wie viel schulde ich Ihnen, Marthe?«

Er war ebenfalls aufgestanden, um dieser bedrückten Stimmung, die aufgekommen war, zu entfliehen.

»Beide Runden? Neun fünfundsiebzig. Plus drei Franc zehn von gestern.«

Alle hatten sich erhoben. Durch die offene Tür drang feuchte Luft herein. Man schüttelte sich die Hände.

Draußen verschwand jeder in seine Richtung im Nebel. Man hörte den Widerhall der Schritte, und über allem dröhnte das Heulen der Sirene.

Maigret blieb noch einen Augenblick stehen und lauschte all diesen Schritten, die sich ringsum entfernten. Schwere Schritte, zögernd erst, dann plötzlich hastig.

Da wurde ihm bewusst, ohne dass man hätte sagen können, wie es gekommen war: Die Angst war geboren.

Alle, die da auf dem Heimweg waren, hatten Angst, Angst vor etwas, vor allem, vor einer unbestimmten Gefahr, vor einer plötzlichen Katastrophe, Angst vor der Dunkelheit und vor den Lichtern.

»Wenn noch etwas passierte?«

Maigret klopfte die Asche aus seiner Pfeife und knöpfte seinen Regenmantel zu.

4

Die ›Saint-Michel‹

Schmeckt es Ihnen?«, fragte der Wirt bei jedem Gang besorgt.

»Ja, ja!«, antwortete Maigret, der eigentlich nicht so recht wusste, was er da aß.

Er saß allein im Speisesaal des Hotels, der für vierzig oder fünfzig Gedecke vorgesehen war. Ein Hotel für die Badegäste, die im Sommer nach Ouistreham kommen. Die Ausstattung wie in allen Strandhotels. Kleine Vasen auf den Tischen.

Es hatte keinerlei Beziehung zu dem Ouistreham, das den Kommissar interessierte und das er allmählich zu verstehen begann.

Das war auch der Grund für seine Zufriedenheit. Wovor ihm bei einer Untersuchung immer am meisten graute, waren die ersten Kontakte, bei denen man noch so unbeholfen und voll falscher Vorstellungen war.

Das Wort Ouistreham zum Beispiel! In Paris hatte es ein Bild ohne Beziehung zur Wirklichkeit hervorgerufen; ein Hafen in der Art von Saint-Malo. Dann, am ersten Abend, sah Maigret einen düsteren Ort, der von unnahbaren und schweigsamen Menschen bewohnt war.

Doch jetzt hatte er Bekanntschaft geschlossen. Er fühlte sich daheim. Ouistreham war eben irgendein Dorf am

Ende einer Straße, an der junge Bäume standen. Das Einzige, was zählte, war der Hafen: eine Schleuse, ein Leuchtturm, Joris' Haus, die Kneipe.

Und der Rhythmus dieses Hafens: zweimal täglich die Flut, die Fischer, die mit ihren Körben vorbeikamen, die Handvoll Männer, die sich um nichts anderes als die ein- und ausfahrenden Schiffe kümmerten.

Andere Worte hatten einen konkreteren Sinn: Kapitän, Frachter, Küstenschiff… All das sah er zirkulieren, und er verstand die Spielregeln.

Das Geheimnis war nicht gelüftet. Alles, was am Anfang unerklärlich war, blieb unerklärlich. Aber die Figuren standen wenigstens an ihrem Platz, jede in ihrer Umgebung, jede mit ihrem alltäglichen Tamtam.

»Werden Sie längere Zeit hierbleiben?«, fragte der Wirt, der ihm persönlich den Kaffee servierte.

»Ich weiß es nicht.«

»Wenn das während der Saison passiert wäre, hätte es mir außerordentlich geschadet.«

Maigret unterschied jetzt zwischen genau vier Ouistreham: Ouistreham-Hafen, Ouistreham-Dorf, Ouistreham für feine Leute, mit seinen wenigen Villen wie der des Bürgermeisters an der Hauptstraße, und schließlich Ouistreham-Seebad, das augenblicklich nicht existierte.

»Sie gehen aus?«

»Ich will noch einen Spaziergang machen, bevor ich schlafen gehe.«

Es war Flut. Draußen war es viel kälter als an den Tagen zuvor, weil sich der Nebel, ohne sich aufzulösen, in eisige Wassertropfen verwandelt hatte.

Alles war schwarz. Überall war geschlossen. Nur das verschwommene Licht des Leuchtturms war zu sehen. Oben auf der Schleuse hörte man Stimmen.

Ein kurzes Hupen. Ein grünes und ein rotes Licht näherten sich, eine Masse glitt dicht an der Mauer entlang.

Maigret wusste inzwischen über das Manöver Bescheid. Es war ein Dampfer, der vom Meer her kam. Ein Schatten würde hinspringen, die Leinen auffangen und sie um den ersten Poller schlingen. Dann würde der Kapitän von seiner Brücke herab den Befehl zum Rückwärtslaufen geben, um das Schiff zum Stillstand zu bringen.

Delcourt kam zu ihm heran, sah beunruhigt zu den Molen hinüber.

»Was gibt's?«

»Ich weiß nicht…«

Er runzelte die Brauen, als wäre es durch reine Willenskraft möglich, in der absoluten Dunkelheit etwas zu erkennen. Schon wollten zwei der Männer das Schleusentor wieder schließen, als Delcourt ihnen zurief:

»Wartet einen Augenblick!«

Und plötzlich erstaunt:

»Das ist sie.«

Im gleichen Moment schrie eine Stimme aus weniger als fünfzig Metern Entfernung:

»He! Louis! Bring die Klüver ein und pass auf, dass ihr backbord einfahrt!«

Das war weiter unten, in dem dunklen Loch auf der Seite der Molen. Ein winziges Licht kam näher. Eine undeutliche Gestalt, die sich bewegte, ein Segel, das knarrend an der Stag heruntergiltt.

Dann ein gehisstes Großsegel, das in Reichweite vorbeischwebte.

»Ich frage mich, wie sie das geschafft haben«, brummte der Hafenmeister.

Und zu dem Segelschiff gewandt, brüllte er:

»Weiter! Drückt euch vorn mit der Nase an Backbord des Dampfers, sonst können wir die Tore nicht schließen!«

Ein Mann war mit einem Tau an Land gesprungen und blickte jetzt, die Fäuste in die Hüften gestemmt, um sich.

»Die ›Saint-Michel‹?«, fragte Maigret.

»Ja. Die sind wie ein Dampfer gefahren!«

Unten auf Deck brannte nur eine kleine Lampe, die allen möglichen Kram schwach beleuchtete, eine Tonne, einen Haufen Seile, die Gestalt eines Mannes, der vom Steuerrad zum Bug des Schoners lief.

Die Männer von der Schleuse kamen nacheinander herbei und musterten das Schiff mit seltsamer Neugier.

»Zu den Toren, Kinder! Auf geht's! An die Kurbeln, dort hinten!«

Die Tore schlossen sich, das Wasser strömte durch die Schütze, und die Schiffe begannen zu steigen. Das kleine Licht kam näher. Das Deck war jetzt fast auf gleicher Höhe mit dem Kai, und der Mann, der sich dort befand, winkte dem Hafenmeister zu.

»Wie geht's?«

»Es geht«, antwortete Delcourt verlegen. »Ihr seid schnell gewesen.«

»Der Wind war günstig, und Louis hatte alle Segel gesetzt, so dass wir sogar einen Frachter überholt haben.«

»Fährst du nach Caen?«

»Zum Entladen, ja. Gibt's was Neues hier?«

Maigret stand zwei Schritte entfernt, Grand-Louis nur wenig weiter weg, aber sie konnten sich kaum sehen. Man hörte nur, wie der Hafenmeister mit dem Kapitän der ›Saint-Michel‹ sprach.

Delcourt wandte sich zu Maigret um, wusste nicht recht, was er sagen sollte.

»Stimmt es, dass Joris zurückgekommen ist? In der Zeitung soll stehen …«

»Er ist zurückgekommen und wieder gegangen.«

»Was willst du damit sagen?«

Grand-Louis war einen Schritt näher getreten. Mit seinen schiefen Schultern stand er da, die Hände in den Taschen vergraben. Und wenn man ihn im Dunkeln so sah, mit verschwommenen Konturen, wirkte er eher wie ein schwächlicher, schlaksiger Kerl.

»Er ist tot.«

Da trat Louis dicht an Delcourt heran.

»Ist das wahr?«, murmelte er.

Zum ersten Mal hörte Maigret seine Stimme, und auch sie hörte sich weichlich an. Sie war heiser und ein wenig schleppend. Das Gesicht konnte man immer noch nicht erkennen.

»Er ist in der Nacht nach seiner Rückkehr vergiftet worden.«

Und Delcourt beeilte sich, vorsichtig und mit eindeutiger Absicht hinzuzufügen:

»Dies ist ein Kommissar aus Paris, der den Auftrag hat …«

Er war erleichtert. Er hatte schon seit einiger Zeit überlegt, wie er diese Erklärung anbringen konnte. Fürchtete er eine Unvorsichtigkeit von Seiten der Leute der ›Saint-Michel‹?

»Ach! Monsieur ist von der Polizei!«

Immer noch stieg das Schiff. Der Kapitän schwang seine Beine über die Reling, sprang auf den Kai, war unschlüssig, ob er Maigret die Hand geben sollte.

»So was!«, rief er aus, in Gedanken immer noch bei Joris.

Und man spürte auch bei ihm eine Unruhe, sogar deutlicher als eben noch bei Delcourt. Louis' hohe, verwachsene Gestalt wiegte hin und her. Er schimpfte etwas vor sich hin, das der Kommissar nicht verstand.

»Was sagt er?«

»Er spricht Dialekt: Die größte aller Schweinereien!«

»Was ist eine Schweinerei?«, fragte Maigret den ehemaligen Zuchthäusler.

Aber dieser sah ihn nur an. Sie standen jetzt dicht beieinander. Man ahnte die Gesichtszüge. Louis' Gesicht war aufgedunsen, eine Backe schien dicker als die andere zu sein, aber vielleicht stammte dieser Eindruck auch daher, dass er ständig den Kopf schief hielt. Seine Haut war gegerbt, und seine Augen standen weit hervor.

»Sie waren gestern schon hier!«, sagte der Kommissar.

Das Schleusenwasser war nun eingelaufen. Die oberen Tore öffneten sich. Der Dampfer glitt in das Kanalwasser. Delcourt musste schnell laufen, um sich nach der Tonnage und dem Heimathafen zu erkundigen. Von der Brücke herab hörte man es rufen:

»Neunhundert Tonnen! … Rouen!«

Die ›Saint-Michel‹ jedoch verließ die Schleusenkammer

nicht, und die Männer, die in der Schleuse darauf warteten, sie hinauszumanövrieren, spürten, dass etwas Ungewöhnliches los war, harrten mit gespitzten Ohren an ihren finsteren Posten aus.

Delcourt kam zurück, schrieb die Angaben, die er erhalten hatte, in sein Notizbuch.

»Nun?«, fragte Maigret ungeduldig.

»Nun was?«, brummte Louis. »Sie sagen, ich war hier! Also war ich hier!«

Es war nicht leicht, ihn zu verstehen, denn er hatte eine eigentümliche Art, die Worte zu verschlucken, mit geschlossenem Mund zu reden, als würde er gleichzeitig auf etwas herumkauen. Zudem sprach er mit einem sehr ausgeprägten Akzent.

»Was wollten Sie hier?«

»Meine Schwester besuchen.«

»Und weil sie nicht da war, haben Sie ihr eine Nachricht hinterlassen.«

Maigret musterte heimlich den Besitzer des Schoners, der dieselbe Kleidung wie sein Matrose trug. Er hatte nichts Charakteristisches an sich, sah eher nach einem guten Vorarbeiter als nach dem Kapitän eines Küstenschiffes aus.

»Wir mussten wegen einer Reparatur drei Tage in Fécamp bleiben. Da hat Louis die Gelegenheit genutzt, Julie zu besuchen«, mischte er sich in das Gespräch.

Man ahnte die gespitzten Ohren rund um das Schleusenbecken. Alle waren wohl darauf bedacht, kein Geräusch zu machen. Aus der Ferne klang immer noch der Heulton des Nebelhorns. Der Nebel schlug nieder und ließ die Pflastersteine schwarz glänzen.

Auf der Brücke des Schoners öffnete sich eine Luke. Ein Kopf tauchte auf, ein wirrer Schopf, ein struppiger Bart.

»Also, was ist? Bleiben wir hier?«

»Halt's Maul, Célestin!«, fuhr ihn der Kapitän an.

Delcourt trat von einem Bein auf das andere, vielleicht um sich aufzuwärmen oder auch nur, um seine Unsicherheit zu überspielen, denn er wusste nicht, ob er bleiben oder gehen sollte.

»Wie sind Sie auf den Gedanken gekommen, Louis, dass Joris in Gefahr schwebte?«

Louis zuckte die Schultern:

»Na schön! Wo ihm immerhin schon jemand den Schädel eingeschlagen hatte, war es nicht schwer zu erraten.«

Man brauchte fast einen Dolmetscher, um die in diesem Gebrumm halb verschluckten Silben zu unterscheiden.

Eine tiefe Beklemmung, etwas wie dumpfe Angst, lag in der Luft. Louis sah zu Joris' Haus hinüber, aber man sah nichts, nicht einmal einen dunkleren Fleck in der Nacht.

»Isse dort, die Julie?«

»Ja. Wollen Sie zu ihr?«

Er schüttelte, wie ein Bär, verneinend den Kopf.

»Warum nicht?«

»Sie heult bestimmt.«

Er sagte es kaum verständlich, aber man hörte deutlich seine Abneigung gegen Tränen heraus.

Immer noch standen sie da im Nebel, der dichter wurde, die Schultern durchnässte. Delcourt meinte etwas sagen zu müssen.

»Wir könnten was trinken gehen…«

Doch einer seiner Männer, der etwas entfernt im Dunkeln stand, teilte ihm mit:

»Die Kneipe ist gerade geschlossen worden.«

Da schlug der Kapitän der ›Saint-Michel‹ vor: »Wenn Sie auf einen Schluck in die Kajüte kommen wollen?«

Sie waren zu viert: Maigret, Delcourt, Grand-Louis und der Schiffsbesitzer, der Lannec hieß. Es war keine große Kabine. Ein kleiner Ofen heizte den Raum so stark auf, dass alles beschlagen war, und das Licht der Petroleumlampe an der Kardanaufhängung schien fast rot.

Die Wände waren aus Kiefernholz. Der Tisch, aus Eiche, war voller Kerben und so abgenutzt, dass auf der Tischplatte keine glatte Fläche mehr zu finden war. Teller standen noch herum, schmutzige grobe Gläser und eine halbvolle Flasche Rotwein.

Links und rechts in der Wand war eine rechteckige Aussparung, was wie ein Schrank ohne Tür aussah: Die Koje des Kapitäns und die von Louis. Ungemachte Betten, auf denen Stiefel und schmutzige Kleider herumlagen. Ein Geruch von Teer, Alkohol, Küche und Schlafzimmer, über allem aber die undefinierbaren Gerüche eines Schiffes.

Jetzt im Licht sahen die Männer weniger mysteriös aus. Lannec trug ein braunes Schnurrbärtchen, und er hatte einen intelligenten und lebhaften Blick. Er hatte eine Flasche Schnaps aus einem Schrank genommen und spülte jetzt die Gläser, indem er sie mit Wasser füllte und auf den Boden ausschüttete.

»Sie sind offenbar in der Nacht des 16. September hier gewesen?«

Grand-Louis saß mit krummem Buckel und aufgestützten Ellbogen am Tisch. Lannec antwortete, während er die Gläser füllte:

»Wir waren hier, ja.«

»Es ist recht selten, nicht wahr, dass Sie die Nacht im Vorhafen verbringen, wo Sie doch wegen der Flut ständig auf die Leinen achten müssen?«

»Es kommt vor!«, erwiderte Lannec, ohne mit der Wimper zu zucken.

»Oft kann man dadurch ein paar Stunden gewinnen«, mischte sich Delcourt ein, der anscheinend die Rolle des Vermittlers spielen wollte.

»Kapitän Joris ist nicht zu Ihnen an Bord gekommen?«

»Als wir in der Schleuse waren, ja. Später nicht.«

»Und Sie haben nichts gesehen, nichts Ungewöhnliches gehört?«

»Auf Ihr Wohl! … Nein, nichts.«

»Sie, Louis, haben Sie schon geschlafen?«

»Vermutlich ja.«

»Was sagen Sie?«

»Ich sage, vermutlich ja … lange her.«

»Sie haben nicht Ihre Schwester besucht?«

»Vielleicht habe ich das … nicht lange.«

»Hatte Ihnen Joris nicht verboten, sein Haus zu betreten?«

»Gerede!«, brummte der andere.

»Was wollen Sie damit sagen?«

»Nichts! Alles Gerede! Brauchen Sie mich noch?«

Es bestand kein ernsthafter Verdacht gegen ihn. Außerdem hatte Maigret nicht die geringste Lust, ihn zu verhaften.

»Heute nicht.«

Louis sagte auf Bretonisch etwas zu seinem Chef, stand auf, leerte sein Glas und tippte an seine Mütze.

»Was hat er Ihnen gesagt?«, fragte der Kommissar.

»Dass ich ihn nicht brauche für die Fahrt nach Caen und zurück. Ich treffe ihn also wieder, wenn ich nach dem Löschen zurückkomme.«

»Wohin geht er?«

»Das hat er nicht gesagt.«

Delcourt schob dienstbeflissen den Kopf durch die Luke, lauschte, kam nach wenigen Augenblicken wieder herein.

»Er ist an Bord des Schwimmbaggers.«

»Wo an Bord?«

»Haben Sie die beiden Baggerschiffe im Kanal nicht gesehen? Zur Zeit sind sie stillgelegt. Dort gibt es Schlafkojen. Seeleute schlafen lieber auf einem alten Schiff als im Hotel.«

»Noch ein Glas?«, bot Lannec an.

Maigret blickte zwinkernd um sich und machte es sich dann gemütlich.

»Welches war der erste Hafen, den Sie nach Ouistreham am 16. des letzten Monats angelaufen haben?«

»Southampton. Ich hatte dort Steine abzuladen.«

»Danach?«

»Boulogne.«

»Sie sind seither nicht nach Norwegen gefahren?«

»Ich bin nur einmal dorthin gefahren, vor sechs Jahren.«

»Kannten Sie Joris sehr gut?«

»Nun, wissen Sie, hier kennt sich jeder. Von La Rochelle bis Rotterdam … auf Ihr Wohl! Das ist übrigens Schiedam, den ich aus Holland mitgebracht habe. Rauchen Sie Zigarren?«

Er holte ein Kistchen aus einer Schublade.

»Die kosten dort zehn Cent ... einen Franc!«

Sie waren dick, exakt gewickelt und trugen goldene Bauchbinden.

»Seltsam«, murmelte Maigret. »Man hatte mir ausdrücklich versichert, dass Joris Sie an Bord aufgesucht hat, als Sie im Vorhafen lagen, und dass jemand in seiner Begleitung war.«

Aber Lannec war ganz damit beschäftigt, die Spitze einer Zigarre abzuschneiden, und als er den Kopf wieder hob, war in seinem Gesicht keinerlei Gemütsbewegung zu erkennen.

»Es gäbe keinen Grund, dies zu verheimlichen.«

Jemand sprang draußen auf das Deck. Ein Kopf tauchte über der Treppe auf.

»Der Dampfer aus Le Havre fährt ein!«

Delcourt sprang schnell auf, sagte zu Maigret:

»Die Schleuse muss freigemacht werden. Die ›Saint-Michel‹ muss jetzt raus!«

Und Lannec:

»Ich denke, ich darf meine Fahrt fortsetzen?«

»Bis Caen?«

»Ja! Der Kanal führt nirgendwo anders hin. Mit dem Entladen werden wir wahrscheinlich morgen Abend fertig sein.«

Sie wirkten alle so ehrlich! Offenheit lag in ihren Gesichtern! Und dennoch klang das alles falsch, aber so unmerklich, dass man nicht hätte sagen können, was falsch klang oder was falsch war.

Brave Leute! Wenigstens sahen sie so aus, Lannec ebenso wie Delcourt, wie Joris, wie alle in der Seemannskneipe. Und machte Grand-Louis nicht auch den Eindruck eines liebenswerten Bösewichts?

»Ich binde dich los, Lannec. Bleib sitzen!«

Und der Hafenmeister ging hinaus, um die Trosse vom Poller zu lösen. Der Alte, dessen Kopf über der Treppe aufgetaucht war und der ganz durchfroren war, brummte missgelaunt:

»Grand-Louis hat sich wieder einmal davongemacht!«

Er hisste Fock und Außenklüver, stieß den Schoner mit einem Bootshaken ab. Maigret sprang in letzter Sekunde an Land. Der Nebel hatte sich endgültig in Regen verwandelt, und man konnte jetzt alle Lichter im Hafen sehen, auch alle Gestalten und den Dampfer aus Le Havre, der ungeduldig das Signalhorn blies.

Kurbeln quietschten. Wasser strömte durch die geöffneten Schütze. Das Großsegel des Schoners verdeckte die Sicht auf den Kanal.

Von der Brücke aus sah Maigret die beiden Schiffsbagger, zwei grässliche Kähne mit komplizierten Gestängen und finsteren Aufbauten, die von Rost überzogen waren.

Vorsichtig ging er darauf zu, denn Schutt und Abfälle lagen hier nur so herum. Alte Kabel, Anker und Schrott. Er überquerte eine Planke, die als Steg diente, entdeckte einen fahlen Lichtschein zwischen den Ritzen.

»Grand-Louis!«, rief er.

Sofort erlosch das Licht. Der Verschlag an der Luke fehlte. Grand-Louis kam halb empor und brummte:

»Was wollen Sie?«

Im gleichen Augenblick jedoch bewegte sich etwas anderes, unterhalb von ihm, im Bauch des Schiffsbaggers. Eine Gestalt schlich sich mit äußerster Behutsamkeit davon. Man hörte das Blech vibrieren, ein Rumpeln.

»Wer ist bei dir?«

»Bei mir?«

Maigret schaute sich suchend um und wäre dabei fast in den Laderaum des Baggers gefallen, wo der Schlick einen Meter hoch stand.

Da war noch jemand, das war sicher. Aber er war schon weit weg. Die knarrenden Geräusche kamen jetzt von einem anderen Teil des Baggers. Maigret wusste nicht, wohin er seine Füße setzen sollte. Er wusste nichts über die Räumlichkeiten dieses apokalyptischen Schiffes, stieß mit dem Kopf an einen der Fördereimer.

»Du sagst nichts?«

Undeutliches Gemurmel, das wohl bedeuten sollte: »Ich weiß nicht, wovon Sie sprechen.«

Zehn Männer wären nötig gewesen, um die beiden Bagger bei Nacht zu durchsuchen. Außerdem Männer, die sich hier auskannten! Maigret trat den Rückzug an. Durch den Regen trugen die Stimmen erstaunlich weit, denn er hörte, wie jemand im Hafen sagte:

»... gerade quer über den Kanal ...«

Er trat näher. Es war der Erste Offizier des Dampfers aus Le Havre, der Delcourt etwas zeigte. Dieser war ganz durcheinander, als er Maigret bemerkte.

»Kaum zu glauben, dass sie es verloren haben, ohne es zu merken«, fuhr der Mann von dem Dampfer fort.

»Was?«, erkundigte sich der Kommissar.

»Das Beiboot.« Er näselte stark.

»Welches Beiboot?«

»Das wir gerade zwischen den Molen gerammt haben. Es gehört zu dem Segelschiff, das vor uns fuhr. Der Name stand am Heck: ›Saint-Michel‹.«

»Es wird sich losgerissen haben«, meinte Delcourt schulterzuckend. »Das kommt vor.«

»Es hat sich nicht losgerissen, und zwar aus dem einfachen Grund, weil sich das Boot bei diesem Wetter nicht im Schlepptau befinden darf, sondern an Deck zu sein hat.«

Und die Männer, die in der Schleuse an ihren Posten standen, versuchten nach wie vor mitzuhören.

»Wir werden das morgen sehen. Lassen Sie das Boot hier.«

Delcourt wandte sich an Maigret und murmelte mit einem schiefen Lächeln:

»Sie sehen, was für ein lustiger Beruf das ist. Es gibt immer Geschichten!«

Der Kommissar jedoch lächelte nicht. Er war tiefernst, als er sagte:

»Hören Sie! Sollten Sie mich morgen früh um sieben, sagen wir um acht Uhr nicht sehen, dann rufen Sie bitte die Staatsanwaltschaft in Caen an.«

»Was ist …?«

»Gute Nacht! Und dass mir ja das Boot hierbleibt!«

Er wollte die anderen auch einmal im Ungewissen lassen, und so ging er, den Kragen hochgeschlagen, die Hände in den Taschen, entlang der Mole davon. Unter seinen Füßen, vor ihm, rechts und links von ihm brauste das Meer. Stark jodhaltige Luft blies ihm in die Lungen.

Fast am Ende der Mole angekommen, bückte er sich, um etwas aufzuheben.

5

Unsere Liebe Frau in den Dünen

Als der Tag anbrach, betrat Maigret mit schwerfälligen Schritten in einem vor Nässe triefenden Mantel, die Kehle ausgetrocknet, weil er eine Pfeife nach der anderen geraucht hatte, das Hôtel de l'Univers. Es war wie ausgestorben. Aber in der Küche fand er den Wirt, der gerade Feuer machte.

»Sind Sie die ganze Nacht draußen gewesen?«

»Ja. Würden Sie mir so bald wie möglich einen Kaffee auf mein Zimmer bringen? Kann man hier eigentlich irgendwo ein Bad nehmen?«

»Dazu muss ich erst den Kessel heizen.«

»Lohnt sich nicht.«

Ein grauer, immer noch oder wieder nebliger Morgen, aber der Nebel war heller, leuchtender. Maigret brannten die Augen, sein Kopf war leer. Er stellte sich an das offene Fenster in seinem Zimmer und wartete auf seinen Kaffee.

Eine seltsame Nacht. Er hatte nichts Sensationelles getan. Man konnte auch kaum von Entdeckungen sprechen. Dennoch war er vorangekommen, was diese Tragödie betraf. Eine Vielzahl von Fakten war zu denen, die er bereits besessen hatte, hinzugekommen.

Die Ankunft der ›Saint-Michel‹. Lannecs Verhalten. Konnte man von einem verdächtigen Verhalten sprechen?

Wohl kaum! Und trotzdem war er nicht ganz ehrlich. Aber auch bei Delcourt haperte es manchmal mit der Ehrlichkeit. Und überhaupt bei allen im Hafen, wer es auch sein mochte.

Grand-Louis' Verhalten zum Beispiel war glattweg verdächtig. Er blieb nicht bis Caen auf dem Schoner. Er schlief an Bord eines verlassenen Schiffsbaggers. Maigret war sicher, dass er nicht allein dort war.

Und kurze Zeit später hatte der Kommissar erfahren, dass die ›Saint-Michel‹ vor der Einfahrt in den Hafen ihr Beiboot verloren hatte. Am Ende der Mole hatte er einen Gegenstand aufgehoben, den man dort am allerwenigsten erwarten würde: einen goldenen Füllfederhalter.

Die Mole war aus Holzpfählen gebaut. Ganz am Ende, neben der grünen Lampe, befand sich eine Eisenleiter, über die man ins Wasser steigen konnte. Und dort in der Nähe hatte man das Beiboot gefunden.

Mit anderen Worten: Die ›Saint-Michel‹ hatte bei ihrer Ankunft einen Passagier an Bord gehabt, der in Ouistreham nicht gesehen werden wollte. Der Passagier hatte mit dem Beiboot angelegt, war ausgestiegen und hatte es dann treiben lassen. Oben auf der Eisenleiter, als er sich hatte bücken müssen, um sich auf die Mole zu schwingen, war ihm der Federhalter aus der Tasche gefallen.

Und der Mann hatte sich zu dem Schiffsbagger begeben, wohin Louis ihm später nachkam.

Es war eine fast mathematische Rekonstruktion. Es bestand nur diese eine Möglichkeit, die Ereignisse zu interpretieren.

Resultat: Ein Unbekannter versteckte sich in Ouistreham. Er war nicht ohne Grund gekommen. Er hatte also etwas zu erledigen. Und er stammte aus einem Milieu, in dem man goldene Füllfederhalter benutzte.

Kein Seemann! Kein Landstreicher! Der Luxusfüller ließ auf ebenfalls teure Kleidung schließen. Er war gewiss ein »Herr«, wie man auf dem Lande sagt.

Und ein »Herr« blieb in Ouistreham im Winter nicht unbemerkt. Tagsüber würde er den Bagger nicht verlassen können. Aber würde er nicht des Nachts dem Vorhaben nachgehen, um dessentwillen er gekommen war?

Missmutig hatte Maigret sich damit abgefunden, Wache zu halten, was eigentlich Sache eines jungen Inspektors gewesen wäre. Er hatte stundenlang im Nieselregen gestanden und den überdimensionalen Schatten des Schiffsbaggers nicht aus den Augen gelassen.

Nichts war passiert. Niemand war von Bord gegangen. Es hatte zu dämmern begonnen. Und jetzt ärgerte sich Maigret, weil er kein heißes Bad nehmen konnte. Er schaute auf sein Bett und überlegte, ob er ein paar Stunden schlafen sollte.

Der Wirt kam mit dem Kaffee.

»Legen Sie sich nicht hin?«

»Ach, ich weiß nicht. Würden Sie mir ein Telegramm zur Post bringen?«

Eine Anordnung für Inspektor Lucas, mit dem er gewöhnlich zusammenarbeitete, ihm nachzukommen, denn Maigret hatte keine Lust, in der folgenden Nacht wieder Wache zu schieben.

Durch das offene Fenster sah man über den Hafen, das Haus von Kapitän Joris, die Sandbänke in der Bucht, die die Ebbe entblößte.

Während Maigret sein Telegramm aufsetzte, schaute der Wirt hinaus. Und ohne seinen Worten eine besondere Bedeutung beizumessen, sagte er:

»Sieh an! Das Dienstmädchen des Kapitäns geht spazieren.«

Der Kommissar hob den Kopf, sah Julie, die das Gartentor schloss und dann sehr eilig in Richtung Strand ging.

»Was gibt es dort?«

»Was meinen Sie?«

»Wohin kann sie gehen? Sind dort Häuser?«

»Gar nichts! Nur Strand, wo aber niemand hingeht, weil dort große Brecher hereindonnern und es viele Schlammlöcher gibt.«

»Es gibt keinen Weg, keine Straße?«

»Nein! Man kommt an die Mündung der Orne, und den ganzen Fluss entlang ist nur Morast. Ach ja! Im Sumpf dort sind ein paar Jagdhütten für die Entenjagd.«

Und schon machte sich Maigret mit gerunzelter Stirn auf den Weg. Mit großen Schritten überquerte er die Brücke, und als er den Strand erreichte, hatte Julie einen Vorsprung von nur zweihundert Metern.

Der Strand war leer. Die einzigen lebendigen Wesen in diesem Dunst waren die Möwen, die kreischend umherflogen. Rechts waren Dünen, hinter denen Maigret sich verborgen hielt, um nicht gesehen zu werden.

Es war kühl. Das Meer war ruhig. Weißschäumende Wellen schlugen wie im Atemrhythmus ans Ufer, wobei ein mahlendes Geräusch von Muschelschalen entstand.

Julie machte keinen Spaziergang. Sie lief schnell und presste ihren kurzen schwarzen Mantel fest an sich. Sie hatte seit Joris' Tod noch keine Zeit gehabt, sich Trauerkleidung zu besorgen. Also trug sie das, was sie an schwarzer oder dunkler Garderobe besaß, wie diesen altmodischen Mantel, diese Wollstrümpfe, diesen Hut mit heruntergeschlagener Krempe.

Ihre Füße sanken im Sand ein, wodurch ihr Gang stampfend wirkte. Zweimal drehte sie sich um, aber sie konnte Maigret, den die Hügel der Dünen vor ihr verbargen, nicht sehen.

Ungefähr einen Kilometer von Ouistreham entfernt, bog sie so plötzlich nach rechts ab, dass der Kommissar beinahe entdeckt worden wäre.

Aber sie ging nicht zu einer der Jagdhütten, wie Maigret einen Augenblick lang vermutet hatte. Die rauhe Gras- und Sandlandschaft war menschenleer.

Dem Meer zugewandt, fünf Meter vor der Stelle, wo sich die Wellen bei starker Brandung brachen, stand eine Kapelle, die sicher schon vor einigen Jahrhunderten errichtet worden war. Sie besaß ein Tonnengewölbe, und eine fehlende Mauer ließ die Dicke der anderen erkennen: fast einen Meter schweren Gesteins.

Julie trat ein, begab sich in den Hintergrund der Kapelle, und kurz darauf hörte Maigret, wie kleine Gegenstände bewegt wurden, Muscheln, vermutete er.

Leise ging er ein paar Schritte vor. In der Rückwand konnte er eine kleine Nische ausmachen, die mit einem Gitter verschlossen war. Am Fuß der Nische war eine Art Altar, winzig klein, und darübergebeugt Julie, die etwas suchte.

Plötzlich wandte sie sich um, entdeckte den Kommissar, dem keine Zeit mehr blieb, sich zu verstecken.

»Was tun Sie hier?«, schoss es aus ihrem Mund.

»Und Sie?«

»Ich … ich bin gekommen, um zu Unserer Lieben Frau in den Dünen zu beten.«

Sie hatte Angst. Alles an ihr bewies, dass sie etwas zu verbergen hatte. Sie hatte in der Nacht sicher nicht viel geschlafen, denn ihre Augen waren gerötet. Und in ihre Stirn fielen zwei Strähnen ihres flüchtig gekämmten Haares.

»Ach! Die Kapelle ist Unserer Lieben Frau in den Dünen gewidmet?«

Und tatsächlich stand hinter dem Gitter in der Nische eine Statue der Jungfrau, so alt und zersetzt, dass sie nur noch vage Formen hatte.

Rings um die Nische hatten Leute mit Bleistift, mit dem Messer oder einem spitzen Stein Worte in den Fels geritzt, die wirr durcheinanderstanden:

Möge Denise ihr Examen bestehen
Unsere Liebe Frau in den Dünen, mach, dass Jojo bald lesen lernt
Bring Gesundheit für die ganze Familie, vor allem für Großvater und Großmutter

Aber auch profanere Dinge gab es zu lesen. Auch von Pfeilen durchbohrte Herzen.

Robert und Jeanne auf ewig und immer

Vertrocknete Blumen hingen am Gitter. Ohne die Muscheln, die auf dem zerfallenen Altar aufgeschichtet waren, wäre diese Kapelle eine Kapelle wie viele andere gewesen.

Es waren alle möglichen Arten von Muscheln. Und auf allen stand, meist mit Bleistift, etwas geschrieben, mal von ungeübter Kinderhand, mal in schlichter, mal in kräftiger Schrift.

Möge der Fischfang in Neufundland gut sein und möge Papa nicht wieder hinausfahren müssen

Der Boden war aus gestampfter Erde. Durch die Öffnung sah man auf den Sandstrand und auf das Meer, das silbrig schimmernd im blendenden Licht lag. Und Julie, die nicht wusste, wie sie sich verhalten sollte, die gegen ihren Willen angstvolle Blicke auf die Muscheln warf.

»Haben Sie eine davon mitgebracht?«, fragte Maigret.

Sie schüttelte den Kopf.

»Aber als ich hereinkam, haben Sie in ihnen gewühlt. Was suchten Sie?«

»Nichts … ich …«

»Sie?«

»Nichts!«

Sie setzte ein trotziges Gesicht auf, hüllte sich noch fester in ihren Mantel.

Also war es an Maigret, eine Muschel nach der anderen herauszunehmen und zu lesen, was darauf geschrieben war. Und plötzlich lächelte er. Auf einer riesigen Seemuschel las er Wort für Wort:

Unsere Liebe Frau in den Dünen, gib, dass mein Bruder Louis Erfolg hat und dass wir alle glücklich werden

Darunter ein Datum: *13. September.* Mit anderen Worten: Diese primitive Votivtafel war drei Tage vor dem Verschwinden von Kapitän Joris hergebracht worden!

Und war Julie jetzt nicht gekommen, um sie zurückzuholen?

»Ist es das, was Sie suchten?«

»Was können Sie schon damit anfangen!«

Sie ließ ihre Muschel nicht aus den Augen. Man konnte meinen, dass sie sich gleich auf Maigret stürzen wollte, um sie ihm zu entreißen.

»Geben Sie sie mir! Legen Sie sie an ihren Platz zurück!«

»Ich werde sie zurücklegen, ja, aber Sie müssen sie dann auch da liegen lassen. Kommen Sie… wir wollen uns auf dem Rückweg ein bisschen unterhalten.«

»Ich habe nichts zu sagen.«

Sie machten sich auf den Weg, nach vorn gebeugt wegen des weichen Sandes, in den die Füße einsanken. Es war so kalt, dass sie rote Nasen bekamen.

»Ihr Bruder hat noch nie etwas Vernünftiges gemacht, nicht wahr?«

Sie schwieg, blickte geradeaus auf den Strand vor ihr.

»Es gibt Dinge, die sich einfach nicht verbergen lassen. Ich rede nicht nur von… von dem, was ihn ins Gefängnis gebracht hat…«

»Natürlich! Immer wieder das! Noch in zwanzig Jahren wird man sagen…«

»Aber nein! Aber nein, Julie! Louis ist ein guter Seemann. Es heißt, ein außerordentlich guter Seemann sogar! Fähig, die Stelle des Ersten Offiziers einzunehmen! Nur … Eines schönen Tages betrinkt er sich mit Kameraden, die er zufällig trifft, macht Dummheiten, geht nicht auf sein Schiff zurück, streunt wochenlang herum, ohne zu arbeiten. Stimmt's? Und in diesen Phasen wendet er sich an Sie. An Sie und, bis vor wenigen Wochen noch, an Joris. Danach hat er wieder eine ruhige und gesittete Phase.«

»Ja, und?«

»Was war das für ein Vorhaben, für das Sie sich am 13. September Erfolg wünschten?«

Sie blieb stehen, schaute ihm ins Gesicht. Sie war viel ruhiger geworden, hatte Zeit zum Nachdenken gehabt. Und in ihren Augen lag ergreifender Ernst.

»Ich wusste genau, dass das nicht gut enden würde. Dabei hat mein Bruder gar nichts angestellt. Ich schwöre Ihnen, wenn er den Kapitän umgebracht hätte, wäre ich die Erste gewesen, die es ihm mit gleicher Münze heimgezahlt hätte.«

Gedämpfte Leidenschaftlichkeit lag in ihrer Stimme.

»Nur, es trifft da eben einiges zusammen. Dann die Gefängnisgeschichte, die man immer wieder aufwärmt. Wenn jemand mal einen Fehler gemacht hat, dann bekommt er auch für alles Mögliche, was danach passiert, die Schuld in die Schuhe geschoben.«

»Was für einen Plan hatte Louis?«

»Es war kein Plan. Es war etwas ganz Harmloses. Er hatte einen sehr reichen Herrn kennengelernt, ich weiß nicht mehr, ob in Le Havre oder in England. Seinen Namen hat er mir nicht gesagt. Ein Herr, der das Leben an Land satthatte und sich eine Yacht kaufen wollte, um zu reisen. Er hat sich an Louis gewandt, der ein Schiff für ihn finden sollte.«

Sie waren am Strand stehen geblieben. Von Ouistreham konnte man gerade eben den Leuchtturm sehen, ein grellweißer Punkt, der sich vom blasseren Himmel abhob.

»Louis hat mit seinem Chef darüber gesprochen. Denn der Krise wegen möchte Lannec schon seit einiger Zeit die ›Saint-Michel‹ verkaufen. Und das ist alles! Man könnte keinen besseren Schoner finden als die ›Saint-Michel‹, um ihn in eine Yacht zu verwandeln. Zuerst sollte mein Bruder zehntausend Franc bekommen, wenn das Geschäft zustande käme. Dann sprach der Käufer davon, ihn als Kapitän, als Vertrauensmann an Bord zu behalten.«

Sie bereute die letzten Worte, die eine ironische Bemerkung geradezu herausforderten. Doch dann entdeckte sie ein Lächeln in Maigrets Gesicht, und sie schien ihm dankbar zu sein, dass er nicht sagte:

»Ein Sträfling als Vertrauensmann!«

Nein. Maigret dachte nach. Er war selbst erstaunt über diese einfache Geschichte, einfach insofern, als sie verblüffend nach Wahrheit klang.

»Aber Sie wissen nicht, wer dieser Käufer ist?«

»Ich weiß es nicht.«

»Wo sollte Ihr Bruder ihn wiedersehen?«

»Ich weiß es nicht.«

»Wann?«

»Sehr bald. Der Umbau sollte anscheinend in Norwegen vorgenommen werden, und die Yacht sollte dann in einem Monat ins Mittelmeer, in Richtung Ägypten fahren.«

»Ein Franzose?«

»Ich weiß es nicht.«

»Sind Sie heute zu Unserer Lieben Frau in den Dünen gegangen, um Ihre Muschel zurückzuholen?«

»Ja, weil ich dachte, wenn jemand sie findet, würde er auf falsche Gedanken kommen. Geben Sie zu, dass Sie mir nicht glauben.«

Anstatt zu antworten, fragte er:

»Haben Sie Ihren Bruder gesehen?«

Sie fuhr zusammen.

»Wann?«

»Heute Nacht oder heute Morgen.«

»Louis ist hier?«

Sie schien bestürzt, verwirrt.

»Die ›Saint-Michel‹ ist eingelaufen.«

Diese Worte beruhigten sie ein wenig, als hätte sie befürchtet, ihr Bruder sei nicht auf dem Schoner gekommen.

»Und? Ist er nach Caen gefahren?«

»Nein. Er hat an Bord eines der Schiffsbagger geschlafen.«

»Gehen wir!«, sagte sie. »Mir ist kalt.«

Die Meeresbrise wurde zunehmend kühler, der Himmel bedeckte sich mehr und mehr.

»Kommt es öfter vor, dass er auf einem alten Schiff schläft?«

Sie antwortete nicht. Die Unterhaltung kam ins Stocken. Sie gingen dahin und hörten nichts anderes als das Knirschen des Sandes, der unter ihren Schritten nachgab.

Zwei Bilder verschmolzen in Maigrets Kopf: *Yacht... Goldener Füllhalter...*

Und automatisch begann sein Gehirn zu arbeiten. Am Vormittag war es schwer gewesen, eine Erklärung für den Füllhalter zu finden, denn er passte weder zur ›Saint-Michel‹ noch zu ihrer mehr oder weniger ungehobelten Besatzung. *Yacht... Goldener Füllhalter...*

Aber ein reicher Mann mittleren Alters, der eine Yacht für seine Reisen sucht und der einen goldenen Füllhalter verliert, das war schon logischer!

Blieb nur zu klären, warum dieser Mann, anstatt auf dem Schoner in den Hafen einzufahren, vorher auf das Beiboot umgestiegen ist, die Mole erklommen und sich in einem Schiffsbagger versteckt hat, der halb voll Wasser stand.

»An dem Abend, als Joris verschwand und Ihr Bruder Sie besuchen kam, hat er da nichts von seinem Käufer erzählt? Hat er Ihnen zum Beispiel nicht gesagt, dass dieser an Bord war?«

»Nein. Er hat mir lediglich mitgeteilt, dass das Geschäft beinahe abgeschlossen sei.«

Sie waren am Fuße des Leuchtturms angekommen. Dort links stand Joris' Haus, und im Garten blühten Blumen, die noch der Kapitän gepflanzt hatte.

Julies Miene verdüsterte sich, sie schien entmutigt, blickte um sich wie jemand, der mit seinem Leben nichts mehr anzufangen weiß.

»Man wird Sie wegen des Testaments zweifellos zum Notar bestellen. Sie sind jetzt reich.«

»So ein Unsinn«, meinte sie trocken.

»Was wollen Sie damit sagen?«

»Sie wissen es genau! Dieses Gerede von Vermögen! Der Kapitän war nicht reich!«

»Das können Sie nicht wissen.«

»Er verbarg nichts vor mir. Wenn er ein paar hunderttausend Franc besessen hätte, hätte er es mir gesagt, und letzten Winter hätte er sich ohne Zögern das Jagdgewehr für zweitausend Franc gekauft, das er so gern haben wollte! Er hatte das vom Bürgermeister gesehen, hatte sich nach dem Preis erkundigt…«

Sie waren am Gartentor angekommen.

»Kommen Sie herein?«

»Nein. Bis später vielleicht!«

Sie zögerte, in das Haus zu gehen, in dem sie ganz allein sein würde.

Stunden ohne besondere Vorkommnisse. Maigret strich um den Schiffsbagger herum, wie ein Sonntagsspaziergänger, der mit instinktivem Respekt ein ihm rätselhaftes Spektakel betrachtet. Es gab Rohre von riesigem Durchmesser, Fördereimer, Ketten, Winden…

Gegen elf Uhr nahm er mit den Männern vom Hafen einen Aperitif.

»Hat jemand Grand-Louis gesehen?«

Er war gesehen worden, ziemlich früh morgens. Er hatte im Bistro zwei Gläser Rum getrunken und war dann die Hauptstraße hinuntergegangen.

Maigret war müde. Vielleicht hatte er sich in der Nacht erkältet, jedenfalls fühlte er sich so, als ob ihm eine Grippe in den Gliedern steckte. Man sah es auch an seiner Haltung, in seinem Gesicht, das weniger energisch schien.

Doch er scherte sich nicht darum, was die Unruhe um ihn herum nur noch steigerte. Die Umsitzenden beobachteten ihn heimlich. Aller Schwung war dahin. Kapitän Delcourt fragte:

»Was soll ich mit dem Beiboot machen?«

»Machen Sie es irgendwo fest.«

Maigret hatte noch eine unbequeme Frage parat.

»Hat heute Morgen niemand einen Fremden auf den Straßen gesehen? Hat niemand etwas Ungewöhnliches bemerkt drüben bei den Schiffsbaggern?«

Man hatte nichts gesehen! Jetzt aber, nachdem er das gesagt hatte, war man darauf gefasst, etwas zu sehen.

Es war merkwürdig: Jedermann rechnete mit einem Drama! Ein Vorgefühl? Das Gefühl, dass der Zyklus der Ereignisse nicht abgeschlossen war, dass ein Glied in der Kette fehlte?

Eine Sirene. Ein Schiff wollte in die Schleuse. Die Männer erhoben sich. Maigret ging mit müden Schritten zur Post, um zu sehen, ob etwas für ihn da war. Ein Telegramm von Lucas, der seine Ankunft für 14 Uhr 10 ankündigte.

Und als es so weit war, hörte man schon von weitem die Kleinbahn, die von Caen bis Ouistreham am Kanal entlangfuhr und die mit ihren Waggons noch in der Bauart von 1850 wie ein Kinderspielzeug aussah; schließlich stoppte sie mit einem Getöse von zischendem Dampf und quietschenden Bremsen vor dem Hafen.

Lucas stieg aus, gab Maigret die Hand, wunderte sich über dessen finsteres Gesicht.

»Nun?«

»Na ja!«

Obwohl Maigret sein Vorgesetzter war, konnte sich Lucas ein Lächeln nicht verkneifen.

»Hören Sie, ich habe noch nicht zu Mittag gegessen!«

»Komm ins Hotel. Wird schon noch was zu essen da sein.«

Sie setzten sich in den Speisesaal, und der Wirt bediente den Inspektor. Die beiden Männer sprachen halblaut miteinander. Der Gastwirt schien darauf zu warten, auch etwas sagen zu können.

Als er den Käse brachte, hielt er den geeigneten Augenblick für gekommen und sagte:

»Wissen Sie, was dem Bürgermeister zugestoßen ist?«

Maigret fuhr so erschrocken auf, dass es dem Wirt fast die Sprache verschlug.

»Nichts Ernstes… Er… Als er vorhin in seinem Haus die Treppe hinunterging, ist er gestürzt. Man weiß nicht, wie es passiert ist. Er hat sich das Gesicht so zugerichtet, dass er das Bett hüten muss.«

Da hatte Maigret eine Eingebung. Eingebung ist das treffende Wort, denn binnen einer Sekunde hatte sein scharfer Verstand das Ereignis rekonstruiert.

»Ist Madame Grandmaison noch in Ouistreham?«

»Nein. Sie ist heute Morgen sehr früh mit ihrer Tochter abgereist. Nach Caen, nehme ich an. Sie hat den Wagen genommen.«

Maigret hatte seine Grippe schon vergessen. Er brummte:

»Wirst du auch mal fertig mit essen?«

Und Lucas entgegnete sanftmütig:

»Klar! Es scheint entsetzlich zu sein, jemanden mit gutem Appetit essen zu sehen, wenn man selbst den Magen voll hat! Geben Sie mir noch drei Minuten… Nehmen Sie den Camembert noch nicht weg, Herr Wirt!«

6

Der Sturz auf der Treppe

Der Gastwirt hatte nicht gelogen, aber die Nachricht war, so wie er sie überbracht hatte, zumindest übertrieben: Monsieur Grandmaison lag nicht im Bett.

Maigret hatte Lucas fortgeschickt, um den Schiffsbagger zu überwachen, und sich dann zu der Villa begeben. Dort entdeckte er nun hinter einem großen Fenster eine Gestalt in der klassischen Pose des Kranken, der das Zimmer hüten muss.

Die genauen Umrisse konnte man nicht sehen, aber es handelte sich zweifellos um den Bürgermeister. Weiter hinten in dem Raum stand noch jemand, ein Mann, mehr war nicht zu erkennen.

Als Maigret klingelte, hörte er drinnen mehr Hin und Her, als nötig ist, um eine Haustür zu öffnen. Endlich zeigte sich das Dienstmädchen, eine nicht mehr ganz junge, mürrische Person. Sie musste eine tiefe Verachtung für alle Besucher empfinden, denn sie machte einfach den Mund nicht auf.

Sie ließ die Tür auf, ging die wenigen Stufen zur Eingangshalle hinauf, überließ es Maigret, die Haustür hinter sich zu schließen. Dann klopfte sie an eine Flügeltür und trat zur Seite, während der Kommissar in das Büro des Bürgermeisters trat.

Es war alles irgendwie merkwürdig. Nichts sonderlich Auffälliges, aber lauter irritierende Kleinigkeiten. Die ganze Atmosphäre war unnatürlich.

Es war ein großes, fast noch neues Haus, wie man sie von überall an der Küste kennt.

Doch angesichts des Vermögens der Grandmaisons, die die Aktienmehrheit der Anglo-Normande besaßen, würde man mit mehr Reichtum gerechnet haben.

Vielleicht investierten sie mehr in ihr Haus in Caen?

Maigret war drei Schritte gegangen, als er eine Stimme vernahm.

»Sie hier, Kommissar?«

Die Stimme kam vom Fenster. Monsieur Grandmaison saß tief in einem Klubsessel, die Beine auf einem Hocker.

Im Gegenlicht sah man ihn nur undeutlich, aber man konnte erkennen, dass er ein Halstuch umgebunden hatte und sich mit einer Hand die linke Gesichtshälfte hielt.

»Setzen Sie sich!«

Maigret durchquerte den Raum, um dem Reeder gegenüber Platz zu nehmen. Nur mühsam konnte er ein Lächeln unterdrücken, denn mit solch einem Theater hatte er nicht gerechnet: Monsieur Grandmaisons linke Wange, die die Hand nicht völlig verdecken konnte, und seine Lippen waren stark geschwollen. Was der Bürgermeister aber vor allem anderen verstecken wollte, war das eine Auge, das von einem breiten schwarzen Rand umgeben war.

Das Ganze wäre halb so komisch gewesen, wenn der Reeder nicht versucht hätte, trotz allem seine Würde zu wahren. Er zuckte nicht mit der Wimper, sah Maigret mit aggressivem Misstrauen an.

»Kommen Sie, um mir die Ergebnisse Ihrer Untersuchung mitzuteilen?«

»Nein. Sie haben mich neulich mit diesen Herren von der Staatsanwaltschaft so freundlich empfangen, dafür wollte ich Ihnen danken.«

Man sah Maigret niemals seine Ironie an. Im Gegenteil! Je mehr er sich lustig machte, desto ernster, erstarrter war sein Gesichtsausdruck.

Er schaute sich in dem Arbeitszimmer um. Die Wände waren mit Plänen von Frachtern und Fotografien von Schiffen der Anglo-Normande geschmückt. Die Mahagonimöbel waren von guter Qualität, aber nicht besonders geschmackvoll. Auf dem Schreibtisch lagen einige Akten, Briefe, Telegramme.

Der Fußboden war gebohnert, und es schien Maigret Spaß zu machen, seinen Blick über die blanke Fläche wandern zu lassen.

»Es scheint, Sie haben einen Unfall gehabt?«

Der Bürgermeister seufzte, bewegte die Beine, brummte:

»Ein falscher Schritt, als ich die Treppe hinunterging.«

»Heute Morgen? Madame Grandmaison wird sich schön erschrocken haben!«

»Meine Frau war schon weg.«

»Das Wetter ist auch wirklich nicht für einen Aufenthalt am Meer geeignet! Es sei denn, man geht auf Entenjagd ... Ich vermute, Madame Grandmaison ist mit Ihrer Tochter in Caen?«

»In Paris.«

Der Reeder trug einfache Kleidung: dunkle Hose, Hausmantel über einem grauen Flanellhemd, Filzpantoffeln.

»Was war denn am Fuß der Treppe?«

»Wie meinen Sie das?«

»Worauf sind Sie gefallen?«

Ein giftiger Blick, eine kühle Antwort:

»Auf den Boden natürlich.«

Das war gelogen! Und wie gelogen! Man kriegt kein Veilchenauge, wenn man auf den Boden fällt! Und vor allem hat man hinterher keine Würgemale am Hals!

Denn sowie das Halstuch nur ein wenig verrutschte, konnte Maigret ganz genau die blutunterlaufenen Stellen sehen, die man vor ihm zu verbergen trachtete.

»Natürlich waren Sie allein im Haus?«

»Wieso natürlich?«

»Weil diese Unfälle meist dann passieren, wenn niemand da ist, um Hilfe zu leisten.«

»Das Mädchen war einkaufen.«

»Ist sie die einzige Hausangestellte?«

»Ich habe noch einen Gärtner, aber der ist nach Caen gefahren, um Besorgungen zu machen.«

»Sie haben sich sicher weh getan?«

Was den Bürgermeister am meisten beunruhigte, waren der tiefe Ernst und die fast herzlich klingende Stimme Maigrets.

Es war erst halb vier, aber es begann schon zu dunkeln, und der Raum befand sich im Zwielicht.

»Gestatten Sie?«

Er holte seine Pfeife aus der Tasche.

»Wenn Sie eine Zigarre möchten … auf dem Kamin liegen welche.«

Ein ganzer Stoß von Zigarrenkisten lag dort. Auf einem

Tablett stand eine Karaffe mit altem Armagnac. Die hohen Türen waren aus lackiertem Pechkiefernholz.

»Und wie läuft Ihre Untersuchung?«

Eine vage Geste Maigrets, der sich nicht anmerken lassen wollte, dass er die in den Salon führende Tür beobachtete, die sich auf mysteriöse Weise bewegte.

»Kein Ergebnis?«

»Keines.«

»Wollen Sie meine Meinung hören? Es war ein Fehler, so zu tun, als handle es sich um einen komplizierten Fall!«

»Natürlich!«, brummte Maigret. »Als ob an der ganzen Geschichte auch nur etwas Kompliziertes wäre! Da verschwindet eines Abends ein Mann und gibt einen Monat lang kein Lebenszeichen von sich. Sechs Wochen später findet man ihn mit gespaltenem und wieder geflicktem Schädel in Paris auf. Er hat das Gedächtnis verloren. Man bringt ihn in sein Haus zurück, und in derselben Nacht wird er vergiftet. In der Zwischenzeit sind von Hamburg aus dreihunderttausend Franc auf sein Bankkonto überwiesen worden. So einfach ist das! Klarer geht's nicht!«

Die Ironie war jetzt trotz des gutmütigen Tons des Kommissars nicht mehr zu überhören.

»Es ist vielleicht doch einfacher, jedenfalls einfacher, als Sie glauben. Auch in der Annahme, der Fall sei mysteriös, wäre es vernünftiger – so denke ich –, es zu unterlassen, die Leute leichtfertig in Panikstimmung zu versetzen. Und wenn man in gewissen Kneipen von diesen Dingen redet, verwirrt man zwangsweise einige Köpfe, denen der Alkohol so schon genug zusetzt.«

Ein harter, inquisitorischer Blick war auf Maigret gerichtet. Der Bürgermeister sprach langsam, betonte jede Silbe, und es war, als begänne er ein Verhör.

»Andererseits hat die Polizei die zuständigen Behörden um keine einzige Auskunft gebeten. Ich, der Bürgermeister der Gemeinde, weiß nichts von dem, was dort unten im Hafen vorgeht!«

»Trägt Ihr Gärtner Leinenschuhe?«

Der Blick des Bürgermeisters ging hastig über das gebohnerte Parkett, auf dem Schuhabdrücke zu sehen waren. Die geflochtenen Bastsohlen zeichneten sich deutlich ab.

»Das weiß ich doch nicht!«

»Entschuldigen Sie, dass ich Sie unterbrochen habe… Mir ging da gerade ein Gedanke durch den Kopf. Was sagten Sie?«

Aber Monsieur Grandmaison hatte den Faden verloren, und er brummte nur:

»Würden Sie mir bitte die oberste Zigarrenkiste reichen?… Ja, die… Danke.«

Er zündete eine Zigarre an und stöhnte auf vor Schmerz, weil er den Mund zu weit geöffnet hatte.

»Kurz, wie weit sind Sie in der Sache? Es kann ja nicht sein, dass Sie noch keine interessanten Hinweise bekommen haben.«

»Sehr wenige.«

»Das ist merkwürdig, denn den Leuten vom Hafen mangelt es im Allgemeinen nicht an Phantasie, zumal nach einigen Aperitifs.«

»Ich vermute, Sie haben Madame Grandmaison nach Paris geschickt, um ihr die Aufregung um all diese Tragödien zu ersparen. Und wer weiß, was noch alles passieren wird?«

Es war kein Kampf. Dennoch spürte jeder beim anderen die feindliche Absicht. Vielleicht lag es einfach daran, dass die beiden Männer unterschiedlichen sozialen Schichten angehörten.

Maigret trank mit den Schleusenarbeitern und Fischern in der Seemannskneipe.

Der Bürgermeister empfing die Herren der Staatsanwaltschaft mit Tee, Likör und Gebäck.

Maigret war ein Mann des Volkes, der sich dennoch nicht ohne weiteres einordnen ließ.

Monsieur Grandmaison dagegen gehörte einer ganz bestimmten Schicht an. Er war die angesehene Persönlichkeit der Kleinstadt, der Repräsentant einer alteingesessenen Bürgerfamilie, der Reeder, dessen Geschäfte gediehen und der in bestem Ruf stand.

Gewiss, seine Allüren waren gewollt demokratisch. Er sprach mit seinen Bürgern, wenn er sie auf den Straßen von Ouistreham traf. Aber es war eine herablassende, auf Stimmenfang ausgerichtete Demokratie, Teil eines festgelegten Führungsstils.

Maigret bot den Anschein von geradezu furchterregender Unerschütterlichkeit. Und Monsieur Grandmaison mit seinem geschwollenen, rosaglühenden Gesicht verlor darob schnell seinen schroffen Befehlston, und seine Verwirrung wurde deutlich.

Um wieder die Oberhand zu gewinnen, zeigte er sich ärgerlich.

»Monsieur Maigret…«, setzte er an.

Und er betonte diese beiden Worte, als seien sie der Titel eines Gedichts, das er nun vortragen wollte.

»Monsieur Maigret… ich erlaube mir, Sie daran zu erinnern, dass ich als Bürgermeister der Gemeinde…«

Der Kommissar erhob sich, und er tat es auf so selbstverständliche Art, dass sein Gesprächspartner die Augen weit aufriss. Und er ging auf die Salontür zu, die er seelenruhig öffnete.

»Nun kommen Sie schon herein, Louis! Es geht einem auf die Nerven, wenn eine Tür sich dauernd bewegt und man Sie dahinter atmen hört!«

Wenn er einen Theatereffekt erwartet hatte, hatte er sich getäuscht. Grand-Louis gehorchte, trat in seiner üblichen schiefen Haltung in das Zimmer und starrte auf den Fußboden.

Aber sein Verhalten verriet auch, dass es eine schwierige Situation für ihn war, dass er sich als einfacher Matrose in der Wohnung einer reichen und wichtigen Persönlichkeit nicht wohl fühlte.

Der Bürgermeister zog heftig an seiner Zigarre und sah vor sich hin.

Man konnte fast nichts mehr sehen. Draußen brannte schon eine Gaslaterne.

»Erlauben Sie, dass ich Licht mache?«, fragte Maigret.

»Einen Moment. Schließen Sie erst die Vorhänge. Die Passanten brauchen nicht… Ja, die linke Schnur… Vorsichtig…«

Grand-Louis, der mitten im Zimmer stand, bewegte sich nicht vom Fleck. Maigret knipste den Lichtschalter an, ging zum Ofen und begann im Feuer herumzustochern.

Es war eine Angewohnheit von ihm, so wie er sich auch,

wenn er scharf nachdachte, mit den Händen auf dem Rücken vor das Feuer stellte, bis ihm heiß wurde.

Hatte sich an der Situation etwas verändert? Monsieur Grandmaisons Blick jedenfalls war schon ein bisschen spöttisch, als er den tief in Gedanken versunkenen Kommissar beobachtete.

»War Grand-Louis hier, als Ihnen Ihr… Ihr Missgeschick passierte?«

»Nein!«, kam es schroff zurück.

»Schade! Womöglich wären Sie, als Sie die Treppe hinunterpurzelten, auf seine nackte Faust gestürzt.«

»Und Sie hätten die Panik in den kleinen Hafenkneipen schüren können, indem Sie dort phantastische Geschichten erzählten. Besser, Sie hören auf damit, nicht wahr, Kommissar? Sie und ich… wir beide haben uns mit dieser Tragödie zu befassen. Sie kommen von Paris und bringen mir Kapitän Joris in einem erbärmlichen Zustand zurück. Alles scheint darauf hinzuweisen, dass er nicht in Ouistreham so zugerichtet worden ist. Sie waren hier, als er ermordet wurde. Sie leiten Ihre Untersuchung, wie Sie es für richtig halten…«

Die Stimme war beißend.

»…Ich bin seit fast zehn Jahren der Bürgermeister dieser Gemeinde. Ich kenne meine Bürger. Ich betrachte mich als verantwortlich für das, was ihnen zustößt. Als Bürgermeister bin ich gleichzeitig auch Chef der Ortspolizei… Also…«

Er unterbrach sich für einen Augenblick, um an seiner Zigarre zu ziehen, von der sich etwas Asche löste und auf seinem Morgenmantel zerfiel.

»Während Sie die Kneipen abklappern, bin ich selbst nicht untätig, ohne Sie zu belästigen.«

»Und Sie laden Grand-Louis vor.«

»Ich lasse auch noch andere vorladen, wenn ich es für nötig halte... So, ich nehme an, Sie haben mir nichts Wesentliches mehr mitzuteilen.«

Er richtete sich mit etwas steifen Beinen auf, um seinen Besucher zur Tür zu geleiten.

»Ich hoffe«, murmelte Maigret, »Sie haben nichts dagegen, dass Louis mich begleitet. Ich habe ihn zwar schon letzte Nacht verhört, aber da sind noch einige Fragen, die ich ihm stellen möchte.«

Monsieur Grandmaison machte eine gleichgültige Geste. Grand-Louis aber blieb wie angewurzelt stehen und starrte auf den Boden.

»Kommen Sie?«

»Nein. Nicht sofort.« Wie alles, was Julies Bruder sagte, war auch das nur ein Gebrummel.

»Sie sehen«, sagte der Bürgermeister, »ich hindere ihn nicht daran, mit Ihnen zu gehen. Ich möchte, dass Sie mir das bestätigen, damit Sie mir nachher nicht vorwerfen, ich hätte Ihnen Steine in den Weg gelegt. Ich habe Grand-Louis kommen lassen, um mich über gewisse Punkte zu informieren. Wenn er bleiben möchte, dann hat er mir wahrscheinlich noch etwas zu sagen.«

Doch diesmal lag Angst in der Luft. Und nicht nur in der Luft! Und nicht nur Angst! Das war schon fast Panik, was in den Augen des Bürgermeisters stand!

Grand-Louis lächelte befriedigt wie über einen gelungenen Streich.

»Ich warte draußen auf Sie«, sagte der Kommissar.

Aber er erhielt keine Antwort. Der Bürgermeister verabschiedete ihn:

»Auf ein freudiges Wiedersehen, Herr Kommissar!«

Die Tür war geöffnet. Das Hausmädchen kam aus der Küche geeilt und ging Maigret wortlos und mit mürrischem Gesicht bis zur Haustür voraus, die sie dann hinter ihm schloss.

Die Straße war menschenleer. Hundert Meter weiter brannte Licht hinter einem Fenster, dann weitere Lichter in großen Abständen, denn die Häuser an der Riva-Bella-Straße waren von ziemlich großen Gärten umgeben.

Die Hände in den Taschen ging Maigret die wenigen Schritte bis zum Gartentor, hinter dem sich Brachland erstreckte. Dieser ganze Teil von Ouistreham lag direkt an den Dünen. Abgesehen von den Gärten gab es nichts als Sand und Dünengras.

Eine Gestalt im Dunkeln. Eine Stimme:

»Sind Sie's, Kommiss …?«

»Lucas?«

Sie gingen schnell aufeinander zu.

»Was tust du hier?«

Lucas ließ den Gartenzaun nicht aus den Augen. Sehr leise sagte er:

»Der Mann vom Schiffsbagger.«

»Hat er ihn verlassen?«

»Er ist hier.«

»Schon lange?«

»Eine knappe Viertelstunde. Er steht hinter der Villa!«

»Ist er über den Gartenzaun geklettert?«

»Nein. Sieht so aus, als warte er auf jemanden. Da habe ich Ihre Schritte gehört, wollte nachsehen…«

»Bring mich hin.«

Sie gingen am Zaun entlang, hinter die Villa. Lucas fluchte.

»Was hast du?«

»Er ist weg.«

»Bist du sicher?«

»Er hatte sich bei dem Tamariskenstrauch versteckt.«

»Glaubst du, dass er hineingegangen ist?«

»Ich weiß nicht.«

»Bleib hier. Rühr dich unter keinen Umständen vom Fleck!«

Und Maigret rannte zur Straße. Er sah niemanden. Ein Lichtstrahl fiel aus dem Arbeitszimmer, aber er konnte sich nicht an der Wand hochziehen.

Da zögerte er nicht länger. Er durchquerte den Garten, klingelte an der Haustür. Fast im selben Moment öffnete das Hausmädchen.

»Ich glaube, ich habe meine Pfeife im Arbeitszimmer des Herrn Bürgermeister vergessen.«

»Ich werde nachschauen.«

Sie ließ ihn auf der Schwelle stehen, aber sowie sie verschwunden war, trat Maigret ein, ging lautlos ein paar Stufen hoch und warf einen Blick in das Arbeitszimmer.

Der Bürgermeister saß wieder mit ausgestreckten Beinen an seinem Platz. Neben ihn hatte man ein kleines Tischchen gestellt. Auf der anderen Seite dieses Tischchens saß Grand-Louis.

Sie spielten Dame.

Der ehemalige Sträfling setzte einen Spielstein, brummte:

»Sie sind dran ...«

Und der Bürgermeister, der nervös dem Mädchen zusah, das immer noch die Pfeife suchte, sagte:

»Sie sehen doch, dass sie nicht hier ist! Sagen Sie dem Kommissar, dass er sie anderswo verloren haben muss! ... Sie sind jetzt dran, Louis.«

Und Louis in vertraulichem, selbstsicherem Ton:

»Bringen Sie uns dann etwas zu trinken, Marguerite!«

7

Der Drahtzieher

Als Maigret aus der Villa kam, merkte Lucas, dass es jetzt ernst werden würde. Der Kommissar kochte vor Wut. Er starrte geradeaus, schien nichts zu sehen.

»Hast du ihn nicht wiedergefunden?«

»Ich glaube, es lohnt sich nicht einmal zu suchen. Man müsste eine Treibjagd veranstalten, um einen Mann zu fassen, der sich in den Dünen versteckt.«

Maigret hatte seinen Mantel bis zum Hals zugeknöpft, vergrub die Hände in den Taschen, biss auf dem Mundstück seiner Pfeife herum.

»Siehst du diesen Spalt in den Vorhängen?«, fragte er, auf das Fenster deutend. »Und siehst du die kleine Mauer direkt gegenüber? Nun, ich glaube, wenn du erst mal auf der Mauer stehst, dann kannst du auch durch den Spalt hineinsehen.«

Lucas war fast ebenso kräftig gebaut wie Maigret, aber er war ein bisschen kleiner. Mit einem Blick in beide Richtungen der Straße vergewisserte er sich, dass niemand kam, und erklomm dann mit einem Seufzer die Mauer.

Mit der Nacht war Wind aufgekommen, ein Wind vom offenen Meer, der von Minute zu Minute stärker wurde und die Bäume schüttelte.

»Siehst du etwas?«

»Ich bin nicht hoch genug. Es fehlen fünfzehn oder zwanzig Zentimeter.«

Ohne ein Wort ging Maigret zu einem Steinhaufen am Straßenrand und brachte ein paar von den Steinen.

»Versuch es.«

»Ich sehe das Ende des Tisches, aber noch keine Leute.«

Und der Kommissar brachte weitere Steine herbei.

»Jetzt klappt es. Sie spielen Dame. Das Mädchen bringt ihnen dampfende Gläser, Grog, nehme ich an.«

»Bleib da!«

Maigret begann die Straße auf und ab zu gehen. Hundert Meter weiter war die Seemannskneipe, dahinter der Hafen. Ein Bäckerauto fuhr vorüber. Fast hätte der Kommissar es angehalten, um sich zu vergewissern, dass sich niemand darin versteckte, aber dann zuckte er nur die Schultern.

Es gibt Dinge, die sehr einfach aussehen, praktisch aber unmöglich durchzuführen sind. Zum Beispiel die Suche nach dem Mann, der sich hinter der Villa des Bürgermeisters plötzlich in Luft aufgelöst hatte. Wo sollte man ihn suchen? In den Dünen, am Strand, im Hafen, im Dorf? Alle Straßen sperren? Zwanzig Polizisten wären dafür nicht genug, und wenn er intelligent war, würde es ihm trotzdem gelingen, hindurchzuschlüpfen.

Man wusste ja weder, wer er war, noch, wie er aussah!

Der Kommissar kam zu der Mauer zurück, auf der Lucas in unbequemer Haltung ausharrte.

»Was tun sie?«

»Sie spielen immer noch.«

»Reden sie miteinander?«

»Da macht keiner den Mund auf. Der Sträfling hat beide Ellbogen auf dem Tisch und ist schon bei seinem dritten Grog.«

Eine Viertelstunde war vergangen, als man von der anderen Seite der Straße her ein Läuten hörte. Lucas rief den Kommissar.

»Ein Telefonanruf! Der Bürgermeister will aufstehen, aber Louis hebt den Hörer schon ab.«

Was er sagte, war nicht zu hören, aber eines war gewiss: Grand-Louis schien zufrieden.

»Hat er aufgelegt?«

»Sie spielen weiter.«

»Bleib da!«

Maigret entfernte sich in Richtung Seemannskneipe. Wie jeden Abend saßen einige beim Kartenspiel, und sie wollten Maigret zu einem Glas einladen.

»Jetzt nicht. Haben Sie hier ein Telefon, Mademoiselle?«

Der Apparat war in der Küche an der Wand befestigt. Eine alte Frau nahm Fische aus.

»Hallo! Das Postamt von Ouistreham? Polizei! Würden Sie mir bitte sagen, wer soeben die Nummer des Bürgermeisters angewählt hat?«

»Das war Caen, Monsieur.«

»Welche Nummer?«

»122, das ist das Café de la Gare.«

»Ich danke Ihnen.«

Einen Augenblick lang stand er mitten in der Kneipe, ohne um sich herum etwas wahrzunehmen.

»Von hier bis Caen sind es zwölf Kilometer«, sagte er plötzlich vor sich hin.

»Dreizehn«, berichtigte ihn Kapitän Delcourt, der gerade eingetreten war. »Wie geht's, Kommissar?«

Maigret hörte ihn nicht.

»... wäre eine knappe halbe Stunde mit dem Fahrrad ...«

Ihm war eingefallen, dass die Schleusenarbeiter, die fast alle im Dorf wohnten, mit dem Fahrrad zum Hafen kamen und dass die Räder den ganzen Tag gegenüber der Kneipe standen.

»Würden Sie bitte nachsehen, ob keines der Fahrräder fehlt?«

Und von nun an lief es wie ein Räderwerk. In Maigrets arbeitendem Gehirn griffen die Ereignisse wie Zahnräder ineinander.

»Verdammt! Mein Rad ist weg!«

Maigret wunderte sich nicht darüber, erkundigte sich auch nicht näher, sondern ging zurück in die Küche und hob den Telefonhörer ab.

»Geben Sie mir die Polizei in Caen. Ja, danke ... Hallo! Polizeihauptstelle? ... Hier spricht Kommissar Maigret von der Kripo. Fährt heute noch ein Zug nach Paris? ... Wie bitte? ... Nicht vor elf Uhr? ... Nein! Hören Sie! Notieren Sie bitte ...

Erstens: Nachprüfen, ob Madame Grandmaison ... die Frau des Reeders, ja ... ob sie wirklich mit dem Auto nach Paris gefahren ist.

Zweitens: Feststellen, ob ein Unbekannter im Büro oder im Haus der Grandmaisons aufgetaucht ist. Ja, das ist einfach! Ist aber noch nicht alles! Notieren Sie?

Drittens: Alle Autowerkstätten der Stadt aufsuchen. Wie viele gibt es? Um die zwanzig? Moment! ... Interessant sind nur diejenigen, die Autos vermieten. Fangen Sie in der Umgebung des Bahnhofs an. Gut! ... Fragen Sie nach jemand, der, mit oder ohne Chauffeur, ein Auto nach Paris gemietet oder vielleicht einen Gebrauchtwagen gekauft hat... Hallo! Warten Sie doch, verdammt! Wahrscheinlich hat dieser Jemand ein Fahrrad in Caen stehen lassen...

Ja, das ist alles. Haben Sie genug Leute, um alles gleichzeitig zu erledigen? ... Gut, einverstanden... Sobald Sie auch nur die geringste Information haben, rufen Sie mich hier in der Seemannskneipe in Ouistreham an.«

Die Männer vom Hafen, die in dem überheizten Raum ihren Aperitif tranken, hatten alles mit angehört, und als Maigret zurückkam, waren ihre Gesichter ernst, ja ängstlich.

»Glauben Sie, dass mein Fahrrad...«, begann ein Schleusenarbeiter.

»Einen Grog!«, bestellte Maigret in knappem Ton.

Das war nicht mehr der Mann, der an den vorangegangenen Tagen gutmütig lächelnd mit jedem getrunken hatte. Er sah sie kaum, schien sie kaum zu erkennen.

»Ist die ›Saint-Michel‹ noch nicht aus Caen zurück?«

»Sie ist uns für die Abendflut angekündigt. Aber das Wetter wird sie vielleicht am Auslaufen hindern.«

»Sturm?«

»Eine hübsche Brise wird es jedenfalls geben! Und der Wind dreht nach Norden, was nichts Gutes verheißt. Hören Sie es nicht?«

Wenn man die Ohren spitzte, hörte man die Wellen wie hämmernd gegen die Pfähle der Mole schlagen; ein heftiger Wind rüttelte an der Kneipentür.

»Sollte zufällig jemand für mich anrufen, holen Sie mich bitte. Ich bin hundert Meter weiter oben auf der Straße.«

»Beim Haus des Bürgermeisters?«

Nur mit größter Mühe gelang es Maigret, sich draußen seine Pfeife anzuzünden. Die dicken Wolken, die tief am Himmel dahintrieben, schienen sich an die Wipfel der Pappeln zu klammern, die an der Straße standen. Noch aus fünf Metern Entfernung war es unmöglich, Lucas auf seiner Mauer ausfindig zu machen.

»Nichts Neues?«

»Sie spielen nicht mehr. Louis hat plötzlich mit einer überdrüssigen Geste das ganze Spiel durcheinandergeworfen.«

»Was tun sie?«

»Der Bürgermeister liegt halb aufgerichtet in seinem Sessel. Der andere raucht Zigarren und trinkt Grogs. Er hat schon ein Dutzend Zigarren gepafft und dabei gegrinst, als wollte er den anderen ärgern.«

»Wie viele Grogs?«

»Fünf oder sechs.«

Maigret konnte nichts außer dem schmalen hellen Spalt in der Fassade erkennen. Bauarbeiter kehrten von ihrer Arbeit zurück, fuhren mit ihren Fahrrädern auf das Dorf zu. Dann kam ein Pferdekarren. Der Bauer, der trotz der Dunkelheit sah, dass da Leute waren, gab seinem Pferd die Peitsche und drehte sich noch ein paarmal ängstlich um.

»Das Dienstmädchen?«

»Nicht mehr zu sehen. Sie wird in der Küche sein. Muss ich noch lange hier oben stehen? Wenn ja, täten Sie gut daran, mir noch ein paar Steine zu bringen, damit ich nicht dauernd auf den Zehenspitzen stehen muss.«

Maigret brachte die Steine. Das Meer begann immer lauter zu tosen. Die Wellen mussten jetzt bis zu zwei Meter hoch sein, wenn sie sich weiß schäumend am Strand brachen.

Unten am Hafen wurde eine Tür geöffnet und wieder geschlossen. Es war die Kneipentür. Eine Gestalt tauchte auf, und jemand versuchte, die Dunkelheit zu durchdringen. Maigret trat vor.

»Ach, da sind Sie ja! Sie werden am Telefon verlangt.«

Caen meldete sich bereits.

»Hallo! Kommissar Maigret? Wie haben Sie das erraten? Madame Grandmaison ist heute auf der Fahrt von Ouistreham nach Paris durch Caen gekommen. Ihre Tochter hat sie zu Hause beim Kindermädchen abgesetzt. Zur Mittagszeit fuhr sie dann mit dem Wagen weiter... Was den Unbekannten betrifft, hatten Sie recht. Wir brauchten nur eine einzige Werkstatt aufzusuchen, die gegenüber dem Bahnhof... Der Mann war auf dem Fahrrad gekommen. Wollte einen Wagen ohne Chauffeur mieten. Man hat ihm geantwortet, dass sich die Firma auf diese Art von Geschäften nicht einlasse... Der Mann schien nervös. Er fragte, ob er wenigstens ein Auto kaufen könnte, ein schnelles und wenn möglich gebrauchtes... Man hat ihm eines für zwanzigtausend Franc verkauft, und er hat auch gleich bezahlt... Es ist ein gelber Sportwagen... Er hat das bei solchen Transaktionen übliche ›W‹ auf dem Nummernschild.«

»Ist bekannt, in welche Richtung er gefahren ist?«

»Der Mann hat sich nach der Straße nach Paris über Lisieux und Évreux erkundigt.«

»Benachrichtigen Sie die Polizei und die Gendarmerie in Lisieux, Évreux, Mantes und St-Germain … Rufen Sie in Paris an, dass alle Ausfallstraßen, vor allem die Porte Maillot, überwacht werden.«

»Soll der Wagen festgehalten werden?«

»Ja! Und sein Insasse ebenfalls! Haben Sie seine Beschreibung?«

»Der Meister in der Werkstatt hat sie uns gegeben … Ein ziemlich großer Mann mittleren Alters, trägt einen eleganten hellen Anzug …«

»Es gilt das Gleiche wie vorhin: Ich will sofort hier in Ouistreham angerufen werden, wenn …«

»Verzeihung! Es ist gleich sieben Uhr. Danach gibt es keine Verbindung mehr nach Ouistreham. Es sei denn, Sie gehen zum Bürgermeister.«

»Warum?«

»Weil er die Nummer 1 hat, die nachts direkt mit Caen verbunden ist.«

»Schicken Sie jemand ins Postamt. Wenn der Bürgermeister telefonisch verlangt wird, soll das Gespräch abgehört werden … Haben Sie einen Wagen?«

»Einen kleinen.«

»Genügt völlig, um mich hier zu benachrichtigen. Sie finden mich wie bisher in der Seemannskneipe.«

Im Schankraum wagte Kapitän Delcourt zu fragen:

»Sind sie hinter dem Mörder her?«

»Was weiß ich!«

Die Leute konnten nicht verstehen, dass Maigret, der

sich die Tage zuvor so herzlich und ungezwungen gegeben hatte, sich jetzt so fremd, geradezu abweisend zeigte.

Ohne ihnen den kleinsten Wink zu geben, ging er hinaus, stürzte sich erneut in das Getöse von Wind und Wellen. Er musste seinen Mantel zuknöpfen, als er die Brücke überquerte, die im Sturm schwankte.

Vor Kapitän Joris' Haus machte er halt, zögerte einen Augenblick, spähte durch das Schlüsselloch. Am Ende des Korridors sah er die Glastür zur Küche, in der Licht brannte. Hinter den Scheiben sah er eine Gestalt, die zwischen Herd und Tisch umherging.

Er klingelte. Julie blieb mit einer Schüssel in der Hand wie erstarrt stehen, aber dann stellte sie sie weg, öffnete die Küchentür und kam zum Eingang.

»Wer ist da?«, fragte sie mit ängstlicher Stimme.

»Kommissar Maigret!«

Sie öffnete und trat zur Seite. Sie war nervös. Ihre Augen waren immer noch gerötet, und sie hörte nicht auf, ängstliche Blicke um sich zu werfen.

»Kommen Sie herein... Ich bin froh, dass Sie gekommen sind. Wenn Sie wüssten, wie sehr ich mich fürchte so allein im Haus! Ich glaube, ich werde nicht hierbleiben.«

Er betrat die Küche, die so sauber und aufgeräumt war wie eh und je.

Auf dem Tisch, über dem ein weißes Wachstuch ausgebreitet war, standen nur eine Tasse, Brot und Butter. Aus einem Topf auf dem Herd drang ein süßer Duft herüber.

»Schokolade?«, fragte er verwundert.

»Ich habe keine Lust, für mich allein etwas zu kochen. Also mache ich mir Schokolade...«

»Tun Sie, als wäre ich nicht hier … Essen Sie!«

Zuerst zierte sie sich noch, aber dann fügte sie sich, füllte ihre Tasse, brockte große Stücke von ihrem Butterbrot hinein, die sie dann mit einem Löffel aß, während sie vor sich hinstarrte.

»Hat Ihr Bruder Sie noch nicht besucht?«

»Nein. Ich verstehe gar nichts mehr. Vorhin bin ich zum Hafen gegangen, in der Hoffnung, ihn zu treffen. Wenn die Seeleute nichts zu tun haben, treiben sie sich immer im Hafen herum.«

»Wussten Sie, dass Ihr Bruder mit dem Bürgermeister befreundet ist?«

Sie sah ihn entgeistert an.

»Was sagen Sie da?«

»Sie spielen gerade zusammen Dame.«

Sie glaubte an einen Scherz, und als Maigret ihr versicherte, dies sei die reine Wahrheit, war sie völlig fassungslos.

»Das verstehe ich nicht.«

»Warum?«

»Weil der Bürgermeister nicht so leutselig ist! Und außerdem weiß ich, dass er Louis nicht leiden kann. Er hat schon ein paarmal versucht, ihm etwas anzuhängen. Einmal wollte er ihm sogar die Aufenthaltsgenehmigung verweigern.«

»Und wie stand's mit Kapitän Joris?«

»Was?«

»War Monsieur Grandmaison mit dem Kapitän befreundet?«

»Wie mit allen. Auf der Straße schüttelt er den Leuten die Hände. Er scherzt mit ihnen. Redet ein bisschen über den Regen oder über das schöne Wetter, aber das ist dann auch schon alles. Manchmal, ich habe Ihnen das schon erzählt, nahm er Monsieur auf die Jagd mit … Aber er tat es nur, um Gesellschaft zu haben.«

»Haben Sie immer noch keinen Brief vom Notar bekommen?«

»Doch! Er teilte mir mit, dass ich Universalerbin bin … Was heißt das eigentlich genau? Werde ich wirklich das Haus erben?«

»Und dreihunderttausend Franc dazu, jawohl!«

Sie zuckte nicht zusammen, sondern aß ruhig weiter, bis sie schließlich den Kopf schüttelte und murmelte:

»Das kann nicht sein … es ist unsinnig! Ich habe Ihnen doch gesagt: Ich weiß genau, dass der Kapitän niemals dreihunderttausend Franc besessen hat.«

»Wo war sein Platz? Aß er hier in der Küche?«

»Wo Sie sitzen, in dem Korbstuhl.«

»Aßen Sie zusammen?«

»Ja. Nur stand ich ab und zu auf, um nach dem Essen zu sehen und die Schüsseln zu holen. Er las gern seine Zeitung beim Essen. Manchmal hat er auch laut einen Artikel vorgelesen.«

Maigret wollte nicht sentimental werden. Und dennoch verwirrte ihn diese friedliche Atmosphäre. Die Wanduhr schien hier langsamer zu ticken als an jedem anderen Ort. Das Licht spiegelte sich auf dem Kupferpendel. Und dieser süße Duft von Schokolade! Und der Korbsessel, in dem es bei der geringsten Bewegung Maigrets vertraut knackte! So musste es gewesen sein, wenn Kapitän Joris zu Lebzeiten hier gesessen hatte.

Julie fürchtete sich allein im Haus. Und dennoch zögerte

sie, es zu verlassen. Und er begriff, dass etwas sie in der vertrauten Umgebung zurückhielt.

Sie stand auf und ging zur Tür. Er sah ihr nach. Sie ließ die weiße Katze herein, die zu einem mit Milch gefüllten Teller vor dem Herd lief.

»Arme Minou!«, sagte sie. »Ihr Herrchen mochte sie gern. Nach dem Abendbrot sprang sie ihm immer auf den Schoß und rührte sich nicht mehr, bis Schlafenszeit war …«

Es war eine so intensive Ruhe, wie vor einem Sturm. Eine wohlige, schwermütige Ruhe!

»Haben Sie mir wirklich nichts zu sagen, Julie?«

Sie blickte ihn fragend an.

»Ich glaube, der Wahrheit fast auf der Spur zu sein. Ein Wort von Ihnen kann mir helfen. Deshalb frage ich Sie, ob Sie nichts wissen, was Sie mir anvertrauen möchten.«

»Ich schwöre Ihnen …«

»Nichts über Kapitän Joris?«

»Nichts!«

»Über Ihren Bruder?«

»Nichts! Ich schwöre Ihnen …«

»Nichts über eine Ihnen unbekannte Person, die vielleicht hier gewesen ist?«

»Ich verstehe nicht …«

Sie löffelte weiter von ihrem viel zu süßen Brei, dessen Anblick allein Maigret schon anwiderte.

»Nun, dann will ich jetzt gehen.«

Sie wurde traurig. Die Einsamkeit würde wiederkommen. Eine Frage brannte ihr auf den Lippen.

»Sagen Sie, wegen der Beerdigung … Kann man da so lange warten? Ein Toter, das …«

»Er liegt im Kühlhaus«, sagte er verlegen.

Ein kalter Schauer durchfuhr sie.

»Bist du da, Lucas?«

Es war so dunkel, dass man nichts mehr sah. Das Heulen des Sturmes übertönte alle anderen Geräusche. Im Hafen standen die Männer an ihren Posten, warteten auf die Einfahrt eines Schiffes aus Glasgow, dessen Sirene zwischen den Molen ertönte. Es hatte die Hafeneinfahrt verpasst.

»Hier bin ich!«

»Was tun sie?«

»Sie essen. Danach wäre mir jetzt auch. Krabben, Muscheln, Omelett und etwas, das nach kaltem Kalbsbraten aussieht.«

»Sitzen sie am gleichen Tisch?«

»Ja. Grand-Louis immer noch mit beiden Ellbogen auf dem Tisch.«

»Reden sie miteinander?«

»Wenig. Ab und zu bewegen sie die Lippen, aber sie haben sich bestimmt nichts Wichtiges zu sagen.«

»Trinken sie?«

»Louis, ja. Zwei Flaschen Wein stehen auf dem Tisch. Alte Flaschen! Der Bürgermeister schenkt seinem Gast ständig nach.«

»Als wollte er ihn betrunken machen?«

»So ist es. Das Dienstmädchen zieht ein komisches Gesicht. Wenn sie hinter dem Matrosen vorbeimuss, macht sie einen großen Bogen, um ihn ja nicht zu berühren.«

»Kein Anruf mehr?«

»Nein. Jetzt schneuzt sich Louis in seine Serviette und steht auf. Warten Sie. Er holt eine Zigarre. Die Kiste steht auf dem Kamin. Er hält sie dem Bürgermeister hin, aber der lehnt mit einem Kopfschütteln ab. Das Mädchen bringt den Käse.«

Und mit klagender Stimme fügte Inspektor Lucas hinzu:

»Wenn ich mich doch bloss hinsetzen könnte! Ich habe eiskalte Füße! Ich traue mich nicht, mich zu bewegen, aus lauter Angst, von der Mauer zu fallen!«

Doch das reichte nicht aus, um Maigrets Mitleid zu erregen, der selbst schon hundertmal in ähnlichen Situationen gewesen war.

»Ich hole dir etwas zu essen und zu trinken.«

Im Hôtel de l'Univers war sein Tisch gedeckt. Aber er schlang im Stehen nur ein Stück Pastete und Brot hinunter, strich ein Sandwich für seinen Kollegen und packte die angebrochene Flasche Bordeaux ein.

»Und ich habe extra eine Bouillabaisse für Sie zubereitet, wie Sie sie in ganz Marseille nicht kriegen!«, lamentierte der Wirt.

Aber der Kommissar ließ sich nicht beirren. Er kehrte zu der Mauer zurück, stellte zum zehnten Mal dieselbe Frage:

»Was tun sie?«

»Das Mädchen hat den Tisch abgeräumt. Der Reeder sitzt in seinem Sessel und raucht eine Zigarette nach der anderen. Ich glaube, Louis schläft gleich ein. Er hat zwar immer noch eine Zigarre zwischen den Zähnen, aber ich sehe absolut keinen Rauch.«

»Hat er noch mehr zu trinken bekommen?«

»Ein volles Glas aus der Flasche, die auf dem Kamin stand.«

»Armagnac«, brummte Maigret.

»Da, sehen Sie! Im zweiten Stock geht ein Licht an. Es muss das Hausmädchen sein, das zu Bett geht. Der Bürgermeister erhebt sich. Er...«

Plötzlich Stimmen unten bei der Kneipe. Motorgeräusch. Kaum verständliche Worte...

»Hundert Meter von hier? ... Im Haus?«

»Nein... Gegenüber...«

Maigret ging dem Wagen, der wieder anfuhr, entgegen. Er hielt in ausreichender Entfernung von der Villa des Bürgermeisters an, damit dieser nicht gewarnt wurde. Er erkannte Uniformen.

»Neuigkeiten?«

»Évreux hat durchgegeben, dass der Mann mit dem gelben Auto gefasst ist.«

»Wer ist es?«

»Warten Sie noch. Er protestiert! Er droht, seine Botschaft zu informieren!«

»Ein Ausländer?«

»Norweger! Évreux hat seinen Namen am Telefon genannt, aber wir haben ihn nicht recht verstanden. Martineau oder Motineau. Seine Papiere sind anscheinend in Ordnung. Die Gendarmerie lässt fragen, was sie mit ihm machen sollen...«

»Sie sollen ihn mit dem gelben Wagen herbringen. Einer der Gendarmen wird ja Auto fahren können... Sie fahren zurück nach Caen, versuchen herauszufinden, wo Madame Grandmaison absteigt, wenn sie in Paris ist.«

»Das hat man uns vorhin schon mitgeteilt: Hôtel de Lutèce, Boulevard Raspail.«

»Rufen Sie von Caen aus an, und bringen Sie in Erfahrung, ob sie angekommen ist und was sie macht. Warten Sie! Sollte sie dort sein, bitten Sie die Kriminalpolizei in meinem Auftrag, einen Inspektor hinzuschicken, der sie unauffällig überwachen soll.«

Der Wagen musste dreimal vor und zurück, bis er auf der schmalen Straße gewendet hatte. Maigret ging wieder zu Lucas' Mauer, aber der war gerade im Begriff, herabzusteigen.

»Was tust du?«

»Es gibt nichts mehr zu sehen.«

»Sind sie weggegangen?«

»Nein. Aber der Bürgermeister ist ans Fenster gekommen und hat die Vorhänge fest zugezogen…«

Hundert Meter weiter sah man das Schiff aus Glasgow langsam in die Schleuse einfahren und hörte Befehle in englischer Sprache. Ein Windstoß erfasste Maigrets Hut und wirbelte ihn zur Schleuse hin.

Hinter dem Fenster im zweiten Stock wurde es plötzlich dunkel, und die Fassade der Villa lag finster in der Dunkelheit.

8

Die Untersuchung des Bürgermeisters

Maigret stand mit besorgter Miene, beide Hände in den Taschen, mitten auf der Straße.

»Machen Sie sich Sorgen?«, fragte Lucas, der seinen Chef kannte.

Ihm selbst ging es wohl ebenso, denn er streifte die Villa, die vor ihnen aufragte, mit einem verdrießlichen Blick.

»Dort drin sollte man sein«, ärgerte sich der Kommissar, während er ein Fenster nach dem anderen genau inspizierte.

Aber sie waren alle geschlossen. Es gab keine Möglichkeit, in das Haus einzudringen. Maigret ging lautlos zur Haustür, beugte den Kopf, um zu horchen. Er machte Lucas ein Zeichen, still zu sein. Und schließlich pressten sie beide das Ohr an das Eichenpaneel.

Keine Stimme war zu hören, es wurde kein Wort gesprochen. Dafür aber hörte man ein leises Trampeln im Arbeitszimmer, dumpfe, rhythmische Schläge.

Prügelten sich die beiden Männer? Das war unwahrscheinlich, denn dann hätten die Geräusche nicht diese Regelmäßigkeit besessen. Zwei sich prügelnde Männer bewegen sich hin und her, werfen sich aufeinander, stoßen Möbelstücke um, und die Schläge folgen mal schnell, mal langsamer.

Dies hier war wie ein Trommelfeuer. Und man glaubte fast, das Keuchen desjenigen zu hören, der zuschlug.

»Wumms! Wumms! Wumms!«

Und das dumpfe Röcheln des anderen als Kontrapunkt.

Maigret und sein Inspektor tauschten einen Blick. Der Kommissar zeigte auf das Schloss. Lucas begriff, zog einen Bund mit Nachschlüsseln aus seiner Tasche.

»Aber keinen Laut!«

Im Innern schien die Stille wieder eingekehrt. Eine Stille, die von Angst erfüllt war. Keine Schläge mehr. Keine Schritte mehr. Vielleicht, aber das war sehr unbestimmt, der pfeifende Atem eines Mannes, der am Ende seiner Kräfte ist.

Ein Zeichen von Lucas. Die Tür öffnete sich. Links aus dem Arbeitszimmer drang ein Lichtschein. Mit einer Spur von Verdruss zuckte Maigret die Schultern, denn er wusste, dass er seine Befugnisse überschritt. Er überschritt sie sogar gewaltig, und das auch noch bei einer bärbeißigen Amtsperson wie dem Bürgermeister von Ouistreham. Aber was half's?

Im Korridor angekommen, vernahm er deutlich ein Atmen, aber nur das von einer Person. Nichts rührte sich. Lucas hatte die Hand am Revolver. Mit einem Schlag stieß Maigret die Tür auf.

Dann blieb er stehen, verlegen, fassungslos, wie er es selten gewesen war. Hatte er damit gerechnet, ein weiteres Verbrechen zu entdecken?

Aber nichts dergleichen! Es war äußerst verwirrend. Da stand Monsieur Grandmaison, die Lippen aufgerissen, Kinn und Hausmantel blutverschmiert, das Haar zerzaust, mit der verstörten Miene eines Boxers, der sich nach einem K.o. wieder erhebt.

Er konnte übrigens kaum aufrecht stehen, stützte sich mit weit nach hinten gebeugtem Oberkörper an der Kante des Kamins ab, und es war ein Wunder, dass er nicht umkippte.

Zwei Schritte von ihm Grand-Louis, die Kleidung durcheinander, die immer noch geballten Fäuste voller Blut – dem Blut des Bürgermeisters!

Es war Grand-Louis' Keuchen gewesen, das man im Korridor gehört hatte. Er war es, der völlig außer Atem war, weil er wie ein Wahnsinniger zugeschlagen hatte. Sein Atem roch nach Schnaps. Die Gläser auf dem Tisch waren umgestoßen.

Die Fassungslosigkeit der beiden Polizeibeamten war so groß, die Bestürzung auf der anderen Seite so total, dass erst mal eine lange Minute verstrich, ehe wieder gesprochen wurde.

Dann wischte sich Monsieur Grandmaison mit einem Zipfel seines Hausmantels die Lippen und das Kinn ab, richtete sich mühsam auf, stammelte:

»Was… was ist…?«

»Wollen Sie bitte entschuldigen«, begann Maigret höflich, »dass wir in Ihr Haus eingedrungen sind. Ich hatte Lärm gehört. Die Tür war nicht abgeschlossen…«

»Das ist nicht wahr!«

Und der Bürgermeister gewann mit diesen Worten seine Energie zurück.

»Jedenfalls bin ich froh, rechtzeitig gekommen zu sein, um Sie zu beschützen und…«

Ein Blick auf Grand-Louis, dem die Sache keineswegs peinlich schien und der jetzt sogar ein merkwürdiges Lächeln aufsetzte, als er sah, wie der Bürgermeister reagierte.

»Ich brauche keinen Schutz.«

»Immerhin hat dieser Mann Sie angegriffen.«

Vor dem Spiegel brachte Monsieur Grandmaison ein wenig Ordnung in sein Äußeres und wurde ärgerlich, weil er immer noch blutete. Und in diesem Augenblick spiegelte sich in seinem Gesicht ein außergewöhnlicher, verwirrender Kampf zwischen Kraft und Schwäche, Selbstvertrauen und Unsicherheit.

Sein Veilchenauge, die Prellungen und die offenen Wunden nahmen seinem Gesicht das ein wenig Puppenhafte. Seine Augen schimmerten blaugrün.

Aber er gewann seine Kaltblütigkeit überraschend schnell zurück und bot den Polizisten schon wieder die Stirn, als er, an den Kamin gelehnt, schließlich sagte:

»Ich vermute, Sie haben die Tür aufgebrochen.«

»Verzeihen Sie! Wir wollten Ihnen zu Hilfe eilen.«

»Das stimmt nicht, schließlich wussten Sie nicht, ob ich in irgendeiner Gefahr schwebte! Dem war nicht so!«

Er sagte diese letzten Worte mit aller Bestimmtheit.

Maigrets Blick glitt an Grand-Louis' furchterregender Gestalt prüfend von oben nach unten und von unten nach oben.

»Ich hoffe, dass Sie mir dennoch gestatten werden, diesen Herrn hier mitzunehmen.«

»Keinesfalls.«

»Er hat Sie geschlagen, und sogar auf eine ziemlich brutale Art!«

»Wir hatten eine Auseinandersetzung. Das geht nur mich etwas an!«

»Ich habe allen Grund anzunehmen, dass Sie heute Morgen, als Sie ein bisschen schnell die Treppe runtergingen, auf ihn gestürzt sind.«

Grand-Louis' Lächeln wäre ein Foto wert gewesen. Er triumphierte. Er kam allmählich wieder zu Atem, aber er hatte nichts von dem verpasst, was rings um ihn geschehen war. Und diese Szene schien ihn außerordentlich zu vergnügen. Er genoss sie regelrecht. Zweifellos kannte er, Grand-Louis, die Hintergründe!

»Ich habe Ihnen, Monsieur Maigret, vorhin erläutert, dass ich meinerseits Ermittlungen anstelle. Ich kümmere mich nicht um Ihre Untersuchung. Also mischen Sie sich bitte auch nicht in meine ein… Und wundern Sie sich bitte nicht, wenn ich Sie wegen Hausfriedensbruchs und Einbruches verklage.«

War das nun komisch oder tragisch? Man hätte es schwerlich sagen können. Er wollte Würde zeigen. Er hielt sich sehr aufrecht. Aber seine Lippe blutete, sein Gesicht war ein einziger blauer Fleck! Sein Hausmantel war zerknittert!

Und dieser Grand-Louis schien ihn zu ermutigen.

Und vor allem die vorausgegangene Szene, die nicht schwer zu rekonstruieren war: der Zuchthäusler, der wie ein Wilder auf ihn einschlug, der so lange und so heftig zuschlug, bis er am Ende seiner Kräfte war und keine Faust mehr heben konnte.

»Bitte entschuldigen Sie, Herr Bürgermeister, wenn ich nicht sofort gehe. Da Sie der Einzige in Ouistreham sind, der nachts telefonisch zu erreichen ist, habe ich mir erlaubt, mir einige Anrufe hierherzubestellen.«

»Machen Sie die Tür zu«, war Monsieur Grandmaisons einzige Antwort darauf.

Denn sie stand noch auf. Monsieur Grandmaison nahm eine der dicken Zigarren vom Kamin und wollte sie anzünden, aber die Berührung des Tabaks mit seiner geplatzten Lippe war wohl zu schmerzhaft, denn er warf sie wütend wieder weg.

»Verbindest du mich bitte mit Caen, Lucas?«

Unablässig beobachtete er den Bürgermeister, dann Grand-Louis, dann wieder den Bürgermeister. Und es fiel ihm schwer, sich auf die Ereignisse zu konzentrieren.

Auf den ersten Blick schien es zum Beispiel, als sei von den beiden Männern Monsieur Grandmaison der Unterlegene, der Schwächere, nicht nur körperlich, sondern auch moralisch.

Er war verprügelt und in einer Situation überrascht worden, wie sie demütigender nicht hätte sein können.

Und doch stimmte es nicht ganz: Innerhalb weniger Minuten hatte er seine Sicherheit wiedergewonnen, war es ihm teilweise gelungen, sein Prestige als angesehener Bürger wiederherzustellen.

Er war beinahe ruhig. Sein Blick war hochmütig.

Grand-Louis' Rolle war einfach. Er hatte die Oberhand gehabt. Er war nicht verwundet, hatte nicht einmal einen blauen Fleck. Und sein Lächeln vorhin hatte von einer geradezu kindlichen Freude gezeugt.

Nun schien er sich allmählich zu langweilen, schien nicht zu wissen, was er tun, wohin er gehen oder blicken sollte.

Und Maigret überlegte, wer von den beiden wohl das Sagen hatte. War es Grandmaison? In bestimmten Augenblicken, ja, doch dann auch wieder Louis. Er kam zu keinem endgültigen Schluss.

»Hallo! Die Polizei in Caen? ... Kommissar Maigret bittet mich, Ihnen auszurichten, dass er die ganze Nacht im Haus des Bürgermeisters sein wird ... Ja, wählen Sie die Nummer 1 ... Hallo! Gibt es was Neues? ... Schon in Lisieux? ... Danke, ja!«

Und zu seinem Chef:

»Der Wagen ist gerade durch Lisieux gekommen. Er wird in einer Dreiviertelstunde hier sein.«

»Habe ich richtig gehört, dass ...«, begann der Bürgermeister.

»... dass ich die ganze Nacht bleibe, ja. Mit Ihrer Erlaubnis, selbstverständlich. Sie haben mir schon zweimal von Ihren persönlichen Ermittlungen berichtet, so dass ich es für das Beste halte, die Ergebnisse, zu denen jeder von uns gekommen ist, zusammenzutragen, wenn ich Sie darum bitten darf?«

Maigret war nicht ironisch. Er war wütend über diese unglaubliche Situation, in die er sich gebracht hatte. Wütend, weil er sich nicht mehr darin auskannte.

»Würden Sie, Grand-Louis, mir den Grund nennen, weshalb Sie, als wir eintraten ... hm ... weshalb Sie so böse auf den Herrn Bürgermeister einschlugen?«

Aber Grand-Louis antwortete nicht, sah zum Reeder hinüber, als wollte er sagen:

»Reden Sie!«

Und Monsieur Grandmaison sagte schroff:

»Das ist meine Sache.«

»Selbstverständlich! Jedermann hat das Recht, sich verprügeln zu lassen, wenn er das mag!«, brummte Maigret zornig. »Lucas, verbinde mich mit dem Hôtel de Lutèce!«

Der Hieb saß. Monsieur Grandmaison riss den Mund auf, um etwas zu sagen. Seine Hand auf dem Marmorsims des Kamins verkrampfte sich.

Lucas sprach ins Telefon:

»Drei Minuten Wartezeit? … Danke, ja.«

Und Maigret mit erhobener Stimme:

»Finden Sie nicht, dass diese Untersuchung eine merkwürdige Wendung nimmt? Bei der Gelegenheit, Monsieur Grandmaison, könnten Sie mir vielleicht einen kleinen Gefallen erweisen. Sie als Reeder kennen doch sicher Leute aus vielerlei Ländern. Haben Sie schon von einem gewissen … warten Sie … einem gewissen Martineau oder Motineau gehört? Aus Bergen oder Trondheim. Ein Norweger jedenfalls.«

Schweigen. Grand-Louis' Blick war kalt geworden. Mechanisch nahm er eines der umgestürzten Gläser vom Tisch und füllte es.

»Schade, dass Sie ihn nicht kennen. Er kommt nachher.«

Das war alles. Es lohnte sich nicht, auch nur ein Wort hinzuzufügen. Niemand würde mehr antworten. Niemand würde auch nur zusammenzucken. Man spürte es an der Haltung, die sie eingenommen hatten.

Monsieur Grandmaison hatte die Taktik geändert. Immer noch an den Kamin gelehnt – das Feuer hinter ihm musste ihm auf den Waden brennen –, schaute er so gleichgültig wie nur möglich auf den Boden.

Ein komisches Gesicht! Weichliche Züge, übersät von roten und blauen Flecken, ein blutiges Kinn. Eine Mischung aus konzentrierter Energie und Panik oder auch Schmerz.

Grand-Louis hatte sich rittlings auf einem Stuhl niedergelassen. Nachdem er drei- oder viermal gegähnt hatte, schien er jetzt zu dösen.

Das Telefon klingelte. Schnell hob Maigret ab.

»Hallo! Hôtel de Lutèce? Hallo! ... Bleiben Sie dran! ... Geben Sie mir bitte Madame Grandmaison ... Ja ... Sie muss heute Abend oder heute Nachmittag angekommen sein ... Ja, ich warte ...«

»Sie haben doch wohl nicht die Absicht«, sagte der Bürgermeister mit matter Stimme, »meine Frau in Ihr etwas seltsam anmutendes Vorgehen hineinzuziehen!«

Keine Antwort. Maigret wartete mit dem Hörer am Ohr, den Blick auf das Tischtuch geheftet.

»Hallo? ... Ja ... Was sagen Sie? Sie ist schon wieder abgereist? Einen Augenblick ... Der Reihe nach. Um wie viel Uhr ist die Dame angekommen? ... Um sieben, sehr schön. Mit ihrem Auto und ihrem Chauffeur ... Sie sagen, sie hat im Hotel zu Abend gegessen und ist dann ans Telefon gerufen worden? ... Und sie ist sofort aufgebrochen? ... Danke ... Nein, das genügt.«

Niemand sagte etwas. Monsieur Grandmaison schien sich beruhigt zu haben. Maigret hing kurz den Hörer ein und wählte dann gleich wieder.

»Hallo! Das Postamt in Caen? ... Polizei. Können Sie mir sagen, ob die Nummer, von der aus ich anrufe, ein Gespräch nach Paris verlangt hat, abgesehen von dem, das ich gerade geführt habe? ... Ja? ... Ungefähr vor einer Viertelstunde? … Das Hôtel de Lutèce, nicht wahr? … Ich danke Ihnen!«

Schweiß stand ihm auf der Stirn. Langsam stopfte er eine Pfeife, drückte den Tabak mit dem Zeigefinger fest. Dann schenkte er sich eines der beiden Gläser voll, die auf dem Tisch standen.

»Ich nehme an, Sie sind sich darüber klar, Kommissar, dass alles, was Sie in diesem Augenblick tun, ungesetzlich ist. Sie sind gewaltsam hier eingedrungen. Sie bleiben hier, ohne dazu aufgefordert zu sein. Sie wagen es, meine Familie in Panik zu versetzen, und behandeln mich vor einem Dritten wie einen Schuldigen. Sie werden sich für all das verantworten müssen.«

»Einverstanden.«

»Da ich in meinem eigenen Haus nichts mehr zu gelten scheine, bitte ich Sie um Erlaubnis, schlafen gehen zu dürfen.«

»Nein.«

Und Maigret lauschte auf ein noch fernes Motorengeräusch.

»Geh und mach ihnen die Tür auf, Lucas!«

Mit einer mechanischen Bewegung warf er eine Schaufel voll Kohlen ins Feuer und drehte sich genau in dem Augenblick wieder um, als neue Leute das Zimmer betraten.

Es waren zwei Gendarmen aus Évreux, die einen Mann mit Handschellen in ihrer Mitte hatten.

»Sie können gehen«, sagte er zu den Polizisten. »Oder besser, Sie warten in der Kneipe an der Ecke auf mich, wenn es sein muss, die ganze Nacht.«

Der Bürgermeister hatte sich nicht gerührt, ebenso wenig Louis. Als hätten sie nichts gesehen oder als wollten sie nichts sehen. Der neue Gast verhielt sich ruhig. Beim Anblick von Monsieur Grandmaisons zerschundenem Gesicht huschte ein Lächeln über seine Lippen.

»An wen darf ich mich wenden?«, fragte er, in die Runde blickend.

Maigret zuckte mit den Schultern, als wollte er damit ausdrücken, dass die Gendarmen in ihrem Eifer doch ein bisschen übertrieben hatten. Er holte einen kleinen Schlüssel aus seiner Tasche und schloss die Handschellen auf.

»Ich danke Ihnen… Ich war sehr erstaunt, dass…«

Und Maigret fuhr ihn zornig an:

»Dass was? Dass man Sie festgenommen hat? Sind Sie sicher, dass Sie so erstaunt darüber waren?«

»Ich will sagen… ich warte immer noch darauf zu erfahren, was man mir vorwirft.«

»Und sei es nur, dass Sie ein Fahrrad gestohlen haben!«

»Verzeihung! Geliehen! Der Autohändler, von dem ich den Wagen gekauft habe, wird es Ihnen bestätigen. Ich habe ihm das Rad mit dem Auftrag dagelassen, es zurück nach Ouistreham zu schicken und seinem Besitzer eine Entschädigung zu zahlen.«

»Soso! Aber nun zur Sache: Norweger sind Sie jedenfalls nicht.«

Der Mann hatte weder den Akzent, noch war er vom Äußeren her der Typ. Er war groß, gut gebaut und noch jung. Seine elegante Kleidung war ein bisschen zerknittert.

»Verzeihung! Ich bin nicht Norweger von Geburt, aber ich habe die norwegische Staatsangehörigkeit.«

»Und Sie wohnen in Bergen?«

»In Tromsö, auf den Lofoten.«

»Sind Sie Kaufmann?«

»Ich besitze eine Fabrik zur Verwertung von Fischabfällen.«

»Wie zum Beispiel Rogen?«

»Rogen und alles Übrige. Aus den Köpfen und Lebern wird Öl hergestellt. Aus den Gräten Düngemittel…«

»Das ist perfekt! Perfekt! Perfekt! Bleibt nur noch die Frage, was Sie in der Nacht vom 16. auf den 17. September in Ouistreham gemacht haben!«

Der Mann zeigte keine Verlegenheit. Gemächlich sah er sich um und sagte:

»Ich war nicht in Ouistreham.«

»Wo waren Sie?«

»Und Sie?«

Er nahm sich zusammen, lächelte.

»Ich meine, wären Sie in der Lage, so mir nichts, dir nichts zu sagen, was Sie an einem bestimmten Tag zu einer bestimmten Zeit getan haben, und das nach über einem Monat?«

»Waren Sie in Norwegen?«

»Wahrscheinlich.«

»Hier, nehmen Sie!«

Und Maigret reichte ihm den goldenen Füllhalter, den der Norweger wie selbstverständlich und mit einem Dankeschön in seine Tasche steckte.

Ein gutaussehender Mann, weiß Gott! Im selben Alter und ebenso groß wie der Bürgermeister, aber schlanker und lebhafter. In seinen dunklen Augen funkelte Lebensfreude, und das Lächeln auf seinen dünnen Lippen verriet großes Selbstvertrauen.

Die Fragen des Kommissars beantwortete er höflich und zuvorkommend.

»Ich vermute, hier liegt ein Irrtum vor, und es wäre mir sehr recht, wenn ich meine Fahrt nach Paris fortsetzen dürfte …«

»Ich habe da noch eine Frage: Wo haben Sie Grand-Louis kennengelernt?«

Entgegen aller Erwartung Maigrets sah der Norweger nicht zu dem Matrosen hinüber.

»Grand-Louis?«, wiederholte er.

»Haben Sie Joris während seiner Reisen als Kapitän kennengelernt?«

»Verzeihung … ich verstehe nicht …«

»Natürlich! Und wenn ich Sie frage, warum Sie lieber an Bord eines abgewrackten Schiffsbaggers als in einem Hotel schlafen, dann werden Sie mich mit großen Augen ansehen!«

»Das ist unglaublich! Sie müssen einsehen, dass Sie an meiner Stelle …«

»Sicher ist, dass Sie gestern mit der ›Saint-Michel‹ nach Ouistreham gekommen sind. Vor der Hafeneinfahrt sind Sie ins Beiboot umgestiegen und damit an Land gefahren. Sie sind zu dem Schiffsbagger gegangen und haben dort die Nacht verbracht. Heute Nachmittag sind Sie um die Villa, in der wir uns befinden, herumgeschlichen, haben sich dann ein Fahrrad geliehen und sind nach Caen gefahren. Sie haben ein Auto gekauft und sich auf den Weg nach Paris gemacht. Wollten Sie sich mit Madame Grandmaison im

Hôtel de Lutèce treffen? Wenn ja, dann können Sie sich jetzt die Fahrt sparen. Wenn ich mich nicht sehr täusche, wird sie noch heute Nacht hier eintreffen.«

Schweigen. Der Bürgermeister hatte sich in eine Statue verwandelt, und sein Blick war so starr, dass man kein Leben mehr in ihm vermutete. Grand-Louis kratzte sich am Kopf und gähnte. Er war der Einzige, der saß.

»Heißen Sie Martineau?«

»Jean Martineau, ja.«

»Nun, Monsieur Jean Martineau, überlegen Sie gut! Denken Sie nach, ob Sie mir wirklich nichts zu sagen haben. Es ist sehr gut möglich, dass eine der hier anwesenden Personen demnächst vor ein Schwurgericht gestellt wird.«

»Da ich Ihnen schon nichts zu sagen habe, will ich Sie wenigstens um die Erlaubnis bitten, meinen Konsul benachrichtigen zu dürfen, damit er alles Notwendige veranlasst.«

Auch der noch! Monsieur Grandmaison hatte mit Klage gedroht. Martineau wollte es ihm nachtun. Nur Grand-Louis drohte nicht damit, er fand sich gelassen mit allem ab, wenn er nur etwas zu trinken hatte!

Draußen hörte man den Sturm heulen, der bei Hochflut seinen Höhepunkt erreichte.

Lucas' Miene war vielsagend. Nichts ließ daran zweifeln, dass er dachte:

»Da sitzen wir ja ganz schön in der Tinte. Höchste Zeit, dass wir uns was einfallen lassen.«

Maigret ging auf und ab, zog wütend an seiner Pfeife.

»Kurz und gut, keiner, weder der eine noch der andere,

weiß, was Kapitän Joris zugestoßen und wie er zu Tode gekommen ist.«

Zeichen des Verneinens. Schweigen. Maigrets Blick fiel immer wieder auf Martineau.

Plötzlich überstürzte Schritte draußen vor dem Haus, dann ein drängendes Klopfen. Lucas zögerte nur einen Augenblick, ging hinaus und machte die Tür auf. Jemand kam hereingerannt: Julie, völlig außer Atem, begann keuchend:

»Kommissar! … Mein … mein Bruder …«

Und im gleichen Augenblick verstummte sie, stand sprachlos vor Grand-Louis, der sich erhob, sich in seiner ganzen Größe vor ihr aufbaute.

»Ihr Bruder?«, beharrte Maigret.

»Nichts … ich …«

Sie versuchte zu lächeln, kam langsam wieder zu Atem. Sie trat zurück, stieß dabei gegen Martineau, wandte sich zu ihm um. Sie schien ihn nicht zu kennen und stammelte:

»Entschuldigen Sie, Monsieur.«

Der Wind blies durch die Haustür, die zu schließen man vergessen hatte.

9

Verschwörung des Schweigens

In stockenden Sätzen erklärte Julie:

»Ich war ganz allein im Haus. Ich hatte Angst. Ich hatte mich in Kleidern schlafen gelegt. Jemand hat laut an die Tür geklopft. Es war Lannec, der Kapitän meines Bruders.«

»Ist die ›Saint-Michel‹ zurück?«

»Sie lag in der Schleuse, als ich vorbeikam. Lannec wollte meinen Bruder sofort sprechen. Anscheinend hat er es eilig, wegzukommen. Ich habe ihm gesagt, dass Louis noch nicht einmal zu mir gekommen sei. Und als Lannec dann unverständlich vor sich hinbrummte, bekam ich es mit der Angst.«

»Warum sind Sie hierhergekommen?«, wollte Maigret wissen.

»Ich habe ihn gefragt, ob Louis in Gefahr sei. Lannec sagte, ja, dass es vielleicht schon zu spät sei … Da habe ich mich im Hafen erkundigt, und man hat mir gesagt, dass Sie hier sind.«

Grand-Louis sah mit gelangweilter Miene zu Boden, zuckte die Schultern, wie um deutlich zu machen: Die Frauen regen sich aber auch wegen nichts auf!

»Sind Sie in Gefahr?«, fragte Maigret ihn und versuchte, ihm in die Augen zu sehen.

Da lachte Grand-Louis, lachte laut, und es klang noch idiotischer als sein sonstiges Lachen.

»Warum hat sich Lannec Sorgen gemacht?«

»Weiß ich es?«

Und Maigret blickte in die Versammlung, sagte nachdenklich und mit leisem Zorn:

»Gut! Sie wissen nichts! Und alle sind Sie in derselben Lage. Sie, Herr Bürgermeister, kennen Monsieur Martineau nicht, und Sie wissen auch nicht, warum Grand-Louis, der von Ihnen wie ein Freund empfangen wird, mit Ihnen Dame spielt und an Ihrem Tisch isst, plötzlich anfängt, Ihr Gesicht mit Faustschlägen zu bearbeiten.«

Keine Antwort.

»Was sage ich! Sie akzeptieren diese Behandlung, finden es ganz in Ordnung so! Sie wehren sich nicht! Sie weigern sich, Anzeige zu erstatten! Wollen nicht einmal, dass Grand-Louis vor die Tür gesetzt wird!«

Und zu Grand-Louis:

»Und Sie, Sie wissen auch nichts! Sie schlafen an Bord des Schiffsbaggers, wissen aber nicht, wer da noch an Bord ist. Sie werden hier freundlich aufgenommen, und Sie bezahlen für die Gastfreundschaft mit einer tüchtigen Tracht Prügel, die Sie dem Hausherrn offerieren! Monsieur Martineau haben Sie nie gesehen!«

Kein Aufhorchen. Nur starre Gesichter, auf den Boden geheftete Blicke.

»Und Sie, Monsieur Martineau, wissen auch nicht mehr. Wissen Sie wenigstens, wie Sie von Norwegen nach Frankreich gekommen sind? … Nein? … Sie ziehen eine Koje auf einem verlassenen Schiffsbagger einem Hotelbett vor. Sie radeln davon, kaufen sich ein Auto, um nach Paris zu fahren. Aber Sie wissen nichts! Sie kennen weder Monsieur Grandmaison noch Louis noch Kapitän Joris! … Und Sie, Julie, wissen selbstverständlich noch weniger als die anderen…«

Entmutigt sah er zu Lucas hin. Der verstand ihn gut. Es war nicht daran zu denken, sie alle festzunehmen. Jedem konnte man seltsames Verhalten, Lügen, Widersprüchlichkeit vorhalten! Aber juristisch belangen konnte man keinen!

Die Wanduhr zeigte elf Uhr abends. Maigret klopfte seine Pfeife im Kamin aus und fuhr ärgerlich fort:

»Ich sehe mich gezwungen, Sie zu bitten, und zwar Sie alle, sich der Polizei zur Verfügung zu halten. Bestimmt werde ich Sie trotz Ihrer Unwissenheit um weitere Auskünfte bitten müssen… Herr Bürgermeister, ich nehme nicht an, dass Sie die Absicht haben, Ouistreham zu verlassen?«

»Nein.«

»Ich danke Ihnen… Sie, Monsieur Martineau, Sie könnten sich im Hôtel de l'Univers ein Zimmer nehmen, ich selbst wohne auch da…«

Der Norweger verneigte sich.

»Bring den Herrn ins Univers, Lucas!«

Und zu Grand-Louis und Julie gewandt:

»Ihr beide, Ihr kommt mit mir!«

Er trat hinaus, entließ die beiden Gendarmen, die noch vor dem Haus warteten, und sah Lucas mit Martineau in Richtung des Hotels gehen, wo der Wirt wohl schon darauf wartete, zu Bett gehen zu können.

Julie war ohne Mantel aus dem Haus gegangen, und als ihr Bruder sah, dass sie fror, zog er seine Jacke aus und legte sie ihr, obwohl sie sich sträubte, über die Schultern.

Es war schwierig, sich bei dem Sturm zu unterhalten. Beim Gehen musste man sich nach vorn beugen, es pfiff einem ständig um die Ohren, ein eisiger Nordostwind blies einem ins Gesicht, so dass die Augen schmerzten.

Am Hafen sah man die erleuchtete Kneipe, in der sich die Arbeiter zwischen zwei Schleusengängen mit dampfendem Grog aufwärmten. Die Gesichter wandten sich dem Trio zu, das sich durch den Sturm kämpfte und die Brücke betrat.

»Ist das die ›Saint-Michel‹?«, erkundigte sich Maigret.

Ein Segelschiff fuhr aus der Schleuse in den Vorhafen. Aber es sah viel höher aus als der Schoner, den Maigret in Erinnerung hatte.

»Keine Ladung drauf!«, brummte der Matrose.

Das hieß, dass die ›Saint-Michel‹ ihre Ladung in Caen gelöscht hatte und nun leer fuhr, um anderswo neue Fracht aufzunehmen.

Sie waren fast bei Joris' kleinem Haus angekommen, als plötzlich ein Schatten auftauchte. Man musste sich dicht voreinanderstellen, um sich zu erkennen. Eine nicht sehr kräftige Stimme sagte zu Grand-Louis:

»Ach, da bist du ja! … Beeil dich, wir machen klar Schiff!«

Maigret musterte den kleinen bretonischen Kapitän und blickte dann aufs Meer hinaus, das mit anhaltendem Getöse über die Mole hereinbrach. Der Himmel war aufgewühlt, man sah dunkle Wolkenfetzen treiben.

Die ›Saint-Michel‹ lag festgemacht im Finstern. Nur ein schwacher Lichtschein von einer auf Deck abgestellten Lampe drang herüber.

»Wollen Sie ausfahren?«, fragte der Kommissar.

»Natürlich!«

»Wohin?«

»Wein laden in La Rochelle.«

»Brauchen Sie Grand-Louis unbedingt?«

»Glauben Sie vielleicht, wir könnten bei diesem Wetter mit nur zwei Mann fahren?«

Julie fror. Von einem Bein auf das andere tretend, stand sie da und hörte zu. Ihr Bruder blickte abwechselnd zu Maigret und zu dem Schiff, dessen Masten ächzten.

»Warten Sie an Bord auf mich«, sagte der Kommissar zu Lannec.

»Aber ...«

»Was?«

»In zwei Stunden ist das Wasser so niedrig, dass wir nicht mehr hinausfahren können.«

Eine vage Unruhe spiegelte sich in seinem Gesicht. Es war offensichtlich, dass ihm nicht ganz wohl in seiner Haut war. Nervös trat er von einem Bein auf das andere, und sein Blick wanderte ruhelos umher.

»Schließlich muss ich mir meinen Lebensunterhalt verdienen!«

Er und Louis tauschten mehrere Blicke, und Maigret war sich über deren Bedeutung nur allzu klar. Es gibt eben solche Augenblicke der Intuition, wo man schneller kapiert als sonst.

Der kleine Kapitän war nervös, schien sagen zu wollen:

»Das Schiff ist ganz in der Nähe … Nur mit einer Trosse festgemacht … Einen Kinnhaken für den Polizisten, und wir können …«

Grand-Louis zögerte, sah seine Schwester traurig an, schüttelte den Kopf.

»Warten Sie an Bord auf mich«, wiederholte Maigret.

»Aber …«

Er antwortete nicht und machte den beiden anderen ein Zeichen, ihm in das Haus zu folgen.

Es war das erste Mal, dass Maigret Bruder und Schwester zusammen sah.

Sie waren alle drei in Kapitän Joris' Küche, in der es wohlig warm war. Der Herd zog so heftig, dass das Knistern sich manchmal nach einer kleinen Detonation anhörte.

»Bring uns was zu trinken«, sagte der Kommissar zu Julie, die zum Schrank ging, eine Karaffe mit Schnaps und verzierte Gläser herausnahm.

Er störte hier, er spürte es. Julie hätte viel darum gegeben, mit ihrem Bruder allein sein zu können. Dieser folgte mit den Augen jeder ihrer Bewegungen, und man erriet, dass er eine große Zuneigung für sie hegte und dass sie ihn, den Grobian, irgendwie rührte.

Als perfekte Hausfrau, die sie war, blieb Julie, nachdem sie die beiden Männer bedient hatte, stehen und heizte ihren Herd nach.

»Auf Kapitän Joris«, sagte Maigret und hob sein Glas.

Darauf folgte ein langes Schweigen. Maigret war das gerade recht. Er wollte allen die Zeit geben, die warme und friedliche Atmosphäre der Küche ganz in sich aufzunehmen.

Bald klang das Knistern des Feuers im Herd, die Pendeluhr tickte. Nach dem Sturm draußen stieg nun das Blut in die Wangen, und die Augen begannen zu glänzen. Der leicht säuerliche Geruch des Calvados erfüllte die Luft.

»Kapitän Joris…«, wiederholte Maigret mit träumerischer Stimme. »Und nun sitze ich an seinem Platz, in seinem Sessel. Sein Korbsessel, der bei jeder Bewegung ächzt… Wäre er noch am Leben, würde er jetzt vom Hafen heimkehren und wahrscheinlich auch um ein Glas Schnaps bitten, um sich aufzuwärmen. Nicht wahr, Julie?«

Sie sah ihn groß an und wandte den Kopf wieder ab.

»Er würde nicht gleich nach oben und zu Bett gehen… Ich wette, er würde seine Schuhe ausziehen, Sie würden ihm seine Pantoffeln bringen… Er würde zu Ihnen sagen: Sauwetter… Und da will die ›Saint-Michel‹ noch rausfahren! Gott steh ihr bei!«

»Woher kennen Sie das?«

»Was?«

»Diesen Ausdruck: Gott steh ihr bei. Genau das sagte er immer.«

Sie war gerührt, sah Maigret fast dankbar an.

Grand-Louis ließ sich davon nicht rühren.

»Er wird es nicht mehr sagen, so! Er war glücklich, hatte ein hübsches Haus, einen Garten voller Blumen, die er liebte, Ersparnisse… Alle scheinen ihn gern gehabt zu haben… Und doch gibt es jemanden, der dem allem ein jähes Ende gesetzt hat… mit einem bisschen weißen Pulver in einem Glas Wasser…«

Julies Gesicht hatte sich verzerrt. Sie wollte nicht weinen, kämpfte heftig dagegen an.

»Ein bisschen weißes Pulver, und aus war es! Und der, der das getan hat, ist womöglich noch glücklich, weil niemand weiß, wer es ist! Wahrscheinlich war er vorhin unter uns!«

»Hören Sie auf!«, flehte Julie und faltete die Hände. Sie konnte die Tränen jetzt nicht mehr zurückhalten.

Aber der Kommissar wusste, was er wollte. Mit leiser Stimme sprach er weiter, langsam, Wort für Wort betonend. Und er brauchte keine große Komödie zu spielen. Er ließ sich einfach mitreißen. Er empfand die Schwermütigkeit dieser Stunde, und auch er sah im Geiste die untersetzte Gestalt des Hafenmeisters vor sich.

»In seinem Tod hat er nur noch einen Freund... Mich. Einen Mann, der ganz allein darum kämpft, die Wahrheit herauszufinden, zu verhindern, dass Joris' Mörder glücklich ist...«

Julie schluchzte. Aller Widerstand in ihr war gebrochen, und Maigret fuhr fort:

»Aber alle, die den Toten kannten, schweigen, alle lügen, so dass man fast glauben möchte, sie hätten sich alle etwas vorzuwerfen, seien alle mitschuldig!«

»Das ist nicht wahr!«, schrie sie.

Und Grand-Louis, dem zusehends unbehaglicher wurde, goss sich zu trinken ein und füllte auch gleich das Glas des Kommissars.

»Grand-Louis ist der Erste, der schweigt.«

Julie sah durch einen Schleier von Tränen auf ihren Bruder, als sei sie von der Wahrheit dieser Worte betroffen.

»Er weiß etwas... Er weiß sogar viel. Hat er Angst vor dem Mörder? Hat er etwas zu befürchten?«

»Louis!«, schrie sie ihn an.

Aber Louis schaute ungerührt weg.

»Sag, dass es nicht stimmt, Louis! ... Hörst du?«

»Ich weiß nicht, was der Kommissar...«

Er konnte nicht mehr stillsitzen und stand auf.

»Louis lügt schlimmer als die anderen! Er behauptet, den Norweger nicht zu kennen, aber er kennt ihn! Er behauptet, nicht mit dem Bürgermeister zu verkehren, aber ich treffe ihn in dessen Haus, wie er gerade dabei ist, ihn mit den Fäusten zu bearbeiten...«

Ein vages Lächeln huschte über die Lippen des ehemaligen Sträflings. Julie aber dachte anders darüber.

»Ist das wahr, Louis?«

Und als er nicht antwortete, packte sie ihn am Arm.

»Warum sagst du bloß nicht die Wahrheit? Du hast nichts getan, ich bin sicher!«

Er machte sich von ihr los, verwirrt, vielleicht schon nachgebend. Maigret ließ ihm nicht die Zeit, sich zu fassen.

»In diesem ganzen Lügengebäude bedürfte es wahrscheinlich nur eines ganz kleinen Stücks Wahrheit, eines winzig kleinen Tipps, um es zum Einstürzen zu bringen.«

Aber nichts! Louis beachtete die flehenden Blicke seiner Schwester nicht, schüttelte sich wie ein Riese unter der wütenden Marter seiner zwergenhaften Feinde.

»Ich weiß nichts...«

Und Julie, streng und bereits misstrauisch:

»Warum sagst du nichts?«

»Ich weiß nichts.«

»Der Kommissar sagt…«

»Ich weiß nichts.«

»Hör zu, Louis! Ich habe dir immer vertraut, das weißt du. Und ich habe mich für dich eingesetzt, sogar bei Kapitän Joris…«

Sie errötete über diesen unseligen Satz und sprach schnell weiter:

»Du musst die Wahrheit sagen. Ich halte das nicht mehr aus! Ich bleibe auch nicht länger allein in diesem Haus!«

»Sei still«, seufzte er.

»Was soll er Ihnen eigentlich sagen, Kommissar?«

»Zwei Dinge. Einmal, wer ist Martineau? Und dann, warum hat sich der Bürgermeister von ihm verprügeln lassen?«

»Hast du gehört, Louis? Das ist doch nicht schlimm!«

»Ich weiß nichts.«

Sie wurde zornig.

»Louis, sieh dich vor! Bald glaube ich…«

Und das Feuer knisterte weiter. Langsam tickte die Uhr, und auf dem Kupferpendel spiegelte sich der Schein der Lampe.

Louis mit seinem missratenen Körper war zu groß, zu stark, zu ungeschlacht für diese schmucke Kleinrentnerküche. Er wusste nicht, wohin mit seinen Pranken. Sein unsteter Blick fand keinen Halt.

»Du musst reden!«

»Ich habe nichts zu sagen.«

Er wollte sich nachschenken, aber Julie riss die Karaffe an sich.

»Genug jetzt! Musst dich nicht noch mehr betrinken!«

Sie stand kurz vor einem Nervenzusammenbruch. Sie hatte das unbestimmte Gefühl, dass dies ein tragischer Augenblick war. Sie klammerte sich an die Hoffnung, dass ein Wort alles aufklären könne.

»Louis… dieser Mann… dieser Norweger, der sollte doch die ›Saint-Michel‹ kaufen und dein Chef werden, nicht wahr?«

Und kategorisch kam die Antwort:

»Nein.«

»Wer ist es dann? Er ist noch nie hier gesehen worden. Es kommen keine Ausländer in die Gegend!«

»Ich weiß es nicht.«

Sie blieb hartnäckig. Weiblicher Spürsinn machte sich bemerkbar.

»Der Bürgermeister hat dich nie leiden können. Stimmt es, dass du heute Abend bei ihm gegessen hast?«

»Es stimmt.«

Ungeduldig stampfte sie mit dem Fuß auf den Boden.

»Also, dann sag es mir! Es muss sein! Sonst, das schwöre ich dir, werde ich glauben, dass…«

Weiter ging sie nicht. Sie war todunglücklich. Sie blickte auf den Korbsessel, auf den vertrauten Herd, die Uhr, die Karaffe mit den aufgemalten Blumen.

»Du mochtest den Kapitän ganz gern. Ich weiß es. Du hast es hundertmal gesagt, und wenn ihr euch gestritten habt, dann nur…«

Das musste sie näher erklären.

»Glauben Sie nicht an etwas, das nicht ist, Herr Kommissar! Mein Bruder mochte Kapitän Joris… Und der Kapitän mochte ihn auch gern. Nur, da gab es… Es ist nichts Schlimmes … Wenn Louis Geld in den Taschen hat, vergisst er sich völlig, gibt alles aus, egal, wie und wofür … Der Kapitän wusste, dass Louis mir meine Ersparnisse abbettelte. Er hielt ihm eine Moralpredigt. Das ist alles! Und als er ihm schließlich das Haus verbot, dann nur aus diesem Grund … Damit er mir mein Geld nicht abnimmt … Aber zu mir sagte der Kapitän, dass Louis im Grunde genommen ein anständiger Kerl sei, der nur den einen Fehler habe, schwach zu sein …«

»Und Louis«, sagte Maigret langsam, »wusste vielleicht, dass Sie, wäre Joris tot, dreihunderttausend Franc erben würden.«

Es ging so schnell, dass Maigret fast das Nachsehen hatte. Julie stieß einen durchdringenden Schrei aus, als Grand-Louis sich mit voller Kraft auf Maigret warf und versuchte, diesen an der Gurgel zu packen.

Doch der Kommissar kriegte Louis' eines Handgelenk in der Luft zu fassen. Mit langsamem, aber stetem Druck drehte er es hinter dem Rücken des Matrosen um und knurrte:

»Pfoten weg!«

Julie lehnte mit dem Kopf in den verschränkten Armen an der Wand. Sie weinte herzzerreißend und jammerte:

»Mein Gott! Mein Gott!«

»Wirst du jetzt reden, Louis?«, sagte Maigret in eindringlichem Ton und ließ ihn los.

»Ich habe nichts zu sagen.«

»Und wenn ich dich verhafte?«

»Mir egal.«

»Komm mit!«

Julie schrie:

»Herr Kommissar! Ich flehe Sie an! ... Louis, so rede doch, um Gottes willen!«

Sie waren schon an der Glastür. Grand-Louis drehte sich um. Sein Gesicht war dunkelrot, seine Augen glänzten, und seine Miene war unbeschreiblich, als er eine Hand auf die Schulter seiner Schwester legte.

»Lilie, ich schwöre dir ...«

»Lass mich los!«

Zögernd tat er einen Schritt in den Flur, wandte sich noch einmal um:

»Hör zu ...«

»Nein! Nein, geh!«

So folgte er Maigret langsam bis zur Haustür, wo er sich wieder umdrehen wollte, es dann aber doch seinließ. Die Tür schloss sich hinter ihnen. Sie waren noch keine fünf Schritte durch den Sturm gegangen, als sie wieder aufging und deutlich die Gestalt des Mädchens zu sehen war, das man rufen hörte:

»Louis!«

Zu spät. Die beiden Männer verschwanden mit zielstrebigen Schritten in der Nacht.

Ein Regenschauer durchnässte sie innerhalb weniger Sekunden: Man sah nichts, nicht einmal die Umrisse der Schleuse. Doch plötzlich rief unterhalb von ihnen eine Stimme aus der Dunkelheit:

»Bist du das, Louis?«

Es war Lannec, der an Bord der ›Saint-Michel‹ war. Er hatte Schritte gehört und den Kopf durch die Luke gesteckt. Anscheinend wusste er, dass der Matrose nicht allein war, denn er sagte sehr schnell in breitem Bretonisch:

»Spring aufs Vorderdeck, und wir hauen ab!«

Maigret hatte es verstanden und stand abwartend da, unfähig, in der Dunkelheit den Anfang und das Ende der ›Saint-Michel‹ zu erkennen. Er sah nur die dunkle, zögernde Gestalt seines Begleiters neben sich, dessen Schultern im Regen glänzten.

10

Die drei vom Schiff

Ein schneller Blick auf das schwarze Loch, das das Meer war, dann ein verstohlener Blick auf Maigret. Grand-Louis zuckte die Schultern, fragte den Kommissar brummig:

»Gehen Sie an Bord?«

Maigret bemerkte, dass Lannec etwas in der Hand hatte: eine Trosse. Er folgte ihr mit den Augen, sah, dass sie lose um einen Poller geschlungen war und zurück an Bord führte. Mit anderen Worten: Die ›Saint-Michel‹ war so festgemacht, dass sie in See stechen konnte, ohne dass ein Mann zum Lösen der Trosse an Land gehen musste.

Der Kommissar sagte nichts. Er wusste, dass niemand im Hafen war. Bis zu Julie, die bestimmt schluchzend in ihrer Küche saß, waren es dreihundert Meter, und die nächsten menschlichen Wesen außer ihr hockten jetzt in der warmen Seemannskneipe.

Er setzte einen Fuß auf die Reling, sprang an Bord, und Louis kam hinterher. Trotz des Schutzes, den die Mole bot, war das Meer im Vorhafen unruhig, und bei jeder Welle wurde die ›Saint-Michel‹ wie von einem kräftigen Atemzug gehoben.

An manchen Stellen spiegelte sich ein gelber Lichtschein in der Nässe. Sonst war es stockfinster. Am Bug eine undeutliche Gestalt: der Kapitän, der Louis erstaunt entgegensah. Er trug hohe Gummistiefel, Öljacke und Südwester. Er hielt immer noch die Trosse in der Hand.

Und keiner tat oder sagte etwas. Man wartete. Sicher beobachteten die drei Männer Maigret, der ihnen mit seinem Mantel mit Samtkragen und seinem steifen Hut, den er mit der Hand festhielt, sonderlich vorkommen musste.

»Sie werden heute Nacht nicht auslaufen!«, sagte er.

Kein Protest. Lannec und Grand-Louis tauschten nur schnell einen Blick, der besagte:

»Fahren wir trotzdem?«

»Besser nicht.«

Der Sturm wurde so heftig, dass er sie fast von Deck wehte, und wieder war es Maigret, der die Initiative ergriff, sich zur Luke begab, die er bereits kannte.

»Unterhalten wir uns... Rufen Sie auch den anderen Matrosen.«

Es war ihm lieber, niemanden im Rücken zu haben. Die vier Männer kletterten die steile Treppe hinunter. Ölzeug und Stiefel wurden ausgezogen. Die Kardanlampe brannte. Auf dem Tisch standen Gläser, daneben lag eine mit Bleistiftstrichen und Fettflecken bedeckte Seekarte.

Lannec schob zwei Briketts in den kleinen Ofen. Dann blickte er zögernd auf seinen Besucher, wusste nicht recht, ob er ihm etwas zu trinken anbieten sollte. Der alte Célestin hatte sich mürrisch in eine Ecke verdrückt. Beunruhigt fragte er sich, warum man ihn hereingeholt hatte.

Aus ihrem Verhalten konnte man einen klaren Schluss ziehen: Keiner wollte reden, weil keiner wusste, woran er war. Der Kapitän sah Grand-Louis fragend an, und dieser antwortete ihm mit einem verzweifelten Blick.

Bedurfte es nicht langer Erklärungen für das, was er zu sagen hatte?

»Haben Sie sich das gut überlegt?«, brummte Lannec, nachdem er sich geräuspert hatte, um seine Heiserkeit loszuwerden.

Maigret hatte sich auf einer Bank niedergelassen und beide Ellbogen auf den Tisch gestemmt. Mechanisch spielte er mit einem leeren Glas, das so fettig war, dass man nicht mehr hindurchsehen konnte.

Grand-Louis war stehen geblieben. Er musste den Kopf einziehen, um nicht an die Decke zu stoßen. Lannec kramte in einem Schrank, nur um beschäftigt zu sein.

»Was überlegt?«

»Ich weiß nicht, wie weit Ihre Befugnisse reichen. Aber eines weiß ich, nämlich, dass ich einzig und allein der Marinebehörde unterstehe. Nur sie ist berechtigt, ein Schiff in einem Hafen am Ein- oder Auslaufen zu hindern.«

»Ja, und?«

»Sie hindern mich daran, Ouistreham zu verlassen. In La Rochelle habe ich Ladung aufzunehmen, und für jeden Tag Verzögerung steht mir die Zahlung von Schadenersatz in Aussicht…«

Der ernste, halboffizielle Ton kam nicht an. Maigret kannte derartige Reden! Hatte ihm nicht der Bürgermeister in fast demselben Ton gedroht? Und dann Jean Martineau, der zwar nicht die Marinebehörde, aber seinen Konsul ins Gespräch gebracht hatte.

Er atmete tief ein, warf den dreien einen kurzen Blick zu, und seine Augen wurden vergnügt.

»Red nicht so gescheit daher«, sagte er auf Bretonisch. »Gieß uns lieber was zu trinken ein!«

Es konnte schiefgehen. Der alte Matrose war der Erste, der sich Maigret erstaunt zuwandte.

Grand-Louis' Miene hellte sich auf. Lannec, immer noch ein bisschen frostig, fragte:

»Sind Sie Bretone?«

»Nicht direkt. Ich bin von der Loire. Aber ich habe zwischendurch mal in Nantes studiert.«

Lannec schnitt eine Grimasse, dieselbe, die die Bretonen von der Küste aufsetzen, wenn man mit ihnen über Bretonen aus dem Landesinnern oder über die Halb-Bretonen aus der Gegend von Nantes spricht.

»Ist nichts mehr von dem Schiedam von neulich da?«

Lannec nahm die Flasche, füllte die Gläser. Er tat es langsam, froh, eine Beschäftigung zu haben. Noch wusste er nicht, was er tun sollte. Da war Maigret, der sich in seiner ganzen Fülle niedergelassen hatte, der freundlich war. Er hatte die Pfeife im Mund, den Hut in den Nacken geschoben, und es sah aus, als wollte er es sich hier gemütlich machen.

»Du kannst dich setzen, Louis.«

Der gehorchte. Die Befangenheit war nicht ganz gewichen, aber sie war jetzt von einer anderen Art. Es wurmte diese Männer, dass sie auf Maigrets freundlichen Ton nicht eingehen konnten. Aber sie mussten schließlich auf der Hut sein.

»Auf euer Wohl, Kinder! Und gebt ruhig zu, dass ich

euch eine Menge Ärger erspare, wenn ich euch heute Nacht am Auslaufen hindere.«

»Es ist hauptsächlich die Fahrrinne«, murmelte Lannec und nahm einen Schluck. »Ist man erst draußen auf dem Meer, dann geht's. Aber durch die Strömung der Orne und wegen all der Sandbänke ist die Fahrrinne schlecht. Jedes Jahr laufen ein paar auf.«

»Ist der ›Saint-Michel‹ noch nie etwas passiert?«

Der Mann klopfte auf Holz. Célestin brummte verdrießlich vor sich hin, als er von Unglück reden hörte.

»Der ›Saint-Michel‹? Sie ist wahrscheinlich der beste Segler an der Küste. Wissen Sie was: Vor zwei Jahren ist sie bei dichtem Nebel vor der englischen Küste auf Fels gelaufen. Es war eine höllische Brandung. Jedes andere Schiff wäre dabei draufgegangen. Nun, mit der nächsten Flut war sie wieder flott, sie brauchte nicht einmal ins Trockendock ...«

Maigret spürte, dass man sich auf diesem Terrain verständigen konnte. Aber er war nicht geneigt, die ganze Nacht über die Seefahrt zu reden. Die nassen Kleider fingen an zu dampfen, ganze Rinnsale von Wasser liefen an der Treppe herab. Und der Vollständigkeit halber muss auch erwähnt werden, dass der Kommissar das immer stärker werdende Schlingern des Schiffes, das immer wieder heftig mit der Seite an die Pfeiler der Mole stieß, schlecht vertrug.

»Eine schöne Yacht wird das geben«, sagte er um sich blickend.

Na also! Lannec zuckte zusammen.

»Es ließe sich schon eine schöne Yacht daraus machen«, verbesserte er den Kommissar. »Es müsste nur das Deck umgebaut werden. Das Segelwerk ein bisschen vereinfachen, hauptsächlich das obere…«

»Hat der Norweger unterzeichnet?«

Lannec tauschte einen raschen Blick mit Grand-Louis. Der seufzte nur. Sie hätten viel darum gegeben, diese beiden, um auch nur für ein paar Sekunden allein miteinander reden zu können. Wie viel hatte Louis erzählt? Was durfte der Kapitän sagen?

Louis machte ein trotziges Gesicht. Er machte sich keine Illusionen. Es war unmöglich, seinem Kumpan zu erklären, was hier vor sich ging. Es war zu kompliziert!

Und natürlich würde es eine Menge Ärger geben! Da trank er doch lieber! Er goss sich sein Glas voll, leerte es in einem Zuge und warf dem Kommissar einen resignierten Blick zu, aus dem fast die ganze Aggressivität verschwunden war.

»Welcher Norweger?«

»Nun, der Norweger, der kein richtiger Norweger ist… Martineau… Aber er kann die ›Saint-Michel‹ nicht in Tromsö gesehen haben, denn so hoch in den Norden ist sie nie gekommen.«

»Bedenken Sie, dass sie es könnte. Sie würde Strecken wie bis Archangelsk ohne weiteres bewältigen.«

»Wann übernimmt er das Schiff?«

Der alte Matrose in seiner Ecke grinste. Ein Grinsen, dessen Ironie nicht Maigret galt, sondern den drei Männern an Bord, ihn inbegriffen.

Lannec gab sich mit einer erbärmlichen Antwort zufrieden.

»Ich weiß nicht, was Sie meinen.«

Er bekam einen Puff in die Seite.

»Schwachkopf! … Auf, Kinder! Setzt endlich diese Trauerminen ab! Ihr verdammten Sturköpfe von Bretonen! … Martineau hat versprochen, den Schoner zu kaufen. Hat er ihn nun gekauft oder nicht?«

Da kam ihm ein Gedanke.

»Gebt mir doch mal die Besatzungsliste.«

Er merkte, dass er ins Schwarze getroffen hatte.

»Ich weiß nicht, wo sie …«

»Ich sage dir doch, Lannec, spiel nicht den Dummen! Gib mir die Liste, zum Donnerwetter!«

Er spielte den gemäßigten Wilden, die gutmütige Bestie. Der Kapitän holte eine abgegriffene, grau gewordene Aktenmappe aus dem Schrank. Sie steckte voller amtlicher Papiere, darunter Geschäftsschreiben mit den Briefköpfen von Schiffsmaklern.

Eine große gelbe Mappe aus neuem Papier enthielt Blätter von imponierendem Format: Es war die Mannschaftsliste. Das Datum lag anderthalb Monate zurück, es lautete, genau gesagt, auf den 11. September, das war fünf Tage vor Kapitän Joris' Verschwinden.

Schoner ›Saint-Michel‹, 270 BRT, ausgerüstet für Küstenschifffahrt. Besitzer: Louis Legrand aus Port-en-Bessin. Kapitän: Yves Lannec. Matrose: Célestin Grolet.

Grand-Louis füllte sein Glas randvoll. Lannec ließ ratlos den Kopf hängen.

»Sieh da! Sieh da! Also du bist derzeit der Besitzer des Schiffes, Grand-Louis?«

Keine Antwort. Célestin in seiner Ecke biss auf einem großen Stück Kautabak herum.

»Hört mal, Kinder, wir wollen uns an so einer Lappalie nicht aufhalten. Ich bin nicht viel dümmer als ihr, oder? Wenn ich vom Leben auf See auch nicht viel verstehe! Grand-Louis besitzt keinen Sou. Ein Schiff wie dieses ist mindestens hundertfünfzigtausend Franc wert...«

»Für den Preis hätte ich es nicht hergegeben«, wandte Lannec ein.

»Meinetwegen zweihunderttausend. Grand-Louis hat also die ›Saint-Michel‹ in jemandes Namen gekauft. Sagen wir, auf Rechnung von Jean Martineau. Aus irgendeinem Grund möchte dieser nicht, dass bekannt wird, wem der Schoner gehört... Auf euer Wohl!«

Célestin zuckte die Schultern, als hätte ihn dieses ganze Theater sowieso zutiefst angewidert.

»War Martineau am 11. September, als der Verkauf stattgefunden hat, in Fécamp?«

Die anderen machten saure Gesichter. Louis nahm den Rest Kautabak vom Tisch und schob ihn in den Mund, während Célestin die ausgekauten Stücke in weitem Bogen auf den Kabinenboden ausspuckte.

Die Unterhaltung wurde unterbrochen, weil der Docht der Lampe verkohlte. Das Petroleum war alle. Es musste ein neuer Kanister von Deck geholt werden. Lannec ging und kam klatschnass zurück. Eine Minute verharrten sie in der Finsternis, und als es wieder hell war, saßen alle noch am selben Platz.

»Martineau war dort. Ich bin dessen sicher! Das Schiff wurde auf Grand-Louis' Namen gekauft, Lannec blieb an

Bord. Vielleicht sollte er für immer bleiben, vielleicht auch nur für bestimmte Zeit…«

»Für bestimmte Zeit.«

»Gut. Genau so habe ich es mir gedacht. So lange nämlich, wie die ›Saint-Michel‹ für eine eigenartige Expedition gebraucht wurde.«

Lannec sprang gereizt auf, riss sich die Zigarette aus dem Mund.

»Ihr seid nach Ouistreham gefahren. In der Nacht des Sechzehnten lag der Schoner zum Auslaufen bereit im Vorhafen vor Anker. Wo war Martineau?«

Der Kapitän setzte sich wieder. Er war entmutigt, aber fest entschlossen zu schweigen.

»Am Morgen des Sechzehnten sticht die ›Saint-Michel‹ in See. Wer ist an Bord? Ist Martineau noch dabei? Befindet Joris sich auf dem Schiff?«

Maigret wirkte nicht wie ein Richter, nicht einmal wie ein Polizist. Immer noch der herzliche Tonfall, der amüsierte Blick. Als säße er mit Freunden bei einem Ratespiel.

»Ihr fahrt erst nach England und haltet dann Kurs auf Holland. Gehen Martineau und Joris von Bord? Denn die wollen ja weiter. Ich habe allen Grund zur Annahme, dass sie nach Norwegen hinauffahren…«

Ein Grunzen von Grand-Louis.

»Was sagst du?«

»Dass Sie nichts rauskriegen.«

»War Kapitän Joris schon verwundet, als er an Bord kam? Ist er unterwegs oder erst in Skandinavien verwundet worden?«

Er erwartete keine Antwort mehr.

»Ihr drei, ihr setzt wie bisher eure Küstenfahrten fort. Aber ihr entfernt euch nicht zu weit vom Norden. Ihr wartet auf einen Brief oder ein Telegramm, in dem ein Treffen vereinbart werden soll. Vergangene Woche seid ihr in Fécamp gewesen, dem Hafen, in dem Martineau euch ein erstes Mal getroffen hat. Grand-Louis erfährt, dass man Kapitän Joris in einem merkwürdigen Zustand in Paris aufgegriffen hat und dass man ihn nach Ouistreham zurückbringen wird. Er kommt mit dem Zug her. Es ist niemand im Haus. Er hinterlässt eine Nachricht für seine Schwester und kehrt nach Fécamp zurück.«

Maigret seufzte, zündete gemächlich seine Pfeife an.

»So weit, so gut. Wir nähern uns dem Ende. Martineau ist da. Ihr kommt mit ihm zurück. Vor der Hafeneinfahrt lasst ihr ihn aussteigen, was beweist, dass er nicht gesehen werden will. Er und Grand-Louis treffen sich auf dem Schiffsbagger. Auf euer Wohl!«

Er schenkte sich selber nach, leerte sein Glas unter den düsteren Blicken der drei Männer.

»Eigentlich müsste man jetzt, um alles zu verstehen, nur noch wissen, aus welchem Grund Grand-Louis beim Bürgermeister war, während Martineau nach Paris fuhr. Ein sonderbarer Auftrag: einem Mann eine Tracht Prügel zu versetzen, der doch eher im Ruf steht, sich nicht mit jedem Beliebigen einzulassen.«

Bei dem Gedanken an die Prügelei setzte Grand-Louis unwillkürlich ein zufriedenes Lächeln auf.

»So, meine Freunde! Seid euch darüber klar, dass sich letzten Endes alles aufklären wird! Und findet ihr nicht auch, dass es dann lieber schnell gehen sollte?«

Und Maigret klopfte seine Pfeife am Schuhabsatz aus und stopfte sich eine frische. Célestin war doch tatsächlich eingeschlafen! Er schnarchte mit offenem Mund. Grand-Louis hielt den Kopf schief und starrte auf den schmutzigen Fußboden. Lannec warf ihm vergeblich ratsuchende Blicke zu.

Schließlich murmelte der Kapitän:

»Wir haben nichts zu sagen.«

An Deck gab es ein Geräusch, als wäre ein ziemlich schwerer Gegenstand umgefallen. Maigret zuckte zusammen, Grand-Louis stand auf und schob den Kopf durch die Luke, so dass auf der Treppe nur noch seine Beine zu sehen waren.

Wenn er jetzt geflohen wäre, hätte ihn der Kommissar zweifellos verfolgt. Aber man hörte nur noch das Prasseln des Regens und das Knarren in den Masten.

Dauerte es eine halbe Minute? Länger keinesfalls. Grand-Louis kam wieder herunter. Die nassen Haare klebten ihm auf der Stirn, und das Wasser rann ihm über die Wangen. Er gab keine Erklärung ab.

»Was war los?«

»Die Takel.«

»Was heißt das?«

»Eine Zugwinde ist gegen die Reling gestoßen.«

Der Kapitän feuerte den Ofen nach. Glaubte er, was Louis eben gesagt hatte? Der jedenfalls gab ihm auf seine fragenden Blicke keine Antwort.

Er rüttelte Célestin wach.

»Geh und mach die hinteren Schoten fest!«

Der Matrose rieb sich die Augen, kapierte nicht. Man musste es ihm zweimal wiederholen. Schließlich zog er sein

Ölzeug über, setzte seinen Südwester auf und stieg, steif von Schlaf und Wohlbehagen, die Treppe hinauf. Er war wütend, weil er hinaus in den Regen und in die Kälte musste.

Über ihren Köpfen hörten sie ihn in seinen Holzpantinen auf Deck hin und her gehen. Grand-Louis füllte sein Glas nun bestimmt schon zum sechsten Mal, aber davon merkte man ihm nichts an.

Sein Gesicht blieb immer das Gleiche: unregelmäßige Züge, leicht aufgedunsen, große hervorstehende Augen und die Miene eines Mannes, der sich mit seiner mageren Existenz abgefunden hat.

»Wie denkst du darüber, Grand-Louis?«

»Worüber?«

»Dummkopf! Hast du über deine Situation einmal nachgedacht? Begreifst du nicht, dass du es bist, der den Kürzeren ziehen wird? Erstens deine Vergangenheit. Einer, der im Knast saß! Dann dieses Schiff, dessen Besitzer du wirst, ohne eine müde Mark zu besitzen, Joris, der dich nicht mehr bei sich sehen wollte, weil du ihn zu oft angepumpt hattest. Und die ›Saint-Michel‹ am Abend der Entführung in Ouistreham! Du hier an dem Tag, an dem der Kapitän vergiftet wird! Und deine Schwester, die dreihunderttausend Franc erbt!«

Dachte Grand-Louis überhaupt noch an etwas? Sein Blick war so nichtssagend wie nur möglich. Porzellanaugen, die auf irgendeinen Punkt an der Wand starrten.

»Was macht er da oben so lange?«, sorgte sich Lannec und sah zu der halbgeöffneten Luke, durch die das Wasser in die Kajüte drang und eine Lache auf dem Fußboden bildete.

Maigret hatte nicht viel getrunken, aber doch genug, um

ihm das Blut in den Kopf steigen zu lassen, zumal in dieser stickigen Luft. Und auch genug, um ein paar verträumten Gedanken nachzuhängen.

Nun, da er die drei Männer kannte, konnte er sich ihr Leben in ihrer Welt, die die ›Saint-Michel‹ war, ziemlich gut vorstellen.

Der eine in seiner Koje, die meiste Zeit in Kleidern. Stets eine Flasche und schmutzige Gläser auf dem Tisch. Ein Mann an Deck, das Auf und Ab seiner Holzpantinen oder Stiefel. Dazu das dumpfe, regelmäßige Rauschen des Meeres. Der Kompass und sein schwaches Licht. Die andere Laterne, die oben am Fockmast schaukelte …

Die Finsternis durchbohrende Augen, nach dem Schein der Leuchttürme Ausschau haltend. Und die Entladekais. Zwei oder drei Tage, an denen man nichts zu tun hatte und die man in den überall gleichen Bistros verbrachte.

Undefinierbare Geräusche klangen von oben herab. Döste jetzt nicht auch Grand-Louis vor sich hin, tief entrückt von allem? Ein kleiner Wecker zeigte schon drei Uhr. Die Flasche war fast leer.

Lannec gähnte und suchte in seinen Taschen nach Zigaretten.

Hatten sie die Nacht, in der Kapitän Joris verschwunden war, nicht ebenso verbracht, in derselben stickigen Treibhausluft, die nach Menschen und Teer roch? Und war Joris nicht bei ihnen, hatte er nicht mit ihnen getrunken und auch gegen diese Müdigkeit angekämpft?

Diesmal waren es Stimmen, die man auf Deck hörte. Aber es war nur noch ein Flüstern, das durch den Sturm in die Kajüte drang.

Maigret erhob sich mit gerunzelter Stirn. Er sah, dass Lannec sein Glas nachfüllte, dass Grand-Louis' Kinn auf seine Brust gesunken war und dass er die Lider halb geschlossen hatte.

Er legte die Hand auf seinen Pistolenhalfter, erklomm die Tritte der fast senkrechten Treppe.

Die Luke war gerade so breit, dass ein Mann sie passieren konnte. Und der Kommissar war größer und dicker als die meisten Männer.

Und so konnte er sich nicht einmal verteidigen! Sein Kopf tauchte kaum aus der Luke, da wurde ihm eine Binde auf den Mund gepresst und im Nacken zusammengezerrt.

Dies war die Arbeit der Männer an Deck, der Beitrag Célestins und eines anderen.

Im gleichen Augenblick riss man ihm von unten den Revolver aus der rechten Hand und fesselte ihm die Hände auf den Rücken.

Er trat heftig mit dem Fuß nach hinten. Er traf etwas, ein Gesicht, glaubte er. Aber gleich darauf wurden auch seine Beine gefesselt.

»Zieh!«, hörte man Grand-Louis gleichmütig sagen.

Das war der schwierigste Teil. Er war schwer. Man schob von unten, zerrte von oben.

Es regnete in Strömen. Der Wind stürmte mit unerhörter Kraft über das Wasser.

Er glaubte vier Gestalten zu erkennen. Aber man hatte die Laterne ausgemacht. Und der Wechsel von der Wärme und dem Licht ins eisige Dunkel verwirrte seine Sinne.

»Eins... zwei... hopp!«

Man schwang ihn wie einen Sack. Er flog in hohem Bogen durch die Luft und schlug hart auf den nassen Steinen des Kais auf.

Grand-Louis stieg ihm nach, beugte sich über jede der Fesseln und überzeugte sich, dass sie fest saßen. Für eine Sekunde war das Gesicht des ehemaligen Sträflings dem des Kommissars sehr nah, und er glaubte, eine schmerzliche Miene zu erkennen, als täte ihm das alles sehr leid.

»Sagen Sie meiner Schwester …«, begann er.

Was sagen? Er wusste es selbst nicht. An Bord hörte man eilige Schritte, Quietschen und Knarren, halblaut gerufene Befehle. Die Focksegel waren gehisst. Das Großsegel zog sich langsam am Mast empor.

»Sagen Sie ihr, dass ich sie eines Tages wiedersehen werde … Und wir beide uns vielleicht auch …«

Mit einem plumpen Satz sprang er an Bord zurück. Maigret lag dem Meer zugewandt. Eine an einem Tauende befestigte Laterne erreichte die Spitze des Mastes. Eine schwarze Gestalt stand am Ruder.

»Leinen los!«

Die Trosse glitt um den Poller, wurde eingeholt. Ein paar Sekunden lang schlugen die Segel laut im Wind. Der Bug entfernte sich von der Mole, und der Sturm erfasste das Schiff mit so rasender Wucht, dass es sich fast um sich selbst gedreht hätte.

Aber nein! Ein Ruderschlag brachte es wieder in den Wind. Es zögerte, suchte sich seinen Weg, neigte sich und verschwand plötzlich zwischen den Molen.

Eine dunkle Masse in der Finsternis. Ein schwacher Lichtpunkt an Deck und ein anderer am Mast, sehr hoch und schon wie ein verirrter Stern an einem Zyklonenhimmel.

Maigret konnte sich nicht bewegen. Wie leblos lag er in einer Wasserlache am Ufer des unendlichen Meeres.

Würden die auf dem Schiff, um sich Mut zu machen, jetzt nicht die Schnapsflasche leeren? Man würde noch zwei Briketts ins Feuer legen. Ein Mann am Ruder. Die anderen in den feuchtkalten Kojen…

Vielleicht war ein salzigerer Tropfen unter den flüssigen Perlen, die über das Gesicht des Kommissars rannen.

Ein großer und starker Mann, ein Mann in den besten Jahren, der energischste und bedeutendste Mann vielleicht bei der Kriminalpolizei, lag dort verlassen bis zum Tagesanbruch am Ende des Hafendamms neben einem Poller.

Hätte er sich umgedreht, so hätte er das kleine hölzerne Vordach der Seemannskneipe sehen können, in der niemand mehr war.

II

Die Sandbank der Schwarzen Kühe

Das Meer ging schnell zurück. Maigret hörte die Brandung erst noch am Ende der Molen, dann immer weiter weg am Strand.

Wie fast immer ließ mit der Ebbe auch der Wind nach. Die Regenböen peitschten weniger heftig, und als die tieferhängenden Wolken mit der Dämmerung fahler wurden, hatte sich der nächtliche Sturzregen in einen feinen, aber noch kälteren Regen verwandelt.

Nach und nach tauchten die Dinge aus der Schwärze, die sie verschluckt hatte. Schemenhaft erkannte man die schiefen Masten der Fischkutter, die bei Niedrigwasser im Schlick des Vorhafens aufsaßen.

Von landeinwärts klang aus weiter Ferne das Brüllen einer Kuh. Die Kirchenglocke läutete leise mit kurzen, bescheidenen Schlägen zur Frühmesse um sieben Uhr.

Aber er musste noch warten. Die Gläubigen brauchten nicht durch den Hafen zu gehen. Und die Schleusenarbeiter hatten hier, ehe die Flut kam, nichts zu tun. Nur ein Fischer konnte zufällig vorbeikommen. Aber würden die Fischer bei diesem Wetter überhaupt aufstehen?

Maigret, der nur noch ein nasses Häuflein war, sah alle Betten von Ouistreham vor sich, solide Holzbetten, auf denen sich dicke Daunendecken türmten, unter denen sich die Leute zu dieser Stunde wohlig räkelten, argwöhnisch auf das fahle Rechteck der Fenster blickten und sich noch eine kleine Frist gönnten, ehe sie ihre nackten Füße auf den Fußboden stellten.

Lag Inspektor Lucas auch in seinem Bett? Nein! Denn in diesem Fall wären die Ereignisse kaum zu erklären gewesen!

Der Kommissar rekonstruierte sie so: Jean Martineau war es auf irgendeine Weise gelungen, dem Inspektor zu entwischen. Warum nicht, indem er ihn fesselte, so wie es Maigret passiert war? Dann war er zur ›Saint-Michel‹ gekommen, hatte dort die Stimme des Kommissars gehört. Geduldig hatte er gewartet, bis jemand rauskam. Und als Grand-Louis seinen Kopf durch die Luke gesteckt hatte, hatte er ihm zugeflüstert oder ihn von einem Zettel ablesen lassen, was zu tun war.

Der Rest war einfach. Ein Geräusch an Deck. Célestin wird hinaufgeschickt. Oben reden die beiden Männer miteinander, um Maigret herauszulocken.

Und als er auf halbem Wege ist, kümmert sich das obere Duo darum, Maigret am Schreien zu hindern, während das Duo unten ihm Beine und Arme fesselt.

Inzwischen musste die ›Saint-Michel‹ schon weit über die Drei-Meilen-Zone hinaus sein. Wenn sie nicht einen anderen französischen Hafen anlief, was unwahrscheinlich war, dann hatte sie sich Maigrets Zugriff entzogen.

Reglos lag er da. Er hatte festgestellt, dass jede Bewegung, die er machte, nur noch mehr Wasser in seinen Mantel dringen ließ.

Das Ohr am Boden, vernahm er diverse Geräusche, die

er eines nach dem anderen identifizierte. So auch das der Pumpe, die in Joris' Garten stand.

Julie war aufgestanden! Sie holte sicher Wasser für ihre Morgenwäsche, trug sicher noch ihre Holzpantinen. Aber sie würde den Garten nicht verlassen. In ihrer Küche hatte sie Licht gemacht, denn es war noch nicht richtig hell.

Schritte. Ein Mann überquerte die Brücke, betrat den Hafendamm. Er schritt gemächlich voran. Oben am Kai warf er etwas, das wie ein Bündel Taue aussah, in ein Boot.

Ein Fischer? Maigret drehte sich mühsam um, sah ihn zwanzig Meter von sich entfernt, als er gerade die ins Wasser führende Eisenleiter besteigen wollte. Trotz des Knebels gelang es ihm, ein ziemlich schwaches Stöhnen von sich zu geben.

Der Fischer blickte sich um, entdeckte den schwarzen Haufen, sah ihn lange misstrauisch an, dann, endlich, entschloss er sich, näher zu treten.

»Was machen Sie da?«

Vielleicht hatte er schon einmal gehört, wie man sich angesichts eines Verbrechens verhalten musste, denn er sagte vorsichtig:

»Ich sollte vielleicht besser die Polizei holen.«

Doch immerhin nahm er ihm den Knebel ab. Und der Kommissar redete auf den Mann ein, so dass dieser, wenn auch immer noch argwöhnisch, die Fesseln zu lösen begann, wobei er knurrend den Kerl verfluchte, der die Knoten so fest geschnürt hatte.

Die Kellnerin öffnete die Fensterläden der Kneipe. Das Meer war immer noch unruhig, obwohl der Wind nachgelassen hatte, aber es war nicht mehr das anhaltende Tosen der Nacht. Die See brach sich mit dumpfem Krachen und in einer mindestens drei Meter hohen Gischt an den Sandbänken, so als wollte sie den Kontinent ins Wanken bringen.

Der alte Fischer war ein kleiner, bärtiger Mann, der misstrauisch blieb und nicht wusste, was er tun sollte.

»Die Gendarmerie müsste trotzdem benachrichtigt werden.«

»Aber ich sage Ihnen doch, ich bin selber so etwas wie ein Gendarm in Zivil.«

»Ein Gendarm in Zivil«, wiederholte der Alte mürrisch und unsicher.

Sein Blick glitt mechanisch zum Meer, suchte den Horizont ab und hielt an einem Punkt rechts der Molen in Richtung Le Havre inne. Dann starrte er Maigret bestürzt an.

»Was haben Sie?«

Der Fischer war so erregt, dass er nicht antwortete, und Maigret begriff erst, als er seinerseits den Horizont absuchte.

Die Bucht von Ouistreham lag fast völlig frei. Der Sand in der Farbe reifen Weizens erstreckte sich weiter als eine Meile, und die Brandungswellen schäumten weiß in der Ferne.

Rechts von der Mole, höchstens einen Kilometer entfernt, lag ein gestrandetes Schiff, halb auf dem Sand, halb im Meer, dessen Wellen noch dagegenschlugen.

Zwei Masten und an dem einen eine viereckige Lampe. Ein Schoner aus Paimpol. Die ›Saint-Michel‹...

Es war ein fahles Licht dort drüben, in dem Meer und Himmel ineinander verschmolzen.

Man sah nur die schwarze Masse des gestrandeten Schiffes.

»Sind zu spät raus«, murmelte der Fischer betroffen.

»Passiert das oft?«

»Manchmal. War nicht mehr genug Wasser in der Fahrrinne. Und die Strömung der Orne hat sie auf die Sandbank der Schwarzen Kühe getrieben.«

Eine trostlose Stille herrschte, wie gedämpft durch den Nieselregen, der wie ein Vorhang niederging. Wenn man das Schiff so halb auf dem Trockenen sah, konnte man sich kaum vorstellen, dass seine Besatzung eben noch in Gefahr geschwebt hatte.

Aber als sie in See gestochen waren, hatte das Meer noch bis an den Rand der Dünen gereicht, war die See bestimmt zehnmal unruhiger gewesen!

»Der Hafenmeister muss benachrichtigt werden.«

Der Mann wandte sich unwillkürlich Joris' Haus zu, bis ihm plötzlich einfiel:

»Ach nein, er ist ja...«

Und er ging in die entgegengesetzte Richtung davon. Auch von anderer Stelle, vielleicht vom Vorplatz der Kirche aus, musste das gestrandete Schiff entdeckt worden sein, denn Kapitän Delcourt, der nur notdürftig bekleidet war, kam mit drei Männern herbeigeeilt. Zerstreut reichte er Maigret die Hand und bemerkte gar nicht, dass dieser völlig durchnässt war.

»Ich hatte es ihnen ja gesagt!«

»Sie wussten, dass sie ausfahren würden?«

»Nun, als ich sie hier anlegen sah, dachte ich mir, dass sie die nächste Flut nicht abwarten würden. Ich riet dem Kapitän, sich vor der Strömung in Acht zu nehmen.«

Das ganze Dorf begab sich zum Strand hinunter. An manchen Stellen musste man durch dreißig Zentimeter tiefe Lachen waten. Dann wieder versanken die Füße im Sand. Es war ein langer, mühseliger Weg.

»Sind sie in Gefahr?«, erkundigte sich Maigret.

»Sie sind bestimmt nicht mehr an Bord, sonst hätten sie die Notflagge gehisst oder Signale gegeben.«

Plötzlich besorgt, fügte er hinzu:

»Sie hatten ihr Beiboot ja gar nicht mehr! Erinnern Sie sich? Seit der Dampfer es zurückgebracht hat, liegt es im Hafenbecken!«

»Und?«

»Das heißt, dass sie an Land haben schwimmen müssen… Oder vielmehr…«

Delcourt wurde es unbehaglich zumute. Es gab da einiges, das ihn verwirrte.

»Es wundert mich, dass sie das Schiff nicht abgestützt haben, um zu verhindern, dass es umkippt. Es sei denn, es ist mit einem Schlag umgekippt… Trotzdem…«

Sie kamen näher. Es war ein trauriger Anblick. Man sah den Kiel der ›Saint-Michel‹ mit dem grünen Unterwasseranstrich, das Holz von Muscheltieren verkrustet.

Die Seeleute gingen schon um das Schiff herum, suchten nach einem Leck, fanden aber nichts.

»Einfach aufgelaufen.«

»Nichts Ernstes?«

»Ein Schlepper wird es bei der nächsten Flut wahrscheinlich wieder flottmachen können. Ich verstehe nicht...«

»Was verstehen Sie nicht?«

»Dass sie es verlassen haben. Sie sind doch sonst keine Angsthasen. Sie wissen, dass der Schoner etwas aushält. Sehen Sie sich diese solide Konstruktion an! ... He! Jean-Baptiste! Hol mir eine Leiter her!«

Sie war nötig, um die mehr als sechs Meter hohe, seitwärts geneigte Schiffswand zu erklettern.

»Lohnt sich nicht!«

Eine gerissene Want hing herab. Der Mann, den Delcourt gerufen hatte, ergriff sie, kletterte wie ein Affe hinauf, schwang sich ein paarmal hin und her und sprang auf Deck. Wenige Minuten später ließ er eine Strickleiter herunter.

»Jemand an Bord?«

»Niemand!«

Ein paar Kilometer die Küste hinauf sah man die Häuser von Dives, Fabrikschornsteine, dahinter ahnte man Cabourg, Houlgate und die Felsenspitze, die Deauville und Trouville verbarg.

Maigret erklomm aus Pflichtgefühl die Leiter, aber auf dem schräg stehenden Deck fühlte er sich alles andere als wohl. Er verspürte mehr Angst, als er auf einem Schiff gehabt hätte, das sich mitten in einem Sturm befand.

In der Kajüte lagen Glasscherben am Boden, die Schranktüren standen auf...

Und der Hafenmeister wusste nicht, was er tun sollte! Er war ja nicht der Besitzer des Schiffes! Sollte er es wieder flottmachen, einen Schlepper aus Trouville herbestellen, die Verantwortung für die Aktion übernehmen?

»Wenn es so liegen bleibt, übersteht es die nächste Flut nicht«, murmelte er.

»Nun gut, tun Sie, was getan werden muss. Sie können später sagen, ich hätte…«

Nie zuvor hatte eine so nervöse und bedrückende Atmosphäre geherrscht. Unwillkürlich blickten alle zu den verlassenen Dünen hinüber, als wäre man darauf gefasst, dort die Männer von der ›Saint-Michel‹ zu entdecken.

Immer noch strömten Leute aus dem Dorf herbei. Als Maigret, der nach Ouistreham zurückging, den Hafen erreichte, kam Julie angelaufen.

»Ist es wahr? Sie haben Schiffbruch erlitten?«

»Nein. Sie sind aufgelaufen. Aber ein so kräftiger Kerl wie Ihr Bruder ist sicher mit heiler Haut davongekommen.«

»Wo ist er?«

Etwas stimmte nicht an der Geschichte. Es war verwirrend. Als Maigret vor dem Hôtel de l'Univers ankam, rief ihm der Wirt zu:

»Ihre beiden Freunde haben sich noch nicht blicken lassen! Soll ich sie wecken?«

»Nicht nötig!«

Der Kommissar ging selbst hinauf in Lucas' Zimmer. Der lag auf seinem Bett. Gefesselt! Und die Fesseln saßen fast ebenso stramm wie zuvor bei Maigret!

»Ich werde Ihnen alles erklären…«

»Unnötig. Komm…«

»Gibt's was Neues? Sie sind ja völlig durchnässt! Sie sehen müde aus.«

Er folgte Maigret zum Postamt, das ganz am Ende des

Dorfes gegenüber der Kirche lag. Die Leute standen vor den Türen. Wer konnte, lief zum Strand hinunter.

»Hast du dich nicht wehren können?«

»Er fiel auf der Treppe über mich her, auf dem Weg in den ersten Stock. Er ging hinter mir. Plötzlich zog er mir die Beine weg, und dann ging alles so schnell, dass ich einfach machtlos war. Haben Sie ihn gesehen?«

Maigret erregte Aufsehen, denn er sah aus, als hätte er die ganze Nacht bis zum Hals im Wasser gelegen. Auf dem Postamt war er nicht fähig, selbst zu schreiben, denn das Papier wurde sofort nass.

»Schreib du! Telegramme an alle Bürgermeisterämter und Gendarmerien der Gegend … Dives, Cabourg, Houlgate. Auch die Ortschaften im Süden: Luc-sur-Mer, Lion, Coutances … Sieh auf der Karte nach … Alle, auch die kleinsten Dörfer im Umkreis von zehn Kilometern …

Vier Personenbeschreibungen: Grand-Louis, dann Martineau, Kapitän Lannec und der alte Matrose namens Célestin.

Wenn die Telegramme raus sind, telefonierst du mit den nächstgelegenen Ortschaften, um noch mehr Zeit zu gewinnen.«

Er ließ Lucas die Telegramme und Telefonate erledigen und ging in ein Bistro gegenüber der Post, wo er einen heißen Grog trank, während Kinder ihre Nasen an den Fensterscheiben platt drückten, um ihn zu sehen.

Ouistreham war erwacht, ein unruhiges, besorgtes Ouistreham, das hinaus aufs Meer blickte oder zum Strand strömte. Und Neuigkeiten wurden ausgetauscht, aufgebauscht, entstellt.

Auf der Straße begegnete Maigret dem alten Fischer, der ihn im Morgengrauen befreit hatte.

»Du hast doch nirgends erzählt, dass …«

Und der Fischer gleichgültig:

»Hab erzählt, dass ich Sie gefunden habe …«

Der Kommissar drückte ihm zwanzig Franc in die Hand und ging ins Hotel, um sich umzuziehen. Es schüttelte ihn am ganzen Körper. Es überlief ihn heiß und kalt zugleich. Er hatte dicke Tränensäcke unter den Augen, Bartstoppeln bedeckten seine Wangen.

Aber trotz seiner Müdigkeit arbeiteten seine Gedanken flink. Flinker sogar als sonst. Er wusste, was rund um ihn vorging, er konnte den Leuten antworten und sie befragen und verlor dabei einen bestimmten Gedankengang nie aus den Augen.

Es war kurz vor neun Uhr, als er sich wieder zum Postamt begab. Lucas führte gerade das letzte seiner Telefonate. Die Telegramme waren schon abgeschickt. Auf seine Anfrage hatten die Gendarmerien geantwortet, dass sie noch nichts gesehen hätten.

»Hat Monsieur Grandmaison ein Gespräch geführt, Mademoiselle?«

»Vor einer Stunde. Mit Paris.«

Sie nannte ihm die Nummer. Er sah im Telefonbuch nach und stellte fest, dass es sich um die Stanislas-Schule handelte.

»Verlangt der Bürgermeister oft diese Nummer?«

»Ziemlich oft. Ich glaube, es ist das Internat, das sein Sohn besucht.«

»Ach ja, er hat einen Sohn. Um die fünfzehn Jahre, nicht wahr?«

»Ich glaube. Ich kenne ihn nicht.«

»Monsieur Grandmaison hat nicht mit Caen telefoniert?«

»Er ist aus Caen angerufen worden. Ein Familienmitglied oder einer seiner Angestellten, denn der Anruf kam aus seinem Haus.«

Der Fernschreiber tickte. Ein Telegramm für den Hafen:

Schlepper Athos eintrifft Mittag auf Reede. Gezeichnet: Hafenamt Trouville.

Und endlich ein Anruf der Polizei Caen: Madame Grandmaison sei um vier Uhr morgens in Caen angekommen, habe zu Hause, Rue du Four, geschlafen und sei soeben mit dem Wagen nach Ouistreham losgefahren.

Als Maigret vom Hafen zum Strand sah, hatte sich das Meer so weit zurückgezogen, dass das gestrandete Schiff fast ebenso weit vom Wasser wie von den Dünen entfernt war. Kapitän Delcourt war in schlechter Stimmung. Jedermann sah besorgt zum Horizont.

Denn da war keine Täuschung möglich. Zwar hatte der Wind mit der Ebbe nachgelassen, aber gegen Mittag, mit steigendem Wasser, würde kräftiger Sturm aufkommen. Man sah es an der Farbe des Himmels, ein drohendes Grau, und an dem tückischen Grün der Wellen.

»Hat niemand den Bürgermeister gesehen?«

»Er hat mir durch sein Dienstmädchen sagen lassen, dass er krank ist und mir die Leitung der Aktion überträgt.«

Mit müden Schritten, die Hände in den Taschen, machte sich Maigret auf den Weg zu der Villa. Er klingelte. Fast zehn Minuten vergingen, ehe man ihm öffnete.

Die Haushälterin wollte etwas sagen, aber er beachtete sie nicht und trat mit einer so grimmigen Miene in den Flur, dass sie betroffen schwieg und sich damit begnügte, zur Tür des Arbeitszimmers zu laufen.

»Es ist der Kommissar!«, rief sie.

Maigret betrat den ihm allmählich vertrauten Raum, warf seinen Hut auf einen Stuhl, nickte dem Mann zu, der in seinem Sessel ausgestreckt lag.

Die Wunden vom Vortag sah man jetzt viel deutlicher, sie waren nicht mehr rot, sondern bläulich. Im Kamin brannte ein starkes Kohlefeuer.

Man sah Monsieur Grandmaison an, dass er vorhatte, nichts zu sagen und seinen Besucher überhaupt zu ignorieren.

Maigret verhielt sich ebenso. Er zog seinen Mantel aus, stellte sich mit dem Rücken vor den Kamin, als ginge es ihm nur darum, sich aufzuwärmen. Das Feuer brannte ihm auf den Waden. Mit kurzen, nervösen Zügen rauchte er seine Pfeife.

»Die ganze Geschichte wird noch vor heute Abend zu Ende sein!«, sagte er schließlich wie zu sich selbst.

Der andere zwang sich, kühl zu bleiben. Er griff sogar nach einer Zeitung, die in Reichweite lag, und tat so, als lese er.

»Wir werden möglicherweise gezwungen sein, alle zusammen nach Caen zu fahren.«

»Nach Caen?«

Monsieur Grandmaison hatte aufgeblickt. Er runzelte die Brauen.

»Nach Caen, jawohl! Ich hätte es Ihnen früher sagen sollen; Madame Grandmaison wäre dadurch die Mühe erspart geblieben, herzukommen.«

»Ich sehe nicht ein, was meine Frau …«

»… mit diesem Theater zu tun hat?«, vollendete Maigret. »Ich auch nicht!«

Und er holte sich Streichhölzer vom Schreibtisch, um seine Pfeife, die ausgegangen war, wieder anzuzünden.

»Ist übrigens auch nicht so wichtig«, fuhr er in leichterem Ton fort, »denn es wird sich ja bald alles aufklären. Apropos, wissen Sie, wer der jetzige Besitzer der ›Saint-Michel‹ ist, die man wohl wieder flottzukriegen versucht? … Grand-Louis! Aber er scheint mir eher der Strohmann eines gewissen Martineau zu sein, in dessen Namen er handelt.«

Es war eindeutig, dass der Bürgermeister versuchte, die geheimen Gedanken des Polizeibeamten zu erraten. Aber er vermied jedes Wort, vermied es vor allem, Fragen zu stellen.

»Sie werden den Zusammenhang gleich verstehen: Grand-Louis kauft die ›Saint-Michel‹ auf Rechnung dieses Martineau fünf Tage vor dem Verschwinden von Kapitän Joris. Es ist das einzige Schiff, das den Hafen von Ouistreham sofort nach dessen Verschwinden verlassen hat. Es läuft England und Holland an, ehe es nach Frankreich zurückkehrt. In Holland muss es ähnliche Schiffe geben, die ausschließlich die Norwegen-Route fahren. Nun, Martineau ist Norweger, und Kapitän Joris ist in Norwegen gewesen, bevor er mit dem geflickten Schädelriss in Paris aufgetaucht ist.«

Der Bürgermeister hörte aufmerksam zu.

»Das ist nicht alles. Martineau kehrt nach Fécamp auf die ›Saint-Michel‹ zurück, Grand-Louis, sozusagen sein Mädchen für alles, ist wenige Stunden vor Joris' Tod hier. Etwas später trifft die ›Saint-Michel‹ mit Martineau ein. Und heute Nacht hat er versucht zu fliehen, zusammen mit dem Großteil der Männer, die ich gebeten hatte, sich der Polizei zur Verfügung zu halten. Außer Ihnen!«

Maigret hielt inne, seufzte:

»Bleibt zu klären, warum Martineau zurückgekehrt ist und versucht hat, nach Paris zu entkommen, und warum Sie Ihre Frau am Telefon gebeten haben, eiligst herzukommen.«

»Ich hoffe, Sie wollen nicht behaupten…«

»Ich? Keineswegs! Hören Sie? Da kommt ein Auto. Ich wette, es ist Madame Grandmaison, die von Caen kommt. Wollen Sie mir den Gefallen tun und ihr nichts sagen?«

Ein Klingeln. Die Schritte der Haushälterin im Flur. Fetzen eines halblaut geführten Gesprächs, dann das Gesicht des Mädchens in der Tür. Aber warum sagte sie nichts? Warum diese ängstlichen Blicke auf ihren Dienstherrn?

»Nun?«, fragte dieser ungeduldig.

»Es ist…«

Maigret drängte sie zur Seite, trat in den Flur, wo er nur einen Chauffeur in Uniform entdeckte.

»Haben Sie Madame Grandmaison unterwegs verloren?«, sagte er ihm ins Gesicht hinein.

»Es war so… es ist… sie…«

»Wo ist sie ausgestiegen?«

»An der Straßenkreuzung zwischen Caen und Deauville. Sie fühlte sich nicht wohl.«

Der Bürgermeister stand mit gespanntem Gesicht und schwer atmend in seinem Büro.

»Warten Sie auf mich!«, rief er dem Chauffeur zu.

Und vor Maigret, der ihm mit seinem mächtigen Körper im Weg stand, zögerte er.

»Sie werden mir doch wohl gestatten…«

»Alles. Sie haben recht. Wir müssen beide hin.«

12

Der angefangene Brief

Der Wagen hielt an einer häuserlosen Kreuzung, und der Chauffeur wandte sich nach hinten, um Anweisungen entgegenzunehmen. Seit sie Ouistreham verlassen hatten, war Monsieur Grandmaison nicht mehr der gleiche Mensch. Dort hatte er seine Nerven immer unter Kontrolle gehabt, selbst in den erbärmlichsten Situationen.

Aus war's damit! Er war von einer geradezu panischen Angst ergriffen. Und sein zerschundenes Gesicht, sein rastloser Blick, der pausenlos durch die Landschaft wanderte, machten dies umso deutlicher.

Als das Auto anhielt, sah er Maigret fragend an, aber der Kommissar erlaubte sich den boshaften Spaß, zu murmeln:

»Was machen wir nun?«

Keine Menschenseele auf der Straße, auch niemand in den umliegenden Obstgärten. Natürlich war Madame Grandmaison nicht aus dem Wagen gestiegen, um sich an den Straßenrand zu setzen. Wenn sie, als sie hier angelangt war, den Chauffeur weggeschickt hatte, dann, weil sie eine Verabredung oder plötzlich jemanden entdeckt hatte, mit dem sie ohne Zeugen sprechen wollte.

Das Laub in den Bäumen war nass, ein starker Humusgeruch stieg vom Boden auf. Wiederkäuende Kühe stierten das Auto an.

Und der Bürgermeister sah sich suchend um, spähte in jeden Winkel der Landschaft, als rechnete er damit, seine Frau hinter einer Hecke oder einem Baumstamm zu entdecken.

»Schauen Sie da!«, sagte Maigret im Ton eines freundlichen Helfers.

Auf der Straße nach Dives sah man eindeutige Spuren. Hier hatte ein Auto gestoppt, mühsam auf der schmalen Straße gewendet und dann seine Fahrt fortgesetzt.

»Ein alter Lieferwagen … Fahren Sie weiter!«, befahl er dem Chauffeur.

Sie brauchten nicht lange zu fahren. Ein gutes Stück vor Dives verloren sich die Wagenspuren auf einem Schotterweg. Monsieur Grandmaison blickte immer noch suchend um sich, und in seinen Augen spiegelten sich Angst und Hass zugleich.

»Sehen Sie etwas?«

»Da vorne ist ein Dorf, fünfhundert Meter vor uns …«

»Dann ist es besser, wir lassen den Wagen hier.«

Maigret schien vor Müdigkeit von fast unmenschlicher Gleichgültigkeit, er schlief buchstäblich im Stehen, und nur die Macht der Gewohnheit schien ihn einen Schritt vor den anderen setzen zu lassen. Jeder, der sie so gesehen hätte, wäre der Überzeugung gewesen, dass es der Bürgermeister war, der hier befahl, und dass der Kommissar ihm mit der Demut des Untergebenen folgte.

Sie kamen an einem kleinen Haus vorbei, vor dem Hühner scharrten, und eine Frau musterte die beiden Männer erstaunt. Dann tauchte vor ihnen die Rückseite einer Kirche auf, die kaum größer als eine Hütte war. Links befand sich ein Tabakladen.

»Erlauben Sie?«, sagte Maigret und zeigte seinen leeren Tabaksbeutel.

Er trat allein in den Laden, in dem neben Lebensmitteln alles Mögliche verkauft wurde. Ein alter Mann kam aus einem niedrigen Hinterzimmer und rief seine Tochter, die den Tabak dann verkaufte. Da die Tür offen blieb, konnte Maigret das Wandtelefon entdecken.

»Wann hat mein Freund heute Morgen von hier aus telefoniert?«

Das Mädchen zögerte keine Sekunde.

»Vor einer guten Stunde.«

»Dann ist die Dame also gekommen?«

»Ja. Sie ist sogar hereingekommen, um nach dem Weg zu fragen. Es ist nicht schwer zu finden. Das letzte Haus in der Gasse rechts.«

Er verließ den Laden in aller Ruhe. Monsieur Grandmaison stand vor der Kirche und blickte sich auf eine Art und Weise um, die den Argwohn der Dorfbewohner wecken musste.

»Mir kommt da ein Gedanke«, murmelte Maigret. »Teilen wir uns die Arbeit. Sie suchen links, zu den Feldern hin, und ich wende mich nach rechts.«

Er bemerkte das Funkeln in den Augen seines Begleiters. Der Bürgermeister war begeistert, versuchte aber, es nicht zu zeigen. Er hoffte, seine Frau zu finden und mit ihr sprechen zu können, ohne dass der Kommissar dabei war.

»Gut«, antwortete er mit gespielter Gleichgültigkeit.

Der Weiler bestand aus nicht mehr als zwanzig Häuschen, die dicht aneinandergebaut waren und dadurch eine Art

Straße bildeten, was aber keinen daran hinderte, seinen Misthaufen vor das Haus zu setzen. Immer noch fiel ein feiner Sprühregen, und kein Mensch war draußen zu sehen. Aber Gardinen bewegten sich, und dahinter ahnte man die runzligen Gesichter alter Frauen, die im dunklen Zimmer saßen.

Ganz am Ende des Weilers, genau vor dem Zaun einer Wiese, auf der zwei Pferde galoppierten, stand ein niedriges Haus mit schiefem Dach. Zwei Stufen führten zum Eingang hinauf. Maigret drehte sich um, hörte die Schritte des Bürgermeisters am anderen Ende des Dorfes, unterließ es, an die Tür zu klopfen, und trat ein.

Sofort bewegte sich etwas in dem Halbdunkel, in dem der Schein einer Feuerstelle flackerte. Eine dunkle Gestalt, der weiße Fleck einer Haube.

»Wer ist da?«, fragte eine alte Frau, die herbeigetrippelt kam.

Es war warm. Es roch nach Stroh, Kohl und Hühnerstall. Irgendwo beim Herd mussten Küken herumpicken.

Maigret, der mit dem Kopf fast gegen die Decke stieß, sah eine Tür im Hintergrund des Zimmers und begriff, dass er schnell handeln musste. Ohne ein Wort zu verlieren, ging er auf diese Tür zu, riss sie auf. Madame Grandmaison saß schreibend da. Jean Martineau stand neben ihr.

Einen Augenblick lang herrschte Verwirrung. Die Frau erhob sich von ihrem Stuhl mit der strohgeflochtenen Sitzfläche. Martineaus erste Reaktion war, nach dem Briefbogen zu greifen und ihn zu zerknüllen. Instinktiv traten die beiden näher zueinander hin.

Das Haus hatte nur zwei Räume. Dieser war das Schlafzimmer der Alten. An den weißgekalkten Wänden hingen zwei Porträts und bunte Drucke in schwarzen und goldenen Rahmen. Ein sehr hohes Bett. Der Tisch, an dem Madame Grandmaison geschrieben hatte, diente sonst als Waschtisch, aber man hatte die Waschschüssel weggestellt.

»Ihr Mann wird in wenigen Minuten hier sein«, sagte Maigret ohne Umschweife.

Und Martineau knurrte wütend:

»Haben Sie ihn hergebracht?«

»Sei still, Raymond.«

Die Worte kamen von ihr. Sie duzte ihn. Und sie nannte ihn nicht Jean, sondern Raymond. Maigret registrierte diese Details und ging zur Tür, um zu horchen, kehrte dann zu dem Paar zurück.

»Würden Sie mir bitte diesen angefangenen Brief geben?«

Sie blickten sich an. Madame Grandmaison war blass und wirkte erschöpft. Maigret hatte sie ja schon einmal gesehen, aber damals als Dame von Welt, als Herrin des Hauses, die sich der heiligen Aufgabe gewidmet hatte, Gäste zu empfangen. Dabei war ihm ihre perfekte Erziehung aufgefallen und die selbstverständliche Anmut, mit der sie eine Tasse Tee zu halten oder ein Kompliment zu erwidern wusste.

Er hatte sich ihr Leben ausgemalt: die Führung des Haushalts in Caen, die Empfänge, die Erziehung der Kinder. Zwei oder drei Monate jährlich in einem Luftkurort oder Seebad. Eine gemäßigte Eleganz. Würde war ihr wichtiger als die Sorge, hübsch auszusehen.

Zweifellos fand sich all das in der Frau, die er jetzt vor

sich hatte. Aber da trat noch etwas anderes hinzu: Sie zeigte mehr Kaltblütigkeit und mehr Schneid als ihr Begleiter, der nahe daran war, die Fassung zu verlieren.

»Gib ihm den Brief«, sagte sie, als er sich anschickte, ihn zu zerreißen.

Es stand fast nichts darauf:

Sehr geehrter Herr Direktor,
ich bitte Sie höflichst…

Es war eine große, schräge Schrift, wie man sie zu Beginn des Jahrhunderts in den Mädchenpensionaten gelehrt hatte.

»Sie haben heute Morgen zwei Anrufe bekommen, nicht wahr? Einen von Ihrem Mann… Oder nein, vielmehr haben Sie ihn angerufen, um ihm zu sagen, dass Sie nach Ouistreham kämen. Dann ein Anruf von Monsieur Martineau, der Sie hierherzukommen bat. Er ließ Sie mit einem Lieferwagen an der Kreuzung abholen.«

Hinter dem Tintenfass lag etwas auf dem Tisch, das Maigret bis dahin nicht bemerkt hatte: ein Bündel Tausendfrancscheine.

Martineau folgte seinem Blick. Zu spät, es zu verstecken! Da ließ er sich, von einer plötzlichen Mattigkeit erfasst, auf die Bettkante sinken und blickte niedergeschlagen zu Boden.

»Haben Sie ihm dieses Geld mitgebracht?«

Es war wieder einmal die typische Atmosphäre dieses Falles! Dasselbe wie in der Villa in Ouistreham, als er Grand-Louis dabei überraschte, wie er den Bürgermeister verdrosch und wie dann beide schwiegen! Dasselbe wie in der vergangenen Nacht an Bord der ›Saint-Michel‹, als die drei Männer ihm jede Antwort verweigerten!

Diese Hartnäckigkeit! Der feste Vorsatz, nicht das geringste erklärende Wort abzugeben.

»Ich vermute, dass dieser Brief an einen Schuldirektor gerichtet ist. Da Ihr Sohn im Stanislas ist, geht es in dem Brief wahrscheinlich um ihn. Was das Geld betrifft... Ja, natürlich! Martineau hat das gestrandete Schiff in aller Eile verlassen und an Land schwimmen müssen. Wahrscheinlich hat er seine Brieftasche dort gelassen... Sie haben ihm das Geld gebracht, damit...«

Plötzlich änderte er den Ton und fragte:

»Und die anderen, Martineau? Alle gesund und munter?«

Der Mann zögerte, aber er konnte schließlich nicht umhin, zustimmend die Augen niederzuschlagen.

»Ich frage Sie gar nicht erst, wo sie sich verstecken. Ich weiß, dass Sie es mir nicht sagen werden.«

»Stimmt.«

»Was stimmt?!«

Die Tür war aufgestoßen worden, und es war der Bürgermeister, der diese letzten Worte mit wutschnaubender Stimme gesprochen hatte. Er war nicht wiederzuerkennen, keuchte vor Zorn, ballte die Fäuste, bereit, sich auf den Feind zu stürzen. Und sein Blick glitt von seiner Frau zu Martineau, von Martineau auf das Geldbündel, das noch auf dem Tisch lag.

Es war ein drohender Blick, in dem zugleich aber auch Angst und Verzweiflung standen.

»Was stimmt? Was hat er gesagt? Welche neue Lüge hat er erfunden? Und sie … sie, die … die …«

Die Stimme versagte ihm. Er erstickte fast. Maigret hielt sich bereit einzugreifen.

»Was stimmt? Was geht hier vor? Und was für ein Komplott wird hier geschmiedet? … Wem gehört dieses Geld?«

Im Nachbarzimmer hörte man die Alte umhertrippeln, hörte, wie sie an der Haustür ihre Hühner rief:

»Komm, put, put, komm …«

Maiskörner rieselten über die ausgetretenen Steinstufen. Ein Huhn der Nachbarin wurde mit einem Fußtritt verjagt.

»Friss dich zu Hause satt, du schwarzer Teufel!«

In dem Schlafzimmer kein Mucks. Dumpfes Schweigen. Ein Schweigen so tief und drückend wie der Himmel an diesem regnerischen Morgen.

Menschen, die Angst hatten. Denn sie hatten Angst! Alle! Martineau, die Frau, der Bürgermeister! Sie hatten Angst, jeder bangte für sich, konnte man sagen. Jeder hatte eine andere Angst!

Da sprach Maigret wie ein Richter in langsamem, feierlichem Ton:

»Ich bin von der Staatsanwaltschaft mit dem Aufspüren und der Festnahme des Mörders von Kapitän Joris beauftragt, der von einer Revolverkugel am Schädel verletzt und einen Monat später in seinem Haus mit Strychnin vergiftet worden ist. Hat einer von Ihnen hierzu eine Erklärung abzugeben?«

Niemand hatte bis dahin gemerkt, dass das Zimmer nicht geheizt war. Aber plötzlich froren alle. Jede Silbe Maigrets hatte wie in einer Kirche gehallt, und es war, als vibrierten die Worte noch in der Luft.

»… Strychnin … vergiftet …«

Und vor allem der Schluss:

»Hat einer von Ihnen hierzu eine Erklärung abzugeben?«

Martineau senkte als Erster den Kopf. Madame Grandmaison blickte mit glänzenden Augen abwechselnd zu ihrem Mann und dem Norweger.

Aber niemand antwortete. Niemand wagte den bohrenden Blick Maigrets zu erwidern.

Zwei Minuten … drei Minuten … Nebenan die Alte, die frische Holzscheite auf das Feuer legte …

Und wieder Maigrets Stimme, absichtlich kühl und bar jeden Gefühls:

»Im Namen des Gesetzes, Jean Martineau, Sie sind verhaftet!«

Der Aufschrei einer Frau. Madame Grandmaison machte eine Bewegung, als wollte sie sich schützend vor Martineau stellen, aber noch bevor sie ihn erreichte, brach sie ohnmächtig zusammen.

Der Bürgermeister drehte sich wutschnaubend zur Wand.

Und Martineau stieß einen Seufzer der Erschöpfung, der Resignation aus. Er wagte es nicht, der ohnmächtigen Frau Hilfe zu leisten.

Maigret war es, der sich schließlich über sie beugte, sich nach dem Wasserkrug umsah. Er fragte die Alte im Nebenraum:

»Haben Sie etwas Essig da?«

In den unbestimmbaren Geruch des Häuschens mischte sich nun auch noch das Essigaroma.

Wenige Augenblicke später kam Madame Grandmaison wieder zu sich, und nachdem sie einige Male nervös aufgeschluchzt hatte, fiel sie in einen Zustand fast völliger Lethargie.

»Fühlen Sie sich in der Lage zu gehen?«

Sie nickte. Sie konnte tatsächlich gehen, aber ihre Schritte waren wie abgehackt.

»Sie folgen mir, Messieurs, nicht wahr? Ich hoffe, ich kann mich *diesmal* auf Ihren Gehorsam verlassen!«

Die Alte sah ihnen entsetzt nach, als sie durch ihre Küche gingen. Erst als sie draußen waren, kam sie zur Tür geeilt und rief:

»Werden Sie zum Mittagessen wieder da sein, Monsieur Raymond?«

Raymond! Zum zweiten Mal wurde dieser Vorname genannt! Der Mann machte ein Zeichen, dass er nicht käme.

Die vier Personen setzten ihren Weg durch das Dorf fort. Vor dem Tabakladen blieb Martineau stehen und sagte zögernd zu Maigret:

»Entschuldigen Sie bitte, da ich nicht weiß, ob ich eines Tages hierher zurückkehre, möchte ich keine Schulden hinterlassen. Ich muss hier noch ein Telefongespräch, einen Grog und ein Päckchen Zigaretten bezahlen.«

Es war Maigret, der die Schulden für ihn beglich.

Sie kamen an der Kirche vorbei. Am Ende des Hohlweges erreichten sie den wartenden Wagen. Der Kommissar hieß seine Begleiter einsteigen und überlegte kurz, was er dem Chauffeur auftragen sollte.

»Nach Ouistreham! Halten Sie als Erstes vor der Gendarmerie.«

Während der Fahrt wurde kein einziges Wort gewechselt. Immer noch Regen, ein eintöniger Himmel, der Wind, der allmählich wieder auffrischte und die nassen Bäume schüttelte.

Vor der Gendarmerie bat Maigret Martineau auszusteigen und gab dem Polizisten Instruktionen.

»Sperren Sie ihn in die Zelle. Sie sind mir für ihn verantwortlich. Nichts Neues hier?«

»Der Schleppkahn ist eingetroffen. Sie warten ab, bis das Wasser gestiegen ist.«

Der Wagen fuhr weiter. Sie kamen am Hafen vorbei, und Maigret ließ noch einmal anhalten, um für einen Augenblick auszusteigen.

Es war Mittag. Die Schleusenarbeiter waren auf ihren Posten, denn ein Dampfer aus Caen war angekündigt. Der Sandstreifen am Strand war schmaler geworden, und die weißen Wellen schäumten fast bis an die Dünen.

Rechts beobachtete eine große Menschenmenge ein spannendes Schauspiel: Der Schlepper aus Trouville lag weniger als fünfhundert Meter vor der Küste vor Anker. Ein kleines Boot näherte sich mühsam der ›Saint-Michel‹, die von der Flut wieder halb aufgerichtet worden war.

Durch die Scheiben des Wagens sah Maigret, dass der Bürgermeister auch diesem Manöver zusah. Kapitän Delcourt kam aus der Kneipe.

»Wird es klappen?«, erkundigte sich der Kommissar.

»Ich glaube schon, dass wir sie wieder flottkriegen. Seit zwei Stunden sind ein paar Männer dabei, den Schoner von allem Ballast zu befreien. Wenn die Trossen nicht reißen …«

Und er musterte den Himmel, als wäre er eine Wetterkarte, von der man die Launen des Windes ablesen konnte.

»Es muss nur alles erledigt sein, ehe die Flut ihren Höchststand erreicht hat.«

Er entdeckte den Bürgermeister und dessen Frau im Auto, grüßte sie respektvoll und sah dann Maigret fragend an.

»Neuigkeiten?«

»Weiß nicht.«

Lucas kam herbei, und *er* hatte Neuigkeiten. Aber bevor er sie preisgab, zog er seinen Chef beiseite.

»Man hat Grand-Louis geschnappt.«

»Was?!«

»Seine eigene Schuld. Die Gendarmen aus Dives haben heute Morgen Fußspuren auf den Feldern entdeckt. Da war jemand schnurstracks geradeaus gegangen, hatte Hecken übersprungen … Die Spur führte zur Orne, an einen Platz, an dem irgendein Fischer gewöhnlich sein Boot an Land zieht. Und das Boot war am anderen Ufer …«

»Sind die Polizisten hinüber?«

»Ja. Und sie sind fast auf der Höhe des gestrandeten Schiffes an den Strand gelangt. Dort am Rand der Dünen stehen …«

»… die Ruinen einer Kapelle!«

»Das wissen Sie?«

»Die Kapelle Unserer Lieben Frau in den Dünen.«

»Nun gut, dort hat man Grand-Louis geschnappt. Er hockte da und schaute zu, wie sie das Schiff flottzukriegen versuchen. Als ich hinkam, flehte er die Gendarmen an, ihn nicht sofort mitzunehmen, ihn am Strand zu lassen, bis alles getan sei. Ich habe es erlaubt. Nun sitzt er dort, in Handschellen. Gibt Anweisungen, weil er Angst hat, sein Schiff zu verlieren. Wollen Sie ihn sehen?«

»Ich weiß nicht. Später vielleicht.«

Denn da waren die beiden anderen, die im Wagen, Monsieur und Madame Grandmaison, die geduldig warteten.

»Glauben Sie, dass wir die Wahrheit noch rauskriegen?«

Und da Maigret nicht antwortete, fügte Lucas hinzu:

»Also, ich glaube allmählich das Gegenteil. Sie lügen alle! Die, die nicht lügen, schweigen, obwohl sie etwas wissen. Man könnte fast meinen, der ganze Ort sei für Joris' Tod verantwortlich.«

Aber der Kommissar zuckte nur mit den Schultern und brummte:

»Bis später!«

Im Auto befahl er zur großen Überraschung des Chauffeurs:

»Nach Hause!«

Es war, als spräche er von seinem eigenen Haus, als sei er der Hausherr!

»Zum Haus in Caen?«

Ehrlich gesagt, hatte der Kommissar daran gar nicht gedacht. Aber es brachte ihn auf eine Idee:

»In Caen, jawohl.«

Monsieur Grandmaisons Miene verdüsterte sich. Seine Frau hingegen zeigte überhaupt keine Reaktion mehr. Sie schien sich mit ihrem Schicksal abzufinden, nicht den geringsten Widerstand leisten zu wollen.

Vom Stadtrand bis zur Rue du Four zogen bestimmt fünfzig Männer den Hut. Jedermann schien Monsieur Grandmaisons Wagen zu kennen. Und es waren respektvolle Grüße. Der Reeder wirkte wie ein Lehnsherr, der durch seine Güter reist.

»Nur eine Formalität«, sagte Maigret leise, als das Auto schließlich anhielt. »Sie werden entschuldigen, dass ich Sie hergebracht habe… Aber wie ich Ihnen heute Morgen schon sagte… bis heute Abend sollte die ganze Sache erledigt sein.«

Es war eine ruhige Straße, gesäumt von diesen prunkvollen Herrschaftshäusern, die man nur noch in der Provinz findet. Vor dem Haus aus nachgedunkeltem Naturstein lag ein kleiner Hof, und am Tor verkündete eine Kupfertafel:

Anglo-Normande – Schifffahrtsgesellschaft
Im Hof ein Schild mit einem Pfeil: *Büros*
Ein anderes Schild, ein anderer Pfeil: *Kasse*
Und ein Hinweis: *Die Büros sind von 9.00 bis 16.00 Uhr geöffnet.*

Es war kurz nach Mittag. Die Fahrt von Ouistreham hatte nur zehn Minuten gedauert. Um diese Zeit waren die meisten Angestellten beim Mittagessen, aber einige waren dageblieben und hielten die Stellung in düsteren, feierlichen Räumen mit dicken Teppichen und Louis-Philippe-Möbeln.

»Möchten Sie in Ihre Wohnung gehen, Madame? Ich werde Sie wahrscheinlich später um ein kurzes Gespräch bitten müssen.«

Im Erdgeschoss befanden sich nur Büros. Es gab eine weitläufige Halle, deren Eingang von schmiedeeisernen Stehlampen flankiert war. Eine Marmortreppe führte zu den Wohnräumen der Grandmaisons im ersten Stock hinauf.

Der Bürgermeister von Ouistreham wartete verdrossen darauf, dass Maigret über ihn entschied.

»Was wollen Sie wissen?«, murmelte er.

Und er schlug seinen Mantelkragen hoch, zog seinen Hut tief ins Gesicht, damit seine Angestellten nicht sehen konnten, wie schlimm ihn die Fäuste von Grand-Louis zugerichtet hatten.

»Nichts Besonderes. Ich bitte Sie lediglich um die Erlaubnis, frei umhergehen und die Luft des Hauses schnuppern zu dürfen.«

»Brauchen Sie mich?«

»Nicht im Geringsten.«

»Dann werden Sie wohl nichts dagegen haben, wenn ich mich meiner Frau anschließe.«

Der Respekt, mit dem er von seiner Frau sprach, passte so gar nicht zu der Szene am Vormittag in dem Häuschen der alten Frau.

Maigret sah ihm nach, bis er auf der Treppe verschwand, ging bis ans Ende des Korridors und vergewisserte sich, dass es nur einen Ausgang in dem Gebäude gab.

Dann ging er hinaus, stöberte einen Polizisten in der Nähe auf und ließ ihn beim Tor Posten beziehen.

»… verstanden? Sie können jeden herauslassen, außer den Reeder. Sie kennen ihn?«

»Natürlich! Aber … Was hat er getan? Ein Mann wie er! Wissen Sie, dass er Präsident der Handelskammer ist?«

»Umso besser!«

Rechts in der Halle ein Büro: *Sekretariat.* Maigret klopfte, stieß die Tür auf, schnupperte Zigarrengeruch, sah aber niemanden.

Ein Büro links: *Verwaltung.* Und es war die gleiche ernste und feierliche Atmosphäre, waren die gleichen dunkelroten Teppiche, die gleichen goldgemusterten Tapeten und reich verzierten Stuckdecken.

Der Eindruck, dass niemand hier drinnen laut zu sprechen wagen würde. Man sah im Geiste gesetzte Herren im Nadelstreifenanzug vor sich, die bedächtig sprachen, während sie dicke Zigarren rauchten.

Das seriöse, solide Unternehmen. Die alte Provinzfirma, die Generationen hindurch vom Vater auf den Sohn übergegangen war.

»Monsieur Grandmaison? – Seine Unterschrift ist Gold wert!«

Maigret war jetzt in dessen Büro, das im Empire-Stil eingerichtet war, wie es sich für einen Direktor gehörte! An den Wänden Fotografien von Schiffen, Statistiken, Grafiken, mehrfarbige Tabellen.

Und während er, die Hände in den Taschen, mal hierhin, mal dahin ging, öffnete sich plötzlich eine Tür, und der weißhaarige Kopf eines alten Mannes lugte heraus.

»Was ist hier los?«, fragte er erschrocken.

»Polizei!«, entgegnete Maigret so schroff wie möglich, als liebte er es, von einem Extrem ins andere zu fallen.

Und er sah, wie der Alte zusammenfuhr, wie ihn das Entsetzen packte.

»Keine Sorge. Es geht um einen Fall, mit dem mich Ihr Direktor beauftragt hat. Sie sind doch …«

»Der Hauptkassierer«, beeilte sich der Mann zu bestätigen.

»Und beschäftigt sind Sie im Haus seit … seit …«

»… zweiundvierzig Jahren. Ich habe zu Monsieur Charles' Zeiten angefangen.«

»Ja, genau. Und das Büro nebenan ist Ihres? Sie sind es, der hier im Augenblick nach dem Rechten sieht, nicht wahr? Wenigstens hat man mir das gesagt.«

Maigret riskierte nichts. Es genügte, das Haus zu sehen und dann noch diesen treuen Angestellten, um alles zu erraten.

»Das versteht sich sozusagen von selbst, nicht wahr? Wenn Monsieur Ernest nicht hier ist …«

»Monsieur Ernest?«

»Ja, Monsieur Grandmaison, meine ich. Ich habe ihn schon als kleinen Jungen gekannt, und so nenne ich ihn halt immer noch Monsieur Ernest.«

Maigret trat wie unbeabsichtigt in das Büro des Alten, ein Büro ohne Luxus, in dem man spürte, dass das Publikum hier keinen Zutritt hatte, in dem sich jedoch, wie sonst nirgendwo, Aktenstöße stapelten.

Auf dem überladenen Schreibtisch in Papier gewickelte belegte Brote. Auf dem Ofen eine dampfende kleine Kaffeekanne.

»Sie nehmen Ihre Mahlzeiten hier ein, Monsieur …? Na, jetzt habe ich doch Ihren Namen vergessen …«

»Bernardin. Aber alle sagen Vater Bernard. Ich lebe allein, und da lohnt es sich nicht, dass ich zum Mittagessen nach

Hause gehe. Sagen Sie, ist es wegen des kleinen Diebstahls letzte Woche, weswegen Monsieur Ernest Sie gerufen hat? ... Er hätte es mir sagen sollen, denn inzwischen hat sich das erledigt. Ein junger Mann hatte die zweitausend Franc aus der Kasse genommen. Sein Onkel hat es zurückgezahlt. Der junge Mann hat geschworen ... Verstehen Sie? In dem Alter! Er war einfach in schlechte Gesellschaft geraten ...«

»Wir werden das nachher klären. Bitte, essen Sie ruhig weiter. Sie waren also schon Monsieur Charles' Vertrauensmann, ehe Sie es bei Monsieur Ernest wurden?«

»Ich war Kassierer. Es gab damals noch keinen Hauptkassierer. Ich könnte fast behaupten, dass der Titel eigens für mich geschaffen wurde.«

»Ist Monsieur Ernest der einzige Sohn von Monsieur Charles?«

»Der einzige Sohn, ja. Da war auch eine Tochter, die einen Industriellen aus Lille geheiratet hat, aber sie ist im Wochenbett gestorben, ebenso wie das Kind.«

»Aber Monsieur Raymond?«

Der Alte hob erstaunt den Kopf.

»Ach! Hat Monsieur Ernest Ihnen gesagt ...«

Der Alte zeigte sich jetzt trotz allem etwas reservierter.

»Gehört er nicht zur Familie?«

»Ein Vetter. Auch ein Grandmaison. Nur besaß er kein Vermögen. Sein Vater starb in den Kolonien ... Das gibt es in allen Familien, nicht wahr?«

»In allen!«, bestätigte Maigret, ohne mit der Wimper zu zucken.

»Monsieur Ernests Vater hatte ihn sozusagen adoptiert. Das heißt, er hatte ihm hier eine Arbeitsstelle verschafft…«

Jetzt brauchte Maigret präzisere Auskünfte, und er beendete das Spielchen, das er bisher mit dem Alten getrieben hatte.

»Einen Augenblick, Monsieur Bernard! Gestatten Sie, dass ich kurz zusammenfasse? … Der Gründer der Anglo-Normande ist Monsieur Charles Grandmaison. Ist das richtig? … Monsieur Charles Grandmaison hat einen einzigen Sohn, Monsieur Ernest, der jetzige Direktor…«

»Ja.«

Der Alte bekam es mit der Angst. Er wunderte sich über diesen inquisitorischen Ton.

»Gut! Monsieur Charles hatte einen Bruder, der in den Kolonien starb und ebenfalls einen Sohn hinterließ, Monsieur Raymond Grandmaison…«

»Ja. Ich sehe nicht ein…«

»Warten Sie! Und essen Sie doch, bitte! Monsieur Raymond Grandmaison, eine Waise ohne Vermögen, wird von seinem Onkel hier aufgenommen. Man gibt ihm eine Stelle in der Firma. Welche genau?«

Leichte Verlegenheit.

»Hm! Man hatte ihn in die Frachtabteilung gesteckt, als Abteilungsleiter, sozusagen.«

»Ist gut! Monsieur Charles Grandmaison stirbt. Monsieur Ernest tritt die Nachfolge an. Monsieur Raymond ist noch da?«

»Ja.«

»Es gibt Streit! Ist Monsieur Ernest schon verheiratet, als es zum Streit kommt?«

»Ich weiß nicht, ob ich das sagen darf.«

»Und ich rate Ihnen dringend zu sprechen, wenn Sie auf Ihre alten Tage keinen Ärger mit der Justiz Ihres Landes bekommen wollen.«

»Die Justiz? Ist Monsieur Raymond zurückgekehrt?«

»Das tut nichts zur Sache. War Monsieur Ernest verheiratet?«

»Nein. Noch nicht.«

»Gut! Monsieur Ernest ist der große Boss. Sein Vetter Raymond ist Abteilungsleiter. Was passiert?«

»Ich glaube nicht, dass ich das Recht habe...«

»Ich erteile es Ihnen.«

»Das gibt es in allen Familien. Monsieur Ernest war wie sein Vater ein seriöser Mensch. Selbst in einem Alter, in dem man sonst Dummheiten macht, war er schon wie heute...«

»Und Monsieur Raymond?«

»Das genaue Gegenteil.«

»Wie?«

»Ich bin außer Monsieur Ernest der Einzige hier, der davon weiß... Man hat Unstimmigkeiten in den Büchern entdeckt... ziemlich große Unstimmigkeiten.«

»Und?«

»Monsieur Raymond ist verschwunden. Das heißt, Monsieur Ernest hat ihn, anstatt ihn anzuzeigen, aufgefordert, ins Ausland zu gehen.«

»Nach Norwegen?«

»Ich weiß es nicht. Ich habe nie mehr etwas von ihm gehört.«

»Und bald darauf hat sich Monsieur Ernest verheiratet?«

»So ist es... Wenige Monate danach.«

An den Wänden standen Regale voll dunkelgrüner Ordner. Der alte Mann aß ohne Appetit. Er war jetzt doch beunruhigt und vor allem wütend auf sich selbst, weil er sich die Würmer so hatte aus der Nase ziehen lassen.

»Wie lange ist das her?«

»Warten Sie... Es war in dem Jahr, als der Kanal verbreitert wurde... Fünfzehn Jahre? ... Etwas weniger...«

Seit ein paar Minuten hörten sie Schritte über ihren Köpfen.

»Das Esszimmer?«, fragte Maigret.

»Ja.«

Und plötzlich überstürzte Schritte, ein dumpfer Knall, das Geräusch eines zu Boden stürzenden Körpers.

Der alte Bernard war weißer als das Papier, in dem die Brote eingewickelt waren.

13

Das Haus gegenüber

Monsieur Grandmaison war tot. Quer über den Teppich gestreckt, den Kopf neben einem Tischbein, die Beine unterhalb des Fensters, schien er von enormer Größe. Es war kaum Blut geflossen. Die Kugel war zwischen zwei Rippen ins Herz gedrungen.

Der Revolver war aus der Hand des Mannes geglitten und lag ein paar Zentimeter von ihm weg.

Madame Grandmaison weinte nicht. Sie stand an den monumentalen Kamin gelehnt und blickte auf ihren Mann, als habe sie noch nicht ganz begriffen.

»Es ist aus«, sagte Maigret nur, als er sich wieder aufrichtete.

Der große Salon war kalt und düster. Dunkle Vorhänge vor den Fenstern, durch die fahles Tageslicht drang.

»Hat er mit Ihnen gesprochen?«

Sie schüttelte den Kopf. Mühsam brachte sie ein Stottern zustande:

»Seit wir zurück waren, ist er nur auf und ab gegangen. Zwei- oder dreimal hat er sich mir zugewandt, und ich habe geglaubt, er würde mir etwas sagen wollen. Dann hat er plötzlich geschossen. Es ging so schnell, dass ich nicht einmal den Revolver gesehen habe.«

Sie sprach wie eine Frau, die vor Erregung kaum noch

einen eigenen Gedanken fassen kann. Aber ihre Augen blieben trocken.

Es war offensichtlich, dass sie Grandmaison nie geliebt hatte, dass sie ihn auf jeden Fall nicht aus Liebe geheiratet hatte.

Er war ihr Mann. Sie erfüllte ihre Pflichten ihm gegenüber. Eine Art Zuneigung war aus der Gewohnheit, aus dem Leben zu zweit, hervorgegangen.

Aber jetzt vor dem Toten erlitt sie keinen dieser pathetischen Ausbrüche, die die leidenschaftliche Liebe verraten.

Im Gegenteil, mit starrem Blick und erschöpft am ganzen Körper fragte sie nur:

»War er es?«

»Er war es«, bestätigte Maigret.

Und Schweigen umgab den mächtigen Körper, auf den das kalte Tageslicht fiel. Der Kommissar beobachtete Madame Grandmaison. Er sah, wie sich ihr Blick zur Straße hin wandte, dort gegenüber etwas suchte und wie ein Schatten der Sehnsucht ihr Gesicht überflog.

»Erlauben Sie mir, Ihnen zwei oder drei Fragen zu stellen, bevor die Leute kommen?«

Sie nickte.

»Haben Sie Raymond schon vor Ihrem Mann gekannt?«

»Ich wohnte gegenüber.«

Ein graues Haus, ähnlich wie dieses. Über dem Eingang das goldene Wappen der Notare.

»Ich liebte Raymond. Er liebte mich. Auch sein Vetter machte mir den Hof, aber auf seine Art.«

»Zwei sehr verschiedene Männer, nicht wahr?«

»Ernest war damals schon, wie Sie ihn kennengelernt

haben. Ein kalter, nie jung gewesener Mensch. Raymond dagegen hatte einen schlechten Ruf, weil er ein aufregenderes Leben führte, als man es in Kleinstädten gewohnt war. Deshalb und auch, weil er kein Vermögen besaß, wollte mein Vater nicht einwilligen, als er um meine Hand anhielt.«

Irgendwie klangen diese neben einem Toten gemurmelten Geständnisse unheimlich. Sie waren die traurige Bilanz eines Lebens.

»Waren Sie Raymonds Geliebte?«

Bejahend schlug sie die Augen nieder.

»Und dann ist er fort?«

»Ohne jemandem etwas zu sagen. Eines Nachts. Ich habe es von seinem Vetter erfahren. Fort mit einem Teil des Geldes.«

»Und Ernest hat Sie geheiratet. Ihr Sohn ist nicht von ihm, nicht wahr?«

»Es ist Raymonds Sohn. Sehen Sie, als er wegging und mich allein zurückließ, da wusste ich bereits, dass ich ein Kind erwartete. Und Ernest hielt um meine Hand an. Schauen Sie sich die beiden Häuser an, die Straße, die Stadt, in der sich jeder kennt!«

»Haben Sie Ernest die Wahrheit gesagt?«

»Ja. Er hat mich trotzdem geheiratet. Das Kind ist in Italien geboren worden, wo ich mich ungefähr ein Jahr aufgehalten habe, damit kein Klatsch aufkam. Ich hielt die Haltung meines Mannes für eine Art Heroismus.«

»Und?«

Sie wandte den Kopf ab, weil ihr Blick auf den Leichnam gefallen war. Leise seufzte sie:

»Ich weiß nicht. Ich glaube schon, dass er mich geliebt hat, auf seine Art eben. Er wollte mich haben, und er hat mich bekommen, können Sie das verstehen? Ein Mann, dem jeder Elan fehlte. Einmal verheiratet, hat er weitergelebt wie zuvor, für sich allein. Ich war ein Teil seines Hauses. So etwas wie eine Angestellte auf einem Vertrauensposten. Ich weiß nicht, ob er später noch etwas von Raymond gehört hat, aber als der Junge eines Tages zufällig ein Bild von ihm sah und nach ihm fragte, hat er nur geantwortet: Ein Vetter, der auf die schiefe Bahn geraten ist.«

Maigret war sehr ernst und tief bewegt, denn hier fügte sich ein ganzes Leben vor ihm zusammen. Mehr als ein Leben, das Leben eines Hauses, einer Familie!

Fünfzehn Jahre hatte es gedauert. Es waren neue Dampfer gekauft worden. Hier in diesem Salon hatte es Empfänge gegeben, war man zum Bridge und zum Tee zusammengekommen. Kinder waren getauft worden.

In den Sommern Ouistreham und die Berge.

Und jetzt war Madame Grandmaison so erschöpft, dass sie sich in einen Sessel sinken ließ und sich mit einer Hand müde über das Gesicht strich.

»Ich verstehe das nicht«, stammelte sie. »Dieser Kapitän, den ich nie gesehen habe … Glauben Sie wirklich, dass …«

Maigret horchte auf, ging die Tür öffnen. Auf dem Treppenabsatz stand der alte Kassierer mit bangem Gesicht, doch sein Respekt verbot es ihm, ins Zimmer zu treten. Fragend sah er den Kommissar an.

»Monsieur Grandmaison ist tot. Benachrichtigen Sie bitte den Hausarzt. Den Angestellten und dem Hauspersonal sagen Sie vorläufig noch nichts.«

Er schloss die Tür wieder, hätte beinahe seine Pfeife aus der Tasche gezogen und zuckte dann nur mit den Schultern.

Ein seltsames Gefühl der Achtung, der Sympathie dieser Frau gegenüber war in ihm aufgekommen. Dabei war sie ihm, als er sie das erste Mal getroffen hatte, wie eine nichtssagende Dame der Gesellschaft erschienen.

»Hat Ihr Mann Sie vorgestern nach Paris geschickt?«

»Ja. Ich wusste nicht, dass Raymond in Frankreich war. Mein Mann hatte mich lediglich aufgefordert, meinen Sohn aus dem Stanislas zu holen und ein paar Tage mit ihm im Süden zu verbringen. Den Grund verstand ich nicht, aber ich gehorchte ihm. Doch als ich dann im Hôtel de Lutèce ankam, rief mich Ernest an und bat mich, heimzukommen und nicht zur Schule zu fahren.«

»Und heute Vormittag rief Raymond Sie hier an?«

»Ja. Er bat mich dringend, ihm etwas Geld zu bringen. Er beschwor mich, dass unser aller Frieden davon abhinge.«

»Hat er Ihren Mann nicht beschuldigt?«

»Nein. In dem Häuschen dort erwähnte er ihn nicht einmal, sondern er sprach von Freunden, Seeleuten, denen er Geld geben musste, damit sie das Land verlassen konnten. Er sagte etwas von Schiffbruch.«

Der Arzt traf ein. Er war ein Freund der Familie. Entsetzt sah er auf den Leichnam.

»Monsieur Grandmaison hat Selbstmord begangen«, sagte Maigret bestimmt. »Es ist an Ihnen, festzustellen, welcher Krankheit er erlegen ist. Sie verstehen mich? Um die polizeilichen Dinge kümmere ich mich dann selbst …«

Er verbeugte sich vor Madame Grandmaison, die ihn zögernd ansah, bevor sie schließlich noch fragte:

»Sie haben mir nicht gesagt, warum…«

»Raymond wird es Ihnen eines Tages sagen. Noch eine letzte Frage: Am 16. September war Ihr Sohn bei Ihrem Mann in Ouistreham, nicht wahr?«

Er stand schon an der Tür.

»Ja. Er ist dort bis zum Zwanzigsten geblieben.«

Maigret ging hinaus, stieg nachdenklich die Treppe hinab, durchquerte die Büros. Ihm war, als trüge er eine Last auf den Schultern, und Übelkeit stieg in ihm auf.

Draußen atmete er tief ein, blieb eine Weile ohne Hut im Regen stehen, wie um sich zu erfrischen und die düstere Atmosphäre des Hauses abzuschütteln.

Ein letzter Blick zu den Fenstern hinauf. Ein anderer zum Haus gegenüber, in dem Madame Grandmaison ihre Jugend verbracht hatte.

Ein Seufzer.

»Kommen Sie!«

Maigret hatte die Tür zu dem kahlen Raum geöffnet, in dem Raymond eingesperrt war. Er bedeutete dem Gefangenen, ihm zu folgen. Er schritt voraus, hinaus auf die Straße, schlug den Weg zum Hafen ein.

Der andere wunderte sich, war irgendwie beunruhigt über diese sonderbare Befreiung.

»Sie haben mir nichts zu sagen?«, brummte Maigret sichtlich verstimmt.

»Nichts!«

»Wollen Sie sich verurteilen lassen?«

»Ich kann vor den Richtern nur wiederholen, dass ich nicht getötet habe.«

»Aber die Wahrheit wollen Sie ihnen nicht sagen?«

Raymond senkte den Kopf. Das Meer tauchte vor ihnen auf. Man hörte die Signale des Schleppers, der auf die Molen zufuhr und die ›Saint-Michel‹ an einer Stahltrosse hinter sich herzog.

Und da sagte Maigret leise, als wäre überhaupt nichts dabei:

»Grandmaison ist tot.«

»Was? Was sagen Sie da?«

Der andere hatte ihn am Arm gepackt und drückte ihn heftig.

»Ist er …?«

»Er hat sich vor einer Stunde in seinem Haus das Leben genommen.«

»Hat er geredet?«

»Nein! Er ist eine Viertelstunde lang im Salon auf und ab gegangen, dann hat er geschossen … Das ist alles.«

Sie gingen weiter. In der Ferne sah man die Menschenmenge, die sich auf den Schleusenmauern tummelte und den Bergungsarbeiten zusah.

»Nun, Sie können mir jetzt also die Wahrheit sagen, Raymond Grandmaison … Übrigens kenne ich sie in groben Zügen. Sie wollten Ihren Sohn zu sich holen, nicht wahr?«

Keine Antwort.

»Sie haben sich dabei unter anderem auch von Kapitän Joris helfen lassen. Und unglücklicherweise hat …«

»Schweigen Sie! Wenn Sie wüssten …«

»Kommen Sie hier entlang, da sind weniger Leute.«

Ein schmaler Weg führte zu dem verlassenen Strand, an den die Wellen brandeten.

»Sind Sie damals tatsächlich mit der Kasse auf und davon?«

»Hat Hélène Ihnen erzählt …?«

Seine Stimme wurde schneidend.

»Ja. Ernest muss ihr die Geschichte auf seine Weise erzählt haben. Ich will nicht behaupten, dass ich ein Heiliger war. Im Gegenteil! Ich war leichtlebig, wie man so sagt. Vor allem hatte ich eine Zeit, da ich leidenschaftlich spielte. Ich gewann … Ich verlor … Eines Tages griff ich dann tatsächlich in die Firmenkasse. Mein Vetter merkte es.

Ich versprach, es nach und nach zurückzuzahlen. Ich flehte ihn an, keinen Skandal daraus zu machen.

Er stellte mir eine Bedingung, denn eigentlich wollte er mich anzeigen. Ich sollte ins Ausland gehen, nie mehr einen Fuß nach Frankreich setzen!

Verstehen Sie? Er wollte Hélène! Und er hat sie bekommen!«

Raymond lächelte schmerzlich, schwieg einen Moment, ehe er fortfuhr:

»Andere gehen in den Süden oder in den Orient. Mich aber hat der Norden schon immer gereizt, und so habe ich mich in Norwegen niedergelassen. Aus der Heimat hörte ich nichts mehr. Die Briefe, die ich Hélène schrieb, blieben unbeantwortet. Seit gestern weiß ich, dass sie sie nie bekommen hat. Ich schrieb auch meinem Vetter, ebenso erfolglos.

Ich möchte mich nicht besser machen, als ich bin, und Sie auch nicht mit einer unglücklichen Liebesgeschichte rühren … o nein! Am Anfang dachte ich gar nicht viel darüber nach. Sie sehen, ich bin ehrlich … Ich arbeitete … ich hatte alle möglichen Schwierigkeiten. Es war weniger Liebeskummer als ein bedrückendes Heimweh, das mich dann abends überfiel.

Ich erlebte Enttäuschungen. Eine Firma, die ich gegründet hatte, machte schlechte Geschäfte. Es gab Höhen und Tiefen über Jahre hinweg, und das in einem Land, das nicht das meine war.

Ich ließ meinen Namen ändern und nahm die norwegische Staatsbürgerschaft an, um bessere Voraussetzungen für meine geschäftliche Existenz zu schaffen.

Hin und wieder besuchten mich die Offiziere irgendwelcher französischer Schiffe, und auf diese Weise erfuhr ich eines Tages, dass ich einen Sohn hatte.

Ich war nicht ganz sicher. Aber dann verglich ich die Daten. Ich war erschüttert! Ich schrieb Ernest. Ich flehte ihn an, mir die Wahrheit zu sagen, mich nach Frankreich zurückkehren zu lassen, sei es nur für ein paar Tage …

Er antwortete mit einem Telegramm: *Festnahme bei Grenzübertritt.*

Die Zeit ging dahin. Ich war darauf versessen, Geld zu verdienen. Ich will Sie nicht damit langweilen, aber ich spürte immer etwas wie eine große Leere in mir …

In Tromsö ist drei Monate im Jahr völlige Nacht. Da verschlimmern sich die Sehnsüchte. Manchmal bekam ich regelrechte Wutanfälle.

Ich setzte mir ein Ziel, um mich über meine Lage hinwegzutäuschen: Ich wollte so reich werden wie mein Vetter!

Das habe ich auch erreicht. Mit dem Kabeljaurogen ist es mir gelungen. Und als ich das geschafft hatte, fühlte ich mich so unglücklich wie nie zuvor!

Also bin ich zurückgekehrt. Es war ein plötzlicher Entschluss. Ich war entschlossen zu handeln … Nach fünfzehn Jahren, ja! … Ich habe mich hier herumgeschlichen … Ich habe meinen Jungen am Strand gesehen … Und Hélène, aus der Ferne …

Und ich habe mich gefragt, wie ich bis dahin ohne meinen Sohn hatte leben können … Verstehen Sie das?

Ich habe ein Schiff gekauft, unter falschem Namen, denn mein Vetter hätte nicht gezögert, mich verhaften zu lassen. Er hat Beweise aufbewahrt …

Sie haben meine Männer gesehen, anständige Leute, wenn es auch nicht den Anschein hat. Alles ist vorbereitet gewesen …

An jenem Abend war Ernest Grandmaison mit dem Jungen allein zu Haus. Um einen Erfolg noch sicherer zu machen, um alle Chancen auf meine Seite zu bringen, bat ich Kapitän Joris um Hilfe. Ich hatte ihn in Norwegen, als er noch zur See fuhr, kennengelernt.

Er war mit dem Bürgermeister bekannt. Er sollte ihm unter irgendeinem Vorwand einen Besuch abstatten und ihn ablenken, während Grand-Louis und ich meinen Sohn entführten …

Und da ist das Unglück dann passiert. Joris war mit meinem Vetter im Arbeitszimmer. Wir waren durch den Hintereingang ins Haus gedrungen … Unglücklicherweise stießen wir gegen einen Besen, der im Flur stand …

Grandmaison musste es gehört und geglaubt haben, man wollte bei ihm einbrechen. Er nahm seinen Revolver aus der Schublade …

Was dann geschah? … Ich weiß es nicht. Ein Durcheinander. Joris folgte Grandmaison in den Flur… Es brannte dort kein Licht…

Ein Schuss… Und der Zufall wollte, dass es Joris erwischte.

Ich war verrückt vor Angst. Ich wollte keinen Skandal, vor allem Hélènes wegen nicht. Konnte ich diese ganze Geschichte der Polizei erklären?

Grand-Louis und ich brachten den Verwundeten auf die ›Saint-Michel‹. Er musste irgendwo behandelt werden. Wir nahmen Kurs auf England, wo wir wenige Stunden später ankamen.

Aber ohne Pass an Land zu gehen war leider unmöglich. Und die Polizei dort ist sehr wachsam… Überall auf den Kais stehen Wachposten…

Ich habe vor Jahren ein bisschen Medizin studiert. Ich versorgte Joris an Bord, so gut ich konnte, aber es genügte natürlich nicht. Ich ließ nach Holland steuern, und dort wurde er dann operiert, aber man konnte ihn nicht länger in der Klinik behalten, ohne die Behörden zu benachrichtigen.

Eine entsetzliche Reise! Können Sie sich das vorstellen, wir an Bord mit dem armen Joris, der mit dem Tode kämpft?

Er brauchte einen Monat Ruhe und Pflege. Ich dachte schon daran, die ›Saint-Michel‹ nach Norwegen zu bringen. Aber es war nicht mehr notwendig, denn durch Zufall begegneten wir einem Schoner, der zu den Lofoten fuhr.

Ich ging mit Joris auf dieses Schiff. Auf dem Meer waren wir sicherer als an Land.

Wir blieben acht Tage, denn auch dort begannen sich die Leute zu fragen, wer dieser mysteriöse Gast war.

Wir mussten weiter … Kopenhagen … Hamburg. Joris ging es besser. Die Wunde war vernarbt, aber er hatte Gedächtnis und Sprache verloren.

Was konnte ich mit ihm tun, sagen Sie? Waren die Chancen, sein Gedächtnis wiederzuerlangen, nicht größer für ihn, wenn er daheim war, in einer vertrauten Umgebung, als wenn er durch die Welt reiste?

Ich wollte wenigstens für seine materielle Sicherheit sorgen. Ich schickte dreihunderttausend Franc an seine Bank und unterzeichnete mit seinem Namen …

Nun musste er nur noch zurückgebracht werden. Es war zu riskant für mich, ihn selbst herzubringen. Aber wenn ich ihn einfach in Paris zurückließ, würde er nicht unweigerlich bei der Polizei landen, die ihn schließlich identifizieren und heimbringen würde?

Und so ist es gekommen. Nur eines konnte ich nicht voraussehen: dass mein Vetter aus Angst, Joris könnte ihn anzeigen, ihn feige umbringen würde.

Er nämlich hat das Strychnin in das Wasserglas getan! Er brauchte nur von hinten in das Haus zu gehen, als er auf Entenjagd war …«

»Und da haben Sie den Kampf wiederaufgenommen«, sagte Maigret langsam.

»Ich konnte nicht mehr anders handeln! Ich wollte meinen Sohn. Aber der andere war auf der Hut! Der Junge war ins Stanislas zurückgekehrt, und dort hätte man sich geweigert, ihn mir anzuvertrauen.«

All das wusste Maigret. Und wenn er jetzt diese ihm vertraut gewordene Umgebung betrachtete, verstand er die Bedeutung des Kampfes besser, der zwischen den beiden

Männern stattgefunden hatte, ohne dass jemand etwas davon wusste.

Nicht nur ein Kampf zwischen diesen zweien! Sondern auch ein Kampf gegen ihn, Maigret!

Die Polizei durfte auf keinen Fall einschreiten! Weder der eine noch der andere konnte und durfte die Wahrheit sagen!

»Ich bin mit der ›Saint-Michel‹ gekommen …«

»Ich weiß. Und Sie haben Grand-Louis zum Bürgermeister geschickt.«

Unwillkürlich trat ein amüsiertes Lächeln auf Raymonds Lippen, während der Kommissar fortfuhr:

»Einen wild gewordenen Grand-Louis, der sich für all die vorausgegangenen Schwierigkeiten rächte! Er konnte zuschlagen, denn er wusste, dass sein Opfer nie und nimmer zu reden wagen würde! Und er ging mit Herzenslust ans Werk! … Durch die Drohung sollte er erreichen, dass Grandmaison einen Brief schrieb, der Sie ermächtigte, den Jungen aus dem Internat zu holen …«

»Ja. Ich war hinter der Villa, hatte Ihren Inspektor auf den Fersen. Grand-Louis legte den Brief an die vereinbarte Stelle, und ich riss meinem Verfolger aus … Ich nahm ein Fahrrad … In Caen kaufte ich ein Auto. Es musste schnell gehen. Während ich auf der Fahrt zu meinem Sohn war, blieb Grand-Louis beim Bürgermeister, um ihn daran zu hindern, anderslautende Anweisungen zu geben. Vergebliche Müh allerdings, denn er hatte dafür gesorgt, dass Hélène den Jungen vor mir abholte …

Sie ließen mich festnehmen …

Der Kampf war aus. Es war nicht mehr möglich, ihn

weiterzuführen, da Sie hartnäckig nach der Wahrheit suchten.

Blieb mir nur noch die Flucht. Wären wir dageblieben, so wäre es Ihnen unweigerlich gelungen, alles aufzudecken...

Deshalb das Theater in der vergangenen Nacht. Aber das Pech verfolgte uns. Die ›Saint-Michel‹ lief auf. Es war verdammt schwierig, an Land zu schwimmen, und unglücklicherweise verlor ich dabei auch noch meine Brieftasche.

Kein Geld! Die Gendarmerie hinter uns her! Es blieb mir noch eine Rettung: Hélène anzurufen, sie um ein paar tausend Franc zu bitten, so dass es uns allen vieren möglich war, die Grenze zu erreichen.

In Norwegen hätte ich meine Freunde entschädigen können.

Hélène kam... Aber Sie auch! Sie, der Sie uns ständig eine Nasenlänge voraus waren! Sie, der Sie verbissen kämpften und dem wir nichts sagen konnten, dem ich aber auch nicht zurufen konnte, dass er Gefahr lief, neue Tragödien heraufzubeschwören!«

Unruhe schlich plötzlich in seine Augen, und er fragte mit veränderter Stimme:

»Hat mein Vetter sich auch wirklich umgebracht?«

Hatte man ihn nicht vielleicht belogen, um ihn zum Reden zu bringen?

»Ja. Er hat sich umgebracht, als er einsah, dass die Wahrheit näher rückte. Und dies wurde ihm klar, als ich Sie verhaftet habe. Er hat erraten, dass ich es nur tat, um ihm Zeit zum Nachdenken zu geben.«

Sie hatten ihren Weg fortgesetzt und blieben dann beide gleichzeitig abrupt stehen. Sie waren an der Mole angelangt. Langsam glitt die ›Saint-Michel‹ vorüber, gesteuert von einem alten Fischer, der stolz das Ruder handhabte.

Ein Mann kam herbeigerannt, schob die Schaulustigen zur Seite und sprang als Erster an Bord: Grand-Louis!

Er war den Gendarmen entwischt, hatte die Handschellen gesprengt! Er stieß den Fischer beiseite und ergriff selbst das Ruder.

»Nicht so schnell, zum Teufel! … Sonst bricht noch alles auseinander!«, brüllte er den Leuten auf dem Schlepper zu.

»Und die beiden anderen?«, fragte Maigret seinen Begleiter.

»Sie waren heute Morgen nicht mehr als einen Meter von Ihnen entfernt. Sie hatten sich beide in dem Holzschuppen bei der Alten versteckt.«

Lucas bahnte sich einen Weg durch die Menge und sah Maigret erstaunt an.

»Wissen Sie schon? Man hat sie!«

»Wen?«

»Lannec und Célestin.«

»Sind sie hier?«

»Die Gendarmen aus Dives haben sie eben gebracht.«

»Nun, sag ihnen, sie sollen sie freilassen… Und sie sollen beide zum Hafen kommen.«

Gegenüber sah man das kleine Haus von Kapitän Joris und seinen Garten, wo der nächtliche Sturm die letzten Rosen entblättert hatte. Eine Gestalt hinter einer Gardine: Julie, die sich sicher fragte, ob es wirklich ihr Bruder war, den sie dort auf dem Schiff sah.

An der Schleuse, um Kapitän Delcourt versammelt, die Hafenleute.

»Die haben mir mit ihren ausweichenden Antworten ganz schön zugesetzt«, seufzte Maigret.

Raymond lächelte.

»Es sind Seeleute!«

»Ich weiß. Und Seeleute mögen es nicht, wenn eine Landratte wie ich sich in ihre Angelegenheiten mischt!«

Er stopfte seine Pfeife, indem er mit dem Zeigefinger den Tabak mehrmals festdrückte. Als er sie angesteckt hatte, murmelte er mit besorgter Miene:

»Was sollen wir ihnen sagen?«

Ernest Grandmaison war tot. War es nötig kundzutun, dass er ein Mörder war?

»Wir könnten vielleicht…«, begann Raymond.

»Also, ich weiß nicht! Sagen, dass es sich um eine Rache handelt? Ein ausländischer Seemann, der wieder weggefahren ist?«

Die Männer von dem Schlepper begaben sich mit müden Schritten zur Kneipe und winkten den Schleusenarbeitern, ihnen zu folgen.

Und Grand-Louis marschierte auf seinem Schiff hin und her, betätschelte jeden Gegenstand, so wie man einen wiedergefundenen Hund betätschelt, um festzustellen, ob er nicht verletzt ist.

»Hör mal!«, rief Maigret ihm zu.

Er zuckte zusammen, zögerte herbeizukommen oder vielmehr, sein Schiff schon wieder zu verlassen. Und als er Raymond in Freiheit sah, war er ebenso verblüfft wie Lucas.

»Was ist?«

»Wann wird die ›Saint-Michel‹ wieder in See stechen können?«

»Jetzt gleich, wenn jemand will! Nichts ist kaputt! Ein phantastisches Schiff, ich schwöre Ihnen …«

Er sah Raymond fragend an, und dieser sagte:

»Wenn das so ist, dann mach doch eine kleine Vergnügungsfahrt mit Lannec und Célestin!«

»Sind die hier?«

»Sie kommen gleich … Ihr könnt ruhig für ein paar Wochen verschwinden. Und weit genug weg! Damit man hier in der Gegend nicht mehr von der ›Saint-Michel‹ spricht!«

»Ich könnte zum Beispiel meine Schwester mitnehmen, damit sie für uns kocht. Wissen Sie, Julie hat keine Angst …«

Aber er fühlte sich nicht ganz wohl in seiner Haut, wegen Maigret. Er dachte an die nächtlichen Ereignisse. Er wusste noch nicht, ob er darüber lächeln durfte.

»War es Ihnen wenigstens nicht zu kalt?«

Er stand am Rand des Hafenbeckens. Maigret versetzte ihm einen Puff, und er fiel ins Wasser.

»Ich glaube, um sechs Uhr fährt ein Zug …«, sagte der Kommissar dann.

Aber er konnte sich nicht zum Gehen entschließen. Fast ein wenig sehnsüchtig blickte er um sich, als hätte er den kleinen Hafen liebgewonnen.

Kannte er ihn nicht in all seinen Winkeln, unter allen möglichen Aspekten? In der kühlen Morgensonne wie im Sturm, versunken im Regenschleier oder im Nebel?

»Fahren Sie nach Caen?«, fragte er Raymond, der nicht von ihm wich.

»Nicht sofort. Ich glaube, es ist besser... Man sollte etwas Zeit...«

»Tja, die Zeit...«

Als eine Viertelstunde später Lucas wiederkehrte und sich nach Maigret erkundigte, zeigte man auf die Seemannskneipe, wo eben die Lampen angingen.

Er entdeckte den Kommissar hinter den beschlagenen Fenstern.

Ein gemütlich in einem Korbstuhl sitzender Maigret mit der Pfeife zwischen den Zähnen und einem Glas Bier vor sich, den Geschichten lauschend, die Männer in Gummistiefeln und Matrosenmützen um ihn herum erzählten.

Und im Zug, so gegen zehn Uhr abends, seufzte derselbe Maigret:

»Sie werden jetzt zu dritt in ihrer Kajüte sitzen, schön im Warmen...«

»In welcher Kajüte?«

»An Bord der ›Saint-Michel‹... Mit der Kardanlampe, dem rauhen Tisch, den dicken Gläsern und der Flasche Schiedam... Und der Ofen knistert... Gib mir mal Feuer, ja?«

Ouistreham, an Bord der ›Ostrogoth‹, Oktober 1931

Bitte beachten Sie
auch die folgenden Seiten

Georges Simenon
Maigret-Gesamtausgabe in 75 Bänden

in chronologischer Reihenfolge
und in revidierten Übersetzungen

Kommissar Jules Maigret ist vermutlich die einzige Figur aus der modernen Literatur, der ein Denkmal gesetzt wurde. Es steht in Delfzijl in den Niederlanden, wo Simenon Maigret 1929 an Bord seines Bootes ›Ostrogoth‹ und auf einer Café-Terrasse erfand.
Der Diogenes Verlag, der Simenon seit 1974 verlegt und als einziger Verlag außerhalb Frankreichs Simenons gesamtes Roman- und Erzählwerk im Programm hat, möchte Kommissar Maigret zum 80. »Geburts«-Tag 2009 ebenfalls ein Denkmal setzen. Zum ersten Mal sind dann alle Maigret-Romane in revidierter Übersetzung lieferbar.
Ausstattung: Pappband mit Pariskarte als Vor- und Nachsatz bzw. mit einer Pariskarte als Vor- und einer Frankreichkarte als Nachsatz sowie mit einem Lesebändchen.

»Schönes Gefühl: Es gibt 75 Maigret-Romane, und ich habe höchstens 50 gelesen. Maigret zu lesen, hat etwas Beruhigendes: Man betritt eine vertraute Welt, die, weil sie in Büchern enthalten ist, immer zur Verfügung steht… Von Geschichten über diesen Mann kann ich nie genug kriegen.« *Axel Hacke / Die Weltwoche, Zürich*

»Simenons Maigret-Romane sind außergewöhnlich: hart, mit wenig Hoffnung, plötzlich gewalttätig und gleichzeitig voller Schuld und Bitterkeit, mit toller Atmosphäre (wie Simenon einen Schauplatz schildert, ist unübertroffen), zutiefst unsentimental, beklemmend, weil schonungslos, und gleichzeitig äußerst unterhaltend. Sie haben sogar größere philosophische Tiefe als Camus oder Sartre und sind viel weniger selbstverliebt.«
John Banville / The Daily Telegraph, London

»Maigret-Romane enden nicht auf der letzten Seite. Unbeirrbar steuert die Geschichte auf ihr schlechtes Ende zu, das Recht siegt, aber Gerechtigkeit sieht anders aus. Also ist Maigret unzufrieden, also ist der Leser unzufrieden, also wollen beide mehr, warten auf den nächsten Fall, den nächsten Mord, den nächsten Beweis, dass die Welt nicht fair ist.«
Konrad Heidkamp / Die Zeit, Hamburg

»Kommissar Maigret – ein Mythos. Er ist der erfolgreichste literarische Kommissar aller Zeiten, der meistermittelnde, meistkopierte, meistverfilmte. Maigret schlägt alle: Sherlock Holmes, Miss Marple, Hercule Poirot, auch die aktuellen Ermittler Brunetti, Wallander & Co., erst recht die hyperaktiven TV-Fahnder aus Actionserien. 75 Fälle hat der Mann mit Pfeife, Hut und Samtkragen-Überzieher erfolgreich gelöst.«
Susanne Kunckel / Welt am Sonntag, Berlin

Maigret und Pietr der Lette
Roman. Aus dem Französischen von Wolfram Schäfer

Maigret und der verstorbene Monsieur Gallet
Roman. Deutsch von Roswitha Plancherel

Maigret und der Gehängte von Saint-Pholien
Roman. Deutsch von Sibylle Powell

Maigret und der Treidler der ›Providence‹
Roman. Deutsch von Claus Sprick

Maigret kämpft um den Kopf eines Mannes
Roman. Deutsch von Rowitha Plancherel

Maigret und der gelbe Hund
Roman. Deutsch von Raymond Regh

Maigrets Nacht an der Kreuzung
Roman. Deutsch von Annerose Melter

Maigret und das Verbrechen in Holland
Roman. Deutsch von Renate Nickel

Maigret am Treffen der Neufundlandfahrer
Roman. Deutsch von Annerose Melter

Maigret und der Spion
Roman. Deutsch von Hainer Kober

Maigret und die kleine Landkneipe
Roman. Deutsch von Bernhard Jolles und Heide Bideau

Maigret und das Schattenspiel
Roman. Deutsch von Claus Sprick

Maigret und die Affäre Saint-Fiacre
Roman. Deutsch von Werner De Haas

Maigret bei den Flamen
Roman. Deutsch von Claus Sprick

Maigret und der geheimnisvolle Kapitän
Roman. Deutsch von Annerose Melter

Maigret und der Verrückte von Bergerac
Roman. Deutsch von Hainer Kober

Maigret in der Liberty Bar
Roman. Deutsch von Angela Glas

Maigret in Nöten
Roman. Deutsch von Markus Jakob

Maigret und sein Neffe
Roman. Deutsch von Ingrid Altrichter

Maigret und die Keller des ›Majestic‹
Roman. Deutsch von Linde Birk

Maigret im Haus des Richters
Roman. Deutsch von Lieselotte Julius

Maigret verliert eine Verehrerin
Roman. Deutsch von Ingrid Altrichter

Maigret contra Picpus
Roman. Deutsch von Hainer Kober

Maigret und sein Rivale
Roman. Deutsch von Ingrid Altrichter

Maigret und das Dienstmädchen
Roman. Deutsch von Hainer Kober

Maigret regt sich auf
Roman. Deutsch von Wolfram Schäfer

Maigret in New York
Roman. Deutsch von Henriette Bonhoeffer

Maigret macht Ferien
Roman. Deutsch von Markus Jakob

Maigret und sein Toter
Roman. Deutsch von Elfriede Riegler

Maigrets erste Untersuchung
Roman. Deutsch von Roswitha Plancherel

Mein Freund Maigret
Roman. Deutsch von Annerose Melter

Maigret in Arizona
Roman. Deutsch von Wolfram Schäfer

Maigret und die alte Dame
Roman. Deutsch von Renate Nickel

Madame Maigrets Freundin
Roman. Deutsch von Roswitha Plancherel

Maigrets Memoiren
Roman. Deutsch von Roswitha Plancherel

Maigret, die Tänzerin und die Gräfin
Roman. Deutsch von Hainer Kober

Maigret als möblierter Herr
Roman. Deutsch von Wolfram Schäfer

Maigret und die Bohnenstange
Roman. Deutsch von Guy Montag

Maigret, Lognon und die Gangster
Roman. Deutsch von Wolfram Schäfer

Maigret und sein Revolver
Roman. Deutsch von Ingrid Altrichter

Maigret und der Mann auf der Bank
Roman. Deutsch von Annerose Melter

Maigret hat Angst
Roman. Deutsch von Elfriede Riegler

Hier irrt Maigret
Roman. Deutsch von Elfriede Riegler

Maigret und die schrecklichen Kinder
Roman. Deutsch von Paul Celan

Maigret und die junge Tote
Roman. Deutsch von Raymond Regh

Maigret und der Minister
Roman. Deutsch von Annerose Melter

Maigret und die kopflose Leiche
Roman. Deutsch von Wolfram Schäfer

Maigret stellt eine Falle
Roman. Deutsch von Angela Glas

Maigret erlebt eine Niederlage
Roman. Deutsch von Elfriede Riegler

Maigret amüsiert sich
Roman. Deutsch von Renate Nickel

Maigret auf Reisen
Roman. Deutsch von Ingrid Altrichter

Maigret hat Skrupel
Roman. Deutsch von Ingrid Altrichter

Maigret und die widerspenstigen Zeugen
Roman. Deutsch von Wolfram Schäfer

Maigrets Geständnis
Roman. Deutsch von Roswitha Plancherel

Maigret vor dem Schwurgericht
Roman. Deutsch von Wolfram Schäfer

Maigret und die alten Leute
Roman. Deutsch von Annerose Melter

Maigret und der faule Dieb
Roman. Deutsch von Stefanie Weiss

Maigret und die braven Leute
Roman. Deutsch von Ingrid Altrichter

Maigret und der Samstagsklient
Roman. Deutsch von Angelika Hildebrandt-Essig

Maigret und der Clochard
Roman. Deutsch von Josef Winiger

Maigret gerät in Wut
Roman. Deutsch von Wolfram Schäfer

Maigret und das Gespenst
Roman. Deutsch von Barbara Heller

Maigret verteidigt sich
Roman. Deutsch von Wolfram Schäfer

Maigret lässt sich Zeit
Roman. Deutsch von Sibylle Powell

Maigret und der Fall Nahour
Roman. Deutsch von Sibylle Powell

Maigret in Künstlerkreisen
Roman. Deutsch von Ursula Vogel

Maigret in Kur
Roman. Deutsch von Irène Kuhn

Maigret zögert
Roman. Deutsch von Annerose Melter

Maigret und sein Jugendfreund
Roman. Deutsch von Markus Jakob

Maigret und der Messerstecher
Roman. Deutsch von Josef Winiger

Maigret und der Weinhändler
Roman. Deutsch von Hainer Kober

Maigret und die verrückte Witwe
Roman. Deutsch von Michael Mosblech

Maigret und der einsame Mann
Roman. Deutsch von Ursula Vogel

Maigret und der Spitzel
Roman. Deutsch von Inge Giese

Maigret und Monsieur Charles
Roman. Deutsch von Renate Heimbucher-Bengs

Sämtliche Maigret-Geschichten
Deutsch von Ingrid Altrichter, Inge Giese,
Eva Schönfeld, Josef Winiger u.v.a.
Leinenband im Schuber

Außerdem lieferbar:
Der Maigret-Marathon
Ein Selbstversuch in 75 FAZ-Kolumnen
von Tilman Spreckelsen

Robert J. Courtine
Simenon und Maigret bitten zu Tisch
Die klassischen französischen Bistrorezepte
der Madame Maigret
Aus dem Französischen
von Pierre F. Sommer

Georges Simenon
Ausgewählte Romane in 50 Bänden

in chronologischer Reihenfolge
ihrer Niederschrift
und in revidierten Übersetzungen

Mit zwanzig hatte Simenon sich vorgenommen, mit dreißig seinen ersten Roman zu schreiben, einen »halbliterarischen« mit Kommissar Maigret als »Spielführer«.
Doch die ersten *»wirklichen, literarischen* Romane«, die wollte er mit vierzig schreiben: die sogenannten ›Non-Maigrets‹ – Romane ohne Maigret.

»Aber wenn wir uns nun schon immer schön der Reihe nach in ein gleichsam nachgeholtes Simenon-Leseleben stürzen, dann fragt sich der immer unbescheidene Leser, wo denn nun die anderen Romane des Meisters bleiben, die ›Non-Maigrets‹? Erinnern Sie sich an *Das Haus am Kanal,* an den *Mann, der den Zügen nachsah,* an die *Drei Zimmer in Manhattan,* an *Die Glocken von Bicêtre*? Lauter fabelhafte Bücher, die mitten hineingehörten in die Reihe der ›Maigrets‹. Man kann nicht alles haben, klar – nur schön wär's schon.«
Rolf Vollmann / Die Zeit, Hamburg

»Simenons wichtigste Werke sind die ›Non-Maigrets‹, hervorragende und phantastisch geschriebene Kunstwerke, die so tun, als wären sie Krimis: hart, düster, leidenschaftlich, voller Schuld und Schmerz und geprägt von ihren Schauplätzen (keiner kann beschreiben wie Simenon), ohne ein Gran Sentimentalität, von verstörender Scharfsichtigkeit und gleichzeitig unglaublich unterhaltsam. Die ›Non-Maigrets‹ sind tiefsinniger und philosophischer als die Romane von Camus und Sartre, aber viel weniger prätentiös.«
John Banville

»Ein schlicht wunderbarer Schriftsteller ... hochunterhaltsam, klarsichtig, einfach, hundertprozentig eins mit der Welt, die er beschreibt.« *Muriel Spark*

»Simenon ist ein Erzähler, den zu lesen man nicht müde wird, wenn man sich einmal in seiner Welt installiert hat.« *Manfred Papst / NZZ am Sonntag, Zürich*

Die Verlobung des Monsieur Hire
Roman. Aus dem Französischen von Linde Birk

Tropenkoller
Roman. Deutsch von Annerose Melter

Das Haus am Kanal
Roman. Deutsch von Ursula Vogel

Der Mann aus London
Roman. Deutsch von Stefanie Weiss

Die Selbstmörder
Roman. Deutsch von Linde Birk

Der Untermieter
Roman. Deutsch von Ralph Eue

Der Mörder
Roman. Deutsch von Lothar Baier

Das Testament Donadieu
Roman. Deutsch von Eugen Helmlé

Die Überlebenden der Télémaque
Roman. Deutsch von Hainer Kober

Der Mann, der den Zügen nachsah
Roman. Deutsch von Linde Birk

Der Bananentourist
Roman. Deutsch von Barbara Heller

Die Marie vom Hafen
Roman. Deutsch von Ursula Vogel

Zum Weißen Ross
Roman. Deutsch von Trude Fein

Wellenschlag
Roman. Deutsch von Ulrich Hartmann

Der fremde Vetter
Roman. Deutsch von Stefanie Weiss

Fremd im eigenen Haus
Roman. Deutsch von Gerda Scheffel

Der Bürgermeister von Furnes
Roman. Deutsch von Hanns Grössel

Der Outlaw
Roman. Deutsch von Liselotte Julius

Die Witwe Couderc
Roman. Deutsch von Hanns Grössel

Die Flucht des Monsieur Monde
Roman. Deutsch von Barbara Heller

Die Ferien des Monsieur Mahé
Roman. Deutsch von Günter Seib

Drei Zimmer in Manhattan
Roman. Deutsch von Linde Birk

Die Wahrheit über Bébé Donge
Roman. Deutsch von Renate Nickel

Ankunft Allerheiligen
Roman. Deutsch von Eugen Helmlé

Der Bericht des Polizisten
Roman. Deutsch von Markus Jakob

Brief an meinen Richter
Roman. Deutsch von Hansjürgen Wille und Barbara Klau

Die Fantome des Hutmachers
Roman. Deutsch von Eugen Helmlé

Die grünen Fensterläden
Roman. Deutsch von Alfred Günther

Tante Jeanne
Roman. Deutsch von Inge Giese

Die Zeit mit Anaïs
Roman. Deutsch von Ursula Vogel

Bellas Tod
Roman. Deutsch von Elisabeth Serelmann-Küchler

Antoine und Julie
Roman. Deutsch von Eugen Helmlé

Schlusslichter
Roman. Deutsch von Stefanie Weiss

Der Uhrmacher von Everton
Roman. Deutsch von Ursula Vogel

Der große Bob
Roman. Deutsch von Linde Birk

Die Komplizen
Roman. Deutsch von Stefanie Weiss

Im Falle eines Unfalls
Roman. Deutsch von Hansjürgen Wille und Barbara Klau

Der Buchhändler von Archangelsk
Roman. Deutsch von Alfred Kuoni

Der Präsident
Roman. Deutsch von Renate Nickel

Sonntag
Roman. Deutsch von Hansjürgen Wille und Barbara Klau

Drei Frauen
Roman. Deutsch von Linde Birk

Der Teddybär
Roman. Deutsch von Ingrid Altrichter

Betty
Roman. Deutsch von Raymond Regh

Der Zug
Roman. Deutsch von Trude Fein

Die Glocken von Bicêtre
Roman. Deutsch von Angela Glas

Das blaue Zimmer
Roman. Deutsch von Angela Glas

Der Mann mit dem kleinen Hund
Roman. Deutsch von Stefanie Weiss

Der kleine Heilige
Roman. Deutsch von Trude Fein

Der Tod des Auguste Mature
Roman. Deutsch von Anneliese Botond

Die Katze
Roman. Deutsch von Angela Glas